삶의 한가운데

Mitte des Lebens

세계문학전집 28

삶의 한가운데

Mitte des Lebens

루이제 린저

박찬일 옮김

민음사

차례

1장

여자 형제들은 서로에 대해 모든 것을 알고 있든지 혹은 아무것도 모르고 있든지 둘 중 하나다. 나의 동생 니나에 대해 나는 얼마 전까지 아무것도 모르고 있었다. 그녀는 나보다 열두 살 아래였다. 내가 결혼했을 때 그녀는 더부룩한 갈래머리에 팔과 다리에 수많은 흉터를 지닌 깡마르고 무뚝뚝한 열 살짜리 소녀였다. 나의 결혼식 때 부모님이 니나에게 시동처럼 내 면사포를 들고 걷도록 시키자 그녀는 입을 꾹 다물고 몹시 화가 난 듯 얼굴이 하얗게 질려가지고는 나의 면사포에 침을 뱉었다. 나중에 조금 나아지기는 했지만 니나는 결코 귀엽거나 사랑스러운 아이는 아니었다. 니나는 자기를 제발 가만히 좀 내버려둬 달라고 나에게 몇 번이나 단호히 말했고 나 또한 그 후 한 번도 그녀에게 신경 쓰지 않았다. 나는 남편과 외국에 나간 후부터 그녀를 완전히 잊고 지냈다. 그러나 작년에 전혀 생각지도 않은 뜻밖의 장소에서 그녀를 만났을 때 난 그녀를 금방 알아보았다. 바뎀바일러에 있는 뢰머바트 호텔의 한 바에서였다.

그녀는 놀랄 만치 달라져 있었다. 여전히 예쁘진 않았지만 대단히 매력적이었다. 물론 야성적인 구석은 남아 있었는데 그 이유가 분명치 않았다. 그도 그럴 것이 그녀는 매우 훌륭하고 비싼 옷을 입었고, 웨이브진 몇 개의 머리카락을 이마로 흘러내리게 한 현대적 머리 모양을 하고 있었으며, 입술에는 빨간색 루즈를 발랐기 때문이다. 눈에 띄는 모습은 전혀 아니었는데도 모든 남자들이 그녀 쪽을 쳐다보았다. 니나를 알아보지 못한 것은 나의 남편도 마찬가지였다. 나는 그녀가 니나라는 것을 남편에게 말하지 않았다. 내가 왜 즉시 그녀에게 말을 걸지 않았는지는 나도 모른다. 그녀가 혼자 조그만 탁자에 비켜 앉아 신문을 손에 들고 깊은 생각에 잠겨 있었기 때문일까. 한번은 어떤 남자가 그녀에게 말을 붙였는데 그녀는 대꾸조차 하지 않았다. 누군가가 문을 열고 들어올 때마다 잠깐 그쪽을 보고는 이내 무표정하게 신문으로 얼굴을 돌리는 것이었다. 그 횟수가 거듭될 때마다 그녀의 얼굴은 점차 어두워져 갔다. 그녀는 몇 시간 동안 같은 지면만을 보고 있었다. 그녀는 위스키를 스트레이트로 마셨다. 나는 다섯 잔까지 세었으나 그 전에 몇 잔을, 그리고 무엇을 마셨는지는 알 수 없었다. 니나가 일어섰을 때 나는 그녀가 비틀거릴까봐 불안했다. 그러나 니나는 말짱한 것 같았다. 그녀는 상당히 젊어 보였다.

벌써 서른일곱이었는데도 소녀처럼 보였다. 나는 그녀를 따라 갔다.

니나, 나는 그녀를 불렀다, 네가 정말 니나니?

그녀는 잠깐 생각하더니 나를 알아보았다. 별로 놀라는 기색은 아니었다.

다시 독일에 온 거야? 담담한 목소리로 니나는 물었다.

1년만 있을 거야. 나는 대답했다. 그리고 다시 스웨덴으로 돌아갈 거야. 남편과 나는 여기에서 한 스톡홀름 신문을 위한 일을 하고 있어. 그런데 너는 대체 여기서 뭘 하고 있는 거니?

이것이 매우 현명치 못한 질문이라는 것을 나는 알고 있었다. 그래서 나는 니나가, 술 마시고 있어, 하고 대답했을 때도 놀라지 않았다.

나는 그녀가 낙심한 상태라는 것을 알아차렸다. 그녀가 대화를 계속할 기미를 보이지 않자 나는 물어야 했다. 너 여기서 사니?

니나는 고개를 가로저었다. 그러고는 홀의 열려 있는 창문 바깥 어둠 속을 모호하게 가리켰다.

여기 혼자 왔니?라고 묻자 그녀는 고개를 끄덕였다.

오래 있을 거니? 나는 계속 물었다.

그러나 니나는 어깨를 으쓱할 뿐이었다. 나는 인내심을 잃고 말았다

말해 봐. 나는 큰 소리로 말했다. 무슨 일이 있니? 내가 도와줄 수 있겠니?

니나는 미소를 지었다. 이 미소엔 비록 냉소와 우월감 같은

것이 섞여 있긴 했어도 가슴에 와닿는 어떤 것이 있었다. 우울함이 가득 깃든 미소였다.

우리 나가, 나 좀 바래다줘. 니나가 말했다.

밖으로 나오자마자 니나는 흠칫 몸을 떨었다. 새벽 공기야. 니나는 큰 소리로 딱딱하게 말했다. 아직은 어두웠지만 곧 밝아올 새 날의 향기가 진하게 풍기고 있었다. 오래된 키 큰 나무들이 나직이 흔들리고 있었다. 우리는 공원을 지나갔다. 이슬을 맞아 무겁고 축축한 길가의 풀들이 다리를 스쳤다. 나는 니나가 말을 꺼내기를 기다렸으나 평범하고 속된 사랑 얘기만 듣게 될까봐 겁이 나기도 했다. 그러나 니나는 아무 말도 안 했다. 한 마디도 안 했다. 우리는 길가로 나와서 위쪽으로 올라갔다. 날이 밝아오기 시작했으며 추워졌다. 갑자기 니나가 무뚝뚝하게 말했다. 나 여기서 누굴 기다리고 있었는데 오지 않았어. 나 오늘 떠날 거야. 편지할게, 주소 좀 적어 줘.

나는 주소를 적어 주었다.

그녀는 떠났다. 그녀를 따라가 보았자 아무 소용이 없다는 것을 나는 알고 있었다. 어깨를 한 번 으쓱하고는 호텔로 되돌아오는 수밖에 없었다.

나는 이 만남을 잊을 수가 없었다. 여러 번 니나에게 편지를 쓰려고 했으나 그러지 못했다. 대신 나는 그녀가 쓴 책들을 샀으며 그녀가 글을 발표한 지난 호 잡지들을 주문했다. 그렇지만 나는 그것들을 읽을 엄두를 내지 못했다. 그녀의 글이 형편없으면 어떡하지 하는 우려 때문이었다.

대략 아홉 달이 지난 어느 날 나는 전화벨 소리에 곤한 잠에서 깨어났다. 뮌헨에서 온 장거리 전화였다.

미안해, 라는 목소리가 들렸으나 나는 처음엔 누구인지 몰랐다. 더 일찍 전화할 수가 없었어. 나 니나야. 나 다음 주에 떠나. 런던으로.

나는 너무 잠에 취해 있었기 때문에 그래? 오래 있을 거니? 라는 말밖에 할 수가 없었다.

조금 뒤에 대답이 들렸다. 아마 그럴 거야. 나도 모르겠어. 분명하게 말할 수는 없어. 그런데, 그보다도 저⋯⋯ 내 생일에 와 주겠어?

어릴 때 너는 생일 축하받는 걸 몹시 싫어했잖아. 나는 고작 이런 말밖에 생각나지 않았다.

생일 파티를 하려는 게 아니야. 다만⋯⋯ 언니와 여러 가지를 의논하고 싶어서 그래.

그래, 갈게. 야간 급행열차를 타면 월요일 아침엔 도착할 수 있을 거야.

전화는 아무 대답도 없이 끊겼다. 나는 더 잠을 이룰 수가 없었다. 니나의 목소리가 매우 이상했기 때문이었다. 단지 전화 탓만은 아닌 것 같았다. 그녀는 끔찍할 정도로 차분했다. 목소리는 돌처럼 가라앉아 있었다. 나는 니나에게 무슨 일이 일어났는지 생각하려고 했다. 그러나 나는 니나에 대해 아는 것이 너무 없었다. 그녀의 인생에 대해 난 무엇을 알고 있나? 아무것도 없었다. 모든 사람들이 알고 있고 또 별로 중요하지 않은 사실이 있다면, 그녀가 스물여섯에 아이를 가졌고, 그 후 아이의 아버지와 결혼했으며, 그리고 1년 후에 이혼했다는 정도였다. 왜 이혼했는지는 몰랐다. 그리고 히틀러 정권 때 체포당한 적이 있다는 것, 불안한 삶을 영위하고 있다는 것, 그렇지만 이것이 그녀가 훌륭한 책들을 쓰는 것을 방해하지 못했다는 것들을 알고 있었다. 니나의 친구 몇몇을 알고 있었고, 또 공동으로 알고 지내는 지인들도 있어서 그들은 나에게 니나에 대한 소식들을 들려주곤 했다. 그러나 나는 소문을 별로 좋아하지 않았으며 들어도 금방 잊어버렸다.

사람들은 니나를 도도하고 매력적이며 자유분방하다고 여겼다. 그런데도 그들의 말투 속에는 존경 같은 것이 담겨 있어 나를 항상 놀라게 했다. 지금 나는 후회스럽다. 좀더 일찍 니나를 돌보아 주었어야만 했다. 그녀와 나 사이가 갑자기 가까워진 듯했다. 그동안 우리가 공유한 것은 부모가 같다는 것, 그리고 감수성이 예민하고 이기적인 아이들이 흔히 갖곤 하는, 우리가 진짜 그들 자식이 아닐 것이라는 감정 정도였다. 또 있다면, 항상 조용히 있어야 했던 좁은 집에 대한 기억, 그리고 나나 니나에게, 혹은 둘 모두에게 방해가 되던 집안 축제에 대한 기억뿐이었다. 이게 전부였다. 그 후의 삶은 둘을 멀리 떨어뜨려 놓았다. 그리고 이제 삶이 둘을 다시 만나게 하고 있었다. 나는 니나에게 큰 애착을 느꼈으며 재회할 날을 손꼽아 기다렸다. 나는 기차로 가지 않았다. 남편이 자동차로 뮌헨까지 데려다주었다. 남편은 그 길로 잘츠부르크까지 갔다. 남편은 나와 니나를 단둘이 만나게 하려고 했다. 나도 남편이 호텔 바에서 니나인 줄 모르고 주었던 눈길을 생각하고는 이의를 달지 않았다.

밤새도록 달려 니나의 집에 도착한 것은 아침 7시였다. 기차보다 1시간 빨랐다. 3층인 니나의 집 창문들은 모두 열려 있었다. 커튼들도 모두 떼어졌고 현관문에는 문패도 없었다. 나는 혹시 그녀가 이미 떠난 것이 아닐까 걱정했다. 그녀의 엉뚱한 성격으로 보아 있을 수 있는 일이었다. 그러나 그녀는 아직 있었다.

결코 놀라지 않는 것이 니나의 천성처럼 보였다.

들어와. 이것이 그녀가 말한 전부였다. 그녀의 얼굴은 창백했으며 전화에서 들었던 목소리처럼 딱딱하게 굳어 있었다. 집은 이미 텅 비어 있었다. 정확히 말해 대부분의 가구들은 옮겨지고 없었다. 분명 많은 가구들이 있었을 것이나 남아 있는 것이라고는 담요 몇 장이 얹혀 있는 소파, 그리고 조그만 가스레인지뿐이었다. 가스레인지 위에는 주전자가 놓여 있었고 물은 끓어 넘칠 듯했다. 그 밖에 두 개의 정원용 의자, 공책과 책, 커피 잔들과 몇 개의 깡통이 놓인 맨 탁자가 있었다. 구석에는 이미 못질이 되어 있는 궤짝 대여섯 개, 옷을 가득 넣었으나 열린 채로 있는 큰 트렁크 하나, 다 싸서 꼬리표까지 붙인 트렁크 세 개가 있었다.

커피를 끓일게, 라고 니나는 말했으나, 그러는 대신 궤짝 위에 걸터앉아 담뱃불을 붙였다.

담배 피워?라고 물으며 그녀는 내게 담뱃갑을 건넸다. 나는 정원용 의자 중 하나에 앉아서 가져온 짐을 끌렀다. 케이크 한 상자와 흰 수선화 한 다발이었다. 니나는 눈을 가늘게 뜨고는 나를 쳐다보았다. 꽃을? 니나는 놀란 듯이 물었다.

니나의 태도에 나는 당황했다. 오늘은 네 생일이잖아.

아, 니나는 말했다. 그걸 잊고 있었네. 내가 왜 그런 소릴 했지?

갑자기 니나는 벌떡 일어섰다. 참, 커피를 끓인다고 해놓곤!

뒤에서 보니까 니나는 정말 어린 소녀처럼 보였다. 그만큼 동작이 날렸다. 그러나 그녀가 뒤로 돌아서서 커피 잔을 탁자 위에 놓았을 때 그녀의 얼굴이 지난번 바에서 만났을 때보다 훨씬 늙어 있는 것을 느꼈다. 그녀는 간밤에 잠을 못 잤음이 틀림없었다. 혹은 여러 날 제대로 못 잤는지도 몰랐다.

커피가 좋지? 다시 내 곁에 앉았을 때 니나는 물었다. 나는 아주 진한 커피를 좋아해. 아주 검고, 그리고 달게 마시지. 언니도 그래?

그러나 그녀는 오래 앉아 있지 않았다. 금방 다시 뛰어 일어나서는 유리잔 두 개와 상표 없는 술병을 가져왔다.

마실래? 니나는 내게 물었다.

아니야, 이렇게 이른 아침엔 안 마셔. 나는 말했다. 그런데 이게 뭐야?

위스키야. 니나는 중얼거리듯 말했다. 그리고 자기 잔에 하나 가득 따르고는 단숨에 마시는 거였다.

니나. 나는 놀라서 말했다. 그것은 좋지 않아. 너 술 마실 생각이구나.

괜찮아. 니나는 말했다. 지금 마시겠어. 여길 떠나면 마시지 않을 거야. 중얼거리듯 니나는 또 덧붙였다. 아마도 마시지 않게 될 거야.

니나는 두 번째 잔에도 술을 가득 따랐다. 그러나 이번에는 반쯤만 마셨다. 자, 이제 나는 얘기할 수 있어, 니나는 말했다. 그러나 그녀는 얘기하는 대신 이렇게 묻는 것이었다. 왜 여기까지 온 거야. 역에 마중 나가려고 했는데. 니나는 내 대답을 기다리지 않았다. 그녀는 대답을 들으려고 하지 않았다.

수요일에 떠날 거야. 니나는 빨리 말했다. 그러고는 잔을 비웠다. 나는 너무 많이 참아왔어. 니나는 역시 빠르게 그러나 심각한 어조로 덧붙였다.

갑자기 니나의 시선이 내가 궤짝 위에 놓아둔 꽃에 가서 멈췄다.

수선화. 내가 이 꽃을 좋아한다는 것을 어떻게 알았어?

몰랐어. 나 역시 작은 목소리로 말했다. 그게 마치 비밀이라도 된다는 양.

그래. 니나는 천천히 말했다. 수선화와 핑크빛 스위트 그리고 빨간 장미를 좋아하지. 그리고…… 그녀는 눈을 반짝이며 덧붙였다. 많은 것을 좋아해, 아니 모든 것을.

일어서서 꽃을 빈 통조림 깡통에 꽂으면서 니나는 말했다. 몹시 저주스러운 이 삶도 좋아해.

니나는 깡통에 물을 부었다. 그래. 목요일에 떠나겠어.

수요일이라고 기억하는데. 수요일이라고 말하지 않았어?

수요일도 괜찮아. 상관없어. 거기에 대해 말한다는 것, 아니 무언가에 대해 말한다는 것이 쓸데없는 일이라도 되는 것처럼 그녀는 손을 움직였는데 갑자기 매우 피곤해 보였다.

니나. 나는 말했다. 나에게 말해 주지 않겠어? 왜 떠나는 거며, 런던에서는 뭘 할 건지.

말할게. 커피 더 마시겠어?

아니, 너무 진해.

니나는 웃었다. 그리고 자기 잔에 커피를 가득 붓고는 다 마셨다. 커피가 매우 뜨거웠는데도. 니나는 계속 말했다. 이리 와 봐, 보여줄 게 있어.

우리는 옆방으로 갔다. 거기에도 마찬가지로 궤짝들이 있었다.

이것을 모두 두고 갈 거야. 니나는 말했다. 책들과 또 쓸 수 있는 것들이야. 언니가 이것들을 스웨덴으로 가지고 갈 수 있겠어? 아니면 운송업자에게 보관시켜야 할까? 나는 언니가 이걸 스톡홀름에 있는 집에 두었으면 좋겠어.

물론 그렇게 할게. 그런데 이 트렁크도?

응, 여기 열쇠들이 있어. 그리고 내가 다시 돌아오지 않는다면…….

니나!

그럴 수 있어. 누가 알아? 니나는 나에게 슬쩍 눈길을 던졌다. 내가 돌아오지 않으면 이 물건들은 물론 내 아이들 거야.

나는 놀라서 물었다. 아이들을 안 데려간단 말이야?

그래. 니나는 무덤덤하게 말했다. 아이들은 데려가서 뭘 해? 기숙학교에서 잘 지내고 있는걸. 돈은 충분하니까.

목소리에 감정이 없었다. 내 신경은 찢어지는 것 같았다. 나는 니나의 어깨를 잡았다.

무슨 일이야? 사실대로 말해 줘!

니나는 몸을 빼내더니 주머니에서 쪽지 하나를 꺼냈다. 이것이 내 주소야. 버크셔에 있는 한 지명이었다.

거기서 도대체 뭘 하려는 건데?

그녀는 어깨를 으쓱했다. 아직 모르겠어. 우선은 어떤 노부부의 가사를 도울 생각이야. 나는 이 사람들을 진작부터 알고 있어. 남자는 한때 외무부에 근무한 적이 있었어. 그다음은 생각해 봐야 해. 시작을 위한 것일 뿐이야. 나는 어떻게든 여기를 떠나야 해.

순간 벨이 울렸다.

우편배달부야. 니나는 밖으로 나갔다. 다시 왔을 때 그녀는 마치 쟁반처럼 생긴 평평한 소포 꾸러미 위에 편지 한 묶음을 들고 있었다. 니나는 그 우편물들을 무심히 바닥에 내려놓았다.

먼저 읽어보지 않고?

별거 아닐걸. 매일 똑같아.

그렇구나. 나는 말했다. 그런데 니나, 나에게 궤짝들이나 보여주려고 이리 오라고 한 것은 아닐 테지. 왜 불렀어?

모르겠어. 아니, 빈집에 혼자 있기 싫어서였을 거야.

니나는 대수롭지 않게 말했으나 이 말 속에는 불안이, 불안과 절망이 담겨 있었다. 나는 무슨 일인지를 알아야만 했다. 나는 지금 물어보기로 결심했다.

사람들이 네게 무슨 일을 저질렀니?

저질렀다고? 니나는 고개를 저었다. 아무것도. 그런 식으로 상상하지 마. 여기에 더 이상 머무를 수가 없기 때문이야. 왜냐하면…… 그녀는 말을 멈췄다가 빠르게 그러나 낮은 어조로 계속했다. 왜냐하면 내 인생을 바꾸어야만 하기 때문이야.

어떻게 하면 니나가 이야기하게 할 수 있을까? 그녀도 이야기하기를 원했다. 틀림없다. 그런데 반쯤 가서 항상 말을 중단했다.

나에게 위스키 한 잔 주겠어? 나는 물었다. 니나는 말없이 자리를 떠나서 잔 하나를 가져왔다. 이번에는 그녀가 마시지 않았다. 갑자기 그녀는 말했다. 내가 언니보고 와 달라고 한 것은 멍청한 짓이었어. 일이 더 잘되는 것도 아닌데. 그러나 언니가 이왕 왔으니…… 어쨌든 언니가 와서 기분 좋아.

니나는 이렇게 말하면서 약간 얼굴을 붉혔다. 그리고 나를 쳐다보지도 않은 채 재빨리 말을 계속했다. 나는 어떤 것에 대해 이야기할 수 있어. 어떤 이유, 내가 왜 떠나는지에 대해서. 언니한테 말하고 싶어. 한 사람은 그걸 알아야만 해. 그리고 내가 돌아오지 못할 경우에…….

그만두지 못하겠니 니나야?

니나는 나의 입에 손을 대었다. 잠깐 동안이었다. 뜨거운 손이었다. 뜨겁고 메말라 있었다.

……그렇게 된다면 나를 쫓아낸 것이 나쁜 일은 아니었다는 것을 알아주었으면 해. 나는 누군가를 더 이상 방해하고 싶지 않을 뿐이야. 그것뿐이야. 내가 여기 있는 한은…….

니나는 짧고 힘든 한숨을 쉬었다. 그러니까 이런 거야.

그러니? 그러나 나는 말하기 전보다 더 모르겠구나.

니나는 나에게 놀랍다는 얼굴을 했다. 모른다고? 더 모르겠다고? 나는 다 얘기했는데.

그녀는 바닥에 있는 편지 꾸러미를 발로 찼다.

이런 것도 지긋지긋해. 그뿐만 아니야.

편지들은 옆으로 넘어졌으며 이때 소포 위에 쓰인 발신인 주소가 보였다.

니나와 나의 시선은 동시에 그리로 향했다. 니나가 상자에서 벌떡 일어났다. 그녀의 얼굴은 몹시 창백해졌다. 아니, 잿빛이었다.

여기, 그녀는 중얼거렸다. 이럴 수가 없어. 어떻게 이런 일이? 그는 죽었어. 니나는 소포 쪽으로 허리를 굽혔으나 만지지는 않았다. 그렇지만 그의 필체야. 그래, 그의 필체야.

니나는 소포를 물끄러미 바라보고 있었다. 나는 무엇이 니나를 그토록 흥분시키는지 알지 못했다.

내가 그 안에 뭐가 있는지 봐도 돼? 나는 물었다. 말을 꺼내지 않으면 안 되었다.

그래. 그러나 나는 알고 싶지 않아. 니나는 큰 소리로 거칠게 말했다. 밖으로 나가면서 또 크게 소리를 질렀다. 나는 이 필체를 한 번도 좋아한 적이 없었어.

그러고는 옆방에서 그릇을 씻기 시작했다.

나는 상자 위에 앉아 소포를 끄르기 시작했다. 갑자기 노끈이 끊어지고 안에 있는 것이 미끄러져 나왔다. 커다랗고 두꺼운 책이었다. 아니, 책처럼 보였을 뿐, 사실은 한 묶음의 서류철이었다. 공책으로 묶인 것도 있고 묶이지 않은 것도 있었다. 그중 몇 장이 펄럭거리며 바닥으로 떨어졌다. 나는 주워 들었다. 편지들이었다. 그중의 하나는 봉투에 들어 있었다. 니나에게, 라고 그 위에 쓰여 있었다. 그녀가 좋아할 수 없었다던 글씨였다.

니나. 나는 옆방에 대고 소리쳤다. 편지와 그와 비슷한 것들이야.

이쪽으로 넘어오는 대신에 니나는 대수롭지 않게 말했다. 읽어 봐. 중요하면 나에게 이야기해 줄 수 있겠어? 그녀는 그릇 씻는 일을 계속했다. 설거지를 끝낸 후에는 상자에 못을 치기 시작했다. 망치 소리가 빈집에 크게 울렸다.

내가 집어든 최초의 편지는 타자기로 친 것이었다. 투박하고 커다란 글씨가 낯익었다. 문체도 그랬다. 완전한 편지가 아니었다. 두 번째 아니면 세 번째 장 같았다. 끊어진 문장으로 시작하고 있었다.

······많은 고통을 겪었고 그 고통에 짓눌려 있는 이 늙은이를 용서하시길. 이 애는 성격이 고약해요. 차갑고 믿을 수가 없고 제멋대로예요. 그리고 아주 무례해요. 자기 어머니를 센티멘털하다고 하고 나의 엄격함을 정신과 성장 능력이 부족하기 때문이라고 합니다. 어린 소녀의 입에서 이런 말이 나올 수 있습니까?

우리는 이 애를 잘 길렀어요. 그 말들은 타인의 영향에서 비롯된 거요. 당신의 영향 때문이라고 하면 틀리지 않을 겁니다, 박사님. 그 애는 당신으로부터 커다란 정신적 도움을 받았다고 주장해요. 만약 이 도움이 부모와 교육시키는 자의 권위가 실추되는 것으로 나타난다면 우리는 그런 도움은 사양하고 싶어요. 이런 점에서 내 딸이 당신 집에 출입하지 못하도록 한 나의 조치를 이해해 주시길 기대합니…….

그 한 페이지는 여기서 끝이 났다.

니나. 나는 흥분해서 소리쳤다. 여길 들어봐.

니나가 망치를 손에 들고 입에는 상자용 못을 문 채로 왔다. 나는 그녀에게 이 편지를 읽어주었다. 그녀는 입에서 못을 하나씩 하나씩 천천히 빼내면서 말했다.

맙소사. 니나는 말했다. 알다시피 이미 오래전에 지나간 일이야. 아버지는 모든 것을 이해할 수 없었어. 그의 책임이 아니야. 그의 이해 밖에 있는 일이었으니까.

다시 궤짝에 매달려 일을 하면서 니나는 덧붙였다. 모든 것은 이해하기가 힘들어. 나는 뭔가를 이해하는 것을 포기했어.

그녀와 이것을 가지고 논쟁하는 일은 의미가 없었다. 나는 두 번째 편지를 읽기 시작했다. 날짜는 1930년 6월 29일로 되어 있었다.

존경하는 슈타인 박사님.

어제는 평소의 나답지가 않았습니다. 나를 나쁘게 생각하지 말아주시길 부탁드립니다. 내가 왜 그랬는지 모릅니다. 여름 탓일까요. 나는 풍만함 그리고 포만함을 참을 수 없습니다. 자연은 정지해 있으며 동경을 잃어버렸습니다. 나는 그래서 공허하며 피곤을 느낍니다. 스스로가 가치 없어 보입니다. 나는 자주 이른 새벽에 깨어납니다. 모든 것이 아직 빈 상태고 회색으로 싸여 있을 때 말입니다. 그때마다 나는 공포, 누군가 내 목을 조르는 듯한 공포를 느낍니다. 삶에 대한 공포, 살아야만 한다는 것에 대한 공포입니다. 이때는 어떤 위대한 생각도 나를 도울 수 없습니다. 신에 대한 생각도 마찬가지입니다. 인간은 이러한 공포에 단독으로 내맡겨져 있죠. 최악의 경우가 지나가면 나는 이것이 도대체 무엇이었는지 이해하려고 애씁니다. 여러 가지 대답이 나옵니다. 내가 인생에서 아무것도, 어떤 의미 있는 것도 이루지 못할 것이라는 불안감, 내 인생은 그냥 사라지고 있으며 나는 살지 않았다는 불안감, 나는 실수를 저질렀으며 영원히 내 인생은 작은 궤적 속에서 움직일 뿐이라는 불안감들입니다. 견딜 수가 없습니다. 그러니 나한테서 어떤 의미 있는 것이 나올 수 있겠어요. 이 무슨 오만인지요. 그렇지만 나는 이것을 당신한테만은 말할 수 있습니다. 내 속에 있는 무언가가 '너는 무언가를 이룰 수 있어' 하고 나에게 말하고 있다는 것을. 나는 이 '무언가를'이 무엇인지 모릅니다만 그것을 느낄 수는 있습니다. 그리고 또 나는 그 무언가를 이루지 못할까봐 불안합니다. 그 무언가를 영원히 상실할까봐 불안합니다. 영원히 말입니다. 그것은 너무나 끔찍한 일입니다. 그러나 이 모든 것은 불안의 가장자리, 아직 포착 가능한 불안의 제일 바깥 가장자리에 불과합니다. 실체는 뭔지 모릅니다.

그리고 이해하지 못하겠는 것은 내가 이런 상태에 거의 애착을 느끼고 있다는 사실입니다. 나는 열정적으로 그것에 적응하고 있습니다. 이런 발작이 참을 수 있는 최고 극단까지 이르지 않으면 나는 실망을 느낍니다. 나는 극단을 원합니다. 극단에 대한 특별한 결심이 서 있음을 봅니다. 어머니는 나에게 언젠가 실성했다고 말한 적이 있습니다만 나는 내가 정말 그렇게 될 소질이 있다고 생각하는 때가 가끔 있습니다. 이때도 불안을 느낍니다.

　이제 그만 쓰겠습니다. 당분간은 선생님을 방문하지 않을 생각입니다. 선생님을 더 이상 괴롭혀 드리고 싶지 않기 때문입니다.

　나는 이 편지를 들고 옆방으로 갔다. 망치질 그만해. 나는 소리쳤다. 그리고 니나에게 '극단에 대한 특별한 결심'이란 부분을 읽어주었다.

　누가 쓴 거니? 나는 물었다.

　내가 쓴 걸 거야. 지금도 그런 생각을 하고 있으니까.

　네가 쓴 거구나. 네가 열아홉 살 때 쓴 거구나. 다 읽을까?

　아니야, 이미 오래전에 지나간 일이야. 그가 쓴 편지는 없어? 이 소포를 보낸 작자가 쓴 거 말이야. 무슨 설명이 있어야 할 것 같은데.

　나는 봉투에 들어 있는 편지를 가져왔다. 니나는 그 편지를 마지못해 받는 태도였다. 긴장하는 것 같지는 않았다. 나는 소포 있는 데로 돌아가서 다시 뒤적거리기 시작했다. 분량이 매우 많았다. 모두 손으로 쓴 것이었다. 앞엣것은 벌써 누렇게 변색되어 있었다. 사이사이에 여러 사람들의 편지가 끼여 있었다. 니나의 편지도 있었다. 모든 페이지에는 날짜가 기입되어 있었다. 분명 일종의 일기장이었다.

나는 뒤쪽의 한 곳을 대강 펼쳤다. 그리고 1938년 11월 8일이라고 적힌 부분을 읽기 시작했다.

오늘 저녁 헬레네는 다시금 파티를 준비했다. 그녀는 내가 이 파티를 통해 기분 전환을 할 수 있을 것이라고 믿고 있었다. 나를 도와주려는 노력이 감동적이지만 또한 거북한 것도 사실이었다. 그녀 자신은 파티를 싫어했지만 항상 참석해서는 주최자로서 새롭고 놀라운 재능을 보여주었다.

어제의 사건 때문에 우리는 손님들이 안 올까봐 걱정했지만 모두가 왔다. 각기 성격에 따라 침울해 하기도 하고 흥분하기도 했지만 모두 다 아주 심란한 모습이었다. 거무죽죽한 얼굴들은 그들이 밤을 새웠다는 것을 보여주고 있었다. 새로 오는 사람들은 모두 나름대로 자기 자신이 목격한 것을 이야기했다. 창문으로는 텅 빈 나뭇가지 사이로 불타버린 유대인 교회의 시커먼 지붕과 약탈당해 텅 빈 굴처럼 보이는 유대인 상점들이 보였다. 하루 종일 부서진 쇼윈도의 깨진 유리 조각들을 밟고 다녔다. 당연히 마이트 부인이 가장 화를 내고 있었다. 그녀는 우리들을 조심스럽게 제외시키면서 국민 전체를 격렬히 비방했다. 그녀의 말에 반대하는 것만큼이나 찬동하는 것도 어려웠다. 대화에 공백이 생긴 틈을 타 헬레네가 화제를 바꿨다. 이날 밤 우리 모두는 자기 주량껏 술을 마셨다. 우리는 우리가 본 것을 잊었다. 공연을 끝내고 10시쯤 올 수 있었던 알렉산더는 이상하게 명랑하고 약간은 들떠 있는 우리를 보았을 것이다. 그는 우리를 의심스러운, 그리고 침울한 눈

초리로 쳐다보았다. 그러나 나와 헬레네를 제외하고는 아무도 이것을 의식하지 못했다. 알렉산더는 말없이 헬레네가 그에게 밀어놓은 빵을 삼켰다. 포도주 한 잔을 단숨에 비우고, 곧 이어 두 번째 잔을 비운 후, 침울한 기색이 약간 가시기는 했으나 여전히 불안을 감추지 못하는 모습이었다. 그는 식탁에 오래 앉아 있지 못하고 평소 그의 버릇대로 방 안을 어슬렁거렸다. 내 책상에는 니나가 기고한 작품이 수록된 잡지 《룬트샤우》 한 권이 놓여 있었다.

알렉산더는 최근 억누를 수 없는 거의 광적인 호기심에 사로잡혀 아무 데고 놓여 있는 책과 잡지를, 심지어 편지들까지 열어 보곤 했는데, 이번에도 기계적으로 손을 뻗쳐 그 잡지를 펼쳤다. 갑자기 그는 금지된 일이라도 하는 양 이상하게 서두르는 태도로 그 잡지를 들고 창문이 움푹 들어간 곳으로 갔다. 거기서 그는 탐욕스러울 정도로 집중해서 어떤 부분인가를 읽기 시작했다. 이것은 나를 초조하게 했다. 빌 부인이 무얼 그렇게 열심히 읽느냐고 그에게 물었을 때 그는 퉁명스럽게, 그리고 이런 자기의 태도를 의식하지 못한 채 대답했을 뿐이었다. 소설이요.

마이트가 소설 제목을 보기 위해 몸을 굽혔을 때 알렉산더는 잡지를 거칠게 잡아당기고는 신경질적으로 말했다. 나중에 읽으시오.

사람들은 고개를 설레설레 흔들며 그를 내버려두었다. 식탁으로 돌아오면서 마이트가 말했다. 니나 부슈만의 소설이군.

부슈만. 빌 부인이 말했다. 신인이지만 장래가 유망해. 나는 그녀의 첫 소설을 읽어보았어. 아주 좋더군.

헬름바흐가 이례적으로 생기를 띠며 끼어들었다. 나는 그녀를 개인적으로 알아요. 재미있는 여자죠. 재빨리 그는 덧붙였다. 그녀는 나의 의뢰인이었어요.

그러나 너무 많이 얘기했다는 듯이 그는 입을 다물었다.

오, 갑자기 마이트 부인이 그녀의 남편을 팔꿈치로 치면서 소리쳤다. 여보, 우리는 그녀를 알잖아요. 피아니스트와 우리집에 온 적이 있잖아요. 그 피아니스트 이름이 뭐였더라. 당신이 알겠네요. 내 생각에 그녀는 그 피아니스트와 어떤 관계가 있어요. 한마디로 변화무쌍한 삶을 살고 있는 여자죠.

그럴지도 모르지. 마이트가 말했다. 그런데 그녀는 똑똑하다고, 너무 똑똑하다고 말할 수 있지.

난 모르겠어요. 그의 부인이 말했다. 그러나 좀 신중하면 좋겠어요. 그녀에게는 약간 불안하게 하는 것이, 굳이 말하자면, 도발적인 데가 있어요.

마이트 부인이 '굳이 말하자면'이라는 유보적 표현을 쓴 것은 그녀가 말하려는 것에 대해 가장 부드럽고 적절한 표현을 찾으려고 애쓰고 있다는 것을 보여주었지만, 나는 서서히 부아가 치밀어오르기 시작했다. 헬레네가 나를 불안하게 쳐다보았다.

그녀가 무얼 도발하죠? 빌 부인이 무뚝뚝하게 물었다.

그녀는 예의가 없어요. 아무에게나 전혀 배려 없이 불쾌한 말을 할 수 있는 여자예요. 말하자면 직선적이랄 수 있죠.

그게 잘못된 건가? 마이트가 물었다. 마이트 부인은 자기 남편의 질문에 대답하지 않았다. 그리고 그녀는 어떤 반박도 용납하지 않겠다는 투로 자기 의견을 말했다. 확실히 그 여자는 너무 어려요. 그 밖에도 그녀는…… 그녀는 망설였다.

포도주에 약간 흥분된 마이트가 장난조로 말했다. 말해요. 그러니까 그 여자가 아무 남자하고나 잠을 잔다는 거지?

마이트는 자기 손을 부인의 팔 위에 올려놓고 말했다. 당신은 작가가 어떤 것도 무릅쓰지 않으면서 좋은 책을 쓸 수 있다고 생각해요? 실제 이상으로 모르는 척하거나 점잖은 척하지 않았으면 좋겠소.

그러면서 마이트는 내게 말을 걸었다. 당신은 그 여자를 압니까?

아니요, 라고 나는 대답했으나 순간적으로 목소리가 나오지 않은 것 같아 '아니요'를 다시 한 번 말했다.

사귀어보면 알게 될 것입니다. 그녀는, 내 생각인데, 거짓말하지 않고도 세상을 살 수 있다는 것을 본인 자신은 의식하지 못하면서도 몸으로 보여주는 사람이오. 재미있지요. 그러나 어려운 거죠. 아무 데서나 충돌하고, 구설에 오르고, 항상 극단으로 치닫는 당돌한 존재요.

이때 헬레네가 큰 소리로 말했다. 오빠, 지하실에서 포도주 한 병만 가져다주실래요?

나는 층계를 내려가면서 현기증을 느꼈다. 불안에서 비롯된 것이었다. 그러나 둥근 지하실의 서늘함이 기분을 좋게 했다. 나는 이마를 차갑고 축축한 벽에 기댔다. 비록 그것이 존경심이든 선망에서 나온 경탄이든 니나가 다른 사람들의 입에 오르내린다는 것이 나에겐 참을 수 없는 일이었다. 그녀가 그런 식으로 관찰의 대상이 되었다는 자체가 구역질 나는 일이었다. 얼마나 많은 사람들이 그녀를 아는지! 그리고 모두가 그녀에 대해 무언가를 알고 있다. 만약 니나가 내 아내가 되어 달라는 청을 거절하지 않았더라면 그녀는 얼마나 다른, 얼마나 완전히 다른 인생을 살았을 것인가, 라는 데까지 생각이 미쳤을 때, 나는 다시 한 번 극심한 고통을 느꼈다.

　지하실에 그냥 있고 싶다는 강력한 욕구가 나를 엄습했다. 나는 불을 끄고 궤짝 위에 앉았다. 어둠이 기분 좋게 나를 에워쌌고 내부에서는 완전하고 궁극적인 종말에 대한 절실한 소망이 나를 일깨웠다. 지난 얼마 동안 나는 얼마나 자주 스스로에게 물어보았는가. 나는 무엇 때문에 더 살아야 하는가, 라고. 나는 인생의 즐거움을 느끼지 못한다. 또, 꼭 필요한 것도 아니고 다른 사람에게 기쁨도 주지 못하는 이런 생을 계속 영위해야 할 의무도 알지 못한다. 이전에는 공포를 느꼈으나, 이제는 나와 삶을 연결하는 것은 아무것도 없다는 사실에 평안함을 느낀다. 무한한 적막감이 나에게 입을 벌리고 있다. 엄청난 무기력이, 어떤 환멸이나 권태에서 비롯된 것이 아닌 무관심이 나를 가득 채우고 있다. 나는 성공했으며 약간의 재산도 있다. 나는 중요한 동시대인들의 존경도 받는다. 이 존경은 내가 사회 지배층이 보내는 존경에 기뻐하지 않는다는 사실을 잊어버리게 한다. 그러나 이 모든 것이 나에게는 의미가 없다. 만약 니나가 내 곁에 있다면 달라질 것인가 생각해 본다. 이제는 설령 그녀라 해도 그렇게 할 수 있을 것 같지는 않다. 그녀는 이전에 나로 하여금 인생이란 살아볼 만한 가치가 있는 것이라고 여러 번 믿게 한 적이 있었다. 나는 언젠가 내가 인생의 무의미함에 대해 깊게 탄식했을 때 그녀가 한 말을 기억하고 있다. 만약 어떤 사람이 인생의 의미에 대해 묻는다면 그는 그 의미를 결코 알게 되지 못할 거예요. 그것을 묻지 않는 자만이 해답을 알아요. 그녀는 이것을 지나가면서 얘기했다. 생각에서 나온 말이 아니었다. 그녀는 고양이와 장난을 치고 있었다. 니나는 그 당시 매우 불행했다. 두 번째 아이를 임신했을 때였고 내가 그녀를 가스 자살로부터 구해 주었을 때였다. 그녀는 분명 자기 인생을 내던졌다. 그러나 인생을 다시 얻은 그 순간 그녀는 또 한 번 인생의 의미를 믿고 있었다. 아직 푸르죽죽하고 초췌한 모습으로 그녀는 말했다. 내가 의식을 잃기 시작한 때만큼 생을 미치도록 강력하게, 정말 지겨우면서도 멋지다고 느껴본 적이 전에는 없었어요. 이 이상 그녀다운 말이 있을까.

왜 나는 그렇게 느끼지 못하는가.

왜 나는 어두운 지하실에나 앉아 부드러운 종말을 소망하는 것일까. 이제부터라도 정말 살아보려 하지 않는가.

나는 불을 켜고 두 개의 병을 집어 들었다. 계단참에서야 그것이 과일 주스라는 것을 알고는 다시 밑으로 내려갔다. 그리고 포도주를 찾았다. 그러나 이번에는 불을 끄지 않아 다시 내려가야 했다. 땅 밑에 있는 이 둥그런 방이 나를 내보내고 싶어 하지 않는 것 같았다. 다시 위로 나왔을 때 나는 알렉산더의 목소리를 들었다. 그는 방 한가운데 서서 아주 큰 소리로 어떤 것에 대해 이야기하고 있었다. 처음부터 듣지 못했기 때문에 나는 무엇에 관한 얘긴지 누구에 관한 얘긴지 당장은 알 수 없었다.

　……그리고 그때 그녀는 무리 한가운데로 뛰어 들어가서 아이를 빼앗아 들고는 사람들에게 고함쳤어요. 그녀가 무슨 말을 했는지는 모르지만 그들은 멍하니 꼼짝 않고 있었어요. 그리고 그녀는 아이를 데리고 가버렸죠. 이때서야 무리는 정신이 들어 그녀를 헐레벌떡 쫓아갔어요. 총을 쏘는 놈도 있었어요. 그러나 이때 그녀는 어떤 집으로 사라져버리고 그들도 뒤따라 들어갔어요. 나도 들어갔어요. 그러나 그녀는 집 안에 없었어요. 그들은 찾고 또 찾았어요. 거리 전부를 수색했지요. 그러나 그녀는 사라지고 없었어요. 그런데 자정이 지나고 한참 후 그녀가 내 집 문 앞에 서 있는 겁니다. 팔에 아이를 안고서 말입니다. 옷은 다 떨어져서 누더기 같았어요. 그녀는 지쳐서 비틀거렸어요. 그리고 아이를 내 침대에 뉘었어요. 아이는 평안하게 잠자고 있었어요. 안겨 있을 때 이미 잠자고 있었어요. 뢰벤슈타인 씨의 다섯 살난 애였어요. 부모는 끌려갔고 그녀가 빼앗아 오지 않았더라면 그 애는 맞아 죽었을 겁니다. 그녀는 의자 위에서 잠이 들었어요. 그러나 금방 깨어나더군요. 우리는 이 애를 어떻게 해야 할지 의논했어요. 이때 그녀가 말하더군요. 자기가 맡겠다고. 그리고 아이의 머리를 빨갛게 물들이겠다고요. 그녀는 아이와 함께 집으로 갔죠. 그리고 지금 그 애는 그녀 집에서 살고 있어요. 누가 그 애를 찾아낼까봐 정말 걱정되는군요.

알렉산더는 득의에 찬 표정으로 주위를 둘러보았다. 모두들 감동받은 듯 아무 말도 못 하고 있었다. 빌 부인이 낮은 소리로 나에게 말했다. 니나 부슈만에 관한 얘기예요. 그녀가 뢰벤슈타인 씨 아이를 구해 냈어요.

나는 땀이 맺히는 것을 느꼈다. 이때 헬레네가 말했다. 술 좀 따르지 않을래요? 그러나 그녀는 내 손이 떨리는 것을 보고 병을 빼앗아 들더니 손수 술을 따랐다. 그녀는 이런 상황을 눈에 띄지 않게 그녀가 할 수 있는 한 수습해 내곤 했다. 대화는 다시 가라앉았으나 분위기는 어수선해졌다. 손님들은 그 후 뿔뿔이 흩어졌다.

집 안을 환기시키려고 창문을 열었을 때 나는 누군가가 길 한가운데 서 있는 것을 보았다. 그는 모자를 목 뒤로 젖혀 쓰고 있었으며 발로 깨진 유리들을 짓밟고 있었다. 처음에 나는 술 취한 사람이려니 생각했으나 나중에 그가 알렉산더라는 것을 알았다. 나는 슬며시 창문에서 떨어졌다. 조금 있다 벨이 울렸다. 헬레네가 서둘러 문께로 갔으나 내가 먼저 나갔다. 알렉산더야. 나는 말했다. 그가 무얼 잊고 갔나봐. 그녀는 자기 방으로 돌아갔다. 나는 알렉산더를 들어오게 했다. 그는 이상하리만치 헝클어져 있었다. 그래서 그가 어디 선술집에서 몇 잔 더 걸치지 않았나 하는 의심이 들었다. 알렉산더는 모자를 던지듯 걸고는 나보다 먼저 방으로 들어갔다. 그는 창문을 닫고 소파에 털썩 주저앉았다. 나는 그에게 왜 그렇게 엉망으로 보이느냐고 물었다. 그러나 그는 한 손을 쳐들었다가 다시 내려뜨리기만 했다. 무력감을 완벽하게 내보이는 동작이었다. 나는 우선 그대로 내버려두기로 하고 몇 다스의 담배를 마는 일에 열중했다. 그러나 나의 내부에는 엄청난 불안감이 똬리를 틀고 있었다. 이 불안감은 참을 수 없으리만치 강해졌다. 내가 이 불안에서 벗어날 수 있었던 것은 이때 알렉산더가 마침내 고개를 들고 절망적인 표정으로 나를 쳐다보았기 때문이다. 그는 말했다. 자네는 나를 형편없는 바보로 여기겠지. 그러나 나 혼자서는 이 문제를 해결할 수가 없어. 그는 다시 고통스러운 침묵으로 빠져들었다. 나는 조심스럽게 물었다. 극장에 어려운 일이라도 있나?

그건 아니야. 그는 초조한 듯 말했다.

아니면 자네 부인이 유대인인가?

그는 고개를 흔들었다. 정치적인 문제가 아냐. 그는 피곤하다는 듯 말했다. 정말 어리석다고밖에 할 수 없는 연애 얘기야. 연애 얘기라는 말 자체가 자네 마음에 안 들겠지만.

이 순간에 나는 그것이 니나에 관한 얘기라는 것을 알았다. 그러자 강력한 반발심이 솟구쳐서 나는 처음보다 더 냉랭하게 말했다. 고백할 나이는 지나지 않았나?

그러나 그는 그가 지금 겪고 있는 일과 그것을 고백하려는 소망에 너무나 강렬하게 사로잡혀 있었던 탓에 내 말을 흘려들었다. 그는 나를 아주 참담한 시선으로 바라보았으며 우울하게 중얼거렸다. 자네는 이 모든 것을 이해하지 못할 거야. 자네에게는 이런 일은 중요하지 않지. 나는 이런 점에서 자네가 부럽네.

곧이어 알렉산더는 책상을 때리면서 큰 소리로 말했다. 제기랄, 이건 중요해! 자네도 알아야만 하네. 한 사내가 자기 인생을 잘못 살아왔다고 생각한다면 그건 정말 끔찍한 일 아닌가.

그렇지. 그렇게 말할 수 있겠지. 고통스러운 듯 나는 말했다.

그리고 그 사람이 자기가 정말 어느 것도 해결할 수 없는 두 개의 의무 사이에 처해 있는 것을 보게 되면 몇 갑절 저주스러운 일이 될걸세.

나는 대화의 역겨움을 극복하고자 결국 묻지 않을 수 없었다. 자네는 나한테 이야기하고 싶은 것이 있는 모양인데, 그게 뭔가?

아, 이야기하란 말이지. 그는 아무 희망 없이 말했다. 그건 이야기할 수 없어. 지금 얘기하는 여자를 자네가 모른다면 나는 자네에게 정말 형편없는 바보로 비칠 거야. 그렇지만 바보 같은지 아닌지 한번 들어보게나. 한 여자가 딴 남자와 약혼한 상태에서 나를 알게 되었어. 둘은 서로 뜨겁게 사랑하게 되었지. 나는 그녀를 나에게 붙들어두려 했고 그녀는 임신을 했어. 그런데 약혼자가 이 사실을 알았는데도 그녀를 놓아주지 않으려고 한 거야. 그녀는 그와 살았어. 아이는 그의 자식으로 간주되고. 될 대로 돼라, 나는 화가 난 나머지 가까운 동료와 결혼해 버렸지. 자네도 일제를 알 거야. 그런데 이제 와서 그 남자가 그녀를 버린 거야. 그녀는 그냥 내 아이와 함께 있고. 나는 그사이 결혼한 상태고 일제는 임신했지. 그러나 나는 옛날처럼 그녀를 좋아하고 있네. 나는 그녀와 의논했네. 그녀는 물론 거절했지. 나는 지금 한 여자의 남편이라는 거야. 자네가 만약 그녀를 안다면 그녀가 달리 대답할 수 없으리라는 것을 알걸세. 그녀는 내가 그녀와 아이에게 의무를 느끼고 있는 걸로 알고 있네. 그녀는 도움을 받으니 차라리 굶어 죽으려고 할걸세. 그녀는 아이 양육비를 대는 것도 거절했네. 여태까지 그녀는 한 푼도 받지 않았네. 대단한 고집이지. 이런 여자일세.

그는 다시 나를 예의 그 득의에 찬 표정으로 바라보았다. 그가 니나를 여전히 사랑하고 있는 것은 분명했다. 그러나 그는 다시 비통해 했다. 그래, 그는 중얼거렸다, 여기 앉아서 나는 슬퍼하고 있어. 어떤 방법으로든 그녀를 다시 데리고 올 생각은 안 하고. 그녀를 만나지 않는 날은 없어. 그런데 오늘 밤 그 유대인 소년 얘기와 그녀의 나쁜 품행 얘기가 나온 거야.

나는 그의 말을 더 듣고 있을 수 없었다. 니나의 애아버지가 누구인지 안 것은 지금이 처음이었다. 애아버지가 나의 친구였다는 것은 나에겐 쇼크 이상이었다.

그런데, 나는 알렉산더와의 우정을—그는 사실 내가 순수하게 친구라는 이름을 붙일 수 있는 유일한 친구였다—영원히 잃어버릴 수도 있을 만큼 냉랭하게 말했다. 그런데 이 모든 것이 나와 무슨 상관이지? 나에게 무엇을 기대하나?

맞아. 그는 우울하게 대답했다. 내가 자네에게 무엇을 기대하는 거지? 모르겠네. 다만 한 남자가 이런 상황이라면 어떻게 해야 할지 자네가 말해 줄 수 있기를 바랐네.

나는 더 이상 들을 수가 없었다. 알렉산더, 나는 말했다, 나에게 더 이상 묻지 말아주게. 나는 자네를 도와줄 수 없네. 우리가 어젯밤에 겪은 끔찍한 일에 비하면 자네의 연애 얘기는 사소하달 수밖에. 살아가면서 한 여성이 그렇게 많은 자리를 차지해도 되는 건지 모르겠네. 더 중요한 것이 많은데.

그는 어깨를 으쓱했다. 그래. 그는 침울하게 말했다. 자네 말이 한편으론 옳아. 그러나 다른 한편으로 보면 그렇지만은 않아. 나는 이 모든 것이 자네에게는 극도로 어리석은 일로 비칠게 틀림없다고 생각했어야 했는데. 나는 수천 번 스스로에게 타일렀어. 이것은 바보 같은 짓이다, 대수로운 게 아니다, 이것은…… 아, 제기랄! 이젠 집어치우자고.

그는 무겁게 일어섰다. 그러나 문가에서 그는 말했다. 나를 비웃어도 좋네. 중요하건 중요하지 않건 자네 마음이니까. 이런 일로 우리가 멀어질 순 없지. 그러나 자네의 우월감을 보면…….

그러면, 나는 말했다, 내가 자네 인생에 해를 끼치는 적으로 보인다는 말이겠지. 나도 알아.

나의 비꼬는 말투가 그를 당혹하게 만들었다. 우리는 서로를 쳐다보았다. 우리는 서로를 바라보면서, 탁 터놓은 것 같으나 알 수 없는 남자들의 적대감과, 끈질기고 피곤한 자기 고집 사이에 놓인 광대한 거리를 두루 체험했다.

그래. 알렉산더가 말했다. 옛말이 맞아. 오류는 오류를 낳고 마지막으로 고독만이 남게 된다는 것, 그래 나도 알아. 그러나 자네가 그녀를 알게 된다면……. 아, 그만둘게.

그는 걸어놓았던 모자를 집어 들었다.

그녀를 만나보지 않을래?

아니. 나는 마지막 힘을 다하여 말했다. 나에겐 이젠 혼자 있고 싶은 생각밖에 없었다.

그는 어깨를 으쓱하고는 가버렸다. 나는 창문을 통해 그가 가는 것을 보았다. 그는 천천히 가고 있었다. 두 손은 호주머니에 찌른 채 느릿느릿 걸어가고 있었다. 그건 결코 절망한 자의 모습이 아니었다. 나의 몸은 땀과 커다란 충격으로 푹 젖어 있었다. 위 부근에 이전보다 더 심한 통증이 왔다.

1938년 11월 8일의 이 기록 다음에는 1938년 2월 20일의 짤막한 메모가 이어졌다. 그러나 얼마쯤 읽어갔을 때 나는 니나가 문간에 서 있는 것을 알아차렸다. 그녀는 내가 그녀에게 건네준 편지를 들고 있었다.

여기에 설명이 있어. 니나는 아무 표정도 없이 말했다. 읽어주겠어.

1947년 9월 7일에서 9월 8일로 넘어가는 밤에.

사랑하는 니나, 당신은 이 날짜에 주의하지 않을 거요. 오늘은 우리가 만난 지 정확히 18년째 되는 날이오. 지상에서의 이러한 우리의 우정은 그러나 더 이상 지속되지 못하오. 나는 당신을 다시 보지 못할 것이오. 나는 불치의 병에 걸렸소. 암이오. 나는 인생이 참을 수 없는 고통이라는 불공정한 무기를 가지고 나를 패배시키기 전에 스스로 인생을 끝내는 자유를 선택하기로 했소. 당신은 이러한 나의 결정을 이해하고 존중해 주리라 믿소. 비록 받아들이지는 않겠지만.

나는 18년 동안 당신과 관련된 모든 것을 기록했고 모든 것을 모았소. 나는 헬레네에게 이 꾸러미를 당신에게 보내 달라고 부탁했소. 단, 당신의 서른여덟 번째 생일에 맞추어 달라고 했소. 그때쯤 되면 이런 것이 당신의 마음을 혼란케 하지는 않을 것이오. 다만 당신은 이것을 읽으면서 더 이상 나에게 반박하지 못할 것이오. 유감스럽겠지만.

죽은 뒤에 생전의 죄를 속죄할 수 있다면 나는 그렇게 할 것이오. 내가 지은 죄란 결단을 회피했다는 것이오. 나는 그것이 비겁했기 때문일까 스스로에게 물어보오. 그러나 그렇지 않소. 아마 유약했기 때문일 것이오. 그러나 의식이 그에게 끊임없이 주의하도록 경고하고, 모든 경우의 장단점을 일일이 다고려해 보라고 명령한다면 어느 누가 결단을 내릴 수 있겠소. 더구나 이 때문에 정직한 추진력을 뺏기고, 아는 것이 주는 우울함에 내맡겨진다면 말이오. 죽는 순간에도 나는 이 문제의 정답을 알지 못하오.

나는 기꺼이 이 세상을 하직하오. 아니, 이미 오래전에 나는 이 세상을 떠났소. 그런데도 당신을 다시는 못 만난다고 생각하니 슬픔이 북받치오.

오는 새벽, 나는 내 인생에서 처음으로 결심을 감행할 것이오. 비록 저 참을 수 없는 고통이 명령하는 것이긴 하지만. 그러나 진정으로 삶을 살지 못했을 때 죽는다는 것이 얼마나 고통인지.

잘 있으오, 잘 있으시오.

이 편지를 다 읽었을 때 나는 니나를 쳐다볼 용기가 나지 않았다. 나는 그녀가 울까봐 걱정했다. 그러나 그녀는 울지 않았다. 멍하니 침울하게 바닥을 내려다보고 있었다. 창백했다.

그 공책은 뭐야?

일기장이야. 나는 대답했다.

뭘 읽었는데?

이 일기를 쓴 사람이 그 남자와…… 나는 망설였다. 그러나 나는 계속했다. 그러니까 네 애의 아빠와 대화한 내용이야.

읽을 만해?

그건 대답할 수 없는 질문인걸.

니나는 몸을 돌려 자기 짐이 있는 데로 돌아갔다. 마치 아픈 것처럼 천천히 걸었다. 그러나 갑자기 다시 돌아와서 내 옆 궤짝 위에 앉았다.

마르그레트 언니, 언니는 결혼했지? 맞지? 아니, 이혼했나?

결혼했어. 벌써 오래됐지. 그런데 왜 물어?

언니가 결혼했을 때 형부는 그 전에 결혼한 적이 없었어?

그는 이혼하고 나와 결혼했어.

언니 때문에?

그렇게 말할 수는 없어. 그는 행복하지 않았으니까.

그가 그렇게 말했어?

그랬어. 그건 모두가 알고 있었어.

확신해?

자꾸 왜 그래? 그랬어. 다른 사람의 결혼 생활과 비교하는 한 그랬어.

그렇군, 하며 니나는 고개를 끄덕였다. 우울해 하면서도 만족하는 듯했다.

이혼하는 일이 언니 남편에게 힘든 일이 아니었을까? 그녀의 물음은 집요한 데가 있었다.

그렇다 안 그렇다 한마디로 말할 수는 없을 거야. 그가 매우 사랑하는 자식이 있었어. 나름대로 부인에게도 애착이 있었다고 봐. 그렇지만 이혼은 그에게 일종의 구원이었어.

언니는 그 사람과……. 니나는 망설였다. 그러다가 재빨리 말을 마쳤다. 행복했어? 휴, 니나. 행복이 뭐니? 우리는 평화롭게 사는 거야. 공통의 관심이 있고 한 신문사에서 같이 일해. 자식이 없고 우리는 자식 없는 것을 좋게 여기고 있어. 멋진 집이 있고, 자동차, 개, 그래, 멋진 셰퍼드들이 있어. 그 밖에 더 뭘 바라야만 돼?

조금 후에 니나는 다시 말했다. 그녀는 구두끈을 단단히 고쳐 매고 있었다. 언니는 사랑이 뭔지 알아?

이것은 내가 생각하지 못했던 질문이었다. 나는 대답을 회피하려고 했다.

니나, 나는 말했다. 알다시피 나는 이제 마흔아홉 살이야. 오십이 다 된 여자는 산전수전 다 겪었다고 생각해야 해. 그러나 다 지나간 일이야. 대개 적어도 이 나이면 지나갔다는 것이 기쁠 뿐이야. 나 같은 사람들은 지나간 것들을 눈물, 히스테리, 갈등, 화해, 끝없는 오해, 몇 번의 아름다운 밤, 오랜 기다림 등이 서로 막 뒤섞여 있는 것으로 추억하지. 어쨌거나 나에게 사랑이란 항상 기다림과 맞물려 생각이 돼. 편지를 기다리고, 기차를 기다리고, 그의 이혼을 기다리고, 그의 최종 결심을 기다리고, 그가 일자리를 얻게 되길 기다리고, 처음에는 독일에서, 다음에는 스웨덴에서, 맞아, 기다림뿐이었어.

그러고 나서는?

그러고는? 우리가 결혼하고 나서는? 그때는 더 이상 기다릴 필요가 없어졌지.

언니는 정말 행복했어? 기다리기만 했을 때보다 더 행복했어?

그래, 그때가 정말 더 행복했어.

정말?

니나의 계속되는 질문들은 나를 당황하게 했다. 내가 적합한 대답을 찾으려고 애쓰는 동안 나는 결혼하고 나서 최초의 몇 년을 빼고는 이에 대해 생각해 본 적이 없다는 사실을 깨달았다. 그때 물론 나는 이것이 '행복'일까 하고 자문했다. 그러나 나는 불행하지 않았고, 삶에 대해 지나친 요구도 하지 않았기 때문에 나는 행복하다고 나 자신과 타협할 수 있었다.

사랑에 대해서 언니는 알고 있어? 니나는 질문했다. 요는 사랑이 무언지 알고 있느냐는 거야.

그래, 하고 대답하면서 나는 약간 불쾌해졌다. 사랑이란 누군가에게 속해 있다는 감정이야. 오로지, 그리고 철저하게 말이야.

그러면 사랑과 정열의 차이는 뭐지? 니나는 의심스럽다는 듯이 나를 쳐다보았다.

나는 정열은 지나가버리지만 사랑은 지속적이라고 대답하려다가, 이미 니나의 눈이 그 말이 상당히 진부하다고 말하고 있었으므로, 그걸 누가 정확히 알겠어?라고 말했다.

그녀는 나에게서 천천히 창문 쪽으로 얼굴을 돌렸다. 그리고 말했다. 맞았어. 이에 대해서는 아무도 대답할 수 없다는 거야. 니나는 자신의 손을 편지 위에 얹었다. 여기 있는 이 사람, 슈타인은 말이야. 그는 나를 사랑했어. 나는 그것을 알았어. 그는 나를 17년이나 관찰했고 나를 혼란시켰어. 이것은 그 자신에게도 마찬가지였어. 사랑은 그의 병이었어. 그러나 그 사랑이 없었다면 그는 벌써 오래전에 메말라서 아무것도 안 남았을 거야. 그는 자신의 살아 있음을 위해 사랑을 필요로 했어. 그래도 그는 나를 정말로 사랑했어. 그는 자기 자신을 낮췄고 나의 경멸을 감수했어. 그러나 그는 나를 단념했어.

그녀가 입을 다물었을 때 나는 말했다. 그가 둘은 서로 맞지 않는다고 느꼈을지 모르지.

맞았어. 니나는 침울하게 대답했다. 그는 그걸 느끼고 알고 있었어. 비록 그가 나를 사랑했지만. 그는 모든 것을 날카롭게 보고 있었어. 그런데도 끝까지 나를 소유하려는 생각을 버리지 않았어. 그리고 거의 그것이 이루어지려는 순간 단념하곤 했어. 아니, 아니야. 내가 뭔가 이의를 제기하려는 것을 보고 니나는 말했다. 그런 게 아니었어. 언니는 그가 오로지 정복만 하려고 하고 그것을 이루고 나서는 전리품을 내다 버리는 그런 사람으로 생각하는 거지. 절대 아니야. 그는 그냥 물러섰어.

그렇구나. 그리고 나는 망설이듯 물었다. 그런데 너는?

니나는 어깨를 으쓱하고는 내려놓았다.

니나가 더 계속하지 않았으므로 나는 다시 일기장을 뒤적거리기 시작했다. 얼마 후에 니나는 작은 소리로 말했다. 나는 정말로 내 생애에 한 번도 사랑해 본 적이 없었어. 한 번도 없었어. 한 남자 때문에 정말로 불행해진 적이 한 번도 없었어. 나는 사랑한다는 것이 무엇인지 몰랐어. 그러나 지금은 알아.

나는 그녀의 다음 말을 기다리려고 숨을 죽였다. 아까보다 더 작은 목소리였다. 그것은 끔찍한 거야.

나는 계속 물어볼 엄두가 나지 않았다. 니나는 일어나서 빈 방을 몇 번씩 왔다 갔다 했다. 그녀가 걷는 모습을 보니 그녀가 본디 부드럽다는 생각이 들었다. 물론 그런 우울한 단정을 내릴 수 있을 것 같지는 않았다. 그러나 그녀를 통찰한다는 것은 어려운 일이었다. 불가능한 일이었다. 그녀의 내부에는 많은 것이 도사리고 있었다. 그리고 나는 그녀를 거의 몰랐다.

니나, 나는 말했다. 이것들을 읽고 싶지 않아? 이리 와, 우리 같이 읽자.

아, 무엇 때문에? 그렇게 하지 않아도 아는데. 니나는 대답했다. 젊었을 때나 자기 자신에 대해 알고 싶어 하는 거야. 게다가 나는 그의 문체가 싫어.

그러나 니나는 내 쪽으로 와 궤짝 위에 앉았다. 처음 부분을 읽어 줘. 거기는 참을 만할 테니까.

1929년 9월 8일이 시작이야. 나는 말했다.

그렇게 일찍? 아, 그때 그는 아직 의사였어.

니나는 갑자기 나에게로 몸을 돌렸다. 언니가 모르는 사람에 대해서 계속 얘기하고 있었네. 그는 슈타인 박사라고, 스켈가에서 개업하고 있었어. 나중에는 교수가 되었지.

어떻게 생겼는데? 나는 물었다. 혹시 기억날지도 몰라.

키가 크고 말랐어. 무뚝뚝해. 니나는 간단히 대답하고는 재빨리 덧붙였다. 이제 읽어봐. 나는 소리내어 읽기 시작했다. 비록 소리내어 읽는 것을 끔찍이도 싫어했지만.

1929년 9월 15일.

새로 여자 환자가 한 명 왔다. 여러 가지로 귀찮게 하는 여자다. 그녀 자신은 의식하지 못하지만 낯설고 거북살스럽고 그렇다고 피해 갈 수도 없게 만든다. 그녀가 진찰 시간에 온 것은 1주 전이었다. 그녀는 대합실 한구석에 웅크리듯 앉아 있었다. 처음에 나는 야위고 발육이 덜 된 어린 소녀인 줄로 알았다. 그녀는 한 번도 고개를 들지 않았다. 맨 끝인 그녀 차례가 될 때까지 2시간이 걸렸다. 그녀가 문턱을 넘어왔을 때 나에게 어떤 일이 일어났다. 내 안에서 어떤 변화가 일어났다고 해야 하리라. 나는 다른 사람이 되었다. 나는 그녀를 바라보았고 그녀도 나를 바라보았다. 그러나 그녀는 나를 본 게 아니었다. 그녀의 얼굴은 석회벽처럼 창백했으며 두 손으로 허공을 짚었다. 그러나 의식을 잃을 듯하다가 다시 정신을 차렸다. 내가 부축해 주기 전이었다. 실신하지 않으려고 그녀는 비상한 노력을 기울였음에 틀림없었다. 한 마디 말도 하지 않고 그녀는 의자에 앉았으며 그리고 구두끈을 풀었다. 발이 굉장히 부어 있다는 것을 나는 단박에 알아차렸다. 내가 도와주려고 하자 그녀는 나의 손을 밀쳐내고는 양말을 발에서 확 잡아 올렸다.

패혈증이에요. 그녀는 딱딱하게 말했다. 좋지 않아 보였다. 시간이 없었다. 나는 헬레네를 불렀다.

그의 여동생이야. 니나가 불쑥 말했다. 병원 일을 도와주고 있었는데, 나를 아주 싫어했지. 어쨌거나 난 정말 그때 좋지 않았어. 진저리 나는 병이었지. 두 달이나 지속됐어. 아주 아름다운 가을이었는데, 계속 누워 있기만 했어. 그러나 멋진 시절이기도 했지. 그때 일을 뭐라고 적었는지 알고 싶은데. 그렇지만 수술에 관한 대목은 빼 줘. 그건 재미 없으니까.

그는 다만 너를 마취시키려고 했고, 그래서 헬레네를 불렀다는구나. 그런데 네가 전신마취는 싫다고 해서 국부마취만 했대. 그리고 네가 누워 있는 모습과 그가 그런 너를 바라보는 모습에 대해 적어놓았어.

거길 읽어 줘. 그가 그때부터 날 사랑했는지 알고 싶어.

그는 이렇게 적었다.

그녀는 눈을 감은 채 미동도 않고 누워 있었다. 나는 그녀를 찬찬히 바라보았다. 이제까지 한 번도 여자 환자가 나의 마음을 끈 적이 없었는데, 이번엔 달랐다. 아름다운 얼굴은 아니었다. 깡마르고 피부는 갈색, 얼굴은 슬라브인처럼 보였다. 비슷한 또래의 어린 처녀가 지니고 있는 부드러운 기품은 없었다. 머리카락은 헝클어져 있었고 잠자리에서 흘린 땀이 배어 있었다. 이런 그녀가 좋은 느낌을 줄 수는 없었다. 그런데도 그녀는 내 마음을 끌었다. 그녀는 마치 황야의 바람에 불려 온 것처럼 갈색의 깡마른 모습이었다. 쌀쌀맞았고 심각했다. 그리고 몹시 앓고 있었다. 언제까지나 이렇게 바라보고 있을 수는 없는 일. 나는 헬레네를 불러서 자동차를 준비시키도록 했다. 진찰실로 돌아왔을 때 그녀는 일어나려 하다가 이번엔 정말 의식을 완전히 잃고 말았다. 팔로 여자를 안아보기는 10년 만에 처음이었다. 여자는 가벼웠다. 그리고 열 때문에 뜨거웠다. 먼지 냄새와 땀 냄새가 풍겼고 추해 보였다. 그런데도 그녀를 자동차 있는 곳으로 안고 가면서 나는 마치 그녀를 침대로 안고 가는 듯한 느낌을 가졌다. 영리하고, 예민하고, 질투심 많은 헬레네가 언제부터 환자를 오빠 차로 옮겼죠? 하고 차갑게 물었다. 처음으로 나는 헬레네에게 대답하지 않았다.

이때부터야. 니나가 끼어들었다. 그 여자는 나를 못마땅해했어. 그런데 그가 묘사한 내 모습이 마음에 안 드네. 그렇게까지 추하지는 않았는데. 그 무렵의 사진이 있어. 그래도 그가 쓴 모든 게 공감이 안 가는 것은 아니야. 그러니까 그 무렵의 그는 달랐어. 그때 만약 그가…… 그러나 나는 정말 아팠어. 지금 그것에 대해 생각한다는 건 정말 부질없는 짓이야. 내가 왜 이런 걸 듣고 있는지 나도 모르겠어.

자, 들어봐, 하고 나는 말했다. 여기 네가 흥미로워 할 대목이 나오니까. 죽을지도 모른다고 네게 말했을 때의 상황이야.

그래, 그녀는 갑자기 생기를 띠며 말했다. 그걸 읽어봐. 죽는 얘기가 사랑 얘기보다는 더 재미있으니까.

니나, 나는 소리쳤다. 너는 깊이 생각도 않고 말을 하는구나.

생각하지 않는다고? 왜 생각을 안 해? 죽음은 인생에서 가장 흥미로운 것인데.

너, 죽고 싶니? 나는 대답을 두려워하면서도 가볍게 물었다.

죽고 싶냐고? 아니, 지금은 아니야. 이렇게는 싫어. 지금까지 몇 번 그러고 싶었고, 한 번은 거의 죽을 뻔했지. 하지만 살아나니까 기뻤어. 포기했다고 해서, 그리고 절망에 빠졌다고 해서 자기 목숨을 끊는 것은 옳은 일이 아니야. 그렇지만 언젠가 한번은…… 니나는 말을 끊고 재빨리 나를 쳐다보았다. 내게 말을 해야 할지 말아야 할지 주저하는 모양이었다. 결국은 얘기를 하려고 애를 쓰다가 다음과 같이 말했다. 인간은 아마 가장 행복할 때 죽어야 할 거야. 그러고는 생각에 잠긴 채 조그마한 목소리로 덧붙였다. 그래도 이것 역시 다른 경우와 마찬가지로 비겁한 짓이야.

그런 말을 할 때의 니나는 마치 인생에 대한 모든 걸 알고 있고, 또 그 모든 것을 있는 그대로 받아들이는 노파처럼 보였다. 니나가 더 이상 말하지 않았으므로 나는 계속해서 읽어나갔다.

1929년 9월 18일.

매일 N. B에게 간다. 그녀는 고열 속에서도 의식은 말짱하다. 그녀는 말을 하지 않는다. 대신 그녀의 어머니가 문 밖까지 배웅 나와 딸 몫까지 수다를 떤다. 모친은 자기 딸에게 대단히 불만이다. N이 사랑스럽지 못하고 드세며 차갑고 폐쇄적이며 고집불통이라는 것이다. 따라서 도대체가 집안 식구 같지 않다는 것이다.

N은 정말 집안 식구와는 달랐다. 은행원인 부친은 아주 예

의 바르긴 했지만 어딘가 비굴한 데가 있고, 사람을 믿지 못했다. 자신감이 없었고 공손함 속에는 딱딱함이 감추어져 있었다. 모친은 지적이긴 했지만 냉정했고 섬세함이 없었다. N의 집안 분위기는 숨이 막혔다. 집안에서는 발끝으로 걸어다녔고 아무것도 감히 건드리지 못했다. 모든 세간살이가 거울처럼 반질반질했다. 나는 빗자루와 걸레를 들지 않은 모친을 본 적이 없었다. 마치 그 집에서는 공기까지도 빠듯하게 그리고 적정량으로 측정되어 살균되는 듯했다. 그리고 그 질서에 집착하는 여인의 권력에 굴복하고 있는 느낌이었다.

나는 웃지 않을 수 없었다. 참 잘 썼어, 그렇지?

응, 그래. 니나는 건성으로 대답하며 계단을 올라오는 발소리를 긴장해서 듣고 있었다. 니나의 그런 모습은 내가 기르고 있던 두 마리의 매우 신경이 예민한 개를 연상시켰다.

누굴 기다리고 있니? 내가 물었다. 니나는 움찔했다.

아니야, 아무것도 아니야. 오래된 습관일 뿐이야.

발소리가 니나의 문을 지나가버리자 비로소 그녀의 얼굴에서 긴장된 빛이 사라졌다.

더 읽어 줘. 그가 나보고 죽을 것이라고 말한 대목만 읽어 줘.

1929년 9월 20일.

오늘 마침내 단둘이 있을 수 있었다. 선생님, 하고 니나가 부르며 나를 쳐다보았다. 선생님이 숨기려 해도 부질없는 일이에요. 혈관폐색증은 치료할 수 없다는 걸 나는 알고 있어요. 그녀의 목소리는 아주 맑았고 눈은 평온했다. 그녀는 공포나

일말의 근심조차도 가지고 있지 않은 듯했다.

아니요. 나는 말했다. 잘못 생각했어요. 물론 정맥염에는 혈관폐색의 위험이 있습니다. 그러나 당신이 정말로 안정만 한다면 피할 수 없는 것이 아닙니다. 그녀는 고개를 저었다. 난 알고 있어요. 의사들이 결코 진실을 말하지 않는다는 걸요. 직무상의 비밀이거나 혹은 의무에서 그럴 거예요. 그렇지만 말하지 않는 것이 잘못인 경우도 있어요. 내가 죽을 수밖에 없다면, 난 알고 싶어요. 죽음은 중요한 일이에요. 죽음을 단 한 번밖에 경험할 수 없다면 어떻게 의식 없이 그것을 받아들일 수 있겠어요? 도살당하기 전에 머리를 몽둥이로 얻어맞는 동물처럼요? 나는 죽음 곁에 있고 싶어요. 이해하시겠어요? 나는 그것이 어떤 것인지 알고 싶어요. 죽음은 굉장한 것일 것 같아요.

나는 내가 그동안 관찰해 왔던 수많은 죽어가는 자들의 모습을 떠올렸다. 그들의 죽음은 굉장한 것이 아니었다. 그것은 온갖 종류의 고통에 찌든 비참한 것이었다. 그들은 자기들의 생명을 마치 구역질 나는 구멍투성이의 누더기처럼 내던져버렸다. 또는 매우 비참한 삶이었을지라도 그 삶에 집착하는 사람들도 있었다. 위신도 망각하고 부끄러움도 망각하고 죽음에 저항했다. 그리고 니나의 말처럼 머리에 타격을 받고 죽음에 기습당하는 사람들도 있었다. 이들은 자신에게 무엇이 닥쳤는지도 모르고 죽었다. 니나의 죽음은 그들과는 다를 것이다. 그녀의 죽음은 그녀가 말한 것처럼 '굉장할' 것이다. 나는 그녀가 자기의 죽음을 '굉장한 것으로' 만들 것이라고 생각했다.

나는 자주 죽음에 대한 꿈을 꾸었어요. 니나는 계속해서 말했다. 나는 죽는다는 게 어떤 건지 알고 있어요. 한번은 내가 죽는 꿈을 꾸었어요. 그것은 끔찍한 공포로 가득 찬 순간이었어요. 마치 목이 졸리고 찢기고 부서지는 것 같았어요. 그러나 그것은 한순간이었을 뿐, 그다음에 온 것은 형용할 수 없을 정도로 좋았어요. 나는 아주 가벼워졌고 날아다녔어요. 내 몸은 수정같이 보이는, 그러나 수정은 아니었고, 딱딱하지도 무겁지도 않은, 아주 가볍고 밝은 물질로 되어 있었어요. 나는 점점 가벼워지고 밝아져서, 마침내 은색 공기로 만들어진 공 같은 것이 되었어요. 아주 황홀했어요. 그러나 그다음 순간 나는 깨어났어요. 잠에서 깨어난 그날 아침 나는 끔찍히 불행했어요. 나는 벽과 바닥과 천장이 있는 방에 나무와 새털로 만들어진 침대, 내 침대에 누워 있었어요. 이미 무한이라는 게 어떤 것인지 알았을 때 내가 육체를 가지고 있다는 건 참을 수 없는 일이었어요. 힘들게 일으켜서 한 걸음 한 걸음 걸어가야 하는 육체 말이에요. 한계를 가진 이런 육체적 삶을 어떻게 견딜 수 있나요? 그것과는 다른 것이 있는데, 우리가 동경하는 그런 자유가 있는데도 말이에요.

니나가 너무 말을 많이 해서 흥분했으므로 나는 그녀가 말을 더 이상 못 하게 했다.

지금은 더 이상 그런 건 문제가 안 돼요. 니나는 비웃듯이 말했다. 나는 죽고 싶은 거예요. 이해 못 하시겠어요? 사는 것보다, 여기서 사는 걸 뜻해요, 훨씬 더 아름다운 게 있다는 걸 알고 있어요. 공부하고, 먹고, 자고, 직업을 갖고, 결혼하고, 아이를 낳고, 이런 게 다 뭐죠? 이것만으로는 모자라요. 사람들은 그런 것에 익숙해져서 마치 거기에 의미가 있는 것처럼 스스로에게 타이르죠. 그래요, 다른 어떤 것은 필요로 하지 않고, 또 모르는 사람들에게는 의미가 있을지도 모르지요. 하지만 내가 어떻게 그것으로 만족할 수 있겠어요? 멋진 순간이 우리의 삶에 존재한다는 것을 나는 책에서 읽었어요. 사랑을 하거나 혹은 아이를 낳거나 혹은 어떤 진리를 발견한 순간이 그렇다는군요. 그러나 그런 건 영원히 계속되지 않아요. 우리는 그저 맛만 보고 조금 구경하고 그리고 다시 빼앗기고 말아요. 이건 절대로 나에겐 충분치 못해요. 그래서 나는 죽고 싶어요. 이해하시겠어요? 그러니까 선생님은 나에게 말씀해 주셔야 해요.

나는 몹시 당황했다. 그렇지만 내가 당황한 것은 그녀의 대담함 때문이 아니라, 그녀를 잃어야 한다는 고통 때문이었다. 또한, 그녀가 계속해서 성장하지 못하고 그녀에게 잠재되어 있는 꿈과 기대가 이루어지는 것을 보지 못한다는 무서운 고통이 함께 어우러진 것이었다.

모르겠습니다, 하고 나는 말했다. 당신이 죽을지 어떨지 나는 모릅니다. 정말 모릅니다.

니나는 나를 한참 동안 쳐다보고 나서 또 물었다.

선생님은 우리가 소망함으로써 죽음에 이를 수 있을 거라고 생각하세요? 매우 간절한 소망에 의해서, 또 그것을 열렬하게 믿음으로써 죽을 수 있지 않을까요?

그녀는 자신이 나를 얼마나 무섭게 괴롭히고 있는지 몰랐다.

인간은 소망과 믿음에 의해서 거의 전부에 이를 수 있을 거라고 생각합니다. 나는 말했다. 그러나 그 소망은 일부러 꾸민 것이어서는 절대 안 됩니다.

그래요. 니나는 큰 소리로 말했다. 그것은 인간의 본질에 속하는 필연성이어야 해요. 그렇지 않나요? 그렇기 때문에…….

아, 우리는 모릅니다. 그것에 관해서는 알 수 없습니다, 하고 나는 말했다. 우리는 수천 가지의 속임수에 몸을 맡기고 있고, 한 걸음 한 걸음 걸을 때마다 신들에게 속고 있는 것입니다.

아니에요. 그녀는 고개를 저었다. 나는 그렇지 않아요.

내가 떠날 때 니나는 흥분해 있었으나 행복한 기대감에 넘쳐 있었다. 나는 그녀가 죽으리라고는 믿지 않는다. 오늘 밤에는 아니다. 아마도 이 병으로는 결코 죽지 않을 것이다. 그녀가 품고 있는 죽음에 대한 동경은 호기심이다. 형이상학적 호기심. 이것은 그녀의 활발함과 대담함에서, 그리고 모든 것을 체험하겠다는, 그녀에게는 삶의 일부인 죽음까지도 체험하겠다는 요구에서 비롯하는 것이다. 이런 호기심은 경솔에 가깝다. 그 경솔함을 보상하기 위해서라도 계속 살아야 하는 것은 아닌지.

자정이다. 잠이 오지 않는다. 그녀가 정말 죽기라도 한다면? 그녀가 지금 자리에서 일어나 마구 움직인다면? 그녀가 죽음을 자초하려 한다면? 그녀는 그것에 대해 한 마디 언급도 없었으며, 그런 가능성을 고려하지 않았다. 그녀의 확신이 그것을 막고 있다. 그녀가 그처럼 경멸해 마지않는 삶이 그녀를 보호하고 있다. 자살은 그녀의 세계 밖에 있다. 아니면 내가 이런 생각을 함으로써 자신을 위안하려는 것일까? 만약 내일 아침 일찍 전화가 와서 니나의 어머니가 그녀의 죽음을 알린다면 나는 어떻게 할 것인가?

새벽녘이다. 나는 지금 막 집으로 돌아왔다. 나는 니나의 집 앞에 있었다. 5시간 동안 그녀의 집 맞은편 숲속 담벼락에 기대어 숨어 있었다. 맑고 차가운 가을밤이었다. 별이 가득했다. 이 도시에서는 아직 한 번도 느껴보지 못한 고요하고 거울 같이 투명한 밤이었다. 마치 높은 산속에 있는 것처럼 조용했고 집들은 바닷가의 암벽처럼 딱딱하고 회색으로 보였다. 개한 마리가 그림자처럼 조용히 지나갔다. 계속해서 그 개는 내곁을 지나다녔다. 움직이면 안 되기라도 하는 것처럼, 니나의 목숨이 마치 내가 꼼짝 않고 서 있는 것에, 그리고 내가 망을 보는 데 달려 있기라도 한 것처럼 나는 가만히 서 있었다. 나는 4층에 있는 니나의 방 창문에 눈길을 붙박고 갑자기 촛불이 켜지는지 지켜보았다. 니나의 부모 같은 사람들은 틀림없이 촛불을 켜놓고 기도하거나 슬퍼할 것이다. 그렇지만 니나는 사람들이 아침에나 겨우 발견할 수 있도록 갑자기 죽을 것이다. 갑작스럽고 조용한 죽음이란 얼마나 좋은 것인가. 아침이 되어서야 나는 집으로 돌아왔다. 새벽빛에서 보니 내가 밤을 보냈던 곳은 형무소 담장 옆이었다. 지금은 6시. 2시간쯤 더 자야겠다. 그러나 불가능할지 모르겠다. 어쩌면 니나는 내가 그녀를 떠난 바로 그 순간을 기다렸을지 모른다. 나로부터 떠나기 위해. 나는 자지 않을 것이다.

왜 계속 읽지 않고? 니나가 물었다.

니나는 다리를 올리고 두 손을 무릎 위에 깍지 긴 채 가만히 앉아 있었다. 내가 대답을 하지 않자 태연히 말했다. 흥분했어? 벌써 지난 일인걸. 나는 그가 밑에 있는 줄은 몰랐어. 몰랐던 게 다행이지. 알았으면 귀찮았을 텐데.

니나는 열띤 목소리로 말을 이었다. 그날은 아주 멋진 밤이었어. 그는 내 머리맡에 부연 액체가 담긴 컵을 갖다 놓았지. 나는 그가 진정제를 주려고 한다는 것을 알고 있었어. 나는 그것을 먹지 않았어. 나는 깨어 있고 싶었던 거야. 밖의 블라인드도 커튼도 열려 있어서 나는 하늘과 성당의 첨탑을 볼 수 있었지. 언니도 우리 방 밖으로 내다보이던 광경을 기억할 거야. 루트비히 성당의 첨탑이 마치 두 개의 바늘처럼 가늘게 보일 뿐 하늘 외에는 아무것도 안 보이지. 12시에 어머니가 또 한 번 왔지만 자는 척했더니 뭐라고 중얼거리면서 다시 나가버리더군. 아마 그녀는 기도를 했을 거야. 어머니가 무엇 때문에 기도를 했는지 나는 모르겠어. 어머니는 나를 좋아하지 않았어. 내가 큰 골칫덩어리라느니 내가 그녀의 인생을 망쳐놓았느니 하던 어머니가 어떻게 내가 다시 건강해지게 해 달라고 기도할 수 있는 거야? 인간은 정말 모순덩어리야, 안 그래? 그날 밤 이야기를 계속 해야겠어. 나는 누워서 기다렸어. 죽음을, 아니, 죽음의 상태를, 배후를 기다리고 있었어. 처음에는 행복했어. 그걸 확실히 기억하고 있어. 그런데 그다음에 온 생각들이 나를 불안하게 했어. 앞으로의 인생이 나에게 무엇을 가져다줄지 모르잖아? 아마 나에게 멋진 일이 다가올지도 모르고 나에게 큰 재능이 있어서 유명해질지도 모르잖아? 누가 알겠어. 결혼할 수 있는 중요한 남자를 찾아낼지도 모르는 일이고. 유혹이 하나하나 다가왔어. 그것은 삶의 환상이었어. 너무나 유혹적인 정경이었지. 아침 햇살 속에는 꽃밭과 강이 있고, 나는 대도시의 거리를 걷고 있었어. 부활절이었지. 나는 늘 그렇게도 갖고 싶어 했지만 한 번도 입지 못한 밝은 빛깔의 봄 투피스를 입고 있었고 한 다발의 튤립을 안고 있었어. 왜 튤립이고 보라색과 노란색이었는지는 모르겠어. 환상이었으니까. 또 나는 무대 위에서 케트헨 역을 맡아 연기하는 나를 보았어. 그 무렵 나는 배우가 되고 싶어 했으니까. 그리고 난 담배 냄새를 맡았지. 당시 내게는 담배를 피우는 것이 우아함의 상징으로 여겨졌으니까. 이렇게 삶은 완전히 바보 같은 환상들로 나를 유혹하려고 했어. 나는 매우 불안했고 혼란스러웠어. 그러나 그다음에 내가 꿈꾸었던 다른 환상들이, 내가 자유의 환상이라고 불렀던 것들이 왔기 때문에 나는 다시 침착해졌어. 그러나 감히 죽음을 원하지는 않게 되었어. 나는 누워 있었고 기다렸어. 나는 내가 어땠는지를 아직 기억하고 있어. 나는 아주 가벼웠어. 새털처럼 가벼웠어. 어쩌면 슈타인이 나에게 아편을 주었는지도 몰라. 나에겐 이것이 죽음의 시작이라고 여겨졌어. 그러고는 밝아졌고, 점점 밝아져서 아침이 왔어. 나는 아직 살아 있었어. 그리고 나는 삶 속으로 다시 내던져졌던 거야. 나는 몹시 부끄러웠어. 위대한 기회가 지나가버렸다는 것을 알았고 다른 모든 사람과 마찬가지로 살아야 한다는 것을 알았어. 그때 나는 침대에서 뛰쳐 일어나 창문으로 갔어. 나는 순간적으로 이것이 나의 종말일 수도 있다는 것을 알았어. 그러나 나는 역시 알고 있었어. 위대한 기회는 지나가 버렸다는 것을. 나는 지금 내가 원한 것을 할 수 있지만 나는 살아가리라는 것을. 나는 유리창에 기대서 울었어. 창문은 활짝 열려 있었고, 밖은 이른 아침이었어. 사실 나는 교도소 담장에 기대 있던 슈타인을 볼 수도 있었을 거야. 가을 잎 냄새를 맡았고 나는 계속해서 울었어. 몹시 괴로운 아침이었어. 그리고 슈타인이 왔고 나는 모든 게 그 때문이라는 듯 화를 냈어. 그 후 며칠 동안 계속 잠만 잤고 회복되기 시작했어. 정말 너무 더뎠어. 나는 많은 책을 읽었어. 아마 슈타인이 가지고 있는 장서의 절반은 읽었을 거야. 그는 내가 원하는 책을 가져다주었어. 별로 읽고 싶지 않은 책이 더 많았지만 나는 그가 가지고 온 것은 다 읽었어. 이런 식으로 나는 아주 많은 지식을 습득하게 되었어. 나는 마치 신들린 듯 배웠어. 죽음이 나를 데려가려 하지 않았으므로 나도 죽음을 더 이상 원하지 않았어. 삶 쪽으로 돌아서게 된 거야. 그런데 산다는 것은 그 무렵의 나에게는 아는 것, 무섭게 많이 아는 것, 생각하는 것, 모든 것을 파고드는 것을 의미했어. 그 밖에는 없었어.

니나는 우울하게 말을 계속 이어갔다. 나는 언제나 과장 속에서 살아왔어. 그런데, 그가 그다음에 도대체 뭐라고 썼어? 내가 건강해진 다음에 나와 그가 어떻게 되었는지 생각나지 않아. 나는 대학에 다녔어. 둘째 학기였어. 그를 만날 시간이 없었어.

내가 보기에도 긴 공백이 있었다. 다음 기록은 1931년 5월

12일자였다.

니나가 도시에 없는 것 같다. 나는 날마다 산책하는 습관이 생겼는데 이것은 헬레네를 놀라게 했다. 내 산책 길은 언제나 같다. 공원을 지나 대학을 한 바퀴 돈 다음 튜르켄 거리와 빌헬름 거리를 지나 니나의 집 앞까지 갔다 다시 돌아오는 것이다. 때때로 밤에 환자가 왕진을 청할 때면 혹시 불 켜진 그녀의 방을 볼 수 있지 않을까 해서 일부러 먼 길을 돌아 차를 몰곤 했다. 나는 매우 괴롭고 혼란한 상태에 놓여 있었다. 내가 여태까지 여자들에게 거리를 둔 오만함을 속죄하는 듯했다. 내 생활을 바꿀 수 있는, 아니 이미 바꾸어 놓은 최초의 여성이 니나라는 것을 안다면 그녀는 뭐라고 말할까? 나와 헬레네가 그토록 어렵게 쌓고 그처럼 완강하게 지켜온 고독은 무어란 말인가?

나는 책 쓰는 일을 그만두었다. 내원객들을 다 만나고 나면 나는 진찰실 문을 잠그고 내 방으로 간다.

헬레네는 나를 방해하는 일이 결코 없었다. 헬레네는 내가 연구하는 줄 알고 있다. 책상 위에는 글씨를 쓴 종이가 놓여 있는데 나는 날마다 다른 종이를 그 위에 올려놓는다. 만약 헬레네가 볼 경우(그러나 그녀의 분별력이 이런 짓을 하지 못하게 할 것이다.) 내 작업이 계속 진행되고 있는 것처럼 보이기 위해서다.

니나의 사진을 한 장 갖고 싶다. 이 무슨 바보 같은 희망인가? 그러나 이 생각은 나를 완고하게 따라다닌다. 망상이 되고 있다. 만일 내가 그녀의 사진을 가지고 있다면 마술로 니나를 내 곁에 불러올 수 있을 것 같다. 나는 자신을 어떤 힘들에 맡기고 있는 걸까. 내 이성은 날마다 좌초의 고통을 겪는다. 이런 식으로 나는 자연에 보상금을 바치고 있는 걸까. 그렇지 않다면 이렇게 나를 괴롭히고 저항할 수 없는 강력한 힘으로 유혹하고 있는 것은 무엇이란 말인가. 오늘 밤 나는 지난 여러 해 동안 일어나지 않았던 일을 잠자는 동안에 경험했다. 그 때문에 잠이 깼고 마치 몰래 죄를 저지른 듯 부끄러웠다. 이제 내가 니나를 소유하거나 아니면 궁극적으로 이 바람을 극복해야 할 때가 온 것 같다. 그런데 N은 어디 있는 걸까.

어디 있었어? 나는 읽다 말고 니나에게 물었다.

우리는 이사를 했어. 니나는 짧게 대답했다. 그런데 이걸 봐. 편지가 있네. 슈타인이 내게 쓴 편지야. 복사한 것인지 아니면 초안인지도 몰라. 읽어볼래.

1931년 6월 28일.

친애하는 부슈만 양에게,

내가 당신에게 빌려드렸는지도 모르는 책에 대하여 말한다면 그것은 내가 당신으로부터 그 책을 돌려받지 못할까 의심해서가 아닙니다. 나는 그 책을 누구에게 빌려주었는지 확신하지 못하며, 따라서 당신이 그것을 갖고 있는지 알고 싶습니다. 이해해 주시길 부탁드립니다. 저에게 몇 자 적어 보내 줄 수 있으신지요? 그 책은 스탕달의 『적과 흑』으로, 내가 매우 소중하게 생각하는 책입니다. 건강을 빕니다.

B. 슈타인

니나는 한숨을 쉬었다. 맙소사, 어떻게 이렇게 돌려서 말할 수 있을까? 그는 내가 이 책을 갖고 있지 않다는 것을 잘 알고 있었어. 그건 그렇고, 나는 이 편지를 받지 못했어. 받았으면 기억할 텐데. 여기 편지가 또 있네. 같은 날 쓴 거야.

친애하는 부슈만 양에게,

만약 내가 당신의 방문을 그리워하고 당신을 다시 만날 아무런 희망이 없는 것에 대해 심한 고통을 느끼고 있다고 한다면 당신은 매우 놀라실 테죠. 나는 말합니다, 나는 몹시 쓸쓸하며 당신과 대화를 나누고 싶다고. 나에게 기쁨을 주실 수 있을지…….

편지는 여기서 중단되어 있었다.

그랬군. 니나는 쌀쌀하게 말했다. 분명 그는 자기가 말하고 싶었던 것을 똑바로 말할 용기가 없었어. 또 편지가 있어?

응, 그런데 이 글씨체 좀 봐! 아주 혼란스럽고 엉망이야. 보내는 사람 이름도 없고, 그런데 날짜는 같네.

……이 편지는 당신에게 아주 뜻밖이고 혹은 당신을 당황하게 할지도 모릅니다. 나를 이해하려고 해주십시오. 당신은 매우 젊습니다. 그러나 당신과 대화를 나누는 동안 나는 당신

의 정신연령이 실제보다 훨씬 높으며, 당신의 마음이 나를 이해할 수 있을 만큼, 또한 당신에게는 낯설고 익숙지 않은 것도 이해할 수 있을 만큼 포용력이 있다는 것을 알게 되었습니다. 우리가 처음 만난 이후 당신은 내 삶과 떼어놓을 수 없게 되었습니다. 당신은 내 삶에 새로운 방향을 제시했습니다. 당신은.내 본질 중 굳어 있는 부분을 용해시켰습니다. 당신은 나에게 좋은 일을 베풀고도 그 사실을 모르고 있습니다. 그러나 당신의 일은 끝나지 않았습니다. 나는 마치 숨 쉬는 공기처럼 당신이 필요합니다. 당신을 찾으려 나는 거리를 헤맵니다. 당신을 만나야겠습니다. 부디, 부디, 내 이야기를 들어 주십시오. 나를 찾아 주시든지, 아니면 단 한 줄이라도 좋으니 소식을 주십시오. 나의 삶은 당신의 손에 달려 있습니다. 당신의 B. St.

이 편지도 보내지 않았어. 니나는 말했다.

만일 보냈다면 어떻게 되었을까? 하고 나는 물었다.

니나는 어깨를 으쓱해 보였다. 아마 아무 일도 일어나지 않았을 거야. 나는 그때 아직 어렸거든. 물론 놀라긴 했을 테지만 말이야. 만약 내가 그때 그를 찾아갔더라면 어떻게 되었을까? 우리는 아마 스탕달이나 아니면 루소에 대해서 토론했을 거야.

여기 1931년 7월 8일의 일기가 있네.

나는 N을 다시 만났다. 만약 우연이라는 것이 있다면 이것이 바로 우연이었다. 만약 우연이 아니었다면 나쁘면서도 결과적으로는 유익한 숙명이었다. N은 어떤 남자와 함께 공원을 걷고 있었다. 저녁때였다. 남자는 크고 어깨가 벌어진 거한이었다. 나는 그를 알지 못했다. N의 눈은 그에게 고정되어 있었다. 최초의 거대한 감정의 우수에 가리워진 그녀의 눈은 모든 걸 말해 주고 있었다. 니나는 그와 보조를 맞추려고 애썼다. 내가 바로 곁을 지나갔으나 N은 나를 보지 못했다. 그녀는 아무것도 보지 못했다. 그 사람 외에는 아무도 보지 못했다. 나는 샛길로 해서 그들을 앞지르고는 다시 한 번 그들을 향해 걸어갔다. 남자는 내 마음에 들지 않았다. 해면처럼 구멍이 많은 얼굴이 술꾼으로 보였다. 그는 뒷짐을 지고 구부정하게 걸어서 육중한 몸이 더욱 강조되는 그런 자세를 하고 있었다. 그의 목소리는 중얼거리는 듯했으며 사투리가 섞여 있었다. 그의 무엇이 N을 매혹한 것일까? 내가 거의 스칠 정도로 바싹 그녀를 지나쳤을 때 그녀는 나를 귀찮은 듯 내키지 않는 듯 힐끗 쳐다보았으나 나라는 건 알아차리지 못했다. 얼마 동안 나는 그들을 따라갔다. 나는 이때보다 나 자신이 더 미웠던 적이 없다. 얼마나 수치스러운 느낌이 들었던가? 끝없는 욕망, 질투, 의심, 시기, 복수, 한마디로 남자가 가질 수 있는 감정 전부가 악마에 의해 지배되고 있었다. 그러나 이런 죄악의 알지 못할 감미로움이란!

어두워졌다. 두 사람은—두 사람이라는 말, 이 말에 저주스런 기분이 드는 것은 왜일까? 이렇게 말하는 것이 아마도 N을 그 거대한 남자와 같은 등급에 놓는 것이 되기 때문이리라—아직도 공원을 이리저리 걷고 있었다. 매우 더운 저녁이었다. 멀리서 번개가 쳤다. 강가 풀밭에서는 개구리가 울었다. 우울과 관능에 푹 젖어버린 저녁이었다. 그들이 공원 출구에서 헤어진 때는 11시였다. 그들은 악수를 하지 않았다. 그는 마치 증발하듯 공원의 어둠 속으로 사라졌다. 나는 그를 쫓아가서 뺨을 때리고 모욕을 주고 싶은 강렬하고도 바보 같은 욕망에 사로잡혔다. N은 팔을 늘어뜨린 채 미동도 않고 길 복판에 서 있었다. 그를 위해서라면 관목 한 그루로라도 변할 준비가 되어 있는 듯했다. 아주 우울한 모습이었다.

나는 그녀에게 말을 걸 용기가 나지 않았다. 그렇다. 이것이 적당한 표현이다. 나는 용기가 나지 않았다. 나는 어둠 속 가까이에 서서 그녀의 감정을 존중해 주었다. 마침내 그녀가 처음에는 머뭇거리다가 다음에는 점점 더 빨리 걸어가는 것을 보고 나는 그녀의 뒤를 쫓았다. 그녀는 이사를 한 것이었다. 나는 무엇을 해야 할지 불안하다. 아니, 내가 해야 할 일을 어떤 방식으로 해야 할지 몰라 불안하다.

1931년 8월 18일.

내가 다시 N을 만난 것은 단순히 우연이라고만은 할 수 없다. 그럴 것이 나는 그녀가 지금 살고 있는 합스부르크 거리를 하루에도 몇 번씩 걷거나 혹은 차를 타고 지나다녔기 때문이다. 이번에는 그녀에게 말을 걸었다. 그녀는 아주 태연했고 차가웠다. (냉정함은 아니다. 냉정이란 결함에서 비롯되는 것이지만 그녀의 차가움은 젊음의 표지이며 순수함의 표지인 것이다.) 그녀의 눈길은 수줍었으나 매우 맑았기 때문에 나는 내가 밤마다 겪는 욕망이 부끄러웠다. 그러나 이 눈길도 언젠가는 흐려질 것이다. 이 여자의 전부가 단 하나의 약속이다. 아직도 그녀는 소녀 같은 공상에 잠겨 있었으며 쌀쌀맞고 객관적이고 지적이었다. 그녀는 자신의 학업에 대해 얘기했다. 심리학을 공부하고 있으며 신입생답게 반짝이는 열정을 가지고 있었다. 다른 이야기는 전혀 하지 않았다. 그녀는 국립도서관에 가는 길이었다. 공부를 하며 방학을 보내고 있다고 했다. 얼굴은 약간 창백했다. 나는 주말에 함께 여행을 하지 않겠느냐고 대담하게 물었다. 그녀는 조금도 당황하지 않고, 안 돼요, 고맙습니다만 그렇게 할 수 없어요, 돈이 없는걸요, 하고 말했다. 당황한 것은 나였다. 나는 그녀에게 내 손님이 되면 어떻겠느냐고 물어야만 했다. 그럴 수 있나요? 그녀는 진정으로 곰곰 생각하며 물었다. 왜 안 됩니까? 나는 되물었다. 아, 그녀는 대답했다. 우리 부모님이 남자가 나를 위해 돈을 쓰도록 허락해서는 안 된다고 하셨거든요.

그처럼 정신적으로 독립적인 인간이 어떻게 그토록 인습적이고 소박한 선입관에 얽매여 있을 수 있을까? 마침내 나는 내겐 자동차가 있고, 그녀가 아니더라도 갈 것이기 때문에 기름을 1리터라도 더 살 필요가 없으며, 나의 아주머니 아네트의 손님으로 가게 될 것이라고 설명해 주었다. 이렇게 말해도 그녀의 생각은 매우 완고했다. 나는 그녀를 도서관까지 바래다주었지만 그녀는 말이 없었으며 무뚝뚝했다. 나의 제안이 그녀에게 풀어야 할 수수께끼가 된 것이다. 결국 그녀는 짤막하게 말했다. 금요일 밤에 전화할게요. 그러고는 가버렸다. 나는 그녀의 뒷모습을 즐거운 기분으로 바라보았다. 그러나 나는 내가 N을 마치 나의 소유물처럼 관찰하고 있다는 것을 깨닫고 정말 깜짝 놀랐다. 나의 꿈이 현실에 의해 가차없이 수정되는 가장 좋은 시기가 지금인 듯했다. 나는 N이 함께 가지 않겠다고 하길 원했다.

1931년 8월 20일.

N이 전화를 했다. 만약 도중에 그녀가 봐야 할 중요한 책 몇 권을 갖고 있는 어떤 선생님 집에 들를 수 있다면 함께 가겠다는 것이다. 그것은 그녀의 수치심과 자존심이 꾸민 위장이다. 우리는 토요일 낮에 떠나서 일요일 저녁에 돌아올 예정이다. 이제 헬레네한테 알려주기만 하면 된다. 통제된, 아니 언제고 통제할 수 있고 비밀이 없는 삶을 영위하는 데 습관이 된 남자가 갑자기 어떤 것을 숨겨야만 할 경우, 내부에서 강한 저항감이 일어나는 법. 그는 간계와 거짓말을 사용하게 된다. 이것은 그가 매우 싫어하는 것이지만 동시에 달콤한 것이다. 필요하기도 한 것이다. 아니, 절대적으로 필요한 것이다. 이것은 그가 가지고 있는 최상의 것, 즉 그의 내부에 있는 모험심의 노예화를 막는 방패이며 무기이다. 나는 헬레네에게 학회에 참석하기 위해 본으로 간다고 말할 것이다. 다행히 요즘 회의가 개최되고 있다. 그런데 헬레네가 같이 가겠다고 하면 어떻게 하지? 평소와 달리 가려고 할지도 모르는 일이다. 나는 내가 얼마나 거짓말의 명수인지 이전에는 알지 못했다. 핑계가 곧 떠올랐다. 동료 하나와 함께 가야만 한다고 말하면

된다. 그렇지만 이론은 쉬워도 실제는 얼마나 힘든 일인가! 그리고 나는 헬레네가 믿지 않을 거라는 고통스러운 감정에서 헤어나지 못할 것이다. 헬레네는 평소와 마찬가지로 정성스럽게 내 작은 트렁크를 챙겨 줄 것이며 아무것도 묻지 않을 것이다. 헬레네에게는 나라는 인간은 묻지 않아도 안다는 무서운 무기가 있다. 왜 나는 그녀에게 이런 힘을 부여하는가? 나는 자유로운 남자가 아니란 말인가? 아니, 세상에 자유로운 남자가 있기는 한 건가?

밤. 나의 잠과 오성을 빼앗고 끊임없이 생각에 젖게 하는 밤. 수면제를 먹어야겠다. 내일 결코 잠 못 잔 모습을 보이고 싶지 않다. 그러면 나는 늙어 보일 것이다. 이런 두려움에서 나는 나의 어리석음의 극치를 본다.

이 부분에서 니나는 짧게 웃었다. 그러고는 심각하게 말했다. 전에 나는 거짓말하는 남자들을 경멸했어. 거짓말이 비겁한 것으로 보였거든. 그래, 나는 비겁한 것을 싫어했어. 나 자신은 물론 다른 사람의 비겁함도 말이야. 그러나 지금은, 지금은, 우리가 마치 밤을 필요로 하듯 비밀도 필요하다는 것을 알게 되었어. 예전에는 삶은 아주 투명하고 전부 공개되어야만 하며, 슈타인이 쓴 것처럼 통제할 수 있는 것이어야 한다고 생각했지. 그러면 우리는 밝은 햇빛 속에서 똑바로 거리를 걸어갈 수 있고, 우리가 알고 원하는 모든 것을 사람들의 얼굴을 향해 외칠 수 있을 거라고. 자, 봤지요? 알겠지요? 그래요. 당신들은 그것을 받아들이거나 혹은 안 받아들일 수 있습니다. 나는 그래요, 그러니 그렇게 할 거예요. 다르게 하진 않을 겁니다. 그러나 이런 하나뿐인 궤도의 삶으로는 발전할 수가 없어. 이제 나는 사람은 거짓말을 해야만 한다는 것을 알게 되었어. 어린아이들도 가끔 그렇게 해야만 해. 그것을 허락해야만 해. 아이들의 거짓말은 아무나 호기심을 가지고 건드리고 파괴하지 못하도록 아이들이 그들의 삶 위에 펼쳐 놓은 베일이야.

나는 니나가 깊이 생각했던 것들을 말한다고 느꼈다. 물론 이 순간에도 그녀를 완전히 이해할 수는 없었지만 니나가 얘기한다는 자체가 기뻤다. 니나는 자기 마음속의 일에 대해서는 아직 얘기하지 않았으나 나는 니나가 그것을 말할 때가 이제 얼마 남지 않았다고 느꼈다. 그러나 니나는 언제나 새로운 자극을 필요로 했다.

슈타인과의 여행은 어땠어? 나는 물었다.

그러나 니나는 내 질문을 흘려들었다. 이상해, 하고 니나는 말했다. 슈타인이 그 선생님을 질투했었네.

어떤 선생님이었는데? 나는 물었다.

고등학교 때 물리 선생님이었어.

그리고?

그거지 뭐. 우리는 모두 다 그 선생님을 숭배했어. 나도 마찬가지였지. 내가 가장 오랫동안 그랬어. 상급반의 다른 아이들이 모두 남자 친구를 사귀게 된 뒤에도 내 마음속에는 여전히 오로지 그 선생님만 있었어. 그래서 나는 스물이 되고 스물한 살이 될 때까지 사랑에 대해서 이론적으로 많은 것을 알고 있었지만 키스 한 번 받아본 적이 없었어.

호기심에서라기보다는 니나에게 계속 이야기를 시키기 위해 나는 물었다. 그때 슈타인과 함께 여행했을 때는?

아, 그때 내가 경험했느냐고 묻는 거지? 아니야. 안 그랬어. 나는 그것을 전혀 다른 방법으로 알게 되었어. 그걸 완전히 잊고 있었군. 아직 아무한테도 그 얘기를 해준 적이 없어. 왜 지금 그 생각이 나는 걸까? 언니한테는 말할 수 있겠지만 아마 놀라게 될걸.

갑자기 니나의 얼굴이 침울해졌다. 슈타인이 수고를 덜어줄 수도 있었을 텐데. 니나는 화가 나서 큰 소리로 말했다.

그러나 다음 순간 니나는 피로한 듯이 말했다. 아, 마찬가지야. 나는 아무렇지도 않았으니까. 나는 그에 대해 완전히 이해해본 적이 없었어. 그건 그렇고. 아마 믿지 못할 거야. '상상을 해봐. 언니한테 스물한 살 먹은 딸이 있는데 아주 순진해. 그런데 그 애가 이야기하는 거야. 호기심과 모험심이 발동해 처음 보는 남자와 바에 갔다고. 그 애는 아직 바에 가본 적이 없었고 그런 데를 일종의 아편굴쯤으로 생각하고 있었지. 그 애는 이것저것을 섞어서 마셨어. 그런데 술에 익숙하지 않아서 그런지 기분이 좋아지지 않고, 몹시 지친 나머지 자고 싶은 생각밖에 나지 않은 거야. 남자는 그 애를 호텔의 자기 방으로 데려갔지. 순순히 따라오는 걸 보고 그 남자는 경험이 많은 줄 알았어. 그런데 와야 할 것이 왔지. 그 애가 저항하는 것을 그 남자는 부자연스럽게 여겼어. 그러다 나중에 너무 늦게야 사실을 파악하고 그는 "맙소사."라는 한마디 말을 던졌을 뿐이야. 그러고는 일어나 창가로 가서 담배를 한 대 피우고 마당에 던졌어. 그 애는 집으로 갔어. 혼자서 말이야. 이상이야. 언니는 딸의 말을 믿겠어?

끔찍해라! 나도 모르게 큰 소리를 질렀다.

니나는 마치 노파같이 옅은 미소를 지었다.

그래, 그가 너를 그냥 가게 했고 돌보지도 않았단 말이지? 잔인하다!

나는 그 남자뿐만이 아니라 다른 모든 남자들에 대해 화가 났다.

그러나 니나는 아무렇지도 않은 듯 말했다. 도대체 그 사람이 어떻게 해야 했는데? 우울해 하면서 긴 시간 동안 함께 있어야 했을까? 후회의 빛을 보이면서? 그는 나에게 자기 주소를 주었지만 나는 길에다 버렸어.

그래. 나는 여전히 황당한 느낌에 사로잡힌 채 말했다. 너는 강하니까. 삶이 너에게 그럴 수도 있을 테지. 다른 여자 같으면……

그러나 나는 다른 여자가 아니야.

그래도…….

니나가 나의 말을 끊었다. 모두 내 잘못이었어. 그걸 잊으면 안 돼. 니나는 덤덤하게 말했다.

여전히 흥분이 가시지 않고 있던 내가 응답하기도 전에 니나가 지나가는 투로 말했다. 우리의 여행에 관해서 슈타인은 뭐라고 썼어?

니나는 내가 놀라워하는 것에 대해 재미를 느끼고 있다는 생각이 들었다. 니나가 나에게 충격을 주기 위해서 이런 이야기를 꾸며냈다는 느낌까지 들었다. 나중에 슈타인의 일기 후반부에서 정말 그런 일이 일어났다는 것을 확인할 때까지 나는 이 의심을 버리지 못했다.

어서 읽어 줘. 니나는 말했다. 여행에 관해 뭐라고 썼는지 알고 싶어. 아니, 기다려봐. 배가 고플 거야. 니나는 궤짝에서 벌떡 일어났다. 달걀 프라이 두 개를 만들어 줄게. 그러면 될까?

그렇게 놀랐는데도 나는 정말 배가 고팠다. 그런데 너는? 너는 안 먹니?

먹고 싶지 않아. 니나는 중얼거렸다.

나는 니나의 손에서 프라이팬을 빼앗아 한 사람에 두 개씩 달걀을 부쳐 토스트를 만들었다. 니나는 자기 몫을 순순히 먹었으나 어찌나 맛없게 먹던지 보기 민망할 정도였다.

다 먹은 뒤, 우리는 잠시 조용히 앉아 담배를 피웠다.

우리가 나이를 먹고서야 다시 만날 수 있었다는 것이 이상해. 니나가 잔잔하게 말했다.

니나는 나를 흘긋 쳐다보았다. 따뜻함이 담뿍 담긴 그 눈길은 강렬한 감정을 드러내지 않는 데 익숙해져 있다는 것을 보여주었다. 동생을 이런 방법으로나마 조금씩 조금씩 알게 된다는 것은 나로서는 좋은 일이었다. 그러나 내가 그녀를 지금 정말로 안다고 주장할 수는 없다. 그것은 불필요한 일이기도 하다.

먹은 접시 몇 개를 씻고 나자 니나는 나에게 계속 읽어보라고 졸랐다. 니나는 어쩔 수 없이 슈타인의 기록에 점점 관심을 갖게 되는 것 같았다. 그러나 니나는 그녀에 대해 말하는 부분보다는 슈타인이 자기 자신을 고백하는 부분에 더 흥미를 느끼고 있음이 분명했다.

1931년 8월 21일.
N과의 여행에서 돌아온 뒤다.
처음 얼마 동안 N은 말이 없었고 나도 말할 것을 찾지 못했다. 이른 가을의 입김을 느끼게 하는 큰비 뒤의 풍경을 말없이 달렸다. 부연 색조와 부드러움이 지배하고 있었다. 봄날을 연상시켰으며 시간을 초월하는 감동적인 정취를 자아내고 있었다. N이 무슨 생각을 하고 있는지 나로서는 알 수 없었다. 투칭에 이르자 그녀는 갑자기 생기를 띠더니 차를 세워달라고 청했다. 그녀에게 책을 빌려줄 선생의 집을 방문하기 위해서였다. 나는 30분 넘게 기다리다가 N이 사라져 간 정원 울타리 쪽으로 다가갔다. 그녀를 엿볼 생각은 없었으나 그렇게되고 말았다. 나는 그녀가 정원에서 한 남자와 이리저리 왔다갔다 하는 모습을 보았다. 나는 선생이라는 사람이 얼마 전에 나를 몹시 화나게 했던 그 둔중하고 꺼림칙해 보이는 남자라는 걸 금방 알 수 있었다. 그들이 무엇을 얘기하고 있는지는 알 수 없었다. 그들은 침묵하고 있는 것같이 보였다. 그들은 무엇을 했나? 왜 그들은 저렇게 오랫동안 나란히 걷고 있는 것인가? 마침내 그들이 멈췄다. 그 남자는 사람들이 이해하지 못하는 동물을 바라볼 때 간혹 그러는 것처럼 차갑고 침착해 보이는 우수를 담은 표정으로 그 여자를 내려다보았다.

이 순간 나는 N에게 그 남자가 어떤 의미를 갖는지 거의 파악할 수 있었다. 그는 N에게 낭만적 우수를 불러일으키는 청춘 시절의 일시적인 흠모의 대상이었다.

마침내 N이 작별 인사를 했다. 그러나 그녀가 떠날 때의 모습이라니! 그녀는 휙 돌아서려는 몸짓을 하더니 망설이는 듯 다시 멈춰 서서 말없이 그를 보았다. 그러고는 갑자기 뒤돌아서서 도망치듯 빨리 뛰어갔다.

차가 다시 달리기 시작했을 때 그녀는 얼굴을 창문 쪽으로 돌린 채 오랫동안 미동도 않고 가만히 앉아 있었다. 바람이 그녀의 머리를 흩날렸다. 나는 그 머리카락을 만지고 싶은 강력한 유혹에 시달렸으나 그렇게 하지는 못했다.

우리가 산 가까이 왔을 때에야 비로소 그녀는 제정신으로 돌아왔다. 그녀는 마치 어두운 물에서 고개를 내미는 것 같았다. 그녀는 머리를 들어 신선하고 맑은 공기를 마셨다. 그리고 매우 놀란 눈으로 주위를 둘러보았다. 잠에서 갓 깨어난 듯한 얼굴을 한 채 나를 쳐다보았다. 아직 약간 지쳐 보이는 그녀의 얼굴에 어떤 결심의 빛이 서렸다. 그러나 너무 강렬했기 때문에 오래 지속될 수는 없었다.

나는 니나가 듣고 있지 않다고 느꼈다. 뭘 생각하고 있니? 나는 물었다. 니나가 몸을 움찔하는 것을 보고 나는 그녀의 생각이 얼마나 먼 곳에 가 있었는지 알 수 있었다.

우울에 관해서 생각하고 있었어. 니나는 천천히 말했다. 온갖 아름다움이란 것이 일시적이고 다만 얼마 동안 빌려온 것이라는 것을 알아버린 사람, 그리고 우리가 인간들 틈이나 나무와 극장과 신문 사이에 있으면서도 마치 차가운 달 표면에 앉아 있는 것과 마찬가지로 고독하다는 것을 알아버린 사람은 누구나 다 우울하지.

니나! 무슨 말을 하고 있는 거니? 네가 삶을 기쁘게 사는 줄 알았는데. 왜 삶을 사랑하지 않는다는 거야? 너는 그렇게 말하지 않았잖아?

그랬지. 니나는 대답했다. 우울은 인식의 시초일 뿐이야.

갑자기 니나는 웃었다. 무슨 현명한 말이라도 하는 것 같군. 물론 나는 기쁘게 살아.

그런데 이 세상에는 거짓 우울도 있는 법이야. 니나는 계속했다. 언니는 사람들의 눈을 보아야만 해. 많은 사람들에게 우울은 겉으로만 그럴 뿐이고 어떤 의도 내지 센티멘털리즘의 표시일 뿐이야. 정말로 우울이 깃든 눈에는 활기, 집중, 분주함 같은 것들이 있지. 그러나 이것은 무대의 막일 뿐이야. 그 뒤에 무대가 있는데 사람들은 그것을 보지 못해. 그런데 간혹 가다 막이 올려지면 사람들은 뒤가 어둡다는 것과, 거기에 한 사람이 아무 희망도 아무 분노도 없이 앉아 있고, 누군가 그에게 다가가서 그를 좀더 좋은 세계로 데려가려 하면 그가 그것을 믿지 않는다는 것들을 체험할 수 있을 거야. 그는 좀더 좋은 세계가 있다는 것을 믿지 않는 거야. 그는 이미 우울에 중독된 거야. 그가 언니에게 웃고, 마치 언니를 믿는 것처럼 행동하지만 언니와 같이 가기 위해 일어서지는 않아.

니나는 나에게 무엇을 탐색하는 듯한 수줍은 시선을 던졌다. 나는 니나가 사랑하는 남자에 관해 이야기했다는 것을 알 수 있었다.

갑자기 니나는 얼굴을 몹시 붉혔다. 그리고 말했다. 언니같이 이성적인 사람이 나를 어떻게 생각할까?

아, 나는 대답했다. 가끔은 좀 덜 이성적이 되고, 아주 커다란 어리석은 행위를 범하고, 미친 듯한 혼란 속에 빠져들 수 있다면, 얼마쯤의 희생은 감수해도 된다고 생각할 때가 있어.

아니야, 아니야. 니나는 크게 놀라서 말했다. 그런 걸 바라지 마. 그런 것이 닥치면 어쩔 수 없겠지만, 그렇더라도 어떻게 그 와중에서 좋게 이겨낼 수 있는지를 생각해야 해. 그런 걸 원한다는 것은 죄악이나 다름없어.

그녀는 또 힘주어 덧붙였다. 거기에는 너무나 많은 위험이 걸려 있거든.

아, 때때로 모든 것을 걸 만한 위험이 없는 삶이란 아무 가치가 없어.

이렇게 말하고 나서 나는 깜짝 놀랐다. 갑자기 너무 낯선 생각이라고 여겨졌기 때문이었다. 또한 내가 한 말을 내가 정말로 믿고 있는지 알 수 없었다. 왜냐하면 나는 여태까지 무엇을 감행해보고 싶다는 소망을 느낀 적이 없기 때문이었다.

니나는 내 얼굴을 살피더니 생각에 잠긴 채로 말을 했다. 언니는 언니의 삶이 너무 조용해서 불만스러운 것뿐이야.

나는 화가 나서 그렇지 않아, 내가 말한 것은 그런 게 아니었어, 라고 말하려고 했으나 갑자기 니나의 말이 옳다는, 옳아도 백번 옳다는 생각이 들었다. 나는 놀라서 가만히 있었다.

나는, 니나는 계속 말했다. 내 삶이 너무나 불안정해서 불만이야. 우리는 참 이상하지. 우리 인간들은 말이야.

니나는 조금 웃었다. 그러나 그러고 나서 내 팔을 잡고 열정적으로 말했다. 아니야, 나는 조금도 불만스럽지 않아. 나는 달라지고 싶지 않아. 나는 결코 안정을 바라지 않아. 그녀는 말을 계속했다. 가끔 저녁에 거리로 나갈 때가 있어. 특히 여름날 저녁때 그래. 그러고는 전등이 켜 있고 라디오 소리가 새어나오는 방 안이나 정원을 들여다보곤 해. 거기에는 사람들이 앉아 있지. 그러면 나는 가족에 대해서, 그리고 나에게 잘해주고, 내가 의지하고, 밤에는 나를 안아줄 한 남자에 대해서 끔찍하리만치 강렬한 동경을 느껴. 그리고 정원 울타리에 기대어 그 광경을 바라보면서 생각하는 거야. 나는 몇 번이나 운명으로부터 그런 것을 제공받고도 왜 한 번도 받아들이지 않았는가. 도대체 왜 그랬는가? 왜 나는 마치 집 잃은 개처럼 여기 서 있어야 하는가? 그러나 나에게 이 모든 것을 유예시킨 것은 운명이나, 혹은 언니가 이름 붙이고 싶어 하는 것은 아니었어. 원하지 않은 건 바로 나였어. 그것은 나를 위해 있는 것이 아니었어. 한 번은 결혼과 아이, 그리고 모든 것을 가지려고 해보았지만 나는 행복하지 않았어. 정말 좋지 않게 끝났어. 슈타인과 함께했던 때, 그때 그는 나에게 목가적인 행복 이상의 것을 보여주었어. 그때라면 내가 원했던 바로 그 환경과 생활 방식을 가질 수 있었을 거야. 그걸 보여주기 위해서 그는 나를 자기 아주머니한테 데려간 거야. 왜냐하면 그 아주머니는 내가 여태껏 보았던 집들 중에서 가장 아름다운 집을 갖고 있었고, 이것은 슈타인의 것이었기 때문이야. 그는 아주머니의 유일한 상속인이었어. 그녀는 살아 있을 때 이미 그에게 그 집을 선물했어. 그 집은 커다란 정원으로 둘러싸여 있었고, 집 안은 값진 물건들로 가득 차 있었어. 정말 특별히 고른 아름다운 것들뿐이었어. 하나하나가 정말 훌륭했어. 양탄자, 접시, 불쏘시개, 재떨이 모두가 그랬어. 바닥에서는 방금 청소한 듯 깨끗한 냄새가 났고, 또 오래된 벚나무 냄새가 났지. 거기다가 마당의 향기와 호두나무 냄새까지 모든 게 다 그랬어. 나는 아직도 그 집을 약간은 그리워하고 있어. 나는 그 아주머니가 돌아가실 때까지 자주 거기에 갔어.

그 뒤에는 안 갔니?

니나는 머리를 저었다. 안 갔어. 그 뒤 그 집은 다른 사람이 들어와 살다가 나중에는 팔아버린 걸로 알고 있어.

슈타인은 그 집으로 이사 들어가지 않았어?

그래. 그는 그냥 시내에 있는 자기 집에 머물렀어. 그는 고집 센 어린애 같았어. 나를 얻지 못하자 그 집도 갖지 않으려 했지.

맙소사, 나는 소리쳤다. 니나! 너는 그의 인생을 근본적으로 망쳐놓았구나.

니나는 나를 가만히 쳐다보았다. 그래? 정말 그렇게 생각해? 나는 그렇게 생각하지 않아. 그는 낮이나 밤이나 삶을 꽉 채워서 일을 하고 있었고, 거기다가 그의 삶에 활력소가 되는 사랑이 있었어. 내 생각에 사람들이 행복이라고 하는 것은 계속해서 생기에 차 있을 때야. 그리고 마치 미친 자가 자기의 고정관념에 몰두하듯이 무언가에 몰두하고 있을 때야. 나는 인생에서 정말 불행했어. 그리고 슈타인은 내가 신들이 가장 좋아하는 사람이라고 항상 주장했지만 나 자신은 그걸 느끼지 못했다고 말할 수밖에 없어. 그러나 가만히 생각해 보면 끔찍하게 불행하다고 믿을 때도 한편으로는 매우 행복했어. 슈타인도 아마 그랬을 거야. 나는 그가 나와 결혼하지 못할 것이라는 사실을 계속 알고 있었으면서도 그 생각에 매달려 있었던 거라고 확신해. 이런 것은 엄밀히 보면 순전한 광기야. 그가 그걸 믿는 사람과 믿지 않은 사람으로 분열되어 있었다는 것은 아니야. 아니야. 모든 것이 소용없다는 것을 분명히 알고 있으면서도 그는 그것을 필요로 했던 거야. 그는 점점 더 굳건하게 그것을 믿는 것을 자신의 목표로 삼았어. 이것은 그가 세운 삶의 토대였어. 그러나 이런 해석이 맞는지는 몰라. 내가 그렇게 생각하고 있다는 것뿐이야. 전혀 아닐 수도 있어. 다른 사람에 대해 어떻게 알 수 있겠어! 사람들은 자기 자신에 관해서조차 아무것도 모르잖아? 우리가 안다고 생각하면 할수록 우리는 고양이 발걸음처럼 사는 법을 배우게 되지. 점점 조용하게, 점점 더 절대성은 없어지지. 이것은 또 늙어가기 시작한다는 징조야. 나는 얼른 늙었으면 좋겠어.

나는 웃지 않을 수 없었다. 니나는 늙어가는 것처럼 보이지 않았기 때문이다.

웃지 마. 니나는 진지하게 말했다. 의욕이 없어지면 늙기 시작하는 거야. 얼마 전까지만 해도 나는 매일 아침 무슨 특별한 일이 일어날 것이라고 생각하면서 자리에서 일어났어. 나는 마치 아침마다 문간에 서서 몸을 쭉 늘이고 바람 속에 코를 처든 채 사냥에 대한 욕심으로 몸을 부르르 떠는 사냥개와도 같았어. 그런데 지금, 지금 나에게는 놀랄 일이 없어. 그리고 인생은 끝없이 펼쳐져 있는 풀밭이 아니라, 그 속에서 내가 있는 힘을 다 짜내야 하는 네 개의 벽으로 둘러싸인 공간일 뿐이야.

그러고 나서 니나는 갑자기 거칠게, 그리고 비꼬듯이 말했다. 언니, 나는 지금 아주 지극한 예의를 보일 참이야.

니나는 궤짝에서 뛰어내리더니 창가로 가서 바깥에 대고 말했다. 그러나 나는 거의 알아들을 수 없었다. 막 화물 자동차가 지나갔기 때문이다.

내가 떠나는 것은, 니나는 말했다, 이 남자가(니나는 그에 대해 언급할 때마다 항상 말이 막혔다.) 결혼한 사람이기 때문이고, 나 때문에 혼란이 생기는 것을 원치 않기 때문이야. 이건 예의지, 그렇지 않아? 그런데도 나는 내가 뭔가 큰 잘못을 저지르고 있다는 느낌을 지울 수 없어. 이해할 수 있겠어?

니나는 다시 궤짝 위로 돌아와서, 다리를 모으고, 마치 어린애처럼 내 옆에 웅크리고 앉았다.

언니는 알아? 니나는 계속 말했다. 윤리가 아무 소용이 없고, 양심조차도 아무 소용이 없는 상황이 있다는 것을. 갑자기 법도 안중에 없어져. 어디론가 내던져진 거야. 누구에게 내던져진 거지? 모르겠어.

니나의 목소리가 갑자기 쉬었으며, 그리고 딱딱해졌다. 나는 도덕적인 인간이나 뭐 그런 사람은 아니야. 예를 들어 나는 우리 부모님을 또다시 돌아가시게 할 만한 일들을 여러 번 저질렀어. 그러나 나는 거짓 게임은 한 번도 안 했고, 이미 성립되어 있는 관계를 존중했어. 왜냐하면…… 나는 그래야만 했기 때문이야. 그런데 갑자기…….

니나는 절망에 찬 눈을 하고 나를 보았다. 갑자기 나는 나 자신에게 더 이상 저항할 수가 없게 되었어. 그래서 나는 내가 옳지 않게 생각하는 일을 저지르게 된 거야. 그런데 그 후에는 이것이 옳지 못한 일로 여겨지지 않는 거야. 그것은 옳은 일이었어. 그러니까 지금 내가 더 이상 소동을 만들지 않기 위해 떠난다면, 무슨 나쁜 일을 저질렀다는 불쾌한 감정도 함께 가지고 떠나는 거야.

아주 낮게 니나는 덧붙였다. 여기에는 법칙이 있고, 저기에는 삶이 있다는 식은 정말 끔찍해. 우리가 하는 것은 반대인데. 우리가 삶을 극복하면 좀더 높은 삶을 얻는다는 것이 사실일까?

니나는 자신이 대답하면서도 피곤한 듯 고개를 저었다. 나는 그것을 믿지 않아. 내 생각으로는 삶이 옳은 것이야. 그러나 모든 것이 다 극복되었다고 생각되면서도 내 소망이 아직 너무 크기 때문에 이런 말을 하는 것일지도 몰라. 아, 누가 이 문제에서 옳은 길을 찾아낼 수 있을까?

나는 니나에게, 그녀의 경우에 나 자신의 느낌은 전적으로 '삶' 편에 있으며, 그녀의 희생이나 도피 따위는 아무런 가치가 없다고 말하고 싶었으나 차마 그녀를 더 혼란에 빠뜨릴 수는 없었다. 그래서 나는 아무 말 않고 그녀가 생각을 계속하도록 내버려두었다. 나는 슈타인의 일기를 뒤적거렸다.

아! 얼마 후에 니나는 빠르게, 그리고 매우 자조적인 표정을 지으며 말했다. 그 당시 슈타인과 결혼하지 않은 것을 후회하기 시작할 것 같아. 만약 그와 그냥 결혼했더라면 지금쯤은 멋진 집에서 아무 걱정 없이 오로지 일에만 몰두할 수 있었을 텐데. 이 모든 일이 일어나지 않았을 텐데.

아니야. 나는 내 마음과 다르게 말했다. 멍청한 소리를 하는구나, 니나. 네가 만약 그렇게 했더라도 너는 어쩌면, 아니 틀림없이 이 남자를 만났을 거야. 운명은 어쩔 수 없는 법이니까.

그래. 니나는 말했다. 운명은 운명이니까.

그리고 우리는 아무 말도 하지 않았다. 얼마 후 나는 니나 앞으로 일기장을 밀어 놓았다. 이번에 니나는 나보고 크게 읽어 달라고 요구하지 않았다. 우리는 말없이 둘이서 같이 읽었다.

우리는 아네트 아주머니를 정원에서 만났다. 내가 보기에 아주머니는 N을 관심을 가지고 바라보는 눈치였다. 저녁은 특별한 일 없이 지나갔다. 아주머니는 니나가 가끔씩 저지르는 실수를 놓치지는 않았다. 그러나 여느 때 같으면 날카롭고 배타적이던 아주머니의 시선은 놀랄 만치 호감의 빛을 띠어가고 있었다. 그러나 니나는 우울해 보였다. 그녀는 조금도 마음에 들게 행동하려고 애쓰지 않았다. 그녀는 애초부터 그것을 단념하고 있었다. 그녀는 심각한 표정으로 짤막하지만 예의 바르게 대답했다. 아주머니는 그러나 니나에게 계속해서 말을 걸었다. 나는 여느 때는 쌀쌀하고 배타적이던 아주머니가 그녀의 마음에 들려고 애쓰는 것을 놀라운 눈으로 쳐다보았다. 그러나 아주머니는 니나의 마음을 사로잡는 데 실패했다. 식탁에서 일어섰을 때 나는 잠시 아주머니와 단둘이 있게되었다. 나는 묻기를 망설였지만 아주머니는 활기차게 말했다. 이 아이를 교육시켜 보면 좋을 것 같구나. 행동거지에 안정감이 부족하고, 좀더 좋은 옷도 필요하고, 머리 모양을 바꾸어야할 것 같고, 그렇게만 한다면 어디 내놓아도 손색이 없을 거야. 종종 내게 데려오너라. 빨리 배울 거야. 그러나, 이렇게 말하면서 아주머니는 내 팔에 손을 얹었다, 그러나 내 생각에는네가 그 애를 계속 옆에 둘 수 없을 것 같구나. 아니, 곁에 '두다니' 그게 무슨 말입니까? 아주머니는 미소 짓기만 했다. 그러고는 나를 당황하게 하는 말을 했다. 물론 뜻밖의 말은 아니었다. 나 자신도 그 전에 이미 수백 번이나 생각한 것이었기때문이다. 그녀는 말했다. 그 애는 네가 갖고 있는 조용한 세계에서는 살 수 없을 거다. 뜨거움, 소란, 변화들이 있어야 하는 애야. 그 애는 많은 모험을 무릅쓸 그런 종류의 여자다.

그러고 나서 아주머니는 일어섰다.

나는 니나가 정원의 연못가에 웅크리고 앉아 있는 것을 찾아냈다. 그녀는 아무렇게나 자라난 나무와 꽃들에 가려 잘 보이지 않았다. 나는 그녀의 모습에서 겁을 먹은, 그러나 아울러 난폭한 짐승을 떠올렸다.

그녀는 나를 보자 종이 한 장을 호주머니에 감추고는 시든 꽃 한 송이를 집어 들었다. 그녀와 대화하는 것은 힘든 일이었다. 갑자기 그녀가 물었다. 왜 나를 여기에 데려왔죠?

이곳이 당신 마음에 들 거라고 생각했습니다.

어떻게 그런 생각을 하실 수 있었죠? 그녀는 우울했다.

글쎄요, 이 집과 정원이 매우 아름답지 않나요?

그녀는 나를 곁눈질하며 말했다. 나는 여기에 어울리지 않아요. 그리고 당신도 그걸 잘 알고 있어요.

결코 아니오. 나는 큰 소리로 말했다. 그게 무슨 어리석은 말이죠? 당신이 여기에 어울리지 않는다니요?

이런 집에서는 어떻게 행동해야 할지 모르겠어요. 니나는 말했다. 나는 여기에 있는 것이 싫어요.

미안합니다. 그 점은 생각하지 못했습니다. 내일이면 떠날 겁니다. 오늘 밤만 참아 주시길.

니나는 아무 대답도 하지 않았다. 우리 정원을 구경할까요? 내가 물었다.

어스름은 점차 짙어져서 거의 밤이 되었다. 달은 아직 떠오르지 않았다. 정원에는 가을 채소와 호두나무의 냄새, 그리고 이슬에 축축이 젖은 잔디밭에서 천천히 썩어가는 낙엽들의 냄새가 가득 밀려오고 있었다. 밤의 대기는 들릴락 말락 하는 소리들, 즉 덤불 속의 생쥐, 수풀 속을 배회하는 고양이, 바로 머리 위를 날아다니는 박쥐, 과수원 사과들이 떨어지는 소리로 가득 차 있었다. 정말 생기가 넘치는 밤이었다. 내 곁을 걸어가는 니나의 발소리는 거의 들리지 않았다. 그녀는 말이 없었다. 나 역시 말하기를 주저했다. 왜냐하면 나는 아주 조심스럽게 그녀와 나 사이에 비밀스러운, 말없는 그리고 깊숙한 공감의 환상을 만들어내고 있었기 때문이었다. 나는 인공적이지만 아주 예술적인 몽상의 세계를 즐겼다. 그녀의 침실 문 앞에 이를 때까지.

잘 자요. 나는 말했다. 그러나 이 순간 내일의 계획을 그녀와 의논해야 한다는 생각이 떠올랐다. 니나는 문에 기대어 내 말을 들었다. 그녀의 맑고 큰 눈이 나를 쳐다보고 있었다. 이때, 그 상황에서 나의 관찰력은 기능을 상실하였다. 나는 그녀의 눈에서 갑자기 조소의 불꽃을, 자세히 보지 않으면 알 수 없을, 그녀 자신도 전혀, 아니 거의 의식하지 못하는 도전적인 태도를 본 것이 아닌가? 모르겠다. 실제의 나보다 자신을 좋게 말하기 위해 다음과 같이 얘기해야 할까? 그녀의 젊음과 순진함이 나를 감동시켰다고. 아니다. 감동이 아니다. 그것들은 나를 유혹한 것이다. 그것은 가시와 같았다. 나는 패배를 두려워했던 것일까? 좋은 기회였다. 니나의 우울과 고립감은 그녀로 하여금 자진해서 내 품에 들어오게 할 수 있었다. 나는 니나가 알고 있는 자로서 그녀의 피난처가 될 수 있었다. 나의 욕망이 부족했던 것일까? 나의 목은 흥분으로 완전히 잠겼다. 입술은 말라 있었고 뜨거웠다. 무엇이 나를 막고 있는 것인가? 그것은 "그러고 나서는 어떻게 하려고?" 하고 묻는 순간적인 생각 이외에는 아무것도 아니었다. 나는 니나와 악수를 했다. 안녕히 주무세요. 니나는 말했고 방으로 들어갔다. 그녀는 문을 잠그지 않았다. 문을 잠가야겠다는 생각 자체가 그녀에게는 없었을 것이다. 나는 잠시 어두운 복도에 앉아 있었다. 집 안은 잠들어 있었다. 니나의 창문 밖으로 불빛이 정원 쪽으로 새어나왔다. 나는 불이 꺼질 때까지 기다리고 있다가 다시 밖으로 나갔다. 풀밭을 천천히 거닐었다. 밤은 서늘하고 기분 좋게 맑았다. 나는 새벽녘에야 방으로 돌아갔다. 얼마 후 잠에서 깨었을 때 거울 속에 늙은 잿빛의 얼굴이 있었다. 이 모습은 나에게 커다란 만족감을 주었다. 그러나 이 감정은 오래가지 않았다. 나는 곧 내가 계속 자신을 속이고 있음을 알았다. 내 인생에는 전혀 방해물이 없었다. 상처도 없었다. 지금까지 모든 일은 잘되어 왔다. 분명히. 그러나 또한 아무것도 얻지 못했다. 아무것도. 나는 자기 배를 항구에 매어 둔 상인과 같다. 배를 내보내야 돈을 벌어올 수 있는 것이다. 하지만 배를 바다에 내보내는 것은 위험했으며, 나는 본래 모험에 적합한 인간이 아니었다. 결코 아니었다. 그러나 위험을 무릅쓰지 않는 남자가 무슨 가치가 있다는 말인가!

니나와 함께 산속에서 보낸 일요일은 거의 아무런 방해도 없이 즐겁게 지나갔다. 그러나 이날이 끝날 무렵 나는 내가 니나와 전혀 더 가까워지지 않았다는 것을 확인해야만 했다. 그때 나에게는 고통이 엄습했다. 그랬다. 나는 이렇게 표현해야 했다. 우리가 집으로 돌아가는 동안 저녁이 오고 있었다. 나는 이때만큼 내 인생의 무의미함을 뚜렷하게 느껴본 적이 없었다. 나는 그것을 니나에게 말하지 않을 수 없었다. 니나, 나는 말했다. 이 세상에는 100퍼센트 모두가 주어진 사람이 있습니다. 몇 안 되지만 있지요. 그리고 다른 사람들이 있는데 그들에게는 10퍼센트, 혹은 30퍼센트만 주어졌습니다. 이들이 대부분이지만 그들에 대해서는 말할 필요가 없지요. 그리고 90퍼센트 주어진 사람들도 있습니다. 90퍼센트 말입니다. 거의 다 주어진 셈이지요. 그런데 그들에게는 가장 중요한 10퍼센트가 빠져 있습니다. 내가 바로 그런 사람이지요. 나와 같은 종류의 인간은 태어나지 말았어야 했어요.

나는 이런 말을 하면서 니나를 보지 않았다. 그러나 갑자기 그녀의 손이 내 팔 위에 얹혔다. 살며시, 아주 잠깐 동안. 연민이었다. 생명이 나를 만지는 것 같았다. 이때 내 고통은 녹아 없어지고 그 자리에 막연하지만 달콤한 희망이 찾아왔다. 생은 아직 나를 포기하지 않았다. 니나가 내 곁에 있다. 내 눈에는 눈물이 가득 고였다. 니나는 그것을 보지 않았다. 볼 수 없었을지 모른다. 만일 그녀가 보았다 해도 나는 부끄러워하지 않았으리라.

지금은 밤이다. 그리고 나는 혼자다. (헬레네는 여느 때와 마찬가지로 다정하게 맞아주었고 학회에 대해서는 한마디도 물어보지 않았다.) 나는 내 나이의 남자가 '삶의 의미'를 한 소녀 속에서 찾는 것이 가능한지를 자문해 보았다. 나는 문득 원시 종족들과 우리나라의 많은 농부들이 갖고 있는 믿음이 생각났다. 건강한 아이를 노인의 침대 속에 들여놓으면, 그 아이가 갖고 있는 힘의 일부가 노인에게로 옮겨져 목숨을 연장시키고 강하게 만든다는 것이다. 이것은 나의 기억이 허용하는 하나의 고통스러운 암시였다.

그 어느 때보다도 나는 니나와 결혼하기를 소망한다.—

이 글은 굵게 그은 선으로 끝나고 있었다. 얼마나 강하게 그었는지 펜촉이 갈라진 것 같았다.

니나는 굵은 선을 내려다보았다. 나는 그때 그것을 몰랐어. 니나는 생각에 잠긴 채 말했다. 몰랐어.

만약 네가 알았다면?

아, 그래도 변한 건 아무것도 없었을 거야. 나는 항상 그를 생각하면 화가 났어. 그때도, 그 이후에도 마찬가지야. 그는 내가 가는 길을 방해했어. 그는 이상했어. 그는 내게서 어떤 다른 것을 만들어내려고 했어. 그게 무엇인지는 몰라. 그렇지만 내가 되고 싶지 않았던 것은 분명해.

니나는 몹시 화를 내고 있었다. 그러다가 갑자기 말을 중단했고 잠시 후에는 힘없이 말했다. 왜 내가 오래전에 지나가버린 일에 흥분하는지 모르겠어. 나는 슈타인에게 고마움을 느껴야 옳아. 그는 늘 나와는 다른 어떤 것을 나에게서 만들려고 했으며, 그리고 이런 그에게 계속 반항하는 가운데 내가 정말 누구인지 알게 되었으니까. 자기 자신도 모르면서 인간이 무엇인지 알겠다는 것은 웃기는 일이야. 그 당시 나는 어렸고 매우 혼란한 상태에 있었어. 언니도 알아? 아침에 일어났을 때 전날과 아주 달라진 자신을 발견하는 거야. 갑자기 다르게 걷고, 다른 글을 쓰고, 다르게 말을 하는 거야. 다른 사람은 눈치채지 못하지만 자기 자신은 잘 알고 있지. 우리는 이렇게도 될 수 있고, 혹은 전혀 다르게 될 수도 있다는 것을 느끼는 거야. 우리는 자기 자신을 변화시킬 수 있고 자기 자신과 게임을 할 수 있어. 책을 읽으면서 책 속에 있는 이런저런 인물과 자기가 비슷하다는 것을 느끼는 경우가 있잖아? 다른 책을 읽으면 또 다른 모습이 보이고, 끝없이 이런 일이 반복되는 거야. 자기 자신의 내부를 들여다보면 수백 개의 서로 다른 자아가 보여. 어느 것도 진정한 자아가 아닌 것 같기도 하고, 수백 개의 자아를 다 합친 것이 진정한 자아인 것 같기도 하고, 모든 게 미정이야. 우리는 우리가 원하는 것이 될 수 있어. 사실은 이 여러 자아 가운데 하나의 자아만을, 미리 정해져 있는 특정한 하나의 자아만을 선택할 수 있을 뿐이지만.

그래. 나는 말했다. 그렇지만 가끔 우리는 선택이 잘못된 것 같은 느낌을 갖게 될 때가 있지. 혼자 있을 때, 아주 고독할 때, 자신의 내부에서 어떤 것이, 자기 자신의 모습이 떠오르는 거야. 우리는 그것을 보지. 자기 자신을 말이야. 그리고 슬픔에 가득 찬 모습으로 말을 거는 거야. 너무 늦었어, 하고 말이야.

아, 니나가 깜짝 놀라서 말했다. 언니가 그런 생각을 한단 말이야?

가끔. 나는 말했다. 그러나 사실은 지금 이 순간까지 한 번도 그런 생각을 해본 적이 없었다.

그러나 언니는 자신에게 부당한 대우를 하는 게 아닐까? 언니는 인생에서 많은 것을 이루었고 제대로 된 생활을 영위하고 있잖아? 모든 것이 잘됐고 언니 자신도 그렇잖아. 나는 언니에 대해 탄복하고 있는데.

니나는 나를 몹시 당혹하게 만들었다.

아니야, 아무것도 제대로 된 것은 없어. 이런 말을 하면서 나는 나 자신에게 깜짝 놀라고 있었다. 아니, 그만두자. 제대로 살고 있는 사람은 오히려 너라는 생각이 들어. 너는 네 안에 있는 자아들 중 하나에다 너를 고정시키지 않았잖아. 너는 모든 가능성을 열어두고 있어.

그래, 그래. 바로 그거야. 니나가 소리쳤다. 나는 헤매고 있어. 마치 집시처럼. 아이들이 있지만 어디에도 속해 있지 않아. 심지어 나 자신에게도. 이제 나 자신을, 그리고 세상에서의 내 자리를 알겠다고 생각할 때도, 나는 얼마 안 있어 쫓겨나게 되고 모든 것이 녹고 떠내려가서 집도 터전도 없게 될 거라는 확신이 드는 거야. 그래서 나는 다시 아무것도 모르는 상태에 놓이게 되고. 내 삶을 봐! 어느 곳에도 분명한 선이 그어 있지 않아.

그만해. 나는 큰 소리로 말했다. 그럼 네 일은 뭐야. 네 성공은 뭐고.

맙소사. 그런 것이 얼마나 하찮은 것인지 언니는 모르는 것 같아. 모두 우연히 그렇게 된 것뿐이야. 다른 직업을 가졌으면 할 때가 있었어. 그냥 레니 아주머니의 가게에 있을걸 그랬나봐.

쓸데없는 소리! 나는 진심이었다. 네가 어떻게 가게를 떠맡을 수 있었겠니? 전혀 모르는 얘기구나. 레니 아주머니라니? 무슨 가겐데?

아버지의 대고모셨어. 물론 언니는 모를 거야. 그래서 슈타인도 오랫동안 보지 못한 거야. 아버지가 돌아가실 무렵이었어. 언니는 남아메리카에 있었거나, 어디 다른 데에 있었거나 그랬을 거야. 아무튼 아버지의 부음을 전할 수 없었어. 나는 계속 공부할 돈이 없었어. 아버지는 부동산 투기에 손을 대셨다가 많은 돈을 잃으셨어. 우리는 그걸 몰랐어. 엄마조차도 몰랐으니까. 돈도 없이 길거리에 나앉을 처지였어. 빚까지 있었어. 공부는 더 이상 할 수 없었고 나는 어머니와 나를 위해 돈 벌 방법을 찾아야 했어. 이때 대고모, 아니 먼 친척이라고 불러도 좋을 레니 아주머니가 편지를 보내왔어. 나보고 그녀의 가게를 맡아달라고 한 거야. 자기는 너무 늙었고 병이 들었다고 했어. 대신 나에게 그 가게를 물려준다고 했어. 그렇게 하는 수밖에 다른 도리가 없었어. 어머니는 계속 시내에 남아서 방을 세놓았어. 빚을 갚기 위해서였어. 나는 벤하임으로 옮겼어. 거기서 사탕, 담배, 밀가루, 커피 들을 팔았지. 아, 벌써 1시가 지났네. 언니, 뭐라도 먹어야 해. 공원 건너편에 작은 식당이 하나 있어. 난 보통 때 거기를 이용해.

나는 반대하지 않았다. 거친 뮌헨의 대기는 나를 이상하게 배고프게 했다.

봄이었다. 빛나는 햇빛, 상쾌한 바람, 어린 잎사귀에서 나는 신선한 냄새. 그러나 니나는 이 모든 것을 보려고도 느끼려고도 하지 않았다.

몹시 배고프지? 니나는 물었다.

아니야. 왜?

그러면 우리 저기 있는 벤치에 잠깐만 앉을까? 언니만 괜찮다면.

1분도 지나지 않아 니나는 잠이 들었다. 그녀는 두 팔을 등받이 뒤로 걸치고 잠을 잤다. 얼굴은 하늘을 바라보고 있어서 햇볕이 정면으로 내리쬐고 있었다. 그녀는 마치 죽은 사람 같았다. 나는 잠시 알 수 없는 불안감을 느꼈다. 그녀가 정말 죽은 게 아닌가 하고. 신문 한 장이 벤치 가까이에 있는 것이 보였다. 나는 그것을 집어 그녀의 얼굴을 덮어 주었다. 그녀는 꼼짝도 않고 30분 동안 잠을 잤다. 그녀는 갑자기 잠에서 깨어 놀란 눈으로 주위를 둘러보았다. 내가 잠을 잤군. 니나는 말했다.

그래. 나는 말했다. 다행이야.

이런 일이 종종 있어. 니나는 계면쩍어하면서 말했다. 밤에 잠을 못 자서 그래. 그래서 낮에 언제인지도 모르게 갑자기 잠이 드는 때가 있어. 언젠가는 전차에서 선 채로 잔 적도 있었어.

니나는 당황해 하며 웃었다.

니나, 내가 말했다, 우리 기분 전환하러 어디 좀 가면 어떨까? 요양소나 바닷가 같은 데로.

아니야. 니나는 단호하게 말했다. 그렇게 말하는 그녀의 얼굴에는 놀라는 기색이 역력했다. 안 돼. 나는 떠날 거야.

더 이상 어떻게 할 수 없었다.

식당에 갔지만 니나는 거의 먹지 않았다. 그녀를 아는 웨이터가 이르듯이 나에게 말했다. 벌써 여러 주째 안 드세요. 약간의 샐러드, 조그만 감자 하나, 스프 세 숟가락, 과즙 세 숟가락이 전부죠. 어떻게 사시는지 모르겠어요. 예전에는 잘 드셨는데. 그래요! 의사 분하고 오셨을 때는 얼마나 멋진 메뉴를 고르셨는지.

그러나 한스. 니나가 말했다. 내가 위통이 있다는 것을 알잖아요.

한스라는 웨이터는 어깨를 으쓱하고는 할 수 없다는 듯이

88

음식을 치웠다.

정말이야? 어디 아프니? 나는 물었다.

아니야. 니나는 말했다. 전혀. 한스도 잘 알고 있어.

집으로 돌아가면서 니나가 갑자기 서두르는 기색을 보였다.

왜 그렇게 빨리 가? 나는 숨이 차서 물었다.

내가 빨리 간다고? 나는 모르겠는데.

그녀는 천천히 가려고 애썼다. 그러나 10분도 못 가서 그녀의 걸음은 다시 빨라졌다. 우리가 집 앞에 도착했을 때 니나의 옆집에 사는 여자가 불렀다. 부슈만 부인, 서둘러요, 빨리요. 전화기가 불나게 울리고 있어요. 벌써 5분은 됐을 거예요.

나는 니나를 보았다. 아. 그거? 그녀는 말했다. 출판사 편집부에서 걸었을 거야.

그렇지만 다른 데서 온 것이라면?

니나는 고개를 세차게 저었다. 그렇지 않아.

나는 안도했다. 그렇지만 얼마 전에 그렇게 서둘렀던 그녀가 갑자기 아무렇지도 않아 보이는 게 이상했다. 니나, 가자. 나는 재촉했다.

그녀는 고개를 흔들었다. 나는 안 갈래.

내가 갈까?

니나는 어깨를 으쓱했다. 맘대로. 그러나 편집부에서 온 전화인걸. 그녀는 나에게 열쇠 꾸러미를 넘겨주었다. 들어가봐. 언니가 원하니까. 그러나 말해 줘. 내가 이미 떠났다고. 꼭 그렇게 해야 해. 누구든, 누구든 마찬가지야.

내가 막 방에 들어갔을 때 전화벨이 다시 큰 소리로 울리기 시작했다. 수화기를 들었다. 남자 목소리였는데 그는 다짜고짜 "니나!"라고 말했다.

아네요, 나는 큰 소리로 말했다. 그러면서 나는 이 남자 목소리 때문에 내가 흥분하고 당황해 한다는 것을 알았다. 도대체 누군가. 대답은 조금 있다가 왔다. 아니라고요? 거기 니나 없습니까? 나는 당황해서 뒤를 돌아보았다. 그러나 니나는 함께 들어오지 않았다.

그래요. 나는 말했다. 그녀는 없어요. 떠났어요.

그녀가 떠났다고요? 내 대답을 반복해서 묻는 목소리에는 실망하는 기색이 역력했다.

나는 대답할 수 없었다. 목이 조여드는 느낌이었다.

그러면 어디에 있습니까? 목소리는 주저하듯 물었다.

영국에요. 나는 재빨리 대답했다. 나 자신에게 진실을 말할 시간을 주지 않기 위해서였다.

영국이라고요?

나는 바보 같게도 고개를 끄덕거리고 있었다. 나는 말할 수가 없었다. 그러고 나서는 아, 하는 단 한 마디만 들려왔다. 수화기를 내리는 소리가 들렸다. 아주 천천히. 나는 그가 수화기를 아주 천천히 내려놓는 모습을 상상할 수 있었다.

'아'라고 하는 말이 귓가를 맴돌았다. 믿을 수 없다는 투였다. 그러나 동시에 완전히 승복하는 투였다. 이것은 또한 더 이상 나쁜 일이 닥쳐도 놀라지 않는, 수많은 고통에 면역이 된 목소리였다. 그리고 나는 이 목소리가 바로 '그 남자'라는 것을 알았다.

니나는 아직 길가에 서 있었다. 누군가와 이야기하고 있었다.

니나, 나는 불렀다. 이리 와.

끝났어? 그녀는 되물었다.

나는 고개를 끄덕였다. 니나는 천천히 계단 위로 올라왔다. 그녀는 묻지 않았다. 편집부였어. 내가 말했다.

언니는 뭐라고 그랬어? 그녀의 목소리는 작았다.

네가 부탁한 대로 했어. 이렇게 말하며 나는 시선을 돌렸다. 니나는 자기 방으로 들어갔다. 나는 그녀를 내버려두었다. 문은 약간 열려 있는 상태였다. 그 틈으로 나는 니나가 앉아 있는 모습을 보았다. 손을 무릎 위에 놓은 채 깍지 끼고 있었다. 나는 그녀가 술을 마셨으면 했다. 그러나 위스키 병은 내 옆에 있었다. 그녀를 방해하고 싶지는 않았다. 나는 궤짝 위에 몸을 뉘었다. 갑자기 피로가 엄습해 왔다. 지난밤에 잠을 거의 자지 못했던 탓이다. 궤짝이 너무 딱딱하고 자세가 좋지 않았는데도 나는 잠이 들었다. 잠이 들면서 나는 자신에게 화가 났다. 나는 니나에게 알려준다고 하고 남자의 주소를 물어볼 수 있었다. 나는 그에게 가서 그와 이야기를 나누면서 그를 설득시키거나 어떻게 할 수도 있었다.

내가 잠에서 깨어났을 때 머리 밑에는 베개가 받쳐져 있었다. 문은 닫혀 있었다. 나는 타이프라이터 치는 소리와 니나가 구술하는 목소리를 들었다. 내가 걸을 때마다 바닥이 삐걱거리는 소리를 듣고 그녀가 들어왔다.

곧 끝나. 니나가 말했다. 내가 원하든 원하지 않든 우편물을 처리해야만 해. 그러지 않으면 편집부 사람들이 힘들어져.

담당 직원을 오라고 했어. 10분만 있으면 끝나.

니나는 방을 나갔다. 나는 다시 그녀의 조용하고 또렷한 목소리를 들었다. 귀를 기울이지 않아도 그녀가 말하는 내용을 들을 수 있었다. 나로 하여금 귀 기울이도록 충동질하는 것은 호기심이라기보다는, 아니, 그것은 호기심이었다. 그러나 변명할 수 있는 호기심이었다. 나는 니나가 어떻게 사는지 알고 싶었다. 그녀가 어떻게 일하는지, 그녀가 다른 사람들과 어떻게 교제하는지, 그녀가 무엇을 쓰는지 알고 싶었다. 나에게 허락된 짧은 시간 안에 나는 그녀의 전부를 알고 싶었다. 니나는 잘못 말하거나 정정하는 법이 없었다. 아주 간결하고 정확했다. 니나는 가끔 농담도 했다. 그러면 편집부 직원은 큰 소리로 웃었다. 니나도 따라 웃었다. 매우 절망하고 있는 상황에서도 그럴 수 있는 걸 보면 니나는 자신을 매우 억누르고 있음에 틀림없었다.

10분 이상이 지났다. 니나는 들어와서 미안하다고 했다. 그리고 나에게 차 한 잔을 가져다주었다. 20분 후면 정말 끝날 거야. 니나는 말했다.

나는 차를 마시면서 슈타인의 일기를 계속 읽었다.

날짜는 1932년 12월 13일로 되어 있었다. 그러니까 그는 그때 펜촉이 갈라질 정도로 굵은 선을 그은 이래 1년 넘게 일기를 쓰지 않았던 셈이다. 그런데 굵은 선 밑에 비록 잉크에 가려 희미했지만 날짜가 적힌 것이 보였다. 1932년 11월 6일이었다. 그 이외에는 아무것도 없었다. 12월 13일의 일기가 다음 페이지에 있었다.

나는 나의 패배를 기록할 필요성을 느낀다. 이 패배에는 희극성이 없지 않다. 비록 깊은 수치감이 이 일의 희극적이고 그로테스크한 측면을 훨씬 압도하고 있기는 하지만. 나는 4주 전에 니나를 방문하기 위해 벤하임에 있었다. 그리고 나는 수치감을 극복하기 위해, 정확히 말하면 나의 패배를 자인하는 용기를 얻기 위해 4주를 필요로 했다. 이것에 대해 기록하는 것은 나에게 매우 힘든 일이다. 왜냐하면 한 치의 가감도 없이 냉혹하게 기억을 다시 불러오는 것을 의미하기 때문이다. 그러나 나는 이 일을 하겠다. 나를 해방시키기 위해서다. 나는 니나를 결코 다시 만나지 않을 것이다. 지금의 이 기록으로 내 인생의 한 장이 종말을 고하게 될 것이다.

니나와의 아름답고도 불행했던 여행이 끝나고 일주일 후 나는 니나의 아버지로부터 책망의 편지를 한 통 받았다. 말도 안 되는, 그러나 한편으로는 이해할 법도 한 내용이었다. 내가 니나를 옳지 않은 방법으로 선동함으로써 신이 부여한 가정 내의 질서를 거역하게끔 했다는 것이었다. 니나에게는 가족에 대해 자식이 당연히 가져야 할 경외감이 없어졌다고 했다. 그래서 그는 니나가 나의 집에 드나드는 것을 금지시키겠다고 말했다. 나는 답장을 쓰지 않았다. 그러나 한편으로는 바로 이 금지가 니나로 하여금 나에게 오도록 할 것이라는 확신이 있었다. 그녀는 반항의 정신에 의해 움직이고 있었으므로. 그러나 이것은 나의 착각이었다. 니나는 더 이상 오지 않았다.

나는 10월 말까지 기다렸다. 나는 기다렸다. 이제서야 나는 기다림에 얼마나 많은 뉘앙스가 담겨 있는지를 안다. 그 전까지는 몰랐다. 처음 몇 주 동안은 흥분이었다. 행복한 초초감과 깊고, 그러나 달콤하기도 한 낭패감 사이에서 들락날락했다. 이런 것을 그리움이라고 부를 수 있으리라. 그리움은 일을 방해하지는 않았다. 그러나 시시때때로 끼어들어 와서는 아주 기묘하고 괴기한 상념을 만들어내는 것이었다. 어떤 사물을 보아도 저절로 니나에 대한 생각이 났다. 모든 사물이 마치 마술에 걸린 듯했다. 일종의 도취였다. 나는 저항하지 않았다. 부끄러울 때도 많았으나 오히려 더 강한 도취감을 갈망하기도 했다. 세 번째 주가 되었을 때 비로소 걱정이 엄습하기 시작했다. 무슨 중대한 일이 생겼을까? 자립심이 강하고 고집이 센 니나로 하여금 아버지의 말을 듣게 한 데는 무슨 일이 작용한 것이 아닐까? 그녀는 죄수처럼 갇혀 있는 것일까? 아니면 스스로 나에게 오지 않겠다고 결심한 것일까? 그렇다면 그것은 왜일까? 그녀가 나를 믿지 못했기 때문일까? 아니면 내가 그녀를 가지려는 용기가 없다고 경멸하는 것일까?

이런 생각들로 나는 여러 날을 보냈다. 처음에는 참을 만했다. 마치 둔중하게 쑤시기는 하지만 그렇게 심하지는 않은 치통과 같았다. 그러나 이 고통은 그 후 점점 강렬해져서 나를 마비시키고 탈진시켰다. 나는 마침내 병이 났고 일을 할 수 없었다. 나는 니나의 집 앞에 잠복해 있다가 만나볼까도 생각했으나 그만두기로 했다. 이 생각을 억제하기 위해 말할 수 없이 많은 힘이 들었다. 그래서 나는 결국—이것이 기다림의 세 번째 단계였다—깊은 권태의 나락으로 떨어졌다. 나는 모든 일에 무관심해졌다. 나에게 있어 니나의 의미를 과대 평가했다고 생각하기 시작했다. 이제 관계의 전부가 끝나는 시점이 왔다고 생각했다. 처음에는 이러한 추측이 나라는 늙은 남자에게 나른한 만족감을 주었으나 곧 경종으로 다가왔다. 나는 소스라치게 놀랐다. 나에게 감정의 종말은 다름 아닌 내 인생의 종말을 의미하는 것이다. 머리털이 곤두서는 느낌이었다. 물론 여기서 종말이 죽음을 강요한다는 의미는 아니다. 죽음은 내가 허락할 수 없는 너무나 안이한 해결책이다. 이것은 아마도 내가 무관심이라는 화산재에 서서히 질식해 죽기 시작한다는 것을 의미할 것이다. 이런 생각이 나를 깨웠다. 그러나 이것은 치료인 동시에 고통을 의미했다. 왜냐하면 그러는 가운데 기다림의 마지막 단계인 지옥과도 같은 고통이 찾아왔기 때문이다. 나는 미칠 듯한 당혹감, 출구 없는 무자비한 압박감, 그리고 고열로 시달렸다. 헬레네가 정성껏 돌봐주었다. 그녀는 아무것도 묻지 않았다. 먹으라고 강요하지도 않았다. 내가 식사 시간에 나타나지 않으면 나의 방문 앞에 차와 가벼운 음식을 놓아두었다. 헬레네의 눈길은 동정도 책망도 아니었다. 그런데도 나는 그녀의 이러한 말없는 참여 및 의도적인 배려가 고통스러웠다. 부끄러운 이기주의로 가득 차서 감사 대신 신경질을 부리곤 했다.

그러나 나에게도 한 가지 희망이 있었다. 나는 의과 대학에서 겨울 학기에 강의를 맡아 달라는 요청을 받아들였다. 나는 니나를 거기에서 만나게 될 것이다. 11월이 가까워 오면 올수록 나는 몸이 더 좋아지는 것을 느꼈다. 거의 회복된 느낌이었다. 학기가 시작되었다. 나는 네 번째 학기 학생들의 명부를 가져오도록 했다. 니나는 그중에 없었다. 나는 그녀가 학교를 그만두었다는 것을 알았다. 나는 니나의 친구로 보이는 한 여학생의 주소를 받았다. 나는 저녁에 당장 그 집을 찾아가 보았다. 일부러 그렇게 하지는 않았지만 본명을 밝히지는 않았다. 친절하고 부드러운 여학생이었는데 내가 니나의 이름을 말하자마자 울음을 터뜨렸다. 그녀는 말없이 서류 가방을 뒤지더니 편지 한 통을 내밀었다. 나는 여학생에게 그 편지를 달라고 부탁했다. 나는 그 순간 아무 염치도 없었다.

편지가 같은 페이지에 붙어 있었다. 매우 읽기 힘든 글씨체였다.

벤하임, 1932년 11월 2일.

이레네, 나는 너한테 가고 싶지 않다. 그래서 나는 이 편지를 보낸다.(너도 알다시피 나는 갑작스러운 작별을 좋아하잖아.) 나는 더 이상 공부를 계속할 수 없어. 아버지가 6주 전에 돌아가셨다. 우리는 돈이 없고 빚만 잔뜩 있어. 내가 장학금을 받아도 소용이 없어. 나는 먼저 빚을 갚는 것을 도와야 해. 나는 좋은 제의 하나를 받았어. 칠촌 정도 되는 매우 늙은 친척이 슈바벤에 있는 작은 도시인 벤하임에 작은 상점을 갖고 있는데 나보고 가게를 맡아 달라는 거야. 그녀가 죽을 때까지 말이야. 그 대신 순수입의 반을 내가 갖고, 그녀가 죽은 후에는 그녀의 전 재산을 물려받는 거야. 굉장하게 들리겠지. 그러나 실제로는 매상이 작은 조그만 가게일 뿐이야. 집은 낡았고 수선할 데가 많아. 그러나 어쨌든 이 노인은 늙었고 영원히 함께 살지는 않을 테니까. 혼자 책임을 맡아 일을 하고 있어. 나는 돈을 벌 거야. 다른 방도가 없었어. 엄마는 시내에 있는 집을 세주고 일도 하고 있어. 그러나 이것만으로는 충분하지 않았어. 내가 여기 벤하임, 오베레 게트라이데가세 5번지에 온 것은 9월 15일이야. 이 노인이 곧 죽기를 고대하면서, 내가 곧 공부를 계속할 수 있기를 기대하면서 말이야.(노인은 보기에 흉칙해. 그러나 다행히도 성질이 좋은 편이야. 병든 개처럼 항상 졸고 있지.) 나는 많은 책을 갖고 왔어. 끈적거리는 사탕이나 싸구려 담배를 팔지 않을 때는 읽을 수 있을 거야.

찾아오지 마. 정말 싫어할 테니까.

니나.

다음 날 나는 헬레네에게는 아무 말도 않고 벤하임으로 갔다. 자동차는 수리 중이었기 때문에 기차를 타야만 했다. 여러 번 갈아타야 했다. 작은 역에서 기차를 기다리면서 쓸쓸하고 작은 대합실에 앉아 있기를 여러 번 했다. 기차는 난방이 안 되어 추웠다. 다른 상황이었다면 결코 참아내지 못했겠지만 힘든 줄 모르고 지나갔다. 나는 다시 한 번, 그러나 어느 때보다도 더 강력하게, 나와 니나의 관계를 분명히 가늠해 보고 싶었으며, 그래서 거기에 몰두했다. 그러나 이전처럼 성과는 없었다. 나는 왜 그녀에게 갔는가? 그녀는 나를 보고 싶다는 말을 한 적이 없다. 그녀는 자기가 어디에 있는지 말해 준 적도 없다. 그녀는 나를 보는 것을 원하지 않았던 것이다. 나는 무모했다. 나는 환영받지 못하리라는 것, 그녀가 귀찮아 하리라는 것을 염두에 둬야 했다. 사실 나는 모욕을 당하리라는 것을 알고 있었으며 또 그것을 감수할 준비가 되어 있었다. 다시금 그녀와 연결될 수 있는 끈이 있다면 어떤 일이라도 하겠다는 심정이었다. 비록 그 연결이 고통스러운 것이고 그녀가 내키지 않아 하는 연결이라 하더라도. 미움조차도 하나의 다리가 될 수 있는 법. 그녀가 느끼는 것이 증오가 아니길 바랄 뿐. 그렇지만 친절한 무관심보다는 미움이 낫다.

나는 내가 니나를 대면할 때를 상상해 보려고 했다. 그녀는 절망해 있으리라, 그리고 절망을 보이지 않으려고 애를 쓰리라는 것이 나의 생각이었다. 차를 타고 가는 동안 또 간절히 원한 것이 있었다면 그녀가 완전히 절망해서 급기야는 나와 함께 가는 것 이외에는 다른 방도가 없다는 것을 깨닫는 일이었다. 이렇게 생각하는 것은 공정하지 못했다. 이것은 운명에 억지 쓰는 격이었다. 비현실적인 바람이었다. 그러나 강인한 의지로 나는 이런 생각을 옆으로 밀어놓을 수 있었다. 이것은 나 자신을 놀라게 했으며, 동시에 기쁘게 했다. 나는 나에게서 뻔뻔스러운 대담함을 보았다. 나는 내가 할 수 있는 정신적으로 유혹이 될 만한 모든 수단을 쓰기로 결심했다.

늦은 오후에 벤하임에 도착했을 때는 비가 내리고 있었다. 나는 여태껏 이런 도시를 본 적이 없었다. 도시는 잿빛이었고 마치 죽어 있는 듯했다. 거리에는 퇴폐한 모습은 찾을 수 없고 지나치리 만큼 말끔했지만 고통스럽고 버려져 있다는 인상을 지울 수 없었다. 특히 모든 도로변에 서 있는, 나뭇잎이 다 떨

어진, 그리고 똑같이 공 모양으로 가지를 다듬어 놓은 아카
시아 나무들이 도시를 장난감 같은 모습으로, 그리고 음험하
고 부자연스러운 인상으로 만들고 있었다. 도시가 이렇게 보
인 것은 어쩌면 내 생각이 그랬기 때문인지도 모른다. 지레 여
기서는 니나가 살 수 없다고 생각했기 때문인지도 모른다. 그
녀는 내가 여기서 빠져나갈 가능성을 준다면 하루라도 더 여
기 있지 않으려고 하리라. 그러나 그녀는 또한 모든 변화를 흔
쾌히 받아들이고 아무리 황폐한 장소라도 무엇인가를 발견할
원천으로 삼을 수 있는 특별하고도 왕성한 호기심을 가지고
있다는 생각이 들었다. 그러나 여기에만은 없다, 그녀의 호기
심과 그녀의 생에 대한 갈증을 풀어줄 만한 것이 여기에는 없
을 것이다, 나는 그렇게 생각했다. 내가 지나쳤던 몇몇 사람들
은 언짢은 표정이거나 아니면 완전히 무표정했다.

게트라이데가세도 내가 다녔던 모든 거리와 똑같았다. 빨간
벽돌로 지어진 교회와 소방서 건물 사이에 있는 5번지 집은
단 하나의 쇼윈도가 있을 뿐이었다.

내가 중요하지도 않은 묘사를 길게 늘어놓는 것은, 한편으
로는 아주 창피한 대목에 다짜고짜 들어서기가 두렵기 때문
이고, 또 한편으로는 팽팽하게 부풀었던 그 순간의 기대감을
다시 한 번 만끽하고 싶기 때문이다.

내가 마침내 그 작은 쇼윈도 앞에 섰을 때 결국은 이제 니
나를 갖게 된다는 확신이 들었다. 사탕이 담긴 유리 케이스,
신부의 화관, 파이프용 담배, 먼지 낀 관엽식물 너머로 니나가
가게 안쪽에 서 있는 것이 보였다. 유리창은 비에 젖어 있었고

안쪽은 김이 서려 있었지만 나는 니나를 알아보았다. 가게에는 두 명의 손님이 있었다. 노파 한 명과 청년 한 명이었다.

그들이 가자 니나는 열려 있던 서랍들을 닫았다. 바닥에 떨어진 빈 종이 묶음들을 치우고 걸레로 판매대 위를 천천히 훔쳤다. 그러고는 문께로 가서 얼굴을 창문에 대고 밖을 멍하니 쳐다보았다. 얼마 후 다시 돌아서서 천천히 소리도 없이 어두컴컴한 가게 안쪽으로 사라졌다. 나는 들어갔다. 그리고 니나가 자루와 궤짝들 틈에 쭈그리고 앉아 있는 것을 본 순간 나에게 순수하고 강렬한 동정심이 엄습하는 것을 느꼈다. 만약이때 니나가 울음을 터뜨렸다면 나는 큰 수치심을 느끼지 않았을 것이고 우리의 운명 역시 변했을 것이다.

그러나 니나는 나를 보고도 울지 않았다. 어떻게 내가 그것을 기대할 수 있었으랴. 그녀는 고개를 들고 나를 쳐다보았다. 나는 돌진하기 위해 힘을 모았다. 이것은 신중하고 동시에 정확하고 안전해야만 했다. 그러나 그녀의 표정은 나를 당황하게 했다. 그 표정은 분명히 말하고 있었다. 당신은 나를 방해하러 왔지요? 그녀가 말을 꺼내기 전에 나는 내가 잘못 생각했음을 알았다. 그녀의 자존심은 그녀가 투항하는 것, 즉 여기에서 떠나는 것을 용납하지 않을 터였다. 여기에 있는 것은 불행한 운명이긴 하지만 니나에게 이 운명은 또한 의미 있는 것, 도전해 볼 만한 것이었다. 바로 이 순간에 오기가 고개를 쳐들었다. 아니, 오기 이상이었다. 어떤 희생을 무릅쓰더라도 대항하겠다는 불굴의 의지였다. 이제 나는 그녀를 가지겠다. 더 이상 나의 비겁함이나 그녀의 불신과 고집 때문에 굴복 않겠다.

니나, 나는 부드럽게 말했다. 나에게도 뭘 좀 팔겠소? 담배가 필요하오.

그녀는 일어섰다. 그래요. 그녀는 말했다. 그러나 영국산 담배는 없는데요.

그녀는 내가 무엇보다도 영국산 담배를 선호한다는 것을 잊지 않고 있었다. 그러니까 그녀와 나는 완전히 끊어진 것은 아니었다. 나는 너무나 기뻤다. 니나는 나에게 다른 담배를 주고 나서 꼭 공손하다고만은 볼 수 없는 태도로 말을 걸었다. 어떻게 여기를 찾으셨어요? 내 대답을 기다리지 않고 그녀는 계속 말했다. 저쪽으로 들어가세요. 너무 젖었어요. 가게 문을 닫을게요. 더 이상 아무도 오지 않을 거예요. 와도 상관없고요.

니나는 어깨를 으쓱하고는 불을 켰으며 문께로 갔다. 그녀는 쇠로 만든 블라인드를 내렸다. 그녀는 나를 가게 뒤쪽에 있는 방으로 데리고 갔다. 여기도 가게와 마찬가지로 식초, 비누, 먼지 냄새가 코를 찔렀다. 그러나 따뜻했다. 난로 옆에는 끔찍하게 추해 보이는 노파가 미동도 하지 않은 채 안락의자에 앉아 있었다. 고모할머니예요. 니나는 말했다. 듣지도 보지도 못해요. 의식도 완전하지 않아요. 정신이 산란하시죠?

니나는 질문에 대한 대답을 기다리지 않는 묘한 태도를 보였다. 마치 그녀는 아무것에도 관심이 없는 것처럼 보였다. 그녀는 알코올 주전자에 찻물을 끓였다. 주전자가 칙칙 끓는 소리를 냈다. 방은 너무나 텅 비어 있어서 이런 데서 니나가 어떻게 견딜 수 있을까, 하는 생각이 들 정도였다.

수도자들이 고행 생활을 하는 것 같군. 나는 말했다.

전혀 그렇지 않아요. 니나가 대답했다. 여기가 편안하지 않다는 것은 알아요. 그러니 어떻게 해야 하죠? 여기서 무엇을 변화시킨다는 것은 의미가 없어요.

그녀의 이 말에는 완전한 절망감이 담겨 있었다. 그러나 목소리에 불현듯 불안감이 엿보였다. 내가 그녀를 부추긴 것일까. 나의 방문은 니나의 추억과 소망을 일깨웠다. 나는 그것을 은밀한 즐거움을 갖고 관찰했다. 나는 니나에게 지나가는 말처럼 말했다. 내일 가르미쉬로 가서 주말을 보내려고 하는데, 비는 기상청이 예보한 대로 그칠 것 같다고. 그러면서 당신이 함께 가주면 좋겠다고 가볍게 덧붙였다.

안 돼요. 니나는 쌀쌀하게 대답했다. 그러나 이 쌀쌀함이 나에게는 내 제안이 그녀를 자극했다는 신호로 받아들여졌다.

안 돼요. 그녀는 침울하게 되풀이했다. 불가능해요. 노인을 혼자 내버려둘 수는 없어요.

유감이군요. 나는 말했다. 누군가 당신을 하룻동안 대신해 줄 수 있는 사람을 찾을 수 있다고 생각했는데요.

니나는 말없이 차를 따랐다. 그녀의 일거수일투족이 나의 마음을 자극했다. 갑자기 그녀를 영원히 잃을지도 모른다는 불안감이 엄습했다. 이 순간 나는 오랫동안 말한 적이 없었던, 아니 한 번도 그런 적이 없었던 온갖 사랑의 말을 생각했다. 그러나 입 밖에 낼 수는 없었다. 격정이 나를 꼼짝 못 하게 하고 있었다. 니나는 나를 쳐다보고 있었다. 그녀는 내 곁에 바싹 붙어서 내 잔에 차를 부었다. 그녀의 팔이 나를 가볍게 스쳤다. 이 순간이 지나갔다. 지나가버렸다. 다시 올 수 없는 곳으로 가버린 것이다.

우리는 책에 대해서 이야기했으며, 나의 일에 대해, 그녀의 앞으로의 계획에 대해 이야기했다. 그녀의 말이 나를 당혹하게 했다. 이 노인과 같은 방에서 지내다가 만약 노인이 죽으면…… 니나가 나의 놀란 눈을 보았다. 아. 걱정 없어요. 그녀는 전혀 듣지 못해요. 그녀가 들을 수 있다 하더라도 그녀의 인생은 끝난 거나 마찬가지예요. 그녀가 기다리는 것은 죽음밖에 없어요.

나는 용기를 내어 물었다. 그녀와 함께 사는 것이 무섭지 않나요?

왜요? 니나는 나를 이해할 수 없다는 듯이 쳐다보았다. 오히려 재미있다고 생각하는데요. 나는 아직 누군가가 죽는 것을 한 번도 본 적이 없어요. 고모할머니는 천천히 죽어가고 있어요. 나는 그것을 정확히 관찰하고 있고 나중에 소설로 쓸 거예요.

니나는 얼굴을 붉혔다.

글을 쓰나요? 나는 물었다.

아. 그녀는 말했다. 오직 나만을 위해서죠. 나는 아무것도 할 수 없어요. 그러나 언젠가는 무언가를 할 수 있겠죠. 가벼운 어조로 말했으나 그 안에는 어떤 결연함 같은 것이 숨어 있었다.

나는 쓴 것이 있으면 보여달라고 했다.

아니, 없어요. 니나는 말했다. 아무것도 없어요. 언젠가 좋은 글이 써질 때까지는 다 태워버리기로 했어요.

그런데, 나는 말했다, 당신이 지금 쓰는 것이 좋은지 나쁜지 어떻게 알지요?

니나는 짧고 단호하게 말했다. 알아요.

이것으로 글에 대한 얘기는 끝이 났고 니나는 가게에 드나드는 묘하기도 하고 우습기도 하고 비극적이기도 한 인물들에 대해 이야기하기 시작했다. 당신은 모를 거예요. 이들을 관찰하고 이들의 얘기를 듣는 것이 얼마나 재미있는지.

그녀가 말하는 어조에는 그녀가 생에 대해 가지고 있는 진지하고 굽힐 줄 모르는 관심이 배어 있었다. 이것은 어느 곳에 있건, 어떤 상황에 있건 마찬가지인 듯했다. 그녀의 천성이었다. 또한 그 어조에는 자신의 불행을 보여주지 않으려는 거역과 오만함의 자취가 아주 완연히 나타나 있었다. 이러한 확신은 나에게 극심한 마음의 통증을 주었다. 그녀가 난로의 불을 보기 위해 일어났을 때 나는 내가 20년 동안 한 번도 입 밖에 내본 적이 없는 말을 했다. 나는 당신을 사랑하오. 그러나 니나는 석탄을 쏟아붓고 있었으므로 내가 한 말을 듣지 못했다. 아니 모르겠다. 니나가 들었는지도 모른다. 나는 이 말을 되풀이하지 않았다.

저녁에 그녀는 나를 여관으로 데리고 갔으며, 자동차 빌리는 것을 도와주었다. 나는 가르니쉬까지 자동차로 가기로 결정했다. 니나를 데려갈 수 있을지도 모른다는 고집스러운 희망 때문이었다. 밤에 잠이 잘 올 것 같지 않았으므로 나는 다량의 수면제를 먹었다. 나는 깊은 잠을 잤으며 꿈도 꾸지 않았다.

나는 매우 일찍 깨어났다. 아주 맑은 날이었다. 가을이 다시 찾아온 느낌이었다. 나는 이날이 나의 공범자가 되어 주기를 원했다. 그러나 나는 서두르지 않으려고 하였다. 니나가 어제 나의 제안을 거부한 것을 후회할 시간을 주려는 의도였다. 나는 그녀를 기대와 불안 속에 놓아두고 싶었다. 오전이 끝없이 길게 느껴졌다. 나는 몇 번 게트라이데가세로 갔지만 오후가 시작될 무렵에야 차를 몰고 가게로 갔다. 차의 뚜껑을 젖히고 앞창에 이미 단풍이 든 포도 덩굴을 걸었다. 니나가 창가에 서 있는 것이 보였다. 그녀는 기다리고 있었다. 그녀는 이미 외출복을 입고 있었다. 외투와 가방도 들고 있었다. 함께 가요. 니나가 말했다. 당신이 아직 원하신다면. 노인과 가게에는 눈길 한 번 안 주고 니나는 집 밖으로 나왔다. 그녀는 마치 다시는 돌아오지 않을 것처럼 떠났다. 나는 그녀가 내 곁에 앉았을 때를 결코 잊지 못할 것이다. 니나는 필요 이상으로 내 옆에 가까이 앉아서 가벼운 한숨을 쉬었다. 그리고 기쁨과 안도의 한숨을 쉬었다. 나는 또한 우리가 지나가던 대지에 깔린 빛을 잊지 못할 것이다. 늦가을의 갈색빛과 자줏빛을. 달콤하고 죽음에 중독된 듯한 빛을. 나는 행복했다. 그렇다. 이 순간에, 이 순간에 나는 행복했다. 갑자기 나에게 유혹이 찾아왔다. 미친 생각이었지만 얼마나 멋진 유혹인가. 이 순간, 기쁨에 겨워하는 이 순간, 우리가, 우리 둘이, 생을 끝내면 어떨까 하는 생각이었다. 이렇게 조화로운 날은 앞으로도 오지 않을 것이다. 앞으로 오는 모든 날은 이보다 못할 것이다. 조금 더 속력을 낸다, 조금 더. 우회전, 커브길. 그러다가 그루터기. 그리고 무덤. 갑자기 온 종말, 완전한 종말. 니나는 아무것도 모르리라. 나는 니나를 쳐다보았다. 그녀의 얼굴은 바람에 붉게 물들어 있었다. 머리카락은 바람에 흩날렸으며 눈은 반짝반짝 빛났다. 니나는 나의 시선을 의식하고 나를 쳐다보았다. 이 순간 나는 깨달았다. 지금 그녀의 기쁨과 나는 아무 상관이 없다는 것을. 나는 그녀에게 단지 좋은 친구, 편안한 친구일 뿐이었다. 나는 차의 속력을 줄였다. 빛은 창백했다. 아, 지나간 것이다.

왜 그렇게 천천히 가죠. 니나가 실망한 듯 외쳤다. 빨리, 아주 빨리 달리면 좋겠어요.

나는 그녀의 뜻대로 해주었다. 그러나 아까의 유혹은 다시 찾아오지 않았다.

빠르게 어둠이 찾아왔다. 산에 가까이 다가가자 갑자기 짙은 안개가 내려앉았기 때문이다. 우리는 차의 뚜껑을 닫았다. 니나는 추워했다. 그녀는 떨고 있었다. 그녀의 외투는 얇았으며 상당히 낡아 있었다. 나는 그녀에게 나의 외투를 걸쳐 주었다. 그녀는 가만히 있었다. 그녀가 가까이 앉았을 때 느꼈던 죽음에의 유혹은 정말 멀리 사라졌다. 그러나 낮이 지나가려면 아직 멀었다.

슬픔과 허망함이 나를 대담하게 만들었다. 차를 파크 호텔에 세웠다. 그리고 의기양양한 표정으로 니나를 살폈다. 니나의 얼굴은 의아해 하고 있었다. 그러나 그녀는 너무 추워했기 때문에 호텔 안의 온기를 반기지 않을 수 없었다. 이 온기야말로 나의 원군이었다. 온기가 니나를 피곤하게 하고 고분고

분하게 만들었다. 내가 숙박계를 쓰고 있는 동안 그녀는 어깨너머로 무심코 보고 있었다. 그녀가 무심코 보고 있다 하더라도 나는 다른 이름, 가짜 이름을 쓰기가 어려웠다. 내가 '부인과 함께'라고 썼을 때 나는 니나가 보지 못했기를 바랐다. 만약 보았다면 니나는 태연한 얼굴로, 그건 사실이 아니에요, 라고 말했을 것이다. 그러나 니나는 아무 말도 안 했으며 지정된 방으로 순순히 올라갔다. 그녀는 내가 우려했던 것보다 훨씬 덜 놀라고 있었다. 마치 절대적 무관심 상태에 빠져 있는 것처럼 보였다. 그러나 저녁 식사를 하면서 천천히 기분이 풀어졌고 포도주 한 병을 마셨을 때는 분방한 모습을 보였다. 나는 꿈과 현실 사이를 조심스럽게 왔다 갔다 하고 있었다. 마치 줄을 타는 기분이었다. 나는 적어도 이 밤만은 나의 삶에 거역해야겠다는 결심을 했다. 방에 올라갔을 때는 이미 늦은 시각이었다. 니나는 아주 당연한 일인 것처럼 방 모퉁이로 가서는 말없이 돌아서서 옷을 벗기 시작했다. 나는 그녀가 정말로 아무것도 모르는 순진한 처녀가 아닐지도 모른다는 생각이 들었다. 갑자기 나는 이런 상황을 참을 수 없었다. 어떻게 해야 될지 몰랐다. 나는 방을 나와서 홀로 내려갔다. 다시 마실 것을 주문했다. 니나를 오늘 밤 가질 수 있을 것이다. 그러나 그것이 무슨 소용인가? 나는 결코 그녀를 붙잡아둘 수 없는데. 그녀는 나를 사랑하지 않았으며 결코 사랑하지 않을 텐데.

내가 다시 방으로 돌아왔을 때는 불이 꺼져 있었다. 니나는 자는 것처럼 보였다. 커튼을 통해 가로등 불빛이 들어오고 있었다. 바람이 그 불빛을 흔들고 있었다. 나는 살며시 옷을 벗고는 침대로 들어갔다. 니나는 움직이지 않았다. 갑자기 나는 니나가 나를 정면으로 똑바로 쳐다보고 있다는 것을 알았다. 나는 용기를 내어 그녀의 손을 잡고 그 손을 내 얼굴에 갖다 댔다. 그녀는 가만히 있었다. 내가 키스를 할 때에도 가만히 있었다. 그녀의 입술은 말라 있었고 꺼칠꺼칠했다. 간단히 쓰련다. 일일이 세세하게는 도저히 쓸 수 없다. 갑자기 나는 온몸이 마비되어 전혀 어떻게 할 수가 없었다. 생이 나에게 복수를 하고 있었다. 다르게 설명할 길이 없다. 오랜 세월 동안 거역한 것에 대해 생이 복수를 하고 있다고밖에. 니나는 눈을 감고 있었다. 그녀가 자고 있는 것이 분명하다는 생각이 들었을 때 내 마음은 고통 그 자체였다. 여기 써도 좋을지. 나는 소리 없이 저절로 북받쳐 나오는 눈물을 더 이상 참을 수 없었다. 부끄럽다는 생각이 들지 않았다. 고백하지만 나는 한 번, 이번만은 동물이 되고 싶었다. 갑자기 나는 눈에 와닿는 니나의 손길을 느꼈다. 울고 계시는군요. 니나는 놀라서 말했다. 무슨 일이죠? 그녀의 목소리에는 순수함과 따뜻함이 배어 있었다. 나는 그녀의 숨결을 느꼈다. 그녀는 동정심을 보이고 있었다. 이 순간에 그 일은 일어날 수 있었으리라. 그러나 나는 동정을 원하지 않는다. 나는 니나를 부드럽게 그녀의 베개 쪽으로 밀치고는 눈물을 삼켰다. 나는 이날 밤 니나가 잠을 잤는지, 못 잤는지 모른다. 나는 잠을 자지 못했다.

먼동이 트고 있을 때, 아, 그 안개 낀 아침이라니!, 나는 니나와 영원히 헤어지기로 결심했다. 이 밤을 니나는 결코 용서하지 않을 것이다. 그런 잘못된 상황을 용서할 여자란 없다.

나는 몰래 가버리고 싶은 격렬한 유혹에 시달렸다. 창피하고 우스웠다. 경멸받을 만했다. 그러나 나는 머물렀다. 적어도 나는 이것만은 이기고 싶었다. 나는 소리 없이 옷을 입었다. 그러다 니나가 움직였을 때 나는 말했다. 아침 먹으러 내려가오. 천천히 나중에 내려오시오. 조금 있다 그녀가 내려왔을 때 그녀는 약간 수줍어하는 것 같았다. 그러나 따뜻했다. 이상하리만치 나이가 들어 보였다. 우리는 이날 아주 먼 길을 달렸다. 벤하임으로 돌아가면서 니나는 여러 번 작은 마을에 차를 세우고 커피를 마시게 했다. 나는 몹시 피곤했다. 니나는 변해 있었다. 어른스러워져 있었다. 지난밤에 그녀의 내부에서 무슨 일이 일어난 것일까. 나는 알 수 없을 것이다. 니나는 내가 벤하임에 도착해 자동차에서 기차로 옮겨 타자 다정스럽고도 친근하게 작별 인사를 했다. 출발하기 바로 직전, 그녀가 내 쪽을 잠시 보았을 때 나는 그녀의 얼굴에서 나이가 들고 많은 경험을 한 이후의 모습을 보았다. 용서하는 얼굴, 아량이 넘치는 얼굴이었다. 눈에는 많은 것을 알고 있는 듯한, 그러면서 생을 경멸하지 않는, 고향 잃은 자의 우울한 안식이 깃들어 있었다. 나는 이전보다 더 그녀를 사랑한다. 그러나 나는 그녀를 다시 만나지 않을 것이다.

언제 들어왔는지 니나가 어깨 너머로 일기를 읽고 있었다. 나는 너무 어렸어. 니나는 말했다. 너무 어렸어. 10년 후라면 내가 어떻게 했어야 할지 알았을 텐데. 왜 날 그렇게 쳐다보는 거야.

무엇을 했을 거라고? 나는 물었다.

니나는 잠시 미소를 지었다. 그리고 말했다. 동정심으로 뭐든지 할 수 있었다는 말이야.

이 순간 나는 나 자신에 대해 기뻤다. 니나보다 훨씬 더 안정된 상황 속에 있다는 것이 기뻤다. 그러나 동시에 나는 니나가 자신을 내맡기고 있는 인생이 나보다는 니나를 더 잘 돌봐주고 있다는 것도 알았다. 나에게는 재미있는 것이 없었다. 나는 저기 서 있는 니나를 보았다. 창백했고 잠을 못 잔 얼굴이었다. 걱정 때문에 손질도 못 한 얼굴, 절망적이고 침울한 얼굴이었다. 그렇지만 생명으로 가득 차 있었다. 마치 폭풍우에 의해 약간 손상되었다 하더라도 여전히 깊은 바다 위에 떠 있는 배, 바람을 안고 가는 배와 같았다. 이 배를 보는 사람이면 누구나 이 배는 원하는 곳에 도착하거나, 아니면 어딘가 자기의 행운을 잡을 수 있는 새로운 대륙의 새로운 해안으로 가게 되리라고 믿을 것이다. 니나의 절망이 진정 와닿고 나의 가슴을 후벼팔지라도 내가 그것을 온전히 받아들이지 않는 이유가 이런 데 있는 것이 아닐지.

언니는 이해하지 못할 거야. 니나가 잠시 후에 말했다.

무엇을 이해 못 한다는 거니?

내가 이야기하려고 했던 거 말이야.

그래? 내가 이해 못 할 거라고?

내 생각으로는 언니가 끔찍하게 생각할 것 같아.

망설이는 듯, 그러나 도전적인 시선으로 그녀는 계속했다. 한 번은 이것을 순전히 호기심으로 한 적이 있어. 얘기할까?

나는 대답하지 않았다. 내가 어떤 말을 해야 하나. 니나의 얼굴이 다시 절망으로 변하고 있었다.

안 돼. 니나는 반항하듯이 말했다. 얘기하지 않겠어. 아니, 얘기할까?

아, 니나. 나는 괴로웠다.

그러나 니나는 웃었다. 그리고 말했다. 인간들은 삶이 실제적이라는 것을 알면 왜 그렇게 두려워하는지 몰라. 그러나 나는 언니에게 다른 얘기를 해주고 싶어. 덜 딱딱한 얘기. 받아들이기에 따라서는 시적이기도 한 얘기. 나중에 이것이 윤리적인지 아닌지 말해 줘.

나는 니나를 의심스럽다는 듯이 쳐다보았다. 그녀가 나를 놀리고 있는 것 같았다. 종잡을 수가 없었다. 벌써 그녀는 아주 심각해져 있었다. 자기 자신에 몰두하고 있었다.

이야기해 봐. 나는 말했다.

그래.

그러나 니나는 얘기를 시작하지 않았다.

아니, 나가자. 니나는 갑자기 큰 소리로 말했다. 우리 잠깐 공원에 가지 않을래?

우리는 이자르 공원 쪽으로 접어들었다. 다리를 건너 계속 갔다. 시 북쪽에 있는 강변 풀밭까지 갔다. 어두워지고 있었다. 이자르 강은 불어 있었다. 물결의 흐름이 세찼다. 물 흐르는 소리가 저녁을 불안하게 만들고 있었다. 니나는 나를 계속 제방까지 끌고 갔다. 나는 지난겨울 여기를 자주 나와보곤 했어. 니나의 말이었다.

강 흐름이 매우 세찼다.

가자. 나는 말했다. 그녀가 거기 서 있는 것이 마음에 들지 않았기 때문이다. 몸을 뒤로 빳빳하게 세우고 있는 것이 마치 무엇에 반항하는 것 같았다. 니나가 얼마 후에 말을 시작했을 때 나는 놀라지 않았다.

만약에 내가 그것을 한다면, 여기서 하겠어. 이런 밤에. 지금처럼 이런 냄새가 나야 해. 많은 물 냄새, 축축한 흙냄새, 지난해의 낙엽 냄새, 버드나무 껍질 냄새들 말이야. 언니에게도 냄새가 나? 대기 속에 씁쓸한 맛이 있지? 그건 버드나무 껍질 때문이야. 그리고 여기 같은 물소리가 나야 해. 대기는 생명으로 가득 차 있어야 해.

니나는 말을 하면서 내 팔을 꽉 잡고 있었으나 갑자기 팔을 놓았다.

내가 정신이 어떻게 됐나봐. 그녀는 부끄러운 듯 말했다. 이런 엉터리 같은 말을 몇 년 동안은 한 적이 없었는데. 지난 일주일 동안 잠을 못 자고 너무 많은 일을 했기 때문일 거야.

그래. 나는 가볍게 말했다. 너는 지금 신경이 날카로워진 거야. 그러나 그녀에 대한 걱정은 점점 커졌다. 이 순간이나마 니나의 주의를 돌리기 위해 나는 말했다. 나에게 무슨 얘기를 해주겠다고 하지 않았니?

아, 그거. 시시한 얘길 텐데 뭐.

나는 성마른 나머지, 그래, 네가 마치 무엇에 홀린 사람처럼 몰두하고 있는 그 남자 말고는 아무것도 중요하지 않겠지, 라고 하마터면 말할 뻔했다. 그러나 나는 말하지 않았다. 니나가 그 남자를 만났을 때 니나는 자기 자신을 만난 것이며, 따라서 그녀가 그를 잃게 될 경우 그녀에게는 삶으로 향하는 자연스럽고 똑바른 길이 끊기게 될 것이라는 생각이 점점 더 분명해졌다. 나는 니나를 보았다. 그녀는 내 옆에서 바람을 정면으로 맞으며 계속 반걸음을 앞서 걸어가고 있었다. 나는 그녀에게 어울리는 그 남자를 상상해 보려고 하였다. 그녀에게 물어볼 수도 있었다. 그 남자에 대해서 이야기하는 것이 그녀의 마음을 가볍게 해줄지도 모르는 일이었다. 그러나 나는 그녀가 스스로 얘기할 때까지 기다리기로 했다.

그래, 그 얘기. 갑자기 니나가 말했다. 이 얘기를 언니는 이상하게 생각할 거야. 그러나 언니가 제대로 이해한다면 시적인 정취도 느낄 수 있을 거야.

우리는 어둠 속에서 길을 잘못 들었다. 땅을 가득 덮은 가시덤불 속으로 점점 깊이 들어갔다. 결국 왔던 길로 다시 돌아갈 수밖에 없었다.

돌아오는 길에 니나는 나에게 그 얘기를 들려주었다. 그 이후 나는 이 얘기에 대해 많이 생각해 보았다. 왜 나에게는 그런 일이 한 번도 다가오지 않았을까. 왜 나는 그런 일을 요청받은 적이 없었을까. 나 역시 남을 돕기 좋아하고, 입이 무겁고, 무정한 성격이 아니다. 오히려 니나보다 따뜻한 마음씨를 가졌다. 그런데 사람들은 왜 도량, 관용, 따뜻함, 경험 등에서 내가 니나보다 덜하다고 느끼는 것일까. 나는 거울을 쳐다본다. 니나와 나는 매우 닮았다. 누구나 우릴 보면 자매라고 여길 것이다. 똑같은 얼굴이다. 그러나 나는 내 얼굴이 훨씬 예쁘다고 생각한다. 그런데도 사람들은 우리가 나란히 걸어갈 때 니나를 쳐다본다. 내 얼굴은 말끔한데 니나의 얼굴은 표정이 가득하다. 바로 이것이다. 니나는 이 얼굴을 위해 비싼 대가를 치렀다. 나도 니나처럼 독일에서 전쟁과 고난을 함께 겪었다면 더 좋았을지도 모른다. 그러나 속 편한 생각일 뿐이다.

니나는 자기 자신도 어떻게 할 수 없는 무서운 재능을 가지고 있다. 이것을 자신도 모르고 있다. 니나는 다른 사람에게 결단을 강요한다. 만약 용기가 있다면 나는 지금 남편과 이혼하리라. 그렇지만 지금 나는 강변을 걷는 동안 니나로부터 들은 이야기를 하고 싶다.

니나는 몇 년 전에 신문사로부터 시골 어딘가에 연구소를 갖고 있는 한 과학자를 인터뷰해 달라는 부탁을 받았다고 했다.

나는 우선 실험실로 갔어. 거기에는 많은 연구원들이 이리저리 움직이고 있었어. 그러나 아무도 소장이 어디 있는지 말해 주지 않았어. 모두들 놀란 눈으로 쳐다보는 거야. 마침내 나는 집으로 가보겠다는 생각이 났어. 그런데 덧문이 닫혀 있어서 나는 아무도 없는가보다고 생각했는데 콩을 따는 가정부를 만나게 되었어. 그녀가 쳐다보는 눈도 연구원들의 눈과 같았어. 교수님은 아무도 안 만나요. 나는 물었어. 아프신가요? 그러나 그녀는 대답하려고 하지 않았어. 신문사에서 나왔다는 것을 밝히니까 마침내 그녀는 아주 작은 목소리로 말했어. 그분은 저 안에 계시지만 아무도 못 들어오게 하세요. 왜요? 나는 물었어. 벌써 4주 전부터 아무도 들어가지 못해요. 그래요? 내가 한번 시도해 볼까요? 무슨 용기로 집 안에 무작정 들어갔는지 모르겠어. 나는 우선 가장 가까운 방으로 들어갔는데 아이들 방이었어. 아무도 없었어. 침대는 사용한 흔적이 있었지만 개켜지지 않았어. 정돈된 것이라곤 아무것도 없었어. 포장지가 아무 데나 뭉쳐 있었고, 망가진 장난감들, 조각조각 찢어진 그림책들이 널려 있었어. 마치 누군가가 아주 급하게 소용되는 것만 챙겨서 나간 것 같았어. 마침내 나는 그 교수라는 사람이 어린이용 걸상에 앉아 있는 것을 보았어. 그는 내가 들어갔는데도 전혀 신경 쓰지 않는 눈치였어. 나는 다시 되돌아 나갔어야 했는데 그러지 못했어. 왜 그랬는지 몰라. 나는 그에게 말을 시켰어. 그러나 그의 얘기를 다 옮기고 싶지는 않아. 뻔한 결혼 얘기였으니까. 결론 부분만 얘기할게. 그의 부인이 그를 버렸으며 아이도 데려갔다는 거야. 그는 부인이 왜 그랬는지를 잘 알고 있다고 했어. 그는 부인을 용서해야만 한다고 했어. 그러나 그가 할 수 있은 일은 아무것도 없었어. 이것이 가장 나쁜 점이었어. 문제는 갑자기 그가 아내를 안아줄 수 없게 되었다는 거야. 하루가 지나고 이틀이 지나도 마찬가지였대. 짐작하기에 부인은 착하고 현명한 여자 같았어. 아울러, 마치 간호사들처럼 정확하고 친절은 하지만 남자들에게 꿈을 주지 못하는 부류의 여자였던 것 같아. 언니, 이해해? 이 세상엔 그런 여자들이 많아. 그래, 나는 말했다. 그리고 속으로, 나도 그런 축에 낄 거야, 하고 생각했다.

부인은 기다렸어. 그나는 계속했다. 계속 기다리고 기다렸어. 그러나 어떤 방법을 써도 어떤 치료를 해도 마찬가지였어. 만 3년을 기다리고 나서 그녀는 떠났어. 이것이 4주 전이고 그 후 그는 계속해서 면도도 안 하고 비탄에 빠져 있었던 거야. 마치 폐인처럼. 얼마나 절망에 빠져 있는지 처음 만난 나에게 이런 얘기를 들려줄 정도였으니까.

그래서? 니나가 입을 다물자 나는 물었다. 무언가 있을 것 같은데. 중요한 대목이 아직 나오지 않은 것 같아.

아, 얘기할 게 별로 없어. 니나는 말했다. 우리는 산책을 했어. 물이 말라버린 개천을 따라서 걸었어. 뜨거운 여름이었어. 햇볕이 무자비하게 비추었으니까. 지금도 찾아내라면 찾을 수 있을 거야. 마침내 우리는 돌만 한 무더기 있는 곳까지 갔어. 농부들이 밭에서 주워와 쌓아둔 곳이었어. 결코 잊을 수 없는 곳이야. 쓸쓸한 분위기였지만 엄청났어. 마치 구약성서에 나오는 곳 같았으니까. 거기서 그가 물었어. 자기를 도와줄 수 있겠느냐고.

그래? 나는 물었다. 그가 무엇을 원했는데? 전혀 이해가 안 되는데.

그는 독실한 가톨릭 신자였어. 니나는 말했다.

그러나 나는 여전히 이해할 수 없었다.

그는 그 순간까지 다른 여성에게 가는 것을 자기 자신에게 한 번도 허락하지 않았어.

니나는 이 말을 아주 작게 말했으므로 나는 거의 듣지 못했다. 그러나 나는 알아들었다. 나는 경악했다. 그래서 네가 그 일을 했단 말이야? 오로지 동정심에서? 아니야. 그럴 리가 없어.

그렇게 했어. 니나는 아무렇지도 않은 듯 말했다.

니나는 나를 의아하다는 듯이 바라보았다. 내가 그런 걸 하면 안 되는 거야?

내가 대답하지 못하자 니나는 소리를 높였다. 맞아, 내가 언니에게 말했지. 언니는 인생이 얼마나 실제적인지 알려고 하지 않는다고.

그래서? 나는 물었다. 그에게 도움이 됐니?

그래. 그래서 자신을 갖고 부인에게 갔어. 그런데 예전처럼 안 됐나봐. 그는 포기해 버렸어.

그리고?

이게 끝이야.

잠시 후에 니나가 다시 한번 물었다. 그렇게 놀랐어?

그 순간만은 놀랐던 게 사실이라 하더라도 나는 아니라고 대답했다. 그러나 그 이후 니나의 행동을 생각하면 생각할수록 나는 그녀가 옳았다는 생각이 들었다. 그렇다 하더라도 나라면 그런 용기를 내지 못했을 것이다.

우리는 아무 말 없이 밤길을 걸어 집으로 돌아갔다. 니나의 이 이야기는 우리 둘 사이에 어떤 서먹서먹한 느낌을 불러일으켰다. 그 이야기는 우리가 한 번도 발을 들여놓지 못한 기다란 땅 같았다. 이런 서먹한 느낌은 우리가 집에 도착했을 때도 계속되었다. 이때 슈타인의 일기가 있다는 것이 얼마나 다행스러운 것인지. 우리는 말을 않고도 거기에 함께 몰두할 수가 있었다.

우리는 읽다가 중단한 부분에서부터 다시 읽기 시작했다. '나는 그녀를 다시 만나지 않을 것이다.'라고 슈타인은 마지막에 썼다. 다음 일기는 1933년 1월 15일이었다. 글씨가 전보다 컸

고 힘이 있었다. 맨 첫 글자 N은 마치 새 돛을 막 얹은 한 척
의 배를 연상시켰다.

2장

N이 다시 왔다. 그러나 나는 환상을 품지 않겠다. 그녀가 여기 온 것은 진찰을 받기 위해서지 나를 만나러 온 게 아니다. 그러나 어쨌든 그녀는 여기, 나한테 왔다. 나는 그녀가 조언을 구하고자 한 사람이었다. 그녀는 나를 신뢰했다. 그리고 그녀는 까탈스러운 자존심 속에서도 가끔, 특히 대화가 끝날 무렵에는, 어렴풋한 호의나 친밀감을 보여주었다. 이것은 착각이 아니다. 나는 니나의 이러한 태도를 과대평가하거나 잘못 이해한 것이 아닌가 하고 궁리하길 그만두기로 했다. 아마 니나의 성격이 요 몇 해 동안 더 따뜻하고 부드러워졌을 것이다. 그리고 이러한 부드러움은 유독 나만 느끼는 것이 아니라, 다른 사람도 느끼는 그러한 부드러움이리라. 우선 나는 기쁨에 몸을 맡기기로 했다. 이것은 농부가 몇 달이나 계속된 가뭄

때문에 죽을 줄 알았던 싹 위로 최초의 빗방울들이 떨어지는 것을 보았을 때 다시 살아날까 의심하면서도 기쁨을 감추지 못하는 것과 같았다. 이것은 너무나 오랜 희망 없는 인고의 기다림 뒤에 온 아픈 기쁨이었다.

니나가 약속도 없이 찾아왔다. 헬레네는 우연히 외출 중이었다. 저녁때였고 눈이 내리고 있었다. 이런 날엔 환자가 올 리 없었으므로, 누군가 왔을 때 나는 약간 짜증이 났다. 나는 고독에 익숙해 있었다. 내 인생에 곁길은 없었다. 하루하루가 규칙적으로 지나갈 뿐이었다. 나 자신이 자발적으로 받아들인 의무들은 무미건조한 습관이 되었다. 최근 몇 달간은 약효가 강한 수면제에서도 벗어날 수 있었다. 이러한 아픔 없는 마음의 평정에 도달하기까지는 긴 시간이 필요했다고 해야 하리라.

그런데 지금 니나가 내 문 앞에 서 있었다. 나는 먼저 목소리로 그녀를 알아보았다. 정확히 말하자면, 나의 의식은 그녀가 말을 했을 때 그녀를 인식했다. 그녀를 본 순간 나는 몹시 놀라서 숨이 막혔다. 이것은 그녀가 내 앞에 올 때까지 몇 초동안 계속됐다. 나는 우리가 서재에 들어와 앉을 때까지 무슨 말을 했는지 하나도 기억할 수가 없다. 우리는 서재에서 한동안 잠자코 마주 앉아 있었던 것 같다. 니나가 왔다는 것이 도무지 믿어지지 않았다. 더구나 니나는 놀랄 만치 변해 있었다. 내가 우리의 재회를 분명히 깨달은 것은 니나에게 다시 대학에 다니고 있느냐고 물었을 때 이제는 그런 건 아무래도 좋다는 듯 지친 모습으로 고개를 흔들었던 순간부터다. 니나에게 그녀가 죽기를 기다리고 있는 할머니에 대해서 물으니까 니나

는 또 말했다. 아! 그런 사람들은 오래 살아요. 벌써 유령처럼
됐는데도 밀크 한 모금하고 빵 부스러기만으로 연명하고 있어
요. 내가 몸을 씻겨주고 머리를 빗기고 침대에 눕혀줘야 해요.
벌써 송장 냄새가 나는데도 안 죽어요. 니나의 목소리에는 하
등의 분노도 섞여 있지 않았다. 벌써 1년 반이나 거기 있었어
요. 아버지의 부채는 많이 갚았지만 그래도 남아 있어요. 나는
그곳을 벗어날 생각을 못 해요. 니나의 목소리에는 분명한 결
의가 표현되어 있었다. 그녀는 이것을 감추려고 하지 않았다.
그녀의 눈에는 피로의 빛이 보였으며, 이것은 나를 불안하게
했다. 이 순간 나는 지금까지 수없이 생각했고, 그리고 여러
차례 편지를 썼으나 한 번도 보내지는 않았던 것을 말할 용기
를 얻었다. 니나, 이 제안은 당신같이 재능 있는 학생을 잃을
지 모른다는 나의 염려에서 나온 건데요.

니나는 고개를 들었다. 궁금해 하는 눈이었다. 그러나 또
경계하는 눈이었다. 그녀는 조심스럽게 살피고 있었다. 나의
이 제안은 그녀의 성격에 맞지 않고, 무엇보다도 나에게서 나
온 것이기 때문에 그녀가 거절할 것이라는 점을 나는 알고 있
었다. 이런 것을 알고 있는만큼 나의 설득력에는 힘이 없었고,
따라서 미리부터 퇴짜 맞을 것을 각오하고 있는 격이었다. 그
런데도 불구하고 나는 나의 생각을 제시했다. 즉, 아직 남아
있는 빚은 내가 맡아서 갚겠다. 할머니의 간호를 위해서는 이
미 누가 돌보더라도 알아차리지 못할 테니까 유능한 간병인
을 채용하기로 하자. 그리고 내가 지불하는 돈은 니나가 상속
받을 집을 담보로 무이자로 빌려주는 것으로 하자. 그러나, 내

가 미처 말을 끝내기도 전에 니나는 재빠르게, 고맙습니다만, 하고 나의 말을 가로막았다. 예상치 못했던 것은 아니지만 이 말은 마치 문이 쾅 소리를 내며 닫히듯 오랫동안 잠잠했던 옛 고통을 새로 일깨워냈다.

니나는 곧 고개를 돌렸으나 그녀의 얼굴은 빨갛게 상기되었다. 나는 내게 가한 타격이 그녀에게 되돌아간 것을 알았다. 나를 쳐다보지 않은 채 니나는 말했다. 나는 이 모든 것을 포기할 수 없어요. 일단 제가 떠맡은 거니까요. 이제 와서 도망을 친다면 저 자신이 쓸모 없는 인간으로 생각될 거예요.

그렇지만, 니나, 이런 것은 당신이 할 일이 아니지 않소? 그런 외진 곳에서 정신 나간 노파를 돌보고 석유나 판다는 것은.

이번에는 니나가 나를 똑바로 바라보았다. 그 시선은 나를 부끄럽게 했다. 그것이 나의 할 일이 아니라면 나는 그 일에 매여 있지 않았을 거예요.

운명에 대한 니나의 믿음은 요지부동이었다. 이것이 그녀의 강점이며, 그녀를 보호하고 지탱해 주는 것이었다. 그러나 나는 니나가 그 음침한 집에서 노파와 단둘이 있으면서, 그런 격리 생활에 분노하고 반항하지 않을 리는 없다고 생각했다. 니나는 분명 강했다. 그러나 아무리 강하다 하더라도 자신의 상황에 대한 비애감을 참을 수는 없는 일이었다. 나는 니나가 코를 골며 잠들어 있는 노파 옆에 누워, 잠을 못 이룬 채, 자신이 버림받았다고 느끼는 밤이 여러 번 있었으리라고 확신한다. 나는 그녀의 의무에 충실한 인내심을 어리석고 가혹한 자기 학대라고 설명함으로써 그녀의 엄청나게 오만한 자기 확신을 무너뜨리고 싶은 유혹을 강하게 느꼈다. 그러나 맑으면서도 단호한 니나의 눈은 나를 무력하게 했다. 부담 없는 이야기로 화제를 바꾸었으나 말이 자꾸 막히고 종국에는 대화가 끊기게 되었다. 시시한 얘기들에 마음 내키지 않아 하던 니나가 마침내 침묵을 깨뜨렸다.

물어볼 일이 있어서 왔어요. 다른 누구에게도 먼저 이야기하고 싶지 않았어요. 니나는 말했다.

이 짧은 두 문장이 내게 잃어버린 인생의 의미를 다시 찾아주었다는 것을 그녀는 분명 몰랐을 것이다. 그녀를 위해 못 할 일이 내게는 없었다. 무제한으로 도와주고 싶은 황홀한 감정이 나를 엄습했다. 마치 젊고 정열적인 애인이 그의 연인에게 당신을 위해 죽고 싶다고 말할 때처럼 미친 듯한 상태, 자기 자신을 버리고 싶은 상태와 같았다.

이런 상태는 지극히 짧은 순간 주어진 것에 불과했다. 그것은 탄생이나 죽음 직후처럼 아주 신비하고 투명한 조화의 순간이었다. 니나의 고백을 들은 후 나는 커다란 근심에 싸였다. 그녀는 폐결핵인 것 같다고 말했다. 나는 그녀의 증세를 물었다. 니나는 밤에 종종 미열을 느낀다고 대답했다. 그녀의 망설이는 듯한 시선을 보고 왜 하필 폐결핵이라고 생각하느냐, 열은 다른 이유에서도 오를 수 있는 것 아니냐고 나는 물었다. 아니, 전염된 것 같다고 그녀는 말했다. 나를 쳐다보지 않은 채였다. 무언가 걱정될 만한 일을 숨기고 있는 게 분명했다. 그러나 나는 그 이상 묻지 않았다. 그녀는 뭔가 기대하는 눈치였다. 그녀가 원하는 것을 나는 알았다. 이리 오시오. 엑스레이를 찍읍시다, 하는 것이 그녀에게는 가장 자연스러운 일인 듯했다. 정말 그럴까. 그렇게 하는 것이 꼭 그래야만 하는 인간적인 일이었을까. 그럴지도 몰랐다. 그러나 나는 그렇지가 않았다. 나는 니나에게 말했다. 내 친구 브라운 박사는 흉곽 전문의요. 지금 곧 전화를 걸겠소. 그러면 내일 아침 일찍 엑스레이 촬영을 할 수 있을 거요. 니나는 대답을 하지 않았다. 내가 전화 있는 곳으로 갔을 때 그녀의 눈이 따라오고 있었다. 내가 수화기를 들기 전에 그녀는 아주 낮은 목소리로 말했다. 전 선생님도 하실 수 있을 거라고 생각했는데. 그 편이 더 나을 텐데요.

또다시 나는 행복감이 북받치는 것을 느꼈다. 그녀가 부탁하는 일을 나는 무엇이든지 들어주었을 것이다. 그러나 나 자신도 모르겠는 나의 이러한 거절을 어떻게 그녀에게 설명한다는 말인가?

내 전문 분야가 아니라고 생각해요. 나는 모호하게 대답했다. 매우 복잡해지는 경우가 많이 있거든요.

하지만, 하고 그녀는 낮지만 강한 어조로 말했다. 아직 확실한 것은 아니잖아요. 선생님이 우선 진찰하신다면…….

내가 수화기를 들었을 때 니나의 말끝이 잘렸다. 브라운은 집에 있었다. 우리는 이튿날 아침 서로가 좋은 시간으로 약속을 했다. 니나는 더 이상 반대하지 않았다. 고맙습니다, 하고 그녀는 짧게 말했는데, 그 말투에는 어딘지 적의가 담긴 듯했다. 그러나 다음 순간 그녀의 말에는 진심이 담겨 있었다. 정말 고맙습니다, 하고 니나는 말했다. 어디서 묵을 예정이냐고 물었더니, 어머니가 있는 곳이라고 대답했다. 당황하는 것 같았다. 하지만 그곳은 이미 방을 모두 세놓지 않았느냐고 내가 반문하자, 어디든 저 하나 누울 곳은 있겠지요, 하고 니나는 가볍게 응답했다. 나는 여기 있으시오, 방은 넉넉하니까요, 라고 말할 수는 없었다. 그 대신, 아직 너무 이르지 않소?라고 말했을 뿐이다.

네, 아직은 일러요. 니나는 대답했다. 또다시 불안한 침묵이 흐르면서, 추억과 유혹 그리고 경고의 연기가 마취제처럼 피어올랐다. 우리는 팽팽한 긴장감을 애써 감추면서 미동도 않고 마주 보고 있었다. 니나도 마찬가지! 그렇다. 니나도 마찬가지였다. 그러나 그녀 역할이 더 쉬운 것이었다. 더 격한 감정에 사로잡힌 사람이 항상 불리한 법. 감정이 어디서나 그를 방해하고, 자기의 정열에 걸려 넘어지고, 패배할 때마다 더 우스꽝스러운 짓을 한다. 찬스는 매번 줄어들지만 감정은 더욱 격렬해진다.

아직은 시간이 있어요, 니나는 장갑을 만지작거리며 말했다. 굵은 털실로 짠 벙어리 장갑이었다. 그것을 보자 나에게 또 동정심이 엄습했다. 나는 그것을 니나가 어디에 놓아두고 잃어버리게 할 생각을 했다. 정월의 강추위가 털이 들어간 새 장갑을 굳이 선물이라 생각하지 않고 받을 수 있게 하리라.

니나는 나의 시선을 알아챘다. 모양이 없죠? 하지만 따뜻해요. 그러면서 니나는 곧바로 덧붙였다. 오늘은 시내에 무척 가보고 싶어요. 어디든지요. 한동안 음악이 있는 큰 카페에 못가봤어요. 왜 웃으시죠?

나는 정말 웃고 있었다. 예전에 그녀가 카페 음악을 못 참아 했던 것이 문득 생각났기 때문이다. 그녀에게 이 말을 했더니 그녀도 웃었다. 변화와 지나가버린 것에 대한 기억이 담긴 이 미소는 그녀와 나, 오늘과 과거 사이에 다리를 놓아주었다. 특별한 약속이 필요 없었다. 나는 '외출한다. 언제 돌아올지 모르니 먼저 자라.'라고 쓴 쪽지를 옷걸이 위에 꽂아 놓았다. 헬레네를 위한 것이었다. 니나가 그것을 읽는 것을 나는 보았다. 우리의 시선이 마주쳤다. 그것은 공범자들의 것이었다. 청춘의 즐거운 훈기가 나를 스치고 지나갔다. 잃어버린 청춘, 잃어버린 유희, 잃어버린 어리석음들. 경박함과 대담함이 동반된 일종의 도취가 나를 거리로 내몰았다. 길에는 부드러운 눈이 쉼 없이 내리고 있었다. 마치 크리스마스 같은 기분이 들었다. 나는 니나에게 미리 말하지 않고 그녀를 '슈바르츠밸더'로 데리고 갔다. 그녀는 약간 당황하긴 했지만 매우 기쁜 눈치였다. 그녀가 가장 값이 헐한 음식만 고르기에 그녀로부터 메뉴판을 빼앗아 내가 주문을 했다. 그녀는 내가 주문하는 것을 불안한 얼굴로 듣고 있었다. 식사를 하는 동안에도 그녀는 일종의 경계심을 버리지 못하고 있었다. 그것은 마치 먹이 장소에 꾀어 나와서는 본능적으로, 혹은 경험적으로, 의심을 버리지 못하는 겁먹은 짐승과 같았다. 나는 니나에게 무엇을 마시겠느냐고 물었다. 그녀가 주저했기 때문이었을까. 알코올의 힘으로 나의 얽힌 상황을 풀어보려는 것은 공정치 않으며 현명하지도 못하다는 것을 알고 있으면서 나는 샴페인을 주문하고 말았다. 니나를 위해서 한다는 것이 왜 늘 나의 평소 생각과 반대되고 또 그것을 무시하는 행동으로 나타나는지.

이 페이지 끝에는 겨우 읽을 수 있을 만큼 작게 1938년 3월 2일이라고 적혀 있었다.

몇 년에 걸쳐 계속 관찰한 결과 마침내 나에게는 어떤 것이 정말로 나의 본질인가 하는 의문이 솟아나게 되었다. 내가 알고 있던, 즉 구실을 달거나 복잡하게 생각함이 없이 이성이 기대하는 대로 행동하는 것이 진실된 나인지, 또는 니나가 옆에 있음으로 인해 내 속에서 일깨워지는 꺼림칙하고 예측할 길 없는, 또 유혹적이고 은근히 폭력적이기까지 한 나쁜 자아가 나의 본질인지, 알 수가 없었다. 결국은 둘 다 나라는 단순한 인식으로 정착하게 되기까지 놀랍게도 10년이라는 세월이 걸렸다. 물론 나는 어둠 쪽에 있는 나의 야만적 특성이 자유롭게 고개를 들도록 결코 내버려두지 않을 것이다. 조화에 도달하기에는 너무 늦었다. 너무 늦었다. 방해되는 것을 계속 짓눌러버리는 것 말고는 방도가 없었다. 체험하지 못한 삶이 가져다주는 무한한 슬픔, 그리고 무서운 꿈이 나를 괴롭히는 밤이면 그것이 나에게 보복을 하였다.

다음 페이지에는 1933년 1월 15일의 일기가 이어졌다.

니나는 조심하지 않고 마셨다. 그녀는 술을 잘 마시지 못했다. 그러나 나는 그녀에게 주의를 주지 않았다. 순수하지 못한 즐거움으로 나는 니나의 얼굴과 자세에서 점차 긴장이 풀려나가는 것을 지켜보았다. 벤하임은 멀리 안개 속으로 사라지고 없었다. 니나의 눈에서 의심하는 빛이 사라졌다. 가끔 나에게 미소를 지었다. 이 미소는 나를 향한 것이 아니었다. 아니, 나에게만 해당되는 미소가 아니라, 샴페인과 따뜻함, 그리고 우리들의 담배 연기와 유쾌하고 성대한 저녁에 던지는 미소였다. 나도 마셨으나 정신이 말짱했다. 니나가 풀어지면 풀어질수록 내 의지는 더욱 긴장되었다. 악착같이, 그리고 정확하게, 나는 내 목표를 향해 다가갔다. 니나는 아무것도 모르고 나의 유혹을 쫓아왔다. 꽃 파는 여자가 장미를 내밀었다. 나는 10년이 넘게 아무에게도 꽃을 선사하지 않았으므로 꽃을 사는 데 결단이 필요했다. 나는 부끄러웠다. 그러나 여기에도 묘한 쾌감이 배어 있었다. 아름다운 장미였다. 니나는 내가 꽃을 사는 것을 아무렇지도 않게 보고 있다가 내가 그 꽃을 주자 몹시 놀란 듯했다. 니나의 손의 당황한 움직임은 그녀에게 나의 감정을 표시한 것이 얼마나 큰일이었던가를 말해 주고 있었다. 물 속에 꽂아두어야지요, 니나는 어린아이처럼 무안해 하면서 말했다.

매혹이 다시 찾아왔다. 니나의 눈은 피곤한 듯 흐려져 있었다. 달콤하게 흐려져 있다고 나는 생각했다. 지금 이런 식으로 표현하는 것이 쑥스러운 일이긴 하지만 그래도 나는 써야겠다. 왜냐하면 이것은 니나의 본질을 나타내고 있기 때문이다. 그랬다. 어제저녁 그녀는 나에게 본질을 보여주었다. 나는 마침내 부드럽고 끈질긴 공격을 감행할 때가 왔다고 생각했다. 당신의 그런 망명 생활에서 돌아오면 무엇을 하려고 하오? 하고 나는 물었다. 당신은 아시잖아요, 공부를 계속할 거예요. 그런 다음에? 나의 물음에 니나는 꿈꾸는 듯하면서도 놀란 표정으로 나를 바라보았다. 그런 다음에요? 그런 다음에 직업을 갖게 되겠지요. 그러고는 일을 할 것이고, 일을 하면서 아마도 글을 쓸 거예요. 소설을 쓸 겁니다. 그리고 나서는? 나는 계속해서 물었다. 니나는 흥미없다는 듯 어깨를 으쓱해 보였다. 그러고는…… 나도 알 수 없어요. 계속 살겠지요. 갑자기 니나의 눈이 밝게 빛났다. 니나는 단호하게 다시 한 번 말했다. 그러고 나서는 살겠지요. 니나. 나는 또 말했다. 당신 또래의 소녀나 여성 들이 결혼에 대해 어떻게 생각하고 있는지 알고 싶어요. 아, 니나는 아직도 눈치를 못 채고 말했다. 그것에 대해서는 아직 한 번도 생각해 본 적이 없어요. 그렇지만 나는 결혼하고 싶지 않아요. 나는 혼자 있는 걸 아주 좋아해요. 다른 사람들은 나를 방해해요.

갑자기 결심한 듯 니나는 핸드백에서 반은 구겨진 종이쪽지를 꺼내 나에게 주었다. 그것은 시였다. 니나는 자기가 쓴 것을 그 전에 한 번도 나에게 보여준 적이 없었다. 나는 망설였지만 읽기 시작했다. 나는 그 시가 내 마음에 들지 않을까봐 두려웠다. 그것이 나쁜 시라면 나는 어떻게 할 것인가? 나는 자문했다. 내 감정이 흔들릴까? 싸구려 미적 취미를 보여주는 그녀를 용서할 수 있을까? 미적 취미가 형편없고 재능 또한 없는 사람을 계속 사랑할 수 있을까?

이 부분에서 나는 읽는 것을 멈추었다. 나는 자신을 더 이상 억제할 수 없었다.

이건 정말 지나쳐. 나는 말했다. 사랑을 재능과 결부시키고 있어. 사랑하니까 사랑하는 것이지, 재능이 많고 적음은 부차적 문제라고 생각해.

아니야, 니나는 생기 있게 말했다. 아니야, 이 점에서는 나는 슈타인 편이야. 생각해 봐. 내 시가 형편없다면, 정말로 형편없어서 형식뿐만 아니라 내용에도 감상적이고 싸구려라면, 나 자신의 내부에도 감상벽과 싸구려 경향이 있다고 분명히 말할 수 있는 거야. 누구든 그가 쓴 것과 똑같아. 이걸 분리시킬 수는 없어. 만약 언니가 좀더 날카롭게 주의해 본다면, 모든 가짜를 꿰뚫어볼 수 있을 거야. 슈타인의 말이 전적으로 옳아. 나도 그와 같은 생각이야. 아무것도 할 수 없는 사람을 사랑할 수는 없어. 내 말이 너무 냉혹하고 이기적으로 들리지? 그럴 거야.

그래. 나는 말했다. 잔인할 정도야. 여자가 남자에 대해서 그런 식으로 말하는 것은 어쨌든 이해할 수 있겠어. 남자에게는 업적을 기대하니까. 일과 성공 두 가지를 말이야. 그렇지만 여자는 아무것도 이루지 않아도 돼. 여자는 그저 존재하는 거야. 어떤 업적으로 자기 자신을 증명하지 않고도 여자는 존재할 수 있어. 니나는 깊이 생각하는 얼굴을 하면서 나를 쳐다보았다.

맞아, 언니 말이 맞아. 니나는 말했다. 물론 맞는 말이야. 그러나 만약 여자가 어떤 일을 시작했다면, 업적을 평가할 때 쓰는 척도 이외의 다른 것을 적용할 수는 없어. 남녀가 똑같은 거야.

아주 우울해하면서 니나는 계속 말을 이었다. 정말이지 나는 나의 재능을 자주 저주했어. 언니는 알지 몰라. 내가 결혼해서 아기를 낳고 가구의 먼지를 닦아내고 마당에 빨래를 너는 보통 여자들과 백번이라도 바꾸고 싶었다는 걸. 왜 웃어?

네가 먼지 닦고 빨래 너는 걸 몹시 하고 싶어 한다니까 말이야.

아, 언니는 나를 이해할 거야. 니나는 말했다. 나는 아주 잘 정돈되어 있고, 분명하고 깨끗한 경계가 있는, 한결같고 큰 위험도 없는 단순한 생활을 원하고 있어. 이제 언니는 나를 비웃기 시작하는군.

그래, 비웃는다. 네가 사실은 그런 생활을 전혀 원하지 않는다는 것을 알고 있어서야.

그래, 그렇게 잘 알고 있어? 니나는 반항적으로 말했다. 언니는 내가, 뭐라고 할까, 그래, 내가 밤이나 낮이나 머리 위를 맴도는 말뚱가리 밑의 토끼처럼 사는 것에 만족할 수 있을 거라고 생각지 않아?

내가 뭐라고 대답하기 전에 니나는 나지막이 덧붙였다. 그렇지만 언니 말이 맞아. 나는 다르게 살고 싶지 않아, 다른 사람과 내 생을 바꾸고 싶지 않아.

니나는 잠깐 손을 내 팔 위에 얹었다. 그것은 내가 니나에게서 이미 여러 번 발견한 수줍고 다정스러운 행위였다. 정신 나간 말 같지만 사실이야. 니나는 말했다. 고통의 한가운데에는 아무리 심한 고통도 닿지 않는 보호구역이 있어. 그리고 그곳에는 일종의 기쁨이 있어. 나는 그것을 용납이 가져다준 승리의 구역이라고 이름 붙이겠어.

그래, 그건 나도 알아. 내가 말했다.

니나는 놀란 듯 나를 바라보았다. 언니가 어떻게 그것을 안단 말이야? 언니는 나를 거의 모르잖아.

아니, 난 알아. 느끼는 거야. 네 속에 있는 상처받을 수 없는 부분을.

아, 정말이야? 하고 니나는 빠르게 말했다. 얼마 전에 이 감정이 나를 떠났어.

이러한 고백이 왜 니나를 그처럼 당황하게 했는지 나는 모른다. 니나는 얼굴을 붉혔다. 니나가 일기책에 고개를 너무 파묻었기 때문에 나는 함께 읽을 수가 없었다. 한참 후에야 니나는 일기를 내 쪽으로 밀었다.

나는 실망하지 않았다. 시가 아직 완성되지 않았고, 완전한 자기 목소리 또한 찾아내지 못했는데도 불구하고 순수했다. 나는 지금 처음 몇 구절과 마지막 몇 구절밖에 기억하지 못한다. 정확하지 않을 수도 있다. 내가 그 시를 교정하는 것은 불가능하다. 니나는 그 종이쪽지를 한사코 주지 않으려고 했다.

이건 결코 만족스럽지 못해요, 하고 니나는 짧게 말하더니 그 종이를 미련 없이 그리고 단호하게 찢어버렸다. 다음은 내 기억에 남아 있는 부분이다.

오, 이 한 번만은 나를 방해하지 마라.
오늘 숲에서부터 나를 따라온
수줍은 본질들이 있다.
태곳적 앎을 성스럽게 말없이 고지하면서
눈을 크게 뜨고 기다리고 있다가 나무숲에서 걸어나온 것들.
내가 말없이 어둠 속을 갈 때였다.

마지막 부분은 앞부분을 반복하고 있었다.

그런데 너희들, 너희 타인들이여, 방해하지 마라.
이 한 번만은, 아, 너희들이 나에게서 느끼는
그 수줍은 본질들을 방해하지 말아라.

그리고 앞뒤가 끊긴 한 줄이 생각난다.

오, 너희들, 위대한 죽음으로 유혹하는 자들이여.

아름답군요. 나는 니나에게 말했다. 찢어서 유감입니다, 암기하실 수 있습니까?

아니요. 니나는 말했다. 벌써 잊었어요. 쓴 것은 잊어버려요. 그것은 나와는 상관없는 것이니까요. 그건 이미 지나버린 것만을 말하죠. 나는 그 동안 더 나이를 먹었는걸요.

그렇지만 당신은 그것을 겨우 사흘 전에 썼잖아요. 나는 날짜를 보았어요. 내가 반박했다. 사흘 전요? 니나는 말했다. 그래요, 사흘이란 긴 시간이에요. 니나는 찢어진 종잇조각을 뭉쳐서는 핸드백에 밀어넣었다. 그런데, 니나는 계속 이야기했다. 이제는 이해하셨나요? 내가 왜 혼자 있기를 원하는지? 사람은 많은 고독을 필요로 해요.

니나는 어린아이처럼 솔직하게, 그리고 말 그대로의 호기심을 가지고 나를 바라보았다. 선생님은 안 그런가요? 혼자 있는 시간을 필요로 하지 않나요?

니나의 맑은 시선과 질문이 나를 완전히 무장해제시켰다.

그래요, 나는 대답했다, 니나, 나도 고독이 필요해요. 그러나 나는 그걸 너무 많이 가지고 있어요, 너무너무 많이, 그리고 너무 오랫동안이었어요.

니나는 눈을 밑으로 내려뜨렸다. 니나가 내 말을 알아들었다는 것을 나는 확신했다. 그러나 니나가 마치 대답이 막힌 여학생처럼 긴장한 듯 입술을 깨물며 뭔가를 골똘히 생각하는 것을 보자, 나는 몹시 불안해졌다. 니나는 뭔가를 생각하고 있다, 그녀는 느끼지 못했다, 나를 이해하지 못했다. 나는 실망감에 빠져들었다. 나는 패배를 인정하고 무기를 내려놓아야만 했다. 커다란 각성이 나를 뒤흔들었다. 니나를 얻는다는 것은 불가능하다고, 아니, 가까이 가는 것조차 불가능하다고 생각했다. 분노가 엄습했다. 니나는 엘베강과 같은 존재다. 유혹적이고 순진하며 도덕에 얽매여 있지 않고 본능적으로 모든 걸 알고 있으면서도 멀고 낯설게 느껴져 붙잡을 수 없다. 그러나 나는 또한 니나가 언젠가 여자가 되었을 때 가지게 될 얼굴을 이미 보았다. 니나가 자신의 인간적인 영혼을 인식할 때까지 무슨 일이 더 일어나야 할 것인가? 이러한 생각을 하고 있을 때, 나는 니나가 나를 보고 있다는 것을 알아챘다.

정말 안됐군요. 니나는 낮은 목소리로 말했다.

뭐가 안됐나요? 나의 고통스러운 상념이 말속에 가시가 들어가게 했다.

모든 것이 다요, 니나의 말은 슬펐고 그리고 애매했다. 나는 뭐라고 답해야 될지 몰랐다. 그러자 니나는 더 작은 목소리로 덧붙였다. 선생님이 혼자인 게 말이에요. 니나의 눈에 깃든 우수는 그녀가 나의 말을 이해했다는 것을 보여주고 있었다. 그러나 또한 그녀가 나를 도와줄 수는 없다는 표시이기도 했다. 우리는 잠시 동안 서로를 관용과 비애 그리고 따스한 마음을 가지고 말없이 바라보았다. 그렇지만 이 순간은 금방 지나가고, 니나는 가겠다고 일어섰다. 나는 니나를 어머니가 사는 집 앞까지 바래다주었다. 우리는 한 마디 말도 더 하지 않았다. 작별할 때에야 비로소 니나는 말했다. 고맙습니다, 원하신다면 내일 잠깐 동안 결과를 알려드릴 겸 들르겠어요. 괜찮을까요?

아니, 다시 오지 마십시오, 나는 참을 수가 없어요, 라고 나는 말할 뻔했다. 그 대신 나는, 그렇게 해주신다면 기쁠 겁니다, 하고 말했다. 니나는 나에게 의심과 불안과 긴장 그리고 이상한 상념이 들어간 눈길을 던졌는데, 이것이 나를 또 불안과 초조의 나락 속으로 밀어 넣었다.

이날 밤 나는 한숨도 자지 못했다. 새로운 패배의 고통은 희망의 힘에 굴복했다. 다음 날 니나를 다시 만날 수 있다는 생각이 강력하고 범접할 수 없는 행복감을 주었기 때문이다.

매시간을 부드럽게 허공을 떠다니는 듯 행복한 고통 속에서
지냈다. 이런 상태는 오전 내내 계속되었다. 그러나 오후 강의
가 시작될 때 이 기다림은 굉장한 고통으로 변했다. 나는 여태
까지의 관례를 저버리고 강의를 일찍 끝냈으며 서둘러 집으
로 돌아왔다. 어찌나 허둥댔는지 정원 담장에 부딪히고 진흙
받이와 자동차 범퍼를 구부러뜨렸다.

　니나는 금방 왔다. 니나는 15분밖에 시간이 없다고 하였다.
기차를 타야 하며 이것이 이날의 마지막 기차라고 했다. 니나
에게 자동차로 벤하임까지 데려다주겠다고 제안했지만 그녀
는 단호하게 거절했다. 눈이 오는데 자동차로 갈 수는 없어요.
눈이 계속해서 오고 있어요. 아마 도중에 사고가 날 거예요.
나는 니나에게 내가 아직까지 눈 속에서 자동차를 운전해 본
적이 없을 것으로 생각하느냐고 물었으나, 니나는 고집을 꺾
지 않았다. 금방 떠날 생각에, 의자 귀퉁이에 앉아서, 그녀는
브라운 박사가 폐에서 아무 이상도 확인하지 못했다고 빠른
말투로 전했다. 니나는 그 결과에 대해 별로 기뻐하지는 않는
것 같았으나 마음이 놓이는 기색이었다. 니나에게는 아프다는
게 다른 사람에 비해 덜 끔찍한 일로 여겨지는 듯했다.

　그렇지만 지금부터는 전염 가능성이 있는 것들을 피하는
게 좋겠습니다. 내가 말하자 니나는 나를 곁눈으로 보며 재빨
리 말했다. 그럴 수 있기를 바라겠어요. 이것이 전부였다. 니나
는 정거장까지 바래다주는 것을 허락했다. 눈앞이 거의 보이
지 않는 눈보라 속을 뚫고 운전하는 데 모든 주의력을 기울여
야 했기에 차를 타고 가는 동안 우리는 아무 말도 하지 않았

다. 편지 드리겠어요, 라는 말만 한 후 니나는 내 눈에서 사라졌다. 나는 니나를 위해 사 두었던 털장갑을 주는 것도 잊어버렸다.

나는 커다란 혼란에 빠졌다. 해명할 길 없는 불확실한 기다림 같은 것이었다. 니나는 나를 사랑하고 있지 않다는 것을 아주 분명히 나에게 알렸다. 그렇지만 그녀가 나를 사랑하지 않다는 것을 그녀가 어떻게 알 것인가?라고 내 이성은 말하고 있었다. 그녀는 자기 자신도 아직 모르고 있고 사랑에 관심이 없다. 그녀는 사랑이 무엇인지 모른다. 어쩌면 니나는 그걸 아는 법을 배우게 될지도 모른다. 어쩌면 언젠가는 나를 사랑하게 될지도.

1933년 1월 18일.

이 당치도 않은 생각을 정말로 믿을 만큼 나의 절망적 어리석음은 크게 진전되었다. 나는 니나와 결혼할 수 있기를 아주 진심으로 바라고 있다. 소년 같은 맹목적 고집을 갖고 나는 생각한다, 나는 그녀를 갖기를 원한다, 하고. 나에게 무슨 일이 일어난 걸까. 내가 어떤 수준으로 내려간 걸까. 원시성으로의 추락이 아니고 뭐란 말인가! 내가 그처럼 확신했던 나의 수정 같이 맑은 정신은 기만이었다는 말인가? 참을 수 없는 생각이었다. 그러나 왜 이런 생각을 하는가. 나는 니나를 사랑하고, 또 그녀의 편지를 기다린다. 나는 이전보다 더 또렷한 의식을 가지고 내가 젊은 시절부터 물리치려고 한 힘들에 나를 맡기고 있다. 그러면서 나는 안다. 아주 첨예하게 의식한다. 내가 나의 법칙에서 벗어나고 있다는 것을. 왜 나는 니나와의 아름다운 우정만으로 만족하지 않으려 하는가? 우정만으로 가능하지 않은가. 그러나, 그럴 수 없다. 이미 나는 나 자신을 마음대로 하지 못한다. 파괴는 승리하면서 앞으로 전진하고 있다. 아니, 나는 방금 무엇을 쓴 것일까? 대체 누가 이런 괴상한 문장을 받아쓰게 한 것일까? 도대체 왜 나는 이 중요하지 않고 어리석으며 미성숙한 생각들을 적고 있는 것일까? 부끄럽다.

1933년 1월 25일.

마침내 니나로부터 편지가 왔다.

편지는 녹슨 핀으로 다음 페이지에 철해져 있었다.

1933년 1월 23일.

슈타인 박사님께. 여러 달 동안 업무상의 편지만 썼기 때문에 선생님께 다른, 아주 다른 종류의 편지를 쓰는 것이 매우 힘드는군요. 그러나 선생님께 편지 드릴 것을 약속했고, 설사 약속을 하지 않았다 하더라도 지금은 쓰지 않고는 배길 수 없는 심정입니다.

당신은 나에게 몹시 고독하다고 말했고 그 말에 대해 나는 매우 유감스러운 일이라고 했습니다. 이 말을 당신은 진부하게 받아들였을 테지만, 그러나 사실입니다. 나는 오래전부터 사람은 누구나 외로운 것이며 이것은 어떻게 할 수 없는 무서운 일이라는 것을 알고 있습니다. 얼마 전에 제가 당신을 찾았을 때, 나는 얘기해야만 할 게 많았습니다. 그러나 그때 갑자기 이것은 아주 무의미한 일일 것이라는 생각이 들었습니다. 사람은 자기 자신에 대해 이야기해서는 안 됩니다. 순전한 이기심에서 나온 것이라 해도 안 됩니다. 왜냐하면 마음을 쏟아 버리고 나면 우리는 이전보다 더욱 비참하고 두 배나 더 고독하게 되기 때문입니다. 사람이 자기 속을 보이면 보일수록 타인과 더욱 가까워진다고 믿는 것은 환상입니다. 가까워지기 위해서는 말없는 공감이 제일입니다. 당신과 나는 이 공감을 전적으로 나눌 수 없으며, 또 순수하게 항상 나눌 수 있는 처지도 아닙니다. 당신은 나보다 훨씬 나이가 많고 분별력이 있는 분이죠. 나는 당신이 쌓은 업적에 대단히 존경하는 마음을 가지고 있으며, 당신의 우정에 대해서도 고마워하고 있습니다. 그런데 당신 곁에 있으면 나는 불편합니다. 당신은 내가 바라지 않는 방향으로 나를 몰고 갑니다. 당신은 나를 수줍은 소녀로 만들고, 어떤 때는 성숙한 여자만이 할 수 있는 결단을 기대합니다. 나는 그중 어떤 것도 할 수 없다는 것을 알아주셨으면 합니다. 나는 자유롭게 있어야 한다는 것 외에는 분명히 알고 있는 것이 없습니다. 나는 내 속에 수백 개의 가능성이 있는 것을 느껴요. 모든 것은 나에게 아직 미정이고 시작에 불과합니다. 그런데 내가 어떻게 자신을 어떤 것에다 고정시킬 수 있겠습니까. 나는 정말 내가 누구인지 모릅니다. 당신에겐 이상하게 들릴지도 모르겠습니다만 나는 정말로 나를 모릅니다. 나는 당신이 나에게 제안하신 것을 이해 못 할 만큼 어리지는 않아요. 그렇지만 그것은 당신을 불행하게 만들

뿐입니다. 그런 것에 대한 경험은 없지만 나는 알아요. 또한 나는 이런 종류의 경험을 만들고 싶지 않습니다. 아주 정직하게 말한다면, 글을 쓰겠다는 욕망 말고 나는 아무것도 갖고 있지 않아요. 만일 내가 외적인 것에 완전히 무관심하지 않다면, 내가 이 작은 죽음의 도시에서, 죽어가는 할머니 옆에서, 소금 자루와 식초통 틈에서의 생활을 견뎌나갈 수 있을 거라고 생각하세요? 나는 밖으로부터 들어올 수 없는 세계에서 살고 있습니다. 내가 어떤 사람에게 이 세계로 들어올 것을 허락한다면 바로 당신일 것입니다만 나는 허락하지 않을 작정입니다. 그렇다고 내가 혼자 있는 것을 짐으로 느끼는 날이 없다고는 생각하지 마십시오, 매우 힘든 날들도 있습니다.

그리고 또 말씀드릴 게 있군요. 내가 전염된 것 같다고 말한 적이 있었죠. 그런데 지금까지는 괜찮았지만 앞으로 그럴 가능성이 있습니다. 나는 거의 날마다 폐결핵 환자와 함께 지냅니다. 그는 신학과 학생으로 벌써 서품까지 받았는데, 병이 나서 요양소의 자리가 빌 때까지 집에서 기다리고 있습니다.(그는 매우 가난합니다.) 그 자신도 너무 늦었다고 생각하고, 죽음을 기다리고 있습니다. 나로서는 함께 이야기할 수 있는 누군가를 가지게 된 게 다행한 일입니다. 그는 나에게 가톨릭 교리를 가르쳐주었습니다. 내가 모든 교리학자들의 거만한 확신을 싫어하는데도 불구하고, 또한 내가 이교도인데도 불구하고 매우 재미있습니다. 때때로 그는 나에게 키스를 했습니다. 나는 그것을 어느 날 그의 병든 육체에서 구역질을 느끼게 되었을 때까지 받아들이고 있었습니다. 그는 나의 저항을 느꼈는지 너는 죽음의 냄새를 맡았기 때문에 나를 포기하려는 거야, 라고 말했습니다. 내가 어떻게 해야 했겠습니까? 구역질이 났다고 말할 수는 없었습니다. 나는 그가 하는 대로 내버려두었죠. 당신에게 묻고 싶습니다. 전염되지 않으려면 어떻게 해야 하는지를. 내 솔직한 감정에 따르자면, 나는 그를 오지 못하게 해야 합니다. 그러나 그는 나를 방문하는 낙으로 삽니다. 나에 대한 희망이 말 그대로 그의 목숨을 이어주고 있습니다. 어떻게 해야 그에게서 이 환상을 없앨 수가 있을까요? 부드럽고 자애로운 것과 가혹한 진실 중 어느 편이 나은 건지요? 나는 때로 인간은 타협 속에서만 살 수 있을 것이라는 끔찍한 예감을 합니다. 그러나 나는 그것을 원하지 않습니다. 그렇게 할 수는 없죠. 언젠가는 사실 그대로를 말해야 할 날이 올 것입니다. 그러면 그는 당연히 나에게 물을 것입니다. 너는 왜 그것을 오래도록 이야기 않다가 이제야 이야기하느냐? 그러면 나는 대답해야 할 것입니다. 마음이 약해서, 그리고 어리석은 동정심 때문이라고. 아마도 인간은 비밀 없이는 살 수 없을지 모릅니다. 이 모든 것에 관해 나는 당신과 이야기하고 싶어요. 그러나 편지로만 할 수 있을 뿐입니다.

　매우 긴 편지가 되어버렸군요. 나는 너무 많은 이야기를, 그리고 나에 대해서만 이야기했어요. 내가 싫어하는 일을 한 셈입니다. 이 종이들을 찢어버리는 게 나을 듯싶습니다. 그러나 그럴 경우는 약속을 이행할 수 없게 되네요. 두 번째 편지를 쓰는 것은 불가능할 것입니다.

N. B.

편지의 맨 마지막 장의 뒷면은 니나가 쓴 것이 아니었다. 슈타인의 글씨로 짧게 메모되어 있었다.

니나는 몇 년 뒤 나에게 말해 주었다. 그 신학생을 다시 만났는데 그는 완전히 건강을 되찾았으며 신부가 되어 있었노라고. 그들은 과거의 일에 대해서는 언급하지 않고 그냥 인사만 나누었다고 했다. 틀림없이, 니나는 말했다, 성당에서 그의 설교를 듣는 청중 그 누구도 그가 과거에 되새기고 싶지 않은 내적 혼란을 겪었다는 사실을 모를 것입니다. 니나는 이 말을 비꼬지 않고 또 악의 없이 말했으나 그 무뚝뚝함은 조롱보다도 더 날카롭고 가혹한 것이었다.

니나는 하품을 했다. 까맣게 잊고 있었어. 니나는 말했다. 우리가 많은 것을 간단히 잊어버린다는 게 참 묘해. 그런데 고단하네.

그래, 우리 가서 자자. 나는 말했다. 아, 자자고? 나는 잘 수 없어. 아, 내가 너무 이기주의자군. 언니는 자고 싶을 것이고 또 자야만 하는데. 언니, 이 긴 의자에 누워. 나는 베르트람 부인한테 눕는 의자를 빌려 올게. 옆집 여자야. 이불도 빌려줄 거야.

나는 니나와 함께 베르트람 부인에게로 갔다. 그녀는 친절한 노부인이었다. 아, 당신이 떠난다니요! 그녀는 슬프게 말했다. 내가 아팠을 때 바쁜 와중에도 나를 돌보아주신 유일한 분인데. 밤중에 악천후 속을 달려가 약국에 갔다온 일은 언제까지나 잊지 못할 거예요.

아, 대단한 게 아니었어요. 니나는 피곤한 듯 말했다. 그 대신 아주머니는 나를 자주 위로해 주셨잖아요.

내가 당신을 위로해 드렸다고요? 언제요? 당신이 위로를 필요로 할 때가 있었던가요?

그래요, 자주 있었죠. 내가 저녁에 댁에 와서 저 뒤 난롯가에 앉아 아주머니가 끓여 주시는 들장미 차를 마실 때 말이에요.

그렇지만 그럴 때 당신은 언제나 매우 쾌활하셨지요. 재미있는 이야기도 늘상 해주셨고.

네, 바로 그거예요, 하고 니나는 말하면서 의자를 잡았다. 노부인은 자기네 객실을 비워주겠다고 했으나 니나는 답했다. 아니에요, 오늘 밤 우리는 함께 지내겠어요. 처음이자 마지막이죠.

노부인은 고개를 흔들었다. 그녀는 또 슬프게 말하는군요. 노부인은 나한테 소곤거리듯 말했다. 부슈만 부인은 근심이 있어요. 그런데 말을 안 하죠.

내가 욕실에 있는 동안 니나는 잠자리를 폈다. 니나는 우리가 서로 볼 수 있도록 의자를 놓았다.

나는 수면제를 먹겠어. 언니도 줄까? 니나는 말했다.

이때 나는 니나가 두 잔의 차가운 차를 앞에 놓고 한 잔에는 수면제 가루를 넣었지만 한 잔에는 넣지 않은 것을 우연히 보게 되었다. 그리고 그녀는 수면제가 들어 있지 않은 잔은 자기가 갖고 수면제가 들은 것을 내게 가져왔다. 나는 잘못되었다는 것을 알려 주려다가 이유는 알 수 없어도 이것은 고의가 아닐까 하고 생각하게 되었다. 그래서 나는 그 잔을 받았으며 마시는 체하다가 옆으로 치웠다.

니나는 불을 껐다. 우리는 어둠 속에 가만히 누워, 밤길을 달려가는 급행열차와 도시 위로 불어 가는 봄바람 소리를 들었다.

얼마 뒤, 니나가 작은 소리로 물었다. 언니 자?

아니, 아직 자지 않아.

니나는 두서없이 이야기를 꺼냈다. 대부분의 사람에게는 운명이 없어. 그런데 그것은 그들 탓이야. 그들은 운명을 원하지 않거든. 단 한 번의 큰 충격보다는 수백 번의 작은 충격을 받으려고 해. 그러나 커다란 충격이 우리를 전진하게 하는 거야. 작은 충격은 우리를 점차 진창 속으로 몰아넣지만, 그건 아프지 않지. 일탈이란 편한 점도 있으니까. 혹은 마치 파산 직전에 있는 상인이 그것을 숨기고 여기저기서 돈을 융통한 후 일생 동안 그 이자를 갚아가며 늘 불안하게 사는 것과도 같지. 나는 파산을 선언하고 처음부터 다시 시작하는 쪽을 택하고 싶어.

나는 졸린 목소리로 그래, 라고 대답했다. 니나의 말을 따라갈 수가 없었다. 아, 하며 니나는 실망해서 말했다. 언니는 내 말을 이해 못 하는군. 내가 말하려는 뜻은 만약 우리가 한 길에서 막혀버릴 경우 그걸 항상 인정해야만 한다는 거야. 그것이 내가 들은 마지막 말이었다. 나는 잠이 들었다.

한밤중에 나는 잠에서 깨어났다. 약한 불빛이 방 안에 흐르고 있었다. 니나의 작은 스탠드에 불이 켜져 있었고 헝겊으

144

로 가려져 있었다. 니나의 안락의자 앞에는 의자가 하나 있었으며 그 위에는 사진 한 장이 통조림 깡통에 기대어 세워져 있었다. 인물 사진이었다. 처음에 나는 그것이 니나의 사진이라고 생각하였다. 그러나 니나가 몸을 움직였을 때, 나는 또 유리창에 비친 니나의 모습을 보았다. 아마 내가 약간 소리를 냈던 모양이다. 니나가 급히 몸을 돌리더니 눈살을 찌푸린 채로 나를 주의 깊게 쳐다보았기 때문이다. 그러나 나는 마치 깊이 잠든 것처럼 고른 숨을 쉬었다. 나의 눈은 평화롭게 감겨 있는 듯 보였을 것이다. 눈을 가늘게 뜨고 나는 그 사진을 보았다. 그것은 넓적하고 기묘하게 생긴 한 남자의 사진이었다. 내가 잠자고 있다는 것을 확인한 니나는 다시 사진 쪽으로 몸을 굽혔다. 이제 나는 니나가 무엇을 하는지를 보았다. 그녀는 그냥 보고 있는 것이 아니었다. 니나는 얼굴을, 유리에 비친 자신의 얼굴을, 사진의 얼굴로 가져가서는 하나로 포개는 것이었다. 완벽했다. 눈과 눈, 입과 입, 모든 부분이 서로 섞여서 하나가 되었다. 그러나 이 순간은 내가 며칠 뒤 남편과 다른 몇몇 사람들의 사진에 대고 똑같은 행위를 해보았을 때처럼 그렇게 이상스럽게 생각되지 않았다. 나는 잘해 내지 못했다. 항상 맞지 않은 곳이 있었다. 그러나 나는 놀라지 않았다. 그날 밤에도 나는 놀라지 않았다. 다만 나는 니나가 반시간 동안이나 꼼짝 않고 앉아 있는 것이 걱정스러웠다. 유리창을 열어 놓은 추운 방이었다. 3월의 밤공기가 들어오고 있었다. 이 도시는 특히 이른 봄에 밤이 춥다는데 니나는 잠옷 하나만 입고 있었다. 니나는 너무 몰두한 나머지 내가 실수로 벽을 친 것도 듣지 못했다. 갑자기 니나는 사진에서 손을 떼고 손을 되는대로 늘어뜨렸다. 그 동작이 너무 절망적이어서 내 가슴은 에는 듯 아팠다. 니나는 그 사진을 부드러운 수건에 아주 조심스럽게 싸고는 가방에 집어넣었다. 곧 불을 껐으나 들릴락 말락 한 소리가 계속 들리는 것으로 보아 니나가 잠을 이루지 못한다는 것을 알 수 있었다. 니나는 혼자서 그토록 괴로워하고 있으니까 어쩌면 나와 이야기하고 싶어 할지도 모른다는 생각이 들었다. 말을 걸어야 할까. 그렇다면 니나는 왜 내게 수면제를 준 것일까? 니나는 혼자 있는 밤을 원한 것이다. 니나와 그 남자 단둘이, 아무 방해도 받지 않을 밤을. 나는 가만히 있었다. 얼마 후 시계가 2시를 쳤다. 방이 다시 밝아 오고 있었다. 그리고 나는 보았다. 니나가 나를 깨우지 않으려고 매우 조심스럽게 노트를 꺼내더니, 반은 누운 채로 반은 앉은 채로 글을 쓰기 시작하는 것을. 나는 니나가 보내지도 못할 편지를 그 남자에게 쓰는 것이라고 생각했다. 니나는 늦은 밤에 과장되고 주체하지 못할 감정에 사로잡혀서 쓴 편지를 보낼 여자가 아니었다.

깨어나니까 8시였다. 옅은 푸른 안개 속으로 햇빛이 들어오고 있었다. 그러나 니나의 스탠드는 여전히 켜져 있었다. 불빛은 창백했으며 니나의 얼굴을 거의 푸른색으로 보이게 했다. 노트는 바닥에 떨어져 있었고 연필은 니나의 손가락에 느슨하게 끼워진 채였다. 니나는 마치 죽은 듯이 안락의자에 반쯤 걸쳐 누워 있었다. 그녀는 완전히 지친 사람처럼 잠에 빠져 있었다. 마치 무심한 돌처럼 깨울 수 없는 먼 나라에 있는 듯했다.

나는 조용히 일어나서 불을 끄고 욕실로 들어갔다. 다시 나왔을 때도 니나는 그 자세 그대로 누워 있었다. 연필만이 그동안 손가락 틈에서 빠져 나와 펼쳐져 있던 노트 위에 비스듬히 놓여 있었다. 노트는 아무렇게나 안으로 말려 있었다. 나는 창가에 앉았다. 그 자리에서는 니나와 길거리를 함께 볼 수 있었다. 창백한 아침 햇살 사이로 보이는 니나의 방은 못질한 상자와 트렁크 때문인지, 임시로 꾸며놓은 쾌적하지 못한 역사나 대합실을 연상시켰다. 전에는 틀림없이 다르게 보였을 터였다. 따뜻하고 아늑하게. 니나 같은 여자는 어디서나 자기 취향에 따라 자기 집을 꾸밀 줄 아는 재능을 갖고 있다. 틀림없었다. 옷 입는 것을 보면 그 사람을 알 수 있다. 그러나 분명히 니나는 가끔만 자기의 능력이나 취미를 살렸을 것이다. 그리고 갑자기 그런 것에 흥미를 잃고 모든 것을 포기했을 것이다. 니나는 자신이 가지고 있는 것을 어떻게든지 꽉 붙잡고 있으려는 여자가 아니었다. 그녀는 집시 같은 데가 있었다. 그러므로 그녀의 삶은 잠정적이었다. 한군데에 천막을 치고 한동안 살면서 정성을 쏟다가 그곳에 대해 알 듯하면 망설임 없이 천막을 거두고 그곳을 떠난다. 그녀의 얼굴에는 야생적 자유에 대한 행복감과 고향 없는 사람의 슬픔이 함께 있었다. 깊이 잠든 얼굴에도 이것이 보였다. 이런 생각을 하면서 니나를 바라보고 있자니 갑자기 떠오르는 말이 있었다. 완전하게 사는 삶! 나는 이것을 마치 노래의 후렴처럼 계속 생각했다.

나는 저 밑의 신선하고 활력에 넘치는 아침 거리를 내려다보았다. 그리고 우울한 생각에 사로잡혔다. 저기에서 사람들은 날마다 새로운 희망을 안고 다시 시작한다. 낮이 되고 밤이 된다. 그런데 무엇이 일어났는가. 하루가 지나갔다는 것밖에는 아무것도 아니다. 매일매일이 똑같다. 서로 바뀌어도 상관없다. 나는 나 자신의 삶을 떠올려보았다. 어떤 큰 사건이나 금전적 걱정이 없는 삶, 갈등이 있어도 얼마간의 자기기만과 관용에 의해 흔적도 없이 사라질 정도에 지나지 않는, 남들이 부러워할 만한 아름답고 조용한 삶이었다. 나는 더 이상 그것을 원하지 않는다. 나는 니나를 바라보았다. 아직도 자고 있었다. 니나는 자기가 바랄 수 있는 모든 것, 재능과 삶과 정열과 그 남자를 가졌다. 시기하는 것이로구나, 하고 나는 생각했다. 나는 그 남자의 얼굴을 머리에서 털어버릴 수가 없었다. 단지 그 남자의 사진뿐만 아니라, 지난밤에 보았던 모든 것이 그랬다. 말없던 격렬한 정열, 비상한 극복의 힘, 이별. 니나는 자신의 행복보다 그를 더 사랑하고 있다. 나는 시기했다. 니나를 계속 쳐다보고 있으면 니나를 미워하게 될 것 같았다. 그러나 나 자신이 우스워졌다. 너는 니나를 미워할 수가 없어, 니나는 네 동생이잖아, 하고 생각했다. 그러나 이것이 니나를 미워하지 못하는 까닭이 아니었다. 내가 그러지 못하는 까닭은 단하나, 즉 나는 도대체 누구를 미워할 수 없었다. 미워하려고 한 적도 없었다.

갑자기 니나가 눈을 떴다. 금방 말짱한 얼굴이었다.

몇 시야? 니나는 물었다. 9시였지만 7시 반이라고 거짓말을 했다. 니나는 안도의 한숨을 쉬고 방바닥에 있는 노트를 집어들면서 말했다. 어젯밤 갑자기 한 신문에 짧은 글 하나를 써

주기로 한 것이 생각났어. 꼭 써 주겠다고 약속했는데 잊어버렸어. 영국에 가기 전에 어떤 일이 있어도 보내 줘야 해. 니나가 나에게 노트를 건넸다. 괜찮을지 모르겠어. 내가 목욕하는 동안 읽어보지 않겠어?

그러나 니나는 욕실로 가지 않았다. 다시 베개에 머리를 묻고 몇 마디 중얼거리더니 도로 잠들어버렸다.

그러니까 니나가 밤새 쓴 것은 편지가 아니라 지켜야 할 약속이었다. 피로와 절망, 이별에도 불구하고 지켜야 할 약속.

나는 읽기 시작했다.

1945년 4월 22일, 한나 B는 그녀가 체포되기 전까지 살고 있었던 지역의 경계선까지 왔다. 그러나 그녀는 여전히 고향에서부터 약 30킬로미터나 떨어진 곳에 있었다. 봄이었다. 꽃에 부드러운 비가 내렸다. 어디나 꽃이 피어 있기는 하지만 쓸쓸한 느낌을 주었다. 한나 혼자밖에 없었다. 어둠이 다가왔고 빗줄기는 거세졌다. 하루 종일 빗속을 걸었기 때문에 속옷까지 젖었다. 그녀는 외투가 없었다. 그녀는 아주 천천히 걸었다. 그녀는 빨리 걸을 수가 없었다. 너무 피곤했고 너무 굶었으며 신은 너무 컸다. 청홍색 가로줄 무늬가 있는, 그리고 구멍투성이인 두꺼운 교도소 양말은 걷기 시작한 첫째 날에 이미 그녀의 발꿈치를 문질러 상처투성이로 만들었다. 벌써 닷새째였다. 4월 17일 새벽, 동트기 훨씬 전에 갑자기 모든 감방 문이 열렸다. 여자 간수들, 관리인들, 소장, 수감자들, 몇 명의 게슈타포 요원들, 검사, 모두 급하게 서두르며 뒤섞여 뛰었다. 수감자들은 언제나처럼 줄을 맞춰 마당에 모여야 했으나 이날 새벽은 아무도 줄이 똑바른지 아닌지를 상관하지 않았다. 그들은 조용히 서 있었다. 그들은 잠에 취해 있었으며 또한 절망하고 있었다. 문 양쪽으로 불이 하나씩 켜져 있었다. 불빛은 강렬했다. 불빛은 헐렁한 죄수복과 나무 슬리퍼를 신은 400명의 여자를 날카롭게 비추고 있었다. "누가 또 도망쳤어?" 누군가 낮은 소리로 물었다. 아무도 대답하지 않았다. 한나는 밤에 멀리서 나는 총소리를 들었다. 어쩌면 전방의 포성인지도 모르고 어쩌면 익숙해진 폭탄의 둔탁한 소리인지도 몰랐다. 그러나 지금, 새벽의 어스름 속에서 그 소리가 다시 들렸다. 모두가 그 소리를 들었는데도 아무도 말이 없었다. 이번처럼 서 있었던 적이 두 번 있었다. 행진 준비를 위해서인지, 아니면 석방인지 그들은 알 수가 없었다. 아무도 그들에게 얘기하지 않았기 때문이다. 이제 그들은 아무것도 믿지 않았다. 갑자기 감독자가 건물에서 나왔다. 두 개의 바지 멜빵 가운데 하나가 내려뜨려져 있었고 오른쪽 구두끈은 풀려 있었다. "적은 이 도시의 50킬로미터 앞에 와 있습니다."라고 그는 말했다. "나는 여러분을 석방합니다."

그는 여러분이라고 했다. 여태까지는 '이 쌍놈들' 혹은 '이 천한 것들'이라고 불렀다.

"여러분은 여러분의 물건을 다시 받게 됩니다. 여기서 물건을 받을 때까지 기다리십시오. 그 밖에 한 사람 앞에 한 개의 밀가루빵과 네 개의 감자를 드립니다. 이것이 우리가 아직 가지고 있는 전부입니다. 그런 후에는 되도록 빨리 여기를 떠나

길 바랍니다."

아무도 꼼짝하지 않았다. 너무 뜻밖의 일이었다. 동 트기 전 그들은 아무런 준비도 되어 있지 않았고 위장은 텅 비어 있었다. 그들은 구원을 믿을 수가 없었다. 그들은 석방 증명서를 받을 때까지도 온몸이 굳은 것처럼 줄 서 있었다. 여자 간수들이 그들의 옷과 빵이 든 광주리를 가지고 왔을 때에야 비로소 그들은 하나같이 말하기 시작했다.

"이제 그들이 우리를 내보내는구나." 한 사람이 소리쳤다. "집에 갈 수도 없고, 어느 방향으로도 기차가 안 다니게 된 지금에야 우리를 내보내는 거야. 서쪽에는 미군, 동쪽에는 소련군이 있는데." "그리고 그 사이에는 나치 친위대와 비밀경찰 요원들, 독일인들이 있고." 다른 한 명이 소리쳤다.

"그 늑대 인간들."

"아, 그들은 이제 물 수 없어." 누군가 또 외쳤다. "그들도 두려움에 떨고 있는걸."

그 후 얼마 동안은 잠잠했다. 그 순간 그들은 자신들에게 닥친 운명의 엄청난 변화를 이해했다. 나치 친위대는 겁을 먹고 있다. 이 생각이 그들의 명청해진 머릿속으로 번개처럼 떠올랐다.

그리고 다시 소란스러워졌다. 몇 명의 형사범 소녀들이 큰 소리로 울었다. "우리는 어디로 가야 하는 거야? 우린 집에 갈 수 없어. 지금은 지붕 밑에서 잠을 자는데, 들판에서 잘 수는 없잖아."

아무도 그들을 신경 쓰지 않았다. 모두 옷을 받느라 바빴다. 모든 옷에 번호가 적혀 있었으므로 분배는 빠르고 질서 있게 진행되기 시작했다. 옷을 받은 사람들은 즉시 재빨리 갈아입었다. 그들은 죄수복과 누더기처럼 보이는 잿빛 치마 그리고 몇 주일 동안 빨지 않은 속옷을 벗어놓았다. 담배를 피우며 층계에 웅크리고 앉아 있는 경관들은 한 번도 그쪽을 보지 않았다. 아직도 기다려야 했던 죄수들은 다른 사람들이 냄새 나는 잿빛 죄수복을 쌓아놓는 것을 보고 갑자기 이성을 잃었다. 아무도 그러라고 명령하지 않았는데도 그들은 갑자기 광주리로 달려들어 재킷과 외투, 신발, 양말 들을 끄집어내고 뒤적거리고, 서로 할퀴고 물고 소리질렀다. 여간수들이 그들을 때렸다. 그러나 소용이 없었다. 경관을 불렀으나 그들은 상관하지 않고 히죽거리면서 구경만 했다. 그런데 한 경관만이 천천히 다가왔다. 그는 광포한 무리들을 보고 있다가 침을 탁 뱉더니 젊은 친위대원 하나를 부르고 대수롭지 않게 말했다. "한 방 쏴. 그러면 저것들이 겁을 먹을 거야." 그는 총을 쏘았다. 한순간 조용해지는 듯했으나 오래 지속되지는 않았다. 한나 바로 옆에 서 있던 늙은 여자가 총소리에 쓰러졌다. 공포가 그녀를 죽인 것이다. 한나가 소리를 질렀으나 아무도 그녀에게 신경 쓰지 않았다. 친위대원이 보았다. 그는 한나를 보면서 차갑게 말했다. "입 닥치고 있어. 그러지 않으면 살아서 여기를 나갈 수 없을 거야. 한 명 더 죽이고 덜 죽이는 건 문제도 아냐." 그리고 그는 어슬렁어슬렁 죽은 여자에게로 다가가더니 시체의 팔을 끌고 마당을 지나 지하실로 갔다. 경관들은 한 명도 움직이지 않았다. 쳐다보지도 않았다. 한나는 더 이상은 보지 못했다.

왜냐하면 갑자기 소장이 다시 나타나서 날카롭게 호각을 불며 소리쳤기 때문이다. "5분 안에 모두 여기를 떠나야 한다."

한나는 너무 큰 구두 한 켤레를 받았다. 양말은 이미 한 켤레도 남아 있지 않았기에 수용소 양말을 그대로 신어야만 했다. 한나는 놀랍게도 그녀의 옷을 다시 찾을 수 있었으나 외투는 어디로 갔는지 없었다.

5시가 조금 지나서 무거운 철문이 열렸다. 팔에는 빵을 끼고 외투 주머니에는 감자를 넣은 여자들은 얼마 동안 망연히 문 앞에 서 있다가 마치 말을 잘 듣지 않는 암소 떼처럼 쫓겨 나왔다. 그들 뒤로 문은 계속 열린 채 있었다. 한나는 맨 뒤에 가는 여자들 틈에 있었다. 정치범들은 서두르지 않았다. 그들은 함께 모여 있었다. 도시는 아직 자고 있었다. 석방된 400명의 발소리 외에는 아무 소리도 들을 수 없었다. 그들은 빠르게 서로 다른 방향으로 흩어져 갔다. 8명의 정치범들도 말없이 빠른 걸음으로 가고 있었다. 도시 교외의 낮은 언덕에 이르러서야 그들은 걸음을 멈추었다.

한 명이 외쳤다. "별, 이렇게 많은 별이라니!" 그들은 몸을 한껏 뒤로 젖히고 오랫동안 보지 못했던 하늘을 바라보았다.

"이제 어떻게 해야 해요?" 한나가 물었다. "우리는 돈이 없어요. 기차도 다니지 않고. 나는 걸어서 집에 갈 거예요. 여기서 80킬로미터 떨어진 곳에 있어요. 함께 가서 우리 집에 머무를 수 있어요."

8명 가운데 2명은 이 도시 근방에 집이 있었고, 다른 2명은 서부 라인 강변에, 나머지는 북쪽에 집이 있었다. 서쪽과 북쪽은 지금 전쟁중이었다. 그러나 서쪽에서 온 2명은 전장을 지나 틀림없이 집에 갈 수 있을 것이라고 말했다. 교도소에서보다 더 나쁜 일을 겪을 수는 없었다.

총에 맞아 죽을지도 모른다고 누가 말했으나 그들은 어깨를 으쓱해 보일 뿐이었다. 그들은 더 이상 죽음을 생각하지 않았다. 더 이상. 그들은 빠른 걸음으로 쉬지 않고 대포 소리가 들려오는 쪽을 향해 걸어갔다.

"바보들 같으니라고." 남은 사람 가운데 하나가 말했다.

"정말 집까지 무사히 갈 수 있을까?" 또 하나가 묻더니 갑자기 울음을 터뜨렸다.

"그리고 우리는?" 하고 처음 여자가 묻더니 마찬가지로 울기 시작했다.

"이제 갑시다." 한나가 말했다. "우리는 전쟁과 내기를 하는 겁니다."

도시가 골짜기 안으로 가라앉아 버리기 전에 그 둘은 증오에 찬 눈으로 뒤를 돌아보았다. 그러나 한나는 그들을 계속 재촉했다. "이제 지난 일이야. 우리는 이렇게 살아 있어." 한나가 이렇게 말하자 두 사람은 다시 눈물을 흘렸다. 그들은 교도소에서는 한 번도 안 울었다. 여러 달 동안 8명 중 아무도 울지 않았었다.

"그만해." 한나가 불분명하게 말했다. "빵이나 먹어. 그러지 않으면 견뎌내지 못해."

"하지만 길가에서는 안 돼. 나치들이 우리를 발견하면 어떻게 해!" 그들은 억지로 눈물을 참으면서 말했다.

"우리는 자유야!" 한나는 외쳤다. "그걸 알아야 해! 우리는 석방 증명서도 갖고 있어."

그러나 그들은 울창한 나무숲 속에 앉아 먹자고 했다. 그리고 더 이상 큰길로 걷지 말고, 대신 봄비에 젖어 아직 바람에 마르지 않은 좁은 들길을 걷자고 했다.

그들은 첫날 밤을 늪 속에 위치한 오두막집의 얇은 짚더미 위에서 보내고, 두 번째 밤은 폭격당해 부서진 벽돌 부스러기들 사이에 있는 끊어진 선로 위 화물열차 안에서 보냈다. 다음 날 아침에는 비가 왔다. 그들은 마지막 빵을 먹었다. 저녁 때 한 명이 기절했다. 그녀는 육십이 넘은 할머니였다. 한나는 용기를 내어 어둠 속에 있는 한 외딴 농가의 문을 두드렸다. 먹을 것을 구걸하기 위해서였다. 그러나 그 집은 사람으로 가득 차 있었다. 부대에서 낙오한 중무장한 나치 전투대들이 묵고 있었다. 농부의 아내는 떨면서 문간으로 나왔다. 빵은 더 이상 없다면서 마구간에서 앞치마 가득 감자와 무를 꺼내 주었고, 누군가 잃어버린 담배 두 대를 주었다. 그러나 그녀는 한나를 급하게 농가에서 내몰았다. "저리로 가 보세요."라고 그녀는 작은 목소리로 초초한 듯 말했다. "저 위에 수녀원이 하나 있어요. 아마 거기서는 당신들을 받아 줄지도 몰라요." 그러고는 한나의 뒤로 재빨리 문을 닫았다.

할머니는 더 이상 걸을 수 없었다. 자정이 돼서야 그들은 산 위에 있는 수녀원에 이르렀다. 아무도 문을 열어주지 않았다. 수녀원은 마치 죽은 듯했다. 그들은 나무로 된 광을 발견하고 거기서 밤을 보냈다. 모두 담배를 피우고 싶었지만 성냥

이 없었다. 아침에 그들은 다시 한 번 벨을 눌렀다. 작은 유리창으로 누군가가 잠깐 그들을 날카롭게 관찰하더니 문이 열렸다. 수녀들은 세 사람을 의심했다. 그들은 너절하고 더럽고 수상스러운 몰골이었으니 그러는 것은 당연한 일이었다. 그래도 수녀들은 할머니와 발가락이 곪아가는 나머지 여자들을 받아 주었다.

사흘째 되는 날 한나는 혼자 길을 떠났다. 그녀는 지금까지 이정표에서 고작 30킬로밖에 오지 못한 것을 알았다. 사흘 동안 30킬로미터를 온 것이다. 그녀의 발은 물집투성이였고 빵은 떨어지고 없었다. 엿새째 되는 날 한나는 고향 마을의 가장자리에 이르렀다. 4월 25일, 한나는 언덕 위에서 자기 집을 내려다보았다. 마을에서 멀리 떨어져 있어 차들도 거의 오가지 않는 고즈넉한, 숲속에 감추어져 있는 듯한 집이었다. 한나는 집으로 돌아왔다.

5월 3일 새벽, 한나는 한 떼의 트럭이 지나가는 소리를 들었다. 그것은 나치의 차였다. 여느 때는 농부의 나무 운반차나 비료차만 다니는 좁고 거친 길을 그들은 달려갔다. 굉장한 속도였다. 그들은 달아나고 있었던 것이다. 이것이 시작이었고 그 뒤에도 이런 차량들이 계속 이어졌다. 사흘 동안 계속되더니 5월 6일에 갑자기 아주 조용해졌다. 총성이 그친 것이다. 더 이상 폭격기가 숲 위를 날지 않았다. 그리고 5월 7일, 전쟁이 끝났다. 그 후 몇 주 동안 패잔병들이 한나의 집 앞을 지나갔다. 날마다 군인들이 문 앞에 와서 물과 빵을 달라고 구걸했다. 그들은 여위었고, 찢어진 옷을 입었으며 말이 없었다. 그들은 패배를 부끄러워하고 있었다. 많은 사람들은 그곳에서 몇 백 킬로미터 떨어진 발칸 지방, 체코, 이탈리아에서 왔다. 그들은 큰길을 피해 숲속 길로 다녔다. 집에 가고자 하는 욕구 이외에는 아무것도 없었다. 한나는 그들에게 차나 수프를 끓여 주곤 했다.

5월 말경 어느 날 밤 누군가가 다시 한나의 집 문을 두드렸다. 한나는 문을 두드리는 소리가 날 때마다 항상 놀랐다. 아직 자유를 실감하지 못했다. 불안은 좀처럼 가시지 않았다. 그러나 그녀는 결연히 문을 열어 주었다. 밖에는 군인 둘이 서있었다. 그중 하나는 매우 어렸다. 열여덟을 넘어 보이지 않았다. 또 한 사람은 수염 때문인지 늙어 보였다. 그는 매우 창백했다. 그는 더 이상 걸을 수 없다며 곳간이라도 좋으니 잠잘 곳을 달라고 했다. 비틀거리고 있었다. 소년이 그를 부축했다. 한나는 그가 아프다는 것을 알았다.

들어오세요, 망설임 없이 한나는 말했다. 그녀는 아직 자지 않고 있었다. 자정이 가까운 시각이었다. 그 남자는 부엌 한가운데서 쓰러졌다. 하지만 소년과 한나는 그를 긴 의자로 들어 옮길 힘이 없었다. 정신이 들 때까지 그대로 둘 수밖에 없었다.

"어디가 아프지?" 한나가 물었다. 그 소년은 눈을 내리깔고 조그만 소리로 대답했다. "몰라요.""그가 어디가 아프다고 말하지 않았어?" 한나는 초초하게 물었다. 그러나 소년은 고개를 가로저었다.

"배가 고파 그럴 수도 있겠군." 한나가 말했다.

소년은 아무 대답도 하지 않고 갑자기 얼굴을 붉혔다. 얼굴을 돌렸으나 귀와 목은 새빨개진 그대로였다. 한나가 의아하게 생각할 틈이 없었다. 그 순간 남자의 의식이 되돌아왔기 때문이다. 소년은 그를 당황한 채 쳐다보았고 그들의 눈길이 한순간 마주쳤다. 한나는 얼굴을 돌렸다. 나중에 한나는 자기가 왜 그랬는지를 자문해 보았다. 아마 그녀는 자기와 관계없는 무언의 대화의 증인이 되고 싶지 않았는지도 모르며, 혹은 그녀가 이 눈길을 보았을 때 마음속에 떠오른 어떤 의심을 더이상 키우고 싶지 않았기 때문인지도 모른다. 한나는 아무것도 알고 싶지 않았다. 이 순간에는 환자를 도와야 한다는 의무만을 행하고 싶었다. 모든 생각은 접어 두고 필요한 일만 했다. 아궁이로 가서 불을 지피고 물을 올려놓고 프라이팬에 귀리를 볶았다. 기름과 설탕은 없었으나 우유는 조금 있었다. 며칠 전부터 한나는 볶은 귀리와 묽은 우유를 섞어 먹고 있었다. 그것이 유일한 식량이었다. 두 남자는 한나 뒤의 책상에 말없이 앉아 있었다.

"이것밖에 없어요." 한나는 말했다. 그러자 소년이 생기를 띠며 말했다. "저희에게 약간의 식량이 있습니다."

그때 갑자기 남자가 다시 쓰러졌다.

"어디가 아픈 거죠? 빨리 말해 줘요." 한나는 놀라서 외쳤다.

소년이 그녀를 힐끗 쳐다보았다.

"그것 참!" 한나는 말했다. "나더러 어떻게 하라는 거예요? 이 사람이 어디가 아픈지도 모르는데 어떻게 도와줄 수 있겠냐고요?"

소년은 한나가 알아들을 수 없는 소리로 중얼거렸다. 한나가 다시 한 번 다그치자 조그만 소리로 속삭였다. "패혈증입니다."

"어디에? 더 늦기 전에 빨리 말해요!"

그러나 그는 절망적인 눈길을 그녀에게 던질 뿐이었다.

한나는 점점 화가 났다. "말할 수 없다면 당장 나가요." 그녀는 참지 못하고 말했다.

그러자 그는 기어들어 가는 목소리로 말했다. "말하지 말라고 했는데……."

그는 매맞은 아이처럼 보였다. 그러나 그는 기절한 남자에게 두려운 눈길을 던지더니 속삭였다. "저기 왼쪽 팔 윗부분이에요."

"그렇군." 한나는 마음을 놓으며 말했다. "이제 나를 도와줘요. 그의 웃옷을 벗기세요."

"안 돼요." 소년은 외치고, 마치 주인을 지키려는 개처럼 그 남자 앞을 막아섰다.

"좋아요." 한나는 성난 나머지 지쳐서 말했다. "그러면 그는 죽어요."

그러자 그 소년이 비켜섰다. 그들은 병자의 군복 웃옷을 벗겼다. 한나는 군복이 상당히 좋은 옷감으로 만들어졌음을 알고 일순 놀랐다. 셔츠가 팔에 달라붙어 있었다. 한나는 소매를 과감히 자르고 상처를 묶은 수건을 풀었다. 이상한 상처였다. 네모꼴의 상처에서 고름이 흘러나오고 있었다. 상처에서 겨드랑이 밑으로 붉은 피가 흐르고 있었다.

"어찌 된 일이죠?" 한나는 놀라서 물었다. 소년은 말없이 장화 끝을 내려보다가 갑자기 울음을 터뜨렸다. 슬픔에 젖은 그의 어린애 같은 얼굴 위로 눈물이 흘러내렸다.

"어쩔 수 없었어요." 그는 흐느끼면서 말했다. "그가 나에게 그렇게 해 달라고 요구했어요. 그러지 않으면 당장 쏘아 죽일 거라며. 나는 칼을 불에 달구어 매우 조심스럽게 했지만 결국 패혈증이 되고 말았어요. 어쩔 수 없었어요."

한나는 그의 말을 알아들으려고 애썼다. "왜 그렇게 했죠?" 그녀는 놀라서 물었다.

"표시 때문입니다." 그는 계속 작게 말했다. "그들은 모두 팔에 표시를 갖고 있습니다. 혈액형 표시죠. 나치 당원은 모두 갖고 있지요. 적이 그것을 발견하면 금방 죽인답니다." 그는 흐느낌을 누르려고 애썼으나 눈물은 계속해서 흘렀다.

"그럼 너는?" 한나는 물었다. 그녀에게는 그가 어린아이로 느껴졌다.

"나는 없어요." 그는 말했다. "나는 몇 주 전에 입대했거든요. 그래서 그런 표시가 없어요."

한나는 의식을 잃은 남자 옆에 무릎을 꿇고 앉아 주의 깊게 얼굴을 들여다보았다. "의사를 불러오세요. 성당 옆집에 살고 있어요." 한나가 소년에게 말했다.

소년은 절망적으로 고개를 흔들었다. "차라리 우리보고 미군한테 가라고 하시죠. 죽는 게 나아요."

한나는 더 지체할 수 없다는 것을 알았다. "알았어요. 그렇지만 나는 의사가 아니에요. 이 사람이 죽는다면 그건 내가 상관할 바가 아닙니다."

소년은 그녀를 애원하듯이 쳐다보았다. 한나는 끓인 물과 솜과 알코올버너에 달군 작고 예리한 칼을 가지고 왔다. "그를 꼭 붙잡고 있어요." 그녀는 말했다. 그러나 소년은 그녀가 고름 주머니를 찔렀을 때 구역질을 하려고 하였다. 그녀는 소년을 밖으로 내보냈다. 한나가 상처를 치료하는 것은 이번이 처음은 아니었다. 그녀는 그것을 교도소에서 배웠고 숙달되어 있었다. 한나가 치료하는 중에 환자는 정신을 차렸다. 그리고 의아하다는 듯이 주위를 돌아보았다.

"가만히 있어요. 움직이면 안 돼요."

그는 놀라서 그녀의 말에 따랐다.

"부상을 입었습니다." 그는 낮은 목소리로 말했다.

"쓸데없는 말 마세요. 나한테는 거짓말할 필요가 없어요. 나는 알고 있으니까요. 입을 다물고 있어요."

소년이 회벽같이 창백한 얼굴로 돌아왔을 때 그 남자는 이미 긴 의자에 누워 베개를 베고 이불을 덮고 있었다. 그들은 서로 마주 보았다.

한나는 밖으로 나갔다. 그녀는 몹시 정신이 혼란스러웠다. 그러나 달리 어떻게 할 수 없다는 것을 알고 있었다. 그녀가 다시 부엌으로 들어갔을 때 둘이 말다툼하는 소리가 들렸다.

"네가 그녀에게 말했지?" 남자가 소리쳤다.

"그 여자 스스로 알아냈어요." 소년이 호소하듯 대답했다.

"지금에 와서 아무러면 어떻습니까?" 한나는 말했다. "조금도 걱정할 필요가 없습니다. 나에 대해서는."

"당신도 우리 편이었군요?" 그 남자가 약간의 희망을 가지고 물었다.

"아니요." 한나는 크게 말했다. "나는 6주 전에 교도소에서 나왔습니다. 나치에 반대했으니까요."

"오!" 소년은 이렇게 말하고는 입을 벌린 채 그녀를 뚫어지게 쳐다보았다.

"정말입니까?" 남자가 낮은 소리로 물었다. 그녀는 아무 말도 하지 않았다.

"너는 곳간으로 가거라." 한나가 소년에게 말했다. "이불은 이걸 가져가고 당신은 여기 누워 있어요. 열을 관찰해야 하니까."

소년은 잠자코 밖으로 나갔다. 한나와 남자 단둘이 남았다.

한나는 식탁에 앉아서 책을 읽었다. 가끔 그녀는 주의 깊은 눈길을 그에게 던졌고 그때마다 그는 무언으로 대답했다. 새벽녘에야 그는 잠이 들었다. 몇 시간 뒤 상처를 보기 위해 그녀는 그를 깨웠다. 피가 흐르는 정도가 약해져 있었다.

"자, 이제는 곳간으로 가십시오. 아무도 당신을 찾아내지 못할 겁니다. 그리고 걸을 수 있게 되면 여기를 떠나 주세요." 한나는 말했다.

그는 나가면서 그녀를 쳐다보지 않았다. 한나는 그가 톱밥이 깔린 어두운 구석에 베개와 이불을 가지고 잠자리를 펴는 것을 도와주었다.

두 사람은 사흘 동안 거기에 머물러 있었다. 아무도 몰랐다. 밤이면 한나는 먹을 것과 마실 것을 그들에게 갖다주었다. 그들은 한 마디의 말도 주고받지 않았다. 나흘째 되던 날, 한나가 나무를 가지러 갔을 때 곳간은 비어 있었다. 구석에 그들이 먹다 남은 휴대용 식량들과 쪽지 한 장이 놓여 있었다. 쪽지에는 '감사합니다. 나치 소대장 한스메르크.'라고 적혀 있었다.

한나는 생각에 잠겨서 그 쪽지를 읽었다. 그녀는 그가 무엇 때문에 이름과 계급을 쓸 마음을 먹었을까 생각했다. 그녀는 그것이 조롱이었다고는 믿을 수 없었다. 마침내 그녀는 어깨를 으쓱하고는 쪽지를 구겨 둘이 누워 있던 톱밥 위에 던졌다. 그러고 나서 종이와 톱밥을 삽으로 광주리에 퍼담아 부엌으로 가져가 불살랐다.

이틀 뒤에 몇 명의 미국 헌병이 무기와 숨어 있는 나치 지도자들을 찾기 위해 집을 뒤지러 왔다. 그러나 아무것도 발견하지 못했다. 한나가 교도소에서 갖고 나온 석방 증명서를 보이자 그들은 더 묻지 않고 미안하다며 가버렸다.

나는 이 소설을 단숨에 읽었다. 고개를 들었을 때, 니나가 깨어나서 나를 지켜보고 있었다는 것을 알았다.

내 생각에 이 소설은 실패한 것 같아. 니나는 말했다. 지쳐 있을 때는 아무것도 쓰지 말아야 해. 아니라고 나는 말했다. 나쁘지 않아. 정말이야. 매우 긴장감 있는걸.

그래, 맞아. 니나가 말했다. 바로 그거야. 이 이야기는 긴장을 시켜. 왜냐고? 전적으로 스토리에 의존해 있기 때문이야. 나는 이것을 참을 수 없어. 모두들 이렇게 쓰고 있으니까. 이런 이야기는 내 머리에 한 다스나 들어 있어. 그러나 아무런 가치도 없어. 소재는 중요하지 않아.

너에게는 중요하지 않을지 모르지만 독자에게는 중요해.

독자라고! 니나는 내던지듯 말했다. 독자는 재미를 요구하고 있어. 작가는 쫓아가기 쉬운 편안한 이야기를 제공해야 하는 거야. 처음에는 이것이 일어나고 다음에는 그것, 그러고는 또 저것, 그리고 행복이든 불행이든 결말이 나야 해. 마치 극장에서처럼 모든 것이 깨끗하게 결말이 나야 해. 그러면서 사람들은 자기가 리얼리스트라고 생각하는 거야. 하지만 정작 인생에는 한 가지 계산서도 없고 아무런 결말도 없는데 말이야. 결혼도 결말이 아니고, 죽음도 겉보기만 그렇지 결말이 아니고. 생은 계속 흘러가는 거야. 모든 것은 혼란스럽고 무질서하고 아무 논리도 없으며, 모든 것은 즉흥적으로 생성되고 있어. 그런데 사람들은 거기서 한 조각을 끌어내서는, 현실에는 없고 삶의 복잡함에 비하면 우스울 뿐인, 작고 깔끔한 설계에 따라 그것을 건축하고 있어. 모두가 꾸민 사진에 지나지 않아. 내 소설도 마찬가지야.

그렇지만 니나, 너무 지나치구나. 네 소설은 나를 감동시켰어. 나도 판단력이 없는 사람은 아니야.

니나는 내가 하는 말에 귀를 기울이지 않았다. 생각에 잠긴 듯 머리카락을 만지작거리다가 말했다. 고쳐야겠어. 나는 내 소설을 세 번 네 번 다시 써. 소재가 자기 자신을 알아볼 수 없게 될 때까지 맷돌에 갈고 또 갈아. 그렇지만 나는 지금 시간이 없어. 아니, 무엇보다도 불안정한 상태야. 시간은 누구에게나 언제나 있는 거야. 시간은 중요하지 않아.

이 소설 어디를 고치려고?

무엇보다도 짧게 줄이겠어. 마지막 단락은 언니가 지금 지워.

니나는 나에게 연필을 던졌다.

한나가 톱밥을 태우는 부분, 거기서 끝내. 한나는 마치 그 위에 문둥병 환자들이 누워 있었다는 듯 그것을 태우는 거야. 그래 맞아. 그 아래는 우리 같은 사람들에게 곧잘 떠오르는 결말 가운데 하나야. 커다란 결말의 몸짓, 독자 앞에 우아하게 절을 올리는 꼴이지. 자, 이제는 박수를 쳐라, 끝났으니까. 우리 모두에게는 허영심이 있어. 그러나 나는 그러고 싶지 않아. 우리는 자기 자신을 정말 자세히 보아야 해. 이런 값싼 효과를 허용하게 되면 그만큼 빨리 타락하게 되는 거야. 공책을 줘, 내가 봐야겠어.

니나는 소설을 빨리 훑어나갔다. 이건 보낼 수가 없어. 니나는 말했다. 나는 한나가 혈액형 표시를 보았을 때, 그녀의 내부에서 정말 무슨 일이 일어났는지를 다시 한 번 생각해 봐야겠어. 너무 쉽게 했어. 즉, 한나는 분노했지만 침묵함으로써 인간으로서의 의무를 영웅적으로 해낸 거야. 그리고 독자는 감탄하는 거지. 너무 값싼 이야기야. 한나를 덜 영웅적으로 만드는 게 나아. 다르게 쓰겠어. 그 두 남자가 와서 이야기를 하지. 도망자들이기 때문에 나치로부터 몸을 숨겨야 한다고. 또 나치가 그들에게 총을 쏘아 한 명의 팔에 맞았다고. 한나는 물론 감동되어 자기가 교도소에 들어가 있었다는 이야기와 나치들이 어떻게 대우했는지를 말해. 그러면 두 사람 중 하나가 나치에 대해 그 이상일 수 없을 정도로 욕을 막 퍼붓는 거야. 그러나 이때 소년이 시선을 피하고 얼굴을 붉히지. 그리고 나중에 상처를 치료하게 될 때 비로소 한나는 속았다는 걸 알게 되는 거야. 언니는 어떻게 생각해? 훨씬 덜 아름답고 덜 효과적이지. 독자는 쉽게 남을 믿는 한나를, 또한 자기 자신과 고통에 대해 이야기하는 한나를 조금은 부끄럽게 생각할 거야. 그러나 이렇게 하는 것이 더 진실에 가까워. 우리는 영웅이 아니야. 가끔 그럴 뿐이야. 우리 모두는 약간은 비겁하고 계산적이고 이기적이지. 위대함과는 거리가 멀어. 내가 그리고 싶은 게 바로 이거야. 우리는 착하면서 동시에 악하고, 영웅적이면서 비겁하고, 인색하면서 관대하다는 것, 이 모든 것은 밀접하게 서로 붙어 있다는 것, 그리고 좋고 나쁘고를 떠나서 한 사람으로 하여금 어떤 행위를 하도록 한 것이 무엇이었는지를 아는 일은 불가능하다는 걸 말이야. 모든 것이 복잡하게 얽혀 있는데도 그것을 간단하게 만들려는 게 나는 싫어.

니나는 일어나 앉아 창밖을 내다보았다. 해가 이미 높이 떠 있었다.

맙소사! 니나가 놀라 소리쳤다. 언니는 나를 너무 오래 자게 했어.

그게 나쁘니? 오늘 무슨 중요한 일이라도 있니?

아니, 아무 일도 없어.

참 잘 자더구나.

그래, 오랫동안 이렇게 깊이 자본 일이 없어. 그러나 오늘 안으로 이 소설을 고쳐야겠어.

나 같으면 이렇게 짐을 다 치워버린 방에서는 아무 일도 못하겠구나. 나는 말했다.

그래, 전에는 나도 책상 앞에 앉아서만, 그리고 저녁에 커튼을 친 뒤라야만 일을 할 수가 있었어. 그러나 얼마 전부터 달라졌어. 나는 아무 데나 앉아. 대개는 창문 앞의 작은 책상에 앉아 있지. 밖이 어두울 때도 커튼을 열어놓은 채. 나는 더 이상 닫혀 있는 기분이 싫어. 나는 밤을 보고 싶어. 그리고 지붕들과 전차 위의 전깃줄들, 화재용 사닥다리를 보고 싶어.

니나는 당황한 듯 나를 쳐다보았다. 저기 검은 납으로 된 굴뚝을 볼 때 가끔 얼마나 기분이 나빠지는지 언니는 모를 거야. 저기 위 굴뚝이 보이지. 그리고 찢어진 플래카드가 붙어 있는 벽을 볼 때, 특히 비가 올 때면.

아침 식사를 하면서(동시에 점심 식사이기도 했다. 그도 그럴 것이 거의 12시가 되었기 때문이다.) 나는 니나에게 물었다. 한나가 너지? 진짜는 어떻게 되었니?

내가 두 번째 이야기한 대로야.

나는 오랫동안 네가 체포된 것을 몰랐어. 왜 그랬던 거니?

아, 그 얘기라면 그만둬. 니나는 말했다. 지나간 일이야. 나는 시간을 아끼고 싶어. 나는 많은 것을 배웠어. 그런데 말해줘. 언니라면 그 녀석을 도와주었을까? 나는 나중에 자주 자문해 보았지. 그게 정말 옳았는지. 그 당시 한순간은 자신이 없었어. 죽어버려라, 하고 나는 생각했어. 내 눈앞에서 죽어버려라, 내게 즐거움이 되도록. 나는 그가 죽도록 내버려두거나 그를 죽인다면 어떤 기분일까를 알고 싶었어.

니나! 나는 놀라서 소리쳤다. 니나가 말한 내용이 나에게 공포를 일으킨 것이 아니라, 그걸 말하는 니나의 골똘하고도 냉담하고 흥미 있어 하는 태도가 공포심을 일으킨 것이다. 니나는 놀란 얼굴로 나를 보았다.

사람들은 이런 걸 알아야 해. 니나는 조용히 말했다. 그러나 걱정할 필요는 없어. 나는 오래전부터 악한 일을 해서는 안 된다는 걸 알고 있으니까. 형법 때문도 십계명 때문도 아니야. 단지 그렇게 할 만한 가치가 없기 때문이야. 악은 비생산적이야.

니나는 나를 탐색하는 것 같았다. 니나는 내가 이해했는지 아닌지는 알지 못했다. 그러나 이것이 니나에게 중요한 것은 아니었다. 나는 니나를 몰랐다. 지금도 모른다.

니나가 그릇을 씻고 내가 방을 정리하는 동안 우리는 대화를 계속했다.

너는 그러니까 믿지 않는단 말이지, 인간이 선과 악의 매듭에서 풀려날 수 있다는 것을? 나는 물었다.

나는 그걸 주장한 게 아니야.

그랬잖아.

니나는 개숫물이 담긴 양동이를 들고 나가면서 중얼거렸다. 아, 내가 뭘 알겠어? 그러나 다시 들어오면서 그녀는 말했다. 성인(聖人)들은 할 수 있을 거야.

그래, 성인들은. 그러나 우리 같은 이들은? 우리 자신과 남을 불신하는 것밖에 도대체 뭐가 있겠어.

와! 하고 말하면서 니나는 조금 웃었다. 과장은 언니보단 내 몫인 줄 알았는데. 내 말은 우리는 조심스럽게 살아야 하고 어디서도 안전하다고 믿어서는 안 된다는 거야. 모든 피조물들이 그렇게 살지. 언니는 혹시 한 마리 새라고 생각하고 싶지 않아? 고양이, 말똥가리, 담비, 어린 학생들, 겨울 추위, 이 모두가 그를 쫓고 있어. 새는 이런 한가운데에 살면서 새끼들을 키우고 있어. 한순간도 나뭇가지에서 마음 놓고 앉아 있지 못하지. 그래, 새를 봐, 새가 어떻게 앉아 있는지를 봐. 달아날 준비를 하고, 경계를 하면서, 불안해 하면서 나뭇가지에 앉아 있잖아. 그리고 온 세상이 그를 적으로 보는데 노래 부르는 거야.

갑자기 니나는 웃었다. 멋쩍은 웃음이었다. 언니는 내가 말을 하도록 하는 정말 나쁜 재주를 갖고 있군. 그것도 여느 때라면 스스로도 꺼내지 않았을, 그리고 분명히 이런 식으로는 이야기하지 않았을 말을.

그러나 니나는 곧 다시 심각해졌다. 이것이 언니의 질문에 답이 될까?

그래, 나는 말했다. 됐어. 그러나 너와 같이 큰 용기를 가진 사람만이 할 수 있는 대답이었어.

아, 그게 무슨 말이야. 니나는 성난 듯 말했다. 한번 어떤 일을 감행하고자 하면 누구나 용기를 낼 수 있는 거 아니겠어?

이번에는 내가 미소 짓지 않을 수 없었다. 그래, 바로 그거야. 누구나 다 무언가를 감행할 능력을 갖고 있지는 않은걸.

그러나 나는 니나가 내 말을 이해하지 못했다는 걸 알았다. 나는 니나의 본질에 있는 어떤 딱딱함 같은 것이 천성적으로 유약한 인간이 있을 수 있다는 점을 믿을 수 없게 하는 것이라고 생각했다. 니나는 자기 자신에게 극단을 요구한다. 그리고 이것을 다른 사람에게도 요구하는 것이리라. 나는 니나와 함께 사는 게 쉽지 않다는 것을 느꼈다. 니나와 함께 사는 것은 쉬운 일은 아니었다. 나는 그걸 감지했다.

그러면, 하고 나는 내 생각을 완고하게 고집하면서 말했다. 너는 우정도 믿지 않는구나. 그리고 나는 조심스럽게 덧붙였다. 그리고 사랑도.

니나는 나를 놀란 얼굴로 바라보았다. 방금 언니한테 말했잖아. 우리는 위험과 위험 사이를 조용하고 조심스럽게 살고 있다고. 그리고 거의 들리지 않을 만큼 작은 소리로 재빠르게, 마치 나한테 말하는 게 아닌 것처럼 덧붙였다. 특히 사랑은 훨씬 더 그렇지.

나는 내가 생각한 것을 말하지 않았다. 니나는 그를 믿지 않는다고. 그러나 이때 니나가 말했다. 그러면 언니는 내가 이 남자가 완전하다고 생각했을 거라고 봐?

이 말을 하면서 니나의 눈은 아주 강렬한 광채를 띠었으나 그 광채는 오래 계속되지 않고 사라졌다. 아니 니나는 그 광채를 다시 거두어들였다.

이 순간 나는 갑자기 몇 십 년 전 우리가 아주 어렸을 때의 한 장면이 생각났다. 우리는 한방에서 잠을 잤다. 어느 날 밤 문득 잠에서 깬 나는 니나가 맨바닥에 무릎을 꿇고 있는 것을 보았다. 겨울이었으며 방 안은 추웠다. 우리는 1년 내내 창을 열어놓고 자야만 했다. 아마도 니나는 아홉 살이 안 되었을 것이다. 얼마 후 내가 결혼했기 때문이다. 그녀는 무릎을 꿇고 있었다. 거리에서 약간의 불빛이 방 안으로 새어 들어왔다. 나는 니나의 얼굴을 볼 수 있었다. 지금과 같은 얼굴이었다. 몰입된 상태로 얼굴에는 딱딱한 광채가 감돌았고, 어떤 상상에 완전히 긴장되고 열중하는 모습이었다. 감기 들겠다. 나는 말했다. 자거라. 거기서 도대체 뭘 하고 있는 거니, 기도하는 거니? 니나는 나를 아주 조용히 바라보더니 바로 지금처럼 금방 얼굴의 광채를 거두었다. 참견하지 마. 니나는 말했다. 나는 이걸 할 수 있어야만 해. 무얼 할 수 있어야 한단 말이니? 나는 물었다. 모든 것, 그녀는 말했다. 내가 원하는 모든 것을. 언제든 따뜻한 침대에서 나와 차가운 바닥에 무릎을 꿇는 것, 가시나무를 손으로 잡는 것, 사나운 개한테 가는 것, 매질을 견디고 소금을 먹는 일 등 뭐든지 할 수 있어야 해. 니나가 더 늘어놓은 것은 잊었지만 그때의 광경은 선명하게 기억한다. 나는 니나가 앉아 있는 모습을 본다. 반은 금욕하는 성자 같고 반은 인도 여인 같은 니나, 니나에게는 의지를 굳게 만들려는 노력이 가득했다. 때로는 니나의 너무 강한 의지가 자신에게 해가 되었을 것이다. 니나는 자기 자신과 운명에 대해 좀더 참을성과 관용을 가졌더라면 좋았을 것이다. 지금도 마찬가지다. 영국으로 가고 이 남자를 더 이상 만나지 않겠다는 니나의 결심은 확고하고 분명했다. 너무 확고하고 분명해서 두려울 정도였다. 여기에는 위험한, 일종의 폭력성이 내포되어 있다. 니나는 운명을 앞지르고 있었다. 인생에 관해서 그처럼 이해가 깊고 그녀가 방금 말한 것처럼 조용하고 조심스럽게 사는 방법을 알고 있는 니나가 이런 과오를 범한다는 것이 나에게는 불합리하게 생각되었다. 그러나 나는 더 이상 아무 말도 하지 않았다.

니나는 창가로 갔다. 밖이 너무 시끄러워. 그녀는 말했다.

그러나 조금도 시끄럽지 않았다. 한 대의 자동차가 지나갔고 한 마리의 개가 모퉁이에서 짖었다. 마당 아래쪽 어디선가 참새가 지저귀고 있었다. 조용한 거리였다.

나는 이 지역과 도시 전체를 더 이상 참을 수 없어. 니나는 중얼거렸다. 언니는 이런 감정을 가져본 적 있어? 여태까지 애착을 갖고 있던 것이 지긋지긋해지는 것, 갑자기 아주 지긋지긋해지는 일 말이야. 하루라도 더 참을 수 없다고 생각하는 거야. 모든 것이 이전과 똑같아. 방과 집과 거리 모두가 말이야. 갑자기 모든 것이 변해서, 밉고, 참을 수 없이 적막하고, 적의를 품은 듯 보이게 돼. 그러면 떠나야만 하는 거야. 정말 떠날 때가 된 거야. 자기도 모르게 이미 우리는 이 모든 사물들로부터 자기 자신을 끄집어냈던 거야. 사물들은 스스로 사는 것이 아니라 우리가 그들을 보니까 사는 거야.

창문을 닫고 나서 니나는 말했다. 이 모든 것이 이미 나를 버렸어. 내가 떠나지도 않았는데.

니나는 반밖에 남지 않은 위스키 병을 구석에서 가져왔다. 그리고 말없이 나에게 한 잔 따라 주었다. 내가 고개를 가로젓자 그녀가 마셨다. 나는 괜찮아, 하고 니나는 술병을 닫고 다시 구석에 갖다 놓으면서 말했다. 반대야. 무엇인가가 나를 떠날 때 나는 언제나 강한 만족감을 느껴. 우리 집이 폭탄을 맞아 불탔을 때 나는 길거리에 서서 보고 있었어. 사람들은 소리지르고 울부짖었지만 나는 서 있으면서 엄청난 기분을 맛보았어. 특별한 종류의 기쁨이었지. 파괴에 대한 광적이고 도착적인 기쁨은 아니었어. 절대 아니었어. 그러기엔 너무 끔찍했지. 또 그것은 언짢은 상황에서 부리는 억지 유머도 아니었어. 내 이웃에 살던 여자와 그녀의 남편은 끄집어낸 트렁크 위에 앉아서 술을 마시며 우스갯소리를 하더군. 나는 그런 게 아니었어. 무관심이나 영웅주의도 아니었어. 전혀 다른 것이었는데, 내 삶에서 짐 하나가 덜어진 게 단순히 기뻤던 거야.

니나가 갑자기 나를 의심하듯 쳐다보았다. 언니는 나를 너무 거칠거나 미쳤다고 생각하겠지? 그렇지만 언니는 이걸 이해해야 돼. 언니가 바로 이걸 이해해 주는 것이 나에게는 중요해. 어떤 아는 사람이나 친구가 곁을 떠나거나, 혹은 누군가가 죽거나 할 때 내가 언제나 이런 종류의 기쁨을 느낀다는 것을 언니는 특히 이해하기 힘들 거야. 나는 이별을 위해 만들어진 인간 같아. 이별과 단순화. 언니가 내 말을 이해한다면 말이야. 나는 빈방과 역의 대합실들, 사람을 붙들어두지 않는 것을 좋아해.

니나는 자기 자신에게 무안한 듯 웃음을 지었다. 나는 청교도가 되었으면 좋았을 사람이야.

혹은 집시였거나. 정반대로 주장할 수도 있어. 나는 말했다.

그래. 니나가 대답했다. 그건 정말이야. 반대도 맞을 거야. 내가 말하는 것을 심각하게 받아들이지 말아줘. 어떤 것도. 일기는 어디로 갔지?

니나가 그것을 찾는 동안 생각나는 것이 있었다. 어렸을 때 나는 벌로 장난감을 빼앗기곤 했다. 그때마다 나는 달래기 힘들 만큼 무섭게 울어댔다. 몇 년 뒤 니나는 똑같은 벌을 아무 말 없이 무관심하게, 일종의 도전적인 기쁨을 갖고 받아들였다. 그리고 갑자기 묘지에서의 한 장면도 생생하게 기억났다. 이때 니나는 친척 모두를 영원히 적으로 만들었다. 니나가 일곱 살 때였다. 할머니가 돌아가셨는데 니나는 그 할머니를 어느 누구보다도 몹시 따랐다. 장례식 때 니나는 꼼짝 않고 무덤 곁에 서 있었다. 그러나 모두 다 울었지만 니나만은 울지 않았다. 장례식이 끝난 뒤 어머니가 니나의 손을 잡고 아직 흙이 덮이지 않은 무덤으로 데리고 갔다. 여기에 네가 사랑하는 할머니가 누워 계신단다. 너는 할머니를 다시 못 만날 거야. 슬프지 않니? 아뇨, 니나는 덤덤하고 큰 목소리로 말했다. 조금도 슬프지 않아요. 모두 놀라서 니나를 보았다. 어머니는 아주 창피해 하며 니나를 무덤에서 떨어진 곳으로 데려가 몇 차례 뺨을 때렸다. 친척들은 모두 니나가 악하고 무정한 인간이 될 것이라고 예언했다.

어느새 니나는 일기장을 찾아냈다. 우리가 읽던 곳도 찾아냈다.

1933년 3월 16일.

니나가 여기 왔다. 그러나 그녀는 나를 찾아오지 않았다. 니나가 온 것을 나는 오늘 브라운을 만났을 때 들었다. 니나는 그에게 두 번째 진찰을 받았는데 결과는 음성이었다. 나는 별로 흥미 없다는 듯이 그 이야기를 들었다. 브라운은 니나에 대해 무엇이든 알고 싶어 했으므로 그가 오늘 나와의 만남을 의도적으로 이끌어낸 게 아닌가 하는 의심이 들 정도였다. 그는 내가 니나를 오래전부터 그리고 아주 잘 아는지, 또 니나가 정말로 점원인지 등을 알고 싶어 했다. 나는 몹시 신중하게 대답했다. 그러나 이런 종류의 조심스러운 태도는 나를 얼마쯤 알고 있는 브라운에게 의심을 품게 하기에 충분했다. 그는 나를 살피듯이 쳐다보았다. 분명히 그는 내가 자기에게 몇 가지를 숨긴 것을 눈치챘다. 마지막으로 그는 니나가 매우 총명해 보이며, 따라서 교육의 가능성을 열어주어야 한다고 말했다. 나는 약간 날카롭게 물었다. 이를테면 어떤 거요? 억지로 무관심한 척하면서 브라운은 대답했다. 어쩌면 의사의 조수가 맞지 않을까요. 그 후 나는 화제를 의례적인 내용으로 완전히 바꾸었고 아주 서먹하게 헤어졌다.

이 대화는 나를 안절부절못하게 만들었다. 브라운은 이혼했고 나보다 젊었으며 훌륭한 외모를 가졌다. 니나가 그의 머릿속을 휘젓고 다니고 있었다.

세상에 이런 광증으로부터 나를 고쳐줄 약이 없을까? 나는 니나를 사랑하는 것일까? 나는 나에게는 없고 그녀에게만 있는 그녀의 순수하고 강한 특성들만을 사랑하는 것이 아닐까? 다름 아닌 그녀의 용기와 생에 대한 집요한 호기심, 단호함을 말이다. 나는 내 사랑을 믿지 않는다. 그러나 나의 이러한 자기 보존 본능의 교묘한 술수조차도 나를 구할 수가 없다. 나는 거절당했지만 남몰래 계속 구애하고 있는 기사(騎士)로 일생을 마칠 것이다. 나는 이런 낭만주의적 연애에 어떤 매력도 느끼지 못하지만.

나는 스스로를 지겹게 만들고 있다. 구토란 한 남자에게 덮칠 수 있는, 생을 가로막는 모든 죄악들 중 가장 나쁜 것이다.

구토는 싸구려 호텔 주방에서 나는 코를 찌르는 듯한 악취와 함께 매 순간 생을 엄습한다. 모든 사고와 모든 감정은 그것으로 인해 천박하고 가치가 없어진다. 쓰레기통에 처넣기 알맞다.

이 기록에 이어 몹시 흥분된 상태에서 쓴 것 같은, 아니 썼다기보다는 마구 휘갈긴 아주 혼란스럽고 해독하기 어려운 필체로 쓴 글이 있었다. 몇 문장뿐이었고 그중 하나둘은 지워져서 알아볼 수도 없었다. 마지막 문장은 다음과 같았다.

나는 니나를 영원히 잃어버렸다.

다음의 기록은 한참 후에 쓴 것이었지만 여전히 몹시 흘려 쓰고 고친 부분이 많았다.

1933년 6월 15일.

나의 삶을 지배하고 있는 혐오스러운 원칙은 정확하게 조직적으로 작동하고 있다. '우연'이 그의 신뢰할 만한 협조자인 것처럼 보인다.

성령강림절 전날, 새벽 3시 좀 넘어 나우하임으로부터 전화를 받았다. 요양을 하기 위해 거기에 있던 어머니가 심한 심장 발작을 일으켰으며 다음 날을 넘기지 못할 것 같다는 기별이었다. 나는 헬레네를 깨웠으며 당장 그곳으로 가기로 했다. 3시 반에 우리는 자동차를 타고 있었으며 시내를 지나갔다. 아주 맑은 새벽이었다. 만약 안개 낀 11월의 새벽이었거나, 혹은 우리가 5분 늦게 그륀발트 호텔 앞 광장을 가로질렀거나, 아니면 어떤 것에 눈길을 빼앗겨서, 이를테면 자전거를 탄 사람이나 비둘기들을 보았다면 나는 호텔 현관을 보지 못했을 것이고, 새벽의 박명과 가로등 불빛이 섞인 불쾌하고 희미한 어스름 속에서 니나가 호텔로 들어가는 계단 위에 있는 것을 못 보았을 것이다. 한 남자가 니나의 팔을 끌고 있었다. 그들은 호텔로 들어갔다. 니나가 틀림없었다. 이 순간 헬레네가 외쳤다. 조심해요! 나는 하마터면 개를 칠 뻔했다. 헬레네를 보았을 때 그녀 또한 니나를 보았다는 걸 알았다. 헬레네는 거만하고 굳은 표정으로 정면을 보고 있었다. 헬레네의 입은 한 줄로 다물어져 있었다. 혐오의 표시였다. 코도 여느 때보다 날카로워진 듯했다. 헬레네가 니나의 욕을 했다면 니나를 변호할 수 있었을 텐데(어떤 식으로 변호했을지는 모르지만) 헬레네는 침묵을 지키고 있었다. 헬레네의 이러한 특별히 분별 있는 태도는 치명적이었다. 돌이킬 수 없는 가혹한 판결을 의미했다. 시내를 통과하는 동안 헬레네에 대한 나의 분노가 고통을 진정시키는 데 도움이 되어주었다. 나는 말은 하지 않았으나 격렬하고 악의에 찬 비난을 마음속으로 헬레네한테 쏟아부었다. 나는 헬레네의 연애 사건을 떠올리고 있었다. 나는 헬레네의 도덕이라는 것은 퇴짜 맞은 소녀의 고집에 불과한 것이라고 욕했다.(그렇지는 않았다. 그렇다고만은 볼 수 없었다. 그러나 그 사건을 이런 측면에서 보는 것이 당시의 나로서는 적합한 것이었다.) 자기의 힘이 어디까지 미치며 얼마나 빨리 한계에 부딪히는지를 스스로 한 번도 시험해 보지 않은 사람은 엄격한 척도를 적용하기가 아주 쉽다고 했다. 나는 헬레네가 벌 받을 것이라는 전제하에 옳은 것에 지나치게 집착하는 태도를 비난했다. 헬레네에게 곧 반대되는 일이 생겨서 45년 동안의 삶과 함께 자기 자신을 웃음거리로 만들게 되기를 바랐다. 그러나 이 순간 매우 희미한 정의의 목소리가 들렸는데, 이 목소리는 헬레네는 순전히 나 때문에 니나를 비난하는 것이라고 말하고 있었다. 헬레네는 나를 말없이, 드러내지 않으면서 사랑했다. 오만한 사랑이었다. 그녀는 나를 정말로 사랑하는 유일한 사람이었다. 그녀는 니나가 나를 괴롭히는 것을 용서할 수 없었다. 나아가 마음대로 탈선할 수 있는 그런 여자를 사랑하는 나를 용서하지 않았다. 나는 지금 탈선이라고 말했다. 그러나 그것이 탈선이었을까? 호텔 앞의 광경에는 어떤 우연적 요소, 혹은 별로 특별하다고 할 수 없는 모호한 구석이 있었다. 나는 심각하게 생각할 수 없었다. 니나는 그 남자를 좋아하지 않았다. 그녀는 작은 시골과 그 구멍가게에서의 황량한 생활 때문에 몹시 지쳐 있었으며, 이런 오랜 망명 후에 당연히 '인생'을 찾고 싶었던 것이리라. 그래서 주어진 그대로 받아들였으리라. 폐병에 걸렸던 그 신학도와의 관계도 이런 선상에서 이해해야 되지 않을까? 그것 역시 서서히 진행된 탈선이 아니었는가.

도시가 우리의 등 뒤에 있고 넓은 들판이 우리 앞에 펼쳐졌을 때 모든 나의 상념은 끝이 났다. 그 자리로 견딜 수 없는 고통이 다가왔다.

너무나 멋진 아침이었다. 이런 아침은 다른 때라면 내가 무엇보다도 사랑하는 시간이었다. 해 뜨기 직전의 시간은 인간을 좋아하지 않는 시간이었다. 쌀쌀하고 냉정하고 차가우며 엄격했다. 세상이 드러나기 바로 직전의 휴식 시간, 마치 자연이 호흡을 멈춘 듯한 시간, 어떠한 소리도 생명력이 없는 듯한 무시무시한 시간, 해 뜨기 직전의 시간은 시간보다는 영원에 더 가까웠다. 이날 아침 나는 처음으로 그 시간이 내뿜는 완강한 적의를 느꼈다. 성령강림절이었다. 대지는 사랑스러움으로 가득 차 있었다. 나는 헬레네가 있다는 것을 증오하기 시작했다. 그러나 새벽의 피로와 해가 뜬 뒤 갑자기 거리에 나타난 자전거 타는 사람들, 보행자들과 자동차들을 억지로 보아야 한다는 압박이 나의 감각을 마비시켰다. 때때로 헬레네는 거리의 표지판들을 가리켰다. 그녀의 말에 따르면 내가 못 보고 지나칠지 모르기 때문이었다. 또한 그녀는 특별히 아름다운 풍경이 있으면 나에게 말해 주었다. 얼마 후에 그녀는 나에게 샌드위치를 건넸다. 내가 그것을 말없이 물리치자 초콜릿 한 조각을 내밀었다. 내가 이것도 거절했더니 보온병에서 뜨거운 커피 한 잔을 따랐다. 나는 결국 이 커피를 받았다. 자기 자신이건 남이건 간에 변명이 면제되는, 저 아무 생각 없고 나른하고 무거운 피곤 속에 자기 자신을 더욱더 가라앉히고 싶은 유혹이 매우 강렬했는데도 불구하고 졸지 않기 위해서는 어쩔 수 없었다. 나중에 헬레네는 나에게 차를 세우고 무얼 좀 먹지 않겠느냐고 물었다. 내가 고개를 가로젓자 헬레네는 다시 권하지 않았다. 가끔 헬레네는 너무 빨리 달린다고 말했다. 나는 그녀의 목소리에서 그녀가 두려워하는지의 여부를 알아내려고 했다. 그러나 나는 그녀가 조금도 두려워하지 않는다는 것을, 적어도 자기 자신을 위해서는 두려워하지 않는다고 확신했다. 갑자기 나는 헬레네의 겁 없는 무조건적인 성격이 니나와 비슷하다는 생각을 했다. 몇 주일 지난 지금 생각이 나는 것은 헬레네가 임박한 어머니의 죽음에 대하여 한 번도 이야기하지 않았다는 사실이다. 헬레네는 어머니의 죽음이 나에게 매우 고통스럽다 하더라도 니나를 잃어버리는 것이(더구나 이런 방식으로 잃어버리는 것은) 훨씬 더 괴로운 일이라는 것을 알고 있었다.

이 성령강림절 아침의 눈부심은 참을 수 없을 정도로 엄청난 것이었다. 모든 사람들이 길을 나선 것 같았으며 그들은 더할 나위 없는 자연의 환희와 즐거움에 빠져 있는 듯했다.

나우하임에 도착했을 때 어머니는 이미 돌아가신 후였다. 나는 장례를 치를 때까지 감각이 마비된 상태에서 보냈다. 물건 사들이는 일, 의논, 방문객 등이 니나를 잊게 했다. 관이 땅에 묻혔을 때 죽은 사람은 바로 니나라는 생각이 들어 마음이 혼란스러웠다.

돌아가는 길의 날씨는 나빴다. 축축한 회색의 베일이 땅을 덮고 있었다. 떨어진 꽃들이 웅덩이와 도랑의 흐린 물속에 갈색으로 썩어 떠다녔다. 길은 회색 바탕 위의 검은 금속처럼 빛을 발하였다. 자동차 앞유리에서 와이퍼가 끽끽거리는 소리를 냈다. 이것은 갓난아기의 칭얼거리는 소리를 떠올리게 했다. 검은 상복을 입은 헬레네는 완전히 슬픔에 잠겨 있었다. 헬레네는 기분을 전환시켜 보려는 어떤 시도도 하지 않았다. 그녀는 나의 고질적인 우울함을 그냥 내버려두었다. 몇 주일이 지난 지금도 이 우울은 가시지 않고 있다. 그때 썼던 것과 꼭 같다. 나는 니나를 영원히 잃어버렸다.

1933년 8월 7일.

이해할 수 없는 상황의 변화였다. 이 수수께끼 같은 변화에 나는 속수무책이고 숨이 막힐 정도로 당황해 있다. 이틀 전에 나는 니나의 편지를 받았다. 니나는 내가 보낸 책에 감사했다.(나는 출판사를 통해 열대지방에서의 내 의학적 활동에 관해 쓴 글을 보냈다.) 니나는 편지에서 왜 자기한테 그 시절과 그때의 '위대한 업적'에 대해 한 마디도 미리 말해 주지 않았는지를 물었다. 업적이라는 말이 편지 속에 세 번이나 나왔다. 내 '업적'에 그녀는 감명을 받았고 이 업적 때문에 니나의 마음이 움직인 것은 분명했다. 나는 마침 중쇄가 출간되어 그것을 니나에게 보냈다. 이 문장을 쓰면서도 나는, 니나를 다시 만나지 않겠다는 나의 확고한 결심에 비해 이 변명이 매우 옹색하다는 것을 분명히 의식하고 있다. 그러나 더 이상 변명하려고는 않겠다. 어쨌든 나는 그 책을 보냈다. 그리고 나는 후회하지 않는다. 니나의 편지는 짧았다. 편지는 한번 자기를 방문해 주지 않겠느냐는 말로 끝났다. 나는 프랑스 여행을 떠나기 직전이며, 따라서 준비할 것들로 매우 바쁘다고 정중하게 답장을 보내야 옳았을 것이다. 아니, 일어났던 모든 일을 생각하면 그 편지를 찢어버리는 편이 더 적합하고 자연스러웠을 것이다. 그러나 '일어났던 모든 일'에도 불구하고 나는 이미 책을 보냈던 것이다. 구체적으로 말해 도대체 무슨 일이 있었다는 말인가?

그녀는 모험을 했다. 그녀의 나이에 걸맞은 모험을. 그 이상 뭐란 말인가.

이 모든 생각들은 모두 순전히 이론이었다. 이 편지는 토요일 아침 일찍 내 손에 들어왔다. 헬레네는 물건을 사러 시내에 가고 없었다. 나는 몰래 나가고 싶은 생각을 애써 눌렀다. 아주 초초하게 헬레네가 돌아오기를 기다렸다. 그녀에게 몹시 드라이브를 하고 싶다고 말할 작정이었다. 나는 그녀에게 같이 가지 않겠느냐고 묻는 모험까지 했다. 나는 헬레네가 그날 저녁 손님을 초대한 것을 알고 있었다. 나는 처음부터 이 요구가 그녀를 곤란하게 만들 것이며, 그녀가 취소 전화를 하겠다고 할지도 모른다는 생각까지 했지만, 사교 모임을 진지하게 생각하는 그녀가 별 이유 없이 초대를 취소하지 않으리라는 것은 분명했다. 이런 작은 희극을 연출하는 것이 싫었으나 이것은 그녀가 전에 나의 귀가를 불유쾌하게 하곤 했던, 말은 안 하지만 모든 걸 알고 있다는 눈치 내지는 의심으로부터 나를 해방시켜 주었다.

나는 반쯤은 용기에 넘쳐서, 또 반쯤은 불안한 기분으로 출발하였다. 오전인데도 벌써부터 더웠다. 나는 자동차 뚜껑을 젖혀 놓았다. 그러나 그것을 곧 다시 닫았다. 사방에 먼지가 가득 차 있었다. 나무가 잿빛이었다. 풀도 잿빛이었다. 자동차 보닛도 잿빛, 바퀴들에도 먼지가 가득 묻어 있었다. 시냇물과 웅덩이들은 말라붙었고 먼지와 더위가 세상의 모든 소리를 못 나오게 하는 듯했다. 새소리도 들을 수 없었다. 즐거운 여행이 아니었다. 그러나 성령강림절의 여행과 비교하면 훨씬 참을 만했다. 나는 물론 이 여행이 아름다웠다고 말하지는 않겠다. 나는 모든 다른 남자들이 굴욕적이라고 여기는 행동을 하고 있다는 것을 너무나 잘 알고 있었다. 나는 니나가 부르자 마치 개가 주인의 휘파람 소리를 듣고 달려가듯 그녀에게 간다.(나는 일부러 지나친 비유를 하고 있다.)

정오쯤 벤하임에 도착했다. 도시는 마치 죽은 것 같았다. 모든 유리창의 덧문은 닫혀 있었다. 사람들을 거의 볼 수 없었으며 길모퉁이에서도 경적을 누를 필요가 없었다. 분수는 말라 있었다. 물이 부족해 작동시키지 않는 것 같았다. 나는 자동차를 작은 교회 뒤의 조그만 응달에 세워 두었다. 니나의 집 앞 광장의 아스팔트는 펄펄 끓고 있었다. 뙤약볕이 내리쬐는 돌층계 한가운데에 노란 고양이 한 마리가 앉아서 나를 바라보았다. 나는 돌인 줄 알았다. 나는 니나에게 무엇을 말해야 할지 생각할 시간이 없었다. 더위가 나를 가게 안으로 밀어넣었다. 들어서면서 나는 마치 어두운 지하실에 들어선 것처럼 비틀거렸다. 니나를 보기 전에 그녀의 목소리를 먼저 들었다.

정말 오셨네요? 이 무더위 속을!

어둠에 익숙해지자 나는 니나가 책을 읽고 있었다는 것을 알았다. 그것은 내가 쓴 책이었다. 펼쳐진 페이지의 여백은 메모로 덮여 있었다. 내 눈길이 거기에 닿은 것을 알아채고 니나는 책을 급히 덮었다. 30분 후에 가게문을 닫아요. 손님들이 많이 오진 않을 거예요. 오전 중에 벌써 다들 사 갔으니까요. 그러나 벽돌 공장에서 일하는 열 두어 명의 노동자들이 매일 이때쯤 와서 담배를 사 가요. 잠깐 옆방에서 기다리시죠?

부엌 겸 거실인 그 방은 내가 지난번에 왔을 때와 조금도 달라지지 않았다. 할머니는 그 후 한 번도 일어나지 않았던 것처럼 안락의자에 앉아 있었다. 파리가 할머니의 얼굴과 손, 심지어는 감겨 있는 눈과 입술 위에도 기어다니고 있었으나 그녀는 그것을 느끼지 못하고 있었다. 살이 쪄서 누렇게 기름진 몸이 의자를 가득 채웠다. 전에는 거의 보이지 않았던 수종증이 빠르게 진전되고 있었다. 얼마 더 살지 못할 것이다. 니나가 광천수 한 병을 들고 들어왔을 때 작은 목소리로 나는 이 말을 해주었다. 그래요? 그렇게 생각하세요? 니나의 목소리는 전혀 안도하는 것 같지 않았다. 할머니에게 던진 눈길에도 전과 같은 격렬한 혐오감은 없었다.

나는 짐짓 호기롭게 말했다. 얼마 지나지 않아 해방이겠군요, 니나.

억양 없는 기묘한 목소리로 니나는 "그래요"라고만 말했다. 물을 따르면서 그녀는 덧붙였다. 이제는 익숙해졌어요. 여러 가지 면에서 좋은 곳이에요. 이 말을 하고 니나는 급히 나갔다. 나는 니나가 말한 '여러 가지 면'을 생각해 보지 않을 수 없었다. 노파는 내가 있는 것을 전혀 의식하지 못했다. 가끔 쉰 기침이라도 하지 않았으면 그녀가 죽었다고 생각하기 십상이었다. 의자에서 얼마 떨어져 있지 않은 곳에는 파리 잡는 끈끈이가 천장에 매달려 있었다. 아교를 바른 이 끈끈이에 파리가 붙으면 처음 얼마 동안은 여기에서 벗어나려고 필사적으로 노력한다. 그러나 이 노력은 점점 무망해져서 결국은 질긴 아교 종이에 얽혀 비참한 죽음을 당하게 마련이었다. 이 끈끈이 좋이는 이미 파리 시체들로 새까맣게 덮여 있었다. 나는 달콤한 아교를 향한 파리의 탐욕이 그들의 생존본능보다 더 강하다는 것을 이상하게 생각했다. 그들은 시체 냄새를 맡지 못한다는 말인가? 날개를 붕붕대다가 결국은 죽어가는 파리들의 절망이 그들에게는 경고가 되지 않는다는 말인가? 파리의 사투를 계속 보고 있으려니까 구역질이 났다. 자리에서 일어나니, 문에 달려 있는, 커튼이 쳐진 작은 창문을 통해 가게에 있는 니나가 보였다. 니나는 마침 몇 명의 노동자들에게 담배를 건네주고 있었다. 그들이 가자 니나는 계산대에 몸을 굽히고 무엇인가를 썼다. 왜 니나는 나에게 오지 않는 것일까? 나를 왜 여기에 앉아 있게 하는 것일까? 니나는 자기가 이곳에서 어떤 생활에 내맡겨져 있는지 나에게 알게 하려는 것일까? 나는 텅 빈 방과 천천히 죽어가는 수종증을 앓는 노파, 작은 가게, 그리고 파리들을 쳐다보았다. 여기에서 니나는 거의 1년을 보냈다. 왜인가? 아버지의 빚을 갚기 위해서? 나의 도움을 받아들일 수 없기 때문에? 그러나 사실은 '생'이 그녀에게 부과한 모든 과제를 자신이 수행할 수 있다는 것을 스스로에게 증명해 보이기 위해서였다. 이런 망명지와 같은 곳에서 니나는 불행하지 않았을까? 아니, 하나의 난관을 극복했다는 것을 알았을 때 우리는 과연 불행할까? 니나는 내가 있는 쪽으로 얼굴을 돌렸지만 나를 보는 것 같지는 않았다. 얼굴이 금년 들어 더 경직된 것 같지 않은가? 그러나 이 얼굴에는 헬레네처럼 어떤 실제적인 혹은 가상적인 의무를 다하기 위해 생에서 물러난 사람들이 갖는 날카로운 면모는 보이지 않았다.

마침내 가게 덧문 내리는 소리가 들렸고 이어서 니나가 들어왔다. 니나가 손을 씻고 깨끗한 앞치마를 두르고 식탁을 차리는 모습을 바라보는 것은 나에게 고통과 즐거움을 동시에 안겨주었다. 니나의 모든 동작이 재빠르고 솜씨가 있었다. 나는 나도 모르게 헬레네와 비교하게 되었다. 헬레네는 정확히 계산을 해서 움직였다. 그녀의 일에는 기계와 같은 정확성이 있었다. 니나의 움직임은 훨씬 가벼웠으며 무작정이었다. 나는 니나가 생각은 끊임없이 다른 사람이나 다른 데 가 있으면서 그저 몸만 즉흥적으로 움직이고 있다고 말하고 싶다. 끈질긴 인내심을 가지고 니나는 노파에게 먹을 것을 주었다. 노파는 식욕이 없었고 반은 마비된 상태였다. 입에 들어간 것 중 반 이상을 다시 밖으로 내보냈다. 니나는 작은 숟가락으로 그것을 받아서 다시 파란 입술 사이로 집어넣었다. 니나는 잘 훈련되어 있었다. 대단히 능숙했다.

그러는 니나를 보면서 나는 저녁때 산으로 드라이브를 가자고 제안했다. 아이프 호수를 보자고 했다. 아니면 아네트 아주머니 집에 가서 거기서 일요일을 보내자고 했다. 나는 갈 수 없어요. 니나는 간단히 거절했다. 나는 용기를 내어 그녀가 전에도 한 번 시간을 낼 수 있는 방법을 찾아내지 않았느냐고 따졌다. 그래요, 그때는 그랬어요. 니나는 말했다. 이렇게 말하는 니나의 말투와 눈길은 마치 그것이 다른 세기에 있었던 일처럼 느껴지게 했다. 나는 금방 나의 제안을 후회했다. 아마 니나는 저 불길했던 밤이 다시 재연될까봐 두려웠는지도 모른다. 그러나 니나는 나의 이러한 생각을 쫓아버렸다. 이제는 고

모를 더 이상 혼자 둘 수가 없어요. 내가 주지 않으면 전혀 먹지 않아요. 고모는 나를 보지도 듣지도 못하지만 누군가 다른 사람이 가까이 오면 그걸 금방 알아차려요. 어디 한번 시험해 보세요.

나는 니나가 했던 식으로 그 노파에게 먹을 것을 주어 보았다. 그러나 즉시 그녀는 입술을 꽉 다물었다. 누렇고 살찌고 멍해 보이는 얼굴에 단호한 반항의 의지가 엿보였다. 그것 보세요. 니나는 말했다. 참 이상하죠? 사람이 나이를 먹은 후에도 이처럼 어린아이같이 고집을 피울 수 있다니요. 나는 늙은 사람이 싫어요. 아니, 몇 사람은 빼고요. 나는 시내에 있는 아주 늙은 노인들을 방문하고 있어요. 그래서 그들을 알아요. 무안한 듯 니나는 덧붙였다. 이것을 글로 옮기고 있어요. 두 가지인데, 하나는 심리학적 연구 논문이고, 또 하나는 소설이에요. 내가 이것에 대해 뭐라고 대답하기도 전에 그녀는 또 말했다. 이런 노인들과 교제하다 보면 모든 인간에게 염증을 느끼게 돼요. 여든 살이 돼서까지 악의를 품고 있고, 고집불통이며, 시기하고, 이기적이며, 끝없이 탐욕스럽다면 인생이란 뭐죠? 인생에 치인, 또 다른 사람들은 보람이 없었다고 말해요. 나는 나이가 들면 좋아지리라 생각했어요. 그래서 늙는 것에 대해 두려워해 본 적이 없었어요. 그러나 내가 그렇게 된다면? 그러면 나는 도대체 무엇 때문에 사는 것인가요? 아니오, 나는 바로 대꾸했다. 니나, 그대는 나빠지지 않을 것입니다. 당신은 안 그래요. 아, 누가 그걸 알 수 있나요? 니나는 말했다. 어쨌든 이제 내가 여기서 떠날 수 없다는 것은 아시리라 믿어요.

니나가 이 말을 할 때 나는 그녀가 진짜 이유는 숨기고 있다고 느꼈으나 이것으로 끝냈다. 바로 다음 순간 그녀가 중요한 어떤 것을 숨기고 있다는 나의 의심은 더욱 커졌다. 유감스럽지만 가게 청소를 해야 돼요. 청소부가 없거든요. 니나의 말이었다. 나는 니나가 이런 지출까지 아낄 정도로 절약해야만 하는가 하고 생각했다. 그러나 나는 니나에게 상처를 줄까봐 감히 묻지는 못했다. 니나가 손을 더러운 물에 담그고, 회색 걸레를 짜서 그것을 걸레봉에 다는 것을 보는 것은 나에게 고통을 주었다. 니나가 무릎을 꿇고 선반 밑의 구석을 훔치는 것은 나에게 더 큰 고통을 주었다. 니나의 이런 태도에는 조금도 도전적인 데가 없었다. 니나는 자기의 유능함을 보여주려거나 동정을 요구하는 것이 아니었다. 이런 일을 함으로써 누군가의 동정심을 일으키려는 것은 그녀와 거리가 먼 일이었다. 니나는 그저 자기가 필요하다고 여기는 일을 했고 이미 그렇게 하는 데 길이 들어 있었다. 그러나 니나와 같은 인간이 어떻게 그런 일에 익숙해질 수 있다는 말인가?

그날 오후 나는 니나와 함께 부엌에서 보냈다. 양지는 물론 응달에서조차 견딜 수 없을 만큼 뜨거운 날이었다. 니나는 이런 고립감 속에서도 잘 적응할 수 있다는 확신이 내게는 생겼다. 니나는 자기가 섭렵한 여러 권의 심리학 서적과 일련의 여러 종류의 책들을 보여주었다. 지드, 콘래드, 스탕달의 소설들, 파스칼 책 한 권, 히틀러의 『나의 투쟁』도 있었다. 『나의 투쟁』을 두고 니나는 많은 것을 느끼게 해준 책이라고 말했다. 우리는 잠깐 동안 서로를 마주 보았다. 그리고 그 순간 내가 이미 오래전부터 알았던 것이 증명되었다. 니나는 확고할 만큼 분명한 여자이며, 모든 인간에 대해 불신을 갖고 있다. 이 경우 나도 예외는 아니었다. 더 이상 어쩔 수가 없었다.

저녁때도 시원해지지는 않았지만 우리는 산책을 하기로 했다. 니나는 우리가 시원한 바람을 기대할 수 있는 유일한 장소는 공동묘지가 자리한 언덕뿐이라고 말했다. 우리는 공동묘지로 올라갔다. 그 위에서 부는 바람조차도 더위와 먼지만 실어올 뿐이었으나 그래도 기분만은 시원했다. 우리는 공동묘지의 낮은 담장 위에 앉았다. 뒤에는 십자가와 석상 들이 있었고, 앞에는 끝없는 평지가 놓여 있었다. 메마르고 먼지에 덮인 평원은 늘 그렇듯 부연 황혼의 빛 속에서 마치 황무지같이 보였다. 무덤들 위에 놓인 시든 장미꽃 냄새는 기분 나쁘게 몽롱한 느낌을 주면서 동시에 자극적이었다. 우리 둘밖에 없었다. 주변에서 무엇인가가 바스락거리는 소리가 났다면 그것은 쥐들이거나 혹은 눈에 안 보이는 동물이었을 것이다. 갑자기 귀뚜라미가 울기 시작했다. 그들은 그칠 줄 몰랐다. 돈 받고 연주하는 카페의 악사들이 그러듯이 기계적으로 날개를 비벼대고 있었다. 마치 나의 의식을 완전히 빼앗으려고 하는 것 같았다. 나는 담에서 돌을 하나 파내어 마른 들 위에 던졌다. 무의미하고 헛된 동작이었다. 니나가 작은 소리로 웃었다. 그녀의 이런 웃음은 나에게 낯설었다. 갑자기 니나의 손이 내 팔을 꽉 붙잡는 것을 느꼈다. 아주 강력한 힘이었다. 그리고 나의 얼굴을 똑바로 바라보면서 말했다. 당신이 나를 사랑한다는 것을 알고 있어요. 지금 나도 당신에게 당신을 사랑한다고 말할 수도 있겠지요. 하지만 그렇게 말한다면 그것은 사실이 아니죠. 당신은 내가 증오하는 유일한 인간이에요. 그러니까 어찌 됐든 나는 당신을 사랑하고 있음에 틀림없어요. 그러고 나서 니나는 마치 지친 듯 내 팔을 놓더니 큰 소리로 말했다. 나에게 키스해 주세요. 나는 당황해서 빨리 그렇게 했다. 정말 나는 몹시 놀랐다. 아니요, 그렇게 말고요. 니나는 큰 소리로 말했다. 이미 나의 부르튼 입술 위에 니나의 입과 이가 닿고 있었다. 니나는 뜨거웠고 먼지에 덮여 있었다. 이런 그녀는 내가 맨 처음 그녀를 만난 날을 기억하게 해주었다. 그때 그녀는 아팠고 의식이 없었다. 니나의 거친 행동은 나를 불안하게 했다. 과장되었고 너무 돌발적이었다. 이것은 사랑도 아니고 그렇다고 욕망도 아니었다. 이것이 무엇이든 나는 받아들일 수 없을 터였다. 그러나 나는 또한 물리칠 수도 없었다. 나는 니나를 안고 있었다. 그녀는 몸을 떨었다. 얼굴은 땀에 젖어 있었다. 나는 그녀의 키스에는 응했으나 감정은 최대한 억제했다. 내가 그녀의 도취를 악용한다면 니나는 결코 나를 용서하지 않을 것이다. 그러나 내가 그녀를 지금 바스락거리는 풀밭에 눕히지 않아도 결코 용서하지 않을 것이다. 번갯불이 더 가까이 와서 나는 니나의 얼굴을 볼 수 있었다. 순치되지 않은 얼굴, 침울한 얼굴, 화가 난 얼굴이었다. 그녀는 나를 사랑하지 않았다. 그녀는 나를 시험해 본 것뿐이었다. 자기 자신과 나 둘 다를. 그리고 그녀는 나를 자신과 비교했으리라. 마침내 니나는 족제비처럼 나에게서 빠져나갔다. 그리고 마치 아무 일도 없었다는 듯이 말짱하게 말했다. 곧 비가 올 거예요. 돌아오는 길에도 그녀는 아무렇지 않은 양 대화를 계속했다. 큰비가 쏟아지기 바로 직전 우리가 집에 당도했을 때 니나는 아주 태평한 얼굴을 하고 있었다. 공동묘지에서의 일은 꿈이 아니었나 하는 생각이 들 정도였다.

니나는 옆집에서 한 여자를 불러 왔다. 매일 밤 매우 무거워진 할머니를 침대로 옮길 때 니나를 도와주는 여자였다. 그녀가 돌아가자 니나는 문을 잠갔다. 지금은 떠날 수 없으세요. 곧 비가 올 거예요. 니나는 말했다. 자동차가 방수라고 말했으나 니나는 내가 더 있기를 고집했다. 니나는 나에게 차를 끓여 주었다. 말은 없었으나 친절한 태도였다. 이러한 행동이 너무 자연스러웠으므로 나는 완전히 혼란에 빠졌다. 천둥번개 소리가 요란했으나 비는 금방 멈추었다. 우리는 집 앞으로 나갔다. 땅은 거의 젖지 않았다. 나는 니나에게 이제는 차를 잘 몰 수 있을 것이라고 말했다. 니나는 골똘히 생각하는 얼굴로 나를 바라보더니 갑자기 재빨리 말했다. 내가 부탁하면 들어주시겠어요? 어떤 건데요? 나는 물었다. 그렇지만 나는 내가 금방 간단히 '그래요'라고 말하지 않은 것에 화가 났다. 니나는 자기 자신의 관심사에 너무 몰두해 있어서 이것을 눈치채지 못했다. 니나는 나를 집 안으로 데리고 가서, 나 말고는 아무도 들을 수 없는데도 속삭이듯이 말했다. 오늘 밤에 누군가를 좀 태워서 어디쯤에서 내려주시겠어요? 좋습니다. 나는 말했다. 나는 그 부탁이 별것 아닌 데 실망했으나 이 말을 꺼내는 니나의 진지한 태도에는 매우 놀랐다. 당신 동료 가운데 한 사람이죠. 니나는 말했다. 국경으로 가려고 하는데 당신의 차로 가면 훨씬 빠를 거예요. 나는 사태를 파악했다. 맙소사, 나는 말했다. 니나, 당신이 얼마나 위험한 일을 하려고 하는지 알아요? 니나는 놀라서 나를 보았다. 그러나 내가 도 대체 달리 어떻게 할 수 있겠어요? 이게 처음이 아니에요. 맨 처음 이리로 온 사람은 브라운 박사였어요. 6주 전에. 그렇지 만 브라운은 탐험대와 함께 티베트에 가지 않았나요? 나는 소리쳤다. 니나는 잠깐 미소를 지었다. 그렇게 생각하세요? 나는 그분이 이미 스위스에 도착해서 안전한 상황에 있기를 바라고 있어요. 오늘은 페터슨이 와요. 그는 경고를 받았어요. 그는 벌써 오래전부터 요주의 인물이었어요. 이제는 더 시간이 없어요. 당신도 알고 있는 내 여자 친구가 당에서 일하고 있어요. 기억하실지 모르겠어요. 그녀는 대개, 항상은 아니지만, 누가 다음 차례인지를 알아요. 일은 조직적으로 잘 이루어지고 있어요. 아무도 나를 의심하지 않아요. 이제 아시겠지요. 내가 여기를 떠나려고 전혀 서두르지 않는 이유를. 내가 사환도 두지 않고 청소부도 두지 않고 사는 이유를요.

나는 니나를 보았다. 마녀 같은 방종한 얼굴은 어디로 갔는가? 이 여자는 얼마나 많은 얼굴을 가지고 있는가? 니나는 나를 공범자로 만들면 안전하다는 생각에서 나를 자기의 애인으로 하려고 한 것이 아닐까? 그래서 니나는 나에게 편지를 썼을까? 그렇다면 증오한다고 말한 니나의 말은 뭔가? 니나의 돌발적인 태도는 진지한 것이 아니었는가? 여자와의 경험이 별로 없었던 것이 너무나 후회되었다. 어쩌면 니나는 목적을 위해서라면 어떤 역할도 사양 않는 그런 여자들 가운데 하나인지 모른다. 내 얼굴에 내 생각이 그대로 반영되었나 보다. 니나가, 왜 그렇게 의심스럽게 쳐다보시는 거죠? 하고 물었기 때문이다. 그녀는 비웃음이 깔린 목소리로 덧붙였다. 당신은 끼지 않겠다고 간단히 거절할 수도 있어요. 나는 망설이는 사람을 이해해요. 그러나 내가 뭐라고 대답하기 전에 니나는 자연스럽게 내 손을 잡았다. 따뜻했다. 용서하세요. 니나는 말했다. 당신은 겁이 없다는 것을 알고 있어요. 당신은 생을 과대평가하지 않으시니까요. 그러고 나서 니나는 공동묘지 담벼락 위에서 보였던 마녀 같은 행동보다 더 나를 당황시키는 행동을 했다. 니나는 팔을 내 몸에 둘렀다. 아주 적극적인 태도는 아니었지만 부드러움이 있었다. 당신의 책은 정말 내 마음에 들었어요. 당신은 그 무렵 그렇게 어려운 상황에서도 많은 업적을 이뤄내셨어요. 나는 정말 참을 수 없었다. 또 '업적'이라는 말을 쓰는군요. 당신에게는 업적이 그렇게 중요한 것입니까? 니나는 나를 놀란 얼굴로 말없이 쳐다보았다. 나는 말을 계속했다. 나는 그녀에게서 그것이 나의 업적이든 다른 이의 업적이든 그 업적을 존경하는 마음을 몰아내고 싶었다. 그렇소. 나는 어떤 것을 이뤄냈소. 나는 열대지방에서 2년을 보냈소. 수백 명의 원주민을 치료해 주었고, 연구를 했소. 책에 쓰인 것보다 더 많은 것을 해냈죠. 보수도 없이 일했소. 이 책과 다른 학술 서적들에서 나오는 이익금을 원주민들 것으로 했소. 그러나 생각해 보시오. 왜 내가 그곳에 갔겠소? 왜 내가 이 모든 일을 했겠소? 오만, 영예욕, 호기심 때문이 아니오? 권태 때문이 아니오? 유럽이 제공하는 평화에 싫증을 느꼈기 때문이 아닌가요? 남아프리카에서도 싫증이 나자 나는 아버지가 물려준 재산의 일부를 가지고 세계 여행을 했소. 자, 이런 것이 바로 당신이 내 업적이라고 부르는 것이오. 니나는 내 말을 아무 말 없이 듣고 있었다. 그러고 나서 그녀는 나에게 키스를 했다. 이번에는 조용하고 따뜻한 키스였다. 나는 그녀를 부드럽게 옆으로 밀어냈다. 니나. 나는 말했다. 당신은 지금까지 나를 좋지 않게 생각해 왔소. 지금은 정반대의 다른 우를 범하지 마시오. 나를 과대평가하지 말라는 거요. 니나가 손으로 내 입을 가리려고 하였으나 나는 그 손을 붙잡았다. 나는 끝까지 얘기할 작정이었다. 당신은 내가 누구인지 알아야 하오. 2년 동안 열대에서 지내고 나니 지겨웠소. 계약은 3년이었으나 나는 무조건 떠나고 싶었소. 그래서 일부러 병에 걸렸고 그래서 나는 떠날 수 있었소. 이것은 사실이오. 나는 이것을 여태까지 아무에게도 말하지 않았소. 그래요, 이게 나라는 사람이오. 이런 나를 보아야 해요. 나는 어디 가서도 끝까지 견뎌 내지 못하는 사람이오. 나는 게으르고, 의심이 많으며, 마지막 결정 앞에서는 비겁하오. 이런 예를 나는 당신한테 몇 다스라도 더 보여줄 수 있소. 나는 이미 당신에게 말했소. 나 같은 인간은 태어나지 말아야 했다고.

내가 말을 끝맺기도 전에 니나는 다시 키스를 했다. 아까보다 더 격렬한 것이었다. 그러나 이번에는 애정과 분노가 함께 섞인 키스였다. 아마 니나가 화난 것은 내 책을 읽음으로써 생긴 정치적 동반자라는 느낌, 혹은, 어찌 알랴, 어떤 내밀한 생각을 내가 강제적으로 파괴했기 때문일 것이다. 아마 그녀는 나를 사랑하려고 했을 것이다. 그러나 니나는 그녀가 내 안에서 보기를 원하는 것만 사랑할 수 있었지, 있는 그대로의 나를 사랑할 수는 없었다. 그래서 그녀는 내가 혼란스럽게 하는 것을 원하지 않았다. 그녀는 노여워했다. 그러나 나는 자기 합리화나 안일한 생각들을 폄훼하는 그녀의 고귀한 습관이 나 때문에 훼손되는 것을 원하지 않았다.

니나는 나에게 몸을 더욱 붙여왔다. 달콤하고 따뜻했다. 정신이 아득해지는 느낌이었다. 아무리 정신을 차리려고 해도 소용이 없었다. 그러나 나는 이런 부드러움, 이런 감정이 나 자신이 아닌, 니나가 생각 속에 만들어놓은 또 다른 자아를 향한 것이라는 생각이 들자 결코 받아들일 수 없었다. 더구나 브라운이 여기에 들렀다는 것이 마음에 들지 않았다. 비록 이 얘기가 우연히 잠깐 나왔다 하더라도 마음에 계속 걸렸다. 나는 두 번째로 니나를 밀쳐냈다. 그녀는 내가 하는 대로 내버려 두었다. 그러나 아무렇지도 않은 표정이었다. 그녀는 온화하게 인내하고 있었다. 다음 순간 그녀는 밤기차가 내는 기적 소리에 귀를 기울였다. 아니 열중했다는 편이 나으리라. 기적 소리는 바람에 꺾여 들려 와서 겨우 들을 수 있었다. 다음 15분 동안 그녀는 나를 완전히 잊었다. 그녀는 계단 위로 올라가서는 자루 속에 든 휴대 식량을 가지고 내려왔다. 그러고 나서 알코올 주전자에 물을 따라 불 위에 얹고 커피를 갈았다. 물이 끓는 동안 그녀는 아주 민첩하게 저녁 식사를 만들었다. 그녀는 말없이 아주 빠르게 정신을 집중해서 움직였다. 그녀는 이미 자주 해본 정해진 절차에 따라 움직이는 듯했다. 얼마 후에 니나는 뒷문 쪽으로 갔다. 나는 발소리도, 문이 열리는 소리도 듣지 못했다. 모든 것은 소리 없이 일어났다. 나는 페터슨을 알아보지 못했다.

페터슨은 사냥꾼의 복장을 하고 있었다. 완벽하게 속이기 위해 사냥총까지 지니고 있었다. 비록 이것을 한 번도 쏘아본 적은 없었겠지만. 니나가 그녀의 우려를 말했다. 사람들이 밀렵꾼인 줄 알겠어요. 그러나 페터슨은 웃으면서 사냥증을 보여주었다. 그는 나를 보고도 전혀 놀라는 기색이 없었다. 그를 국경까지 데려다주겠다는 나의 제의를 아무 생각 없이 받아들였다. 니나가 우리에게 뜨겁고 진한 커피를 마시라고 재촉했다. 약간의 먹을 것도 내놓았다. 그리고 빨리 출발하라고 했다. 반시간 후에 나는 페터슨을 국경 근처에 내려 주었다. 헤어지면서 그는 말했다. 당신은요? 당신은 여기 있을 건가요? 멀리서 자갈밭에서 나는 것과 같은 수상쩍은 발소리가 났으므로 우리는 급히 대화를 중단했다. 페터슨은 어둠 속으로 사라졌다. 나는 전율하는 듯한 공포를 느끼며 집으로 돌아왔다. 생애 처음으로 나는 동물적인 공포를 느꼈다. 공포는 페터슨이 더 느꼈겠지만 나도 예외가 아니었다. 이것은 나를 놀라게 했다. 나는 내 생명을 별로 가치가 없는 것으로 여겼기 때문에 이것의 유지도 별로 중요하게 생각하지 않았다고 믿어왔다. 그러나 내가 공포를 느낀 것이다. 이러한 통찰은 나에게 생각할 점을 던져 주었다. 그러나 나의 정신을 더 빼앗은 것은 페터슨이 던진 말이었다. 예기치 못한 마지막 말. 당신은요? 당신은 여기 있을 건가요?

나는 여기 있을 것이다. 나는 도망갈 생각이 전혀 없다. 나는 '비정치적'이다. '아무 해도 끼치지 않는 학자'다. 여기 있을 것이라는 생각이 예전보다 더 분명해지고 있다. 니나가 나를 필요로 할 것이다. 니나를 돕는 것이 이번이 마지막은 아닐 것이다. 그녀와 함께 하나의 임무를 수행한다는 생각, 비밀스럽고 위험한 임무를 수행한다는 생각은 나를 행복하게 했고 내 인생에 일시적이나마 의미를 부여해 주었다. 물론 나는 이런 일에 이제야 참여하게 되었다는 점에서 약간의 부끄러움도 느낀다. 그러나 나는 부끄러움과 주어진 일 둘 다를 태연하게 감수하기로 한다. 앞으로 어떤 일이 나에게 더 요구될 것인지, 어떤 방법으로 나에게 이 임무가 전달될 것인지, 내가 니나를 다시 보게 될지, 그녀의 행동의 변화가 일시적인 기분 이상인지, 나의 '업적'에 대한 일과성의 열광 이상인지, 타산적 행동 이상인지 정말 알고 싶어 못 견디겠다.

1933년 8월 14일 새벽 4시.

국경에 두 번째로 갔다 왔다. 어제 오후, 우편배달부가 봉투 없는 엽서를 배달해 주었다. 발신인 주소는 틀리게 기재되었으며 니나의 필체도 약간 변조되어 있었다. 니나는 썼다. 당신을 우리의 모임에 다시 한번 모셨으면 영광이겠습니다. 나는 즉시 벤하임으로 출발했다.(프랑스로 가려던 계획은 포기했다. 이에 대해 아무런 이유도 밝히지 않자 헬레네는 굉장히 놀란 모양이었다. 그 이후 헬레네는 나에게 불편한 심기를 드러내고 있다. 그녀는 어떻게 해석해야 좋을지 모르는 모양이었다. 그녀에게 사실을 털어

놓아도 될지 모르겠다. 그러나 그 전에 먼저 니나와 해야 할 것이다.)

우편물을 받고 나서 금방 또 초인종이 울렸다. 모르는 청년이었다. 그는 아무 말도 않고 두툼한 봉투를 두고 갔다. 두 개의 여권이 들어 있었다. 나는 이것들을 가지고 가야 한다는 것을 알아차렸다. 일이 신속하게 진행되는 데 놀라지 않을 수 없었다. 나는 하나의 고리 역할만 하면 된다는 것에 말할 수 없는 기쁨을 느낀다. 이렇듯 기분 좋은 상태에서 나는 출발했다. 어둠이 오자마자 나는 신선한 기쁨에 휩싸여 이제는 익숙해진 벤하임으로 가는 길을 달렸다. 니나는 반갑게 맞았다. 그러나 부드러움은 볼 수 없었고 신경이 곤두서 있는 듯 초초한 빛이었다. 정신도 차리기 전에 나는 처음 보는 남자를 옆에 태우고 국경으로 향했다. 이 남자는 전혀 말이 없었다. 이 남자는 두 개의 여권 중 하나만 가졌다. 나머지 여권 한 개는 나를 위해 예비해 둔 것이라고 니나는 말했다. "만일의 경우를 위해서."

돌아오니까 새벽 3시였다. 때를 놓친 잠이나마 좀 자보려고 했으나 잠은 오지 않았다. 그래서 나는 일어나서 글도 조금 쓰고 가능하면 아침까지 책을 읽기로 하였다. 나는 니나의 그 쌀쌀맞게 변한 태도에 대해 생각했다. 어찌 생각을 안 할 수 있겠는가. 그러나 나는 어떤 결론에도 이르지 못했다. 나는 생각을 포기했다. 그러나 그녀가 나에게 접근한 데는 어떤 계산이, 미묘하고 자기도 의식하지 못하는 계산이 작용했을지 모른다는 생각도 나를 절망에 떨어뜨리지는 못했다. 오히려 나를 불안하게 한 것은 인간을 볼 줄 아는 나의 안목이 니나에게는 적용되지 않는다는 점이었다. 어떤 마녀적인 것, 아니 어떤 요정같은 면모가 나를 혼란에 빠뜨린다. 이런 알 수 없는 매력 때문에 나는 니나를 사랑하는 걸까.

날이 밝았다. 나는 열어 놓은 창가로 가서 아침의 맑은 공기를 들이마셨다. 나는 밤을 꼬박 새웠다. 그러나 어느 때보다도 정신이 상쾌함을 느꼈다. 나는 말하고 싶었다. 나는 행복하다, 라고. 이 행복이 한순간, 한 시간, 아니 길게 잡아서 하루 동안 머물 뿐이라 해도 나는 인생에서 완전히 진 것은 아니라고 생각했다. 행복은 나에게 그랬다. 그런데도 수천 번의 경험은 나보고 조심하라고 속삭이고 있다. 어두운 뒷면에는 무엇이 있을 것인가.

1933년 10월 2일.

정확히 7주 동안 우리는 10명의 망명자를 국경에 데려다주었다. 나는 "우리"라고 말했다. 그러나 나는 그 '우리'가 누구인지 모른다. 항상 말이 없는 똑같은 사내가 나에게 할 일을 전달했다. 그러면 나는 벤하임으로 가서 아는 사람들과 모르는 사람들을 만났다. 그러고는 국경 근처 여러 장소에 데려다주었다. 니나와는 단둘이 있은 적이 없었다. 그녀는 개인 생활이 더 이상 없는 것 같았다. 그러면서도 그것을 전혀 아쉬워하는 것 같지 않았다. 그러나 나흘 전에 니나는 이번이 마지막이 될 것이라고 말했다. 그녀는 주의를 받았다고 했다. 그래서 나와 그녀는 잠정적으로 이 일에서 손을 떼게 되었다는 것이다. 니나의 얼굴은 약간 창백했으나 태연한 모습이었다. 이제 한동안은 나에게 오지 마세요. 위험을 벗어나게 되면 내가 당신한테 갈게요. 당신이 지난번에 국경에 데려다준 두 사람은 수용소에서 탈출한 사람들이에요. 그래서 그들과 함께 우리도 추적당하고 있어요. 학기가 시작할 때까지 떠나 있으면서 알리바이를 만드세요. 당신은 나를 모르는 거예요? 아시겠죠? ……그래요. 나는 말했다. 그런데 당신은? ……부인하면 믿어주기만을 바라고 있어요. 믿어주지 않으면? 그녀는 어깨를 으쓱했다. 그러면 할 수 없죠. 그때 가서 봐야죠. 나는 당장 나와 함께 떠나자고 간곡히 말했다. 니나는 나를 놀란 눈으로 쳐다보았다. 그러면 여기 있는 모든 일은요? 그건 어떻게 되죠? 니나는 물었다. 나는 사람들이 당신을 강제로 데리고 가면 곤란한 일이 생기는 것은 마찬가지라고 말했다. 그것은 다르죠. 니나는 말했다. 그러면서 나를 말없이 쳐다보았다. 내가 그녀를 이해하지 못하는 것을 의아하게 생각하는 눈치였다. 나는 그녀를 이해했다. 그런데도 불구하고 나는 그녀가 위험하다는 것을 알고도 나만 안전을 도모하는 일은 할 수 없다는 것을 납득시키려고 했다. 그러면 당신도 머물러 있으세요. 비아냥거리는 말투는 아니었으나 완전히 사무적인 어투였다. 좋아요. 나는 말했다. 시내에 그냥 있을 것이오. 그렇게 하세요. 그러나 날 방문하지는 마세요. 편지도 쓰지 마시고, 나를 모르는 걸로 하는 거예요. 그럼, 건강하시길. ……그리고 끝이었다. 아마도 나는 니나를 다시 못 보게 될 것이다. 반역죄를 지은 사람들에 대해서는 재판 기간을 단축시키고 있었다. 나는 그녀의 얼굴을 기억한다. 창백했다. 매우 창백한 얼굴이었다. 눈에는 죽음이나 삶을 똑같이 감동적으로 받아들이는 청춘의 대범함이 보였다. 어디에도 불안이나 공포의 그림자는 없었다.

나는 그러니까 도시에 그냥 있다. 때로 나는 밤에, 새벽에 공포를 느낀다. 여명 속의 발소리, 동네에서 끼익 소리를 내며 급정거하는 자동차, 순찰차의 호루라기 소리…… 이 소리들이 들릴 때마다 내 몸에서는 진땀이 난다. 나는 죽음이 두렵지 않다. 그러나 경찰과 만나는 일, 정신의 적들과 대면하는 일이 두렵다. 그러면 니나는? 니나는 완전히 혼자다. 홀로 위험과 대면하고 있는 소녀. 그녀에게는 자신의 두려움에 대해 이야기를 나눌 상대가 아무도 없었다. 날이 밝기 전 그 견디기 어려운 시간, 밀려오는 공포에 공동으로 대항할 수 있는 사람이 없었다. 니나는 모든 피난처가 끊긴 채 고립 속에 내맡겨져 있는 것이다. 그녀와 멀리 있는 것이 견디기 힘들다. 그러나 내가 그녀에게 간다면 그녀를 더욱 위험하게 만들 뿐. 벤하임 교외에 차를 세운 다음 마치 지나가는 행인처럼 시내로 들어가 니나의 가게에서 담배를 사보려고 생각한 것이 하루에도 몇 백 번이었다. 그러나 내가 차를 모는 것, 나의 거동 모두가 감시당할지도 모르는 일. 나는 계획을 포기했다가 한 시간 뒤에 다시 그 계획을 생각하곤 했다. 헬레네는 내가 차를 몰고 나가는 것보다 차를 몰고 가는 일을 중단한 데 대해 더 당황스러워 하고 있었다. 오늘 헬레네는 내가 나흘째 식사를 안하고 있다고 말했다. 나는 몰랐다. 나는 헬레네에게 모든 것을 다 말해 버리고 싶은 강력한 유혹을 느꼈다. 그렇게 하면 내마음이 가벼워질 것 같았다. 그러나 니나는 나에게 그것을 금지시켰다. 이런 금지가 없었다 하더라도 아무 말도 안 하는 편이 나을 것이다. 왜냐하면 나나 역시 혼자서 위험과 대면하고 있기 때문이다. 낮이나 밤의 어느 순간 나는 공포가 인간에게 적합한 상황이라고 느낀다. 이것은 특별히 새롭지는 않으나, 나에게 직접 닥치고 보니, 나의 삶과 인간 존재에 대해 새로운 시야를 부여하는 매우 중요한 인식이었다.

인간이 공포를 사랑하는 것이 얼마든지 가능한 일로 여겨진다. 나는 소년 시절 갑자기 병이 난 친구를 느닷없이 방문한 적이 있었다. 방은 담배 연기로 가득 차 있었다. 그러나 나는 이상한 냄새를 맡을 수 있었다. 사람을 불안하게 하는 냄새였다. 마침내 나는 그것이 가스등의 냄새라는 것을 알아냈다. 거의 느낄 수 없는 작은 분량의 가스가 새어나오고 있었다. 친구는 서두르듯 말했다. 아, 괜찮아, 전혀 위험하지 않아. 하찮은 양이니까. 내가 가스관의 새는 부분을 찾아내서 고쳐야 한다고 고집하자 그는 이상하게 초초한 태도로 나에게 그러지 말아주길 부탁했다. 그리고 자기는 이 가벼운 유독성 냄새와 계속적인 위험을 사랑한다고 고백했다. 마치 마약처럼, 혹은 심연에서 오는 향기처럼 그 냄새를 사랑한다는 것이었다. 그리고 새는 곳을 결코 발견할 수 없을 것이며, 그것은 아주 작을 것이라고 말했다. 어쩌면 정말 새는 곳은 한 군데도 없을지도 모른다고 수수께끼같이 말했다. 그는 한 번도 가스중독에 걸린 일이 없었다. 그의 신체 기관은 적응하고 있었다.

1933년 10월 3일.

이렇게 니나와 절연한 채 사는 것이 견딜 수 없다. 나는 그녀가 찾아올 때를 대비해서 집 밖으로 한 걸음도 나가지 않는다. 어리석은 짓이다. 니나는 오지 않을 것이다. 지금은 아니다. 그런데도 불구하고 나는 끊임없이 그녀가 오기를, 혹은 그녀에 대한 소식이 오기를 기다리고 있다. 그녀를 염려하는 나의 불안은 점점 커져간다.

1933년 10월 5일.

나는 니나한테 갔다. 그러나 그녀는 그것을 모른다. 나는 기차를 타고 벤하임에서 두 정거장 전에 내렸다. 그리고 들판 길을 계속 걸어갔다. 비가 왔고 지나가는 사람은 없었다. 나는 언제나처럼 가게 안에 니나가 서 있는 것을 보았다. 사탕병, 커피 상자, 피라미드 모양으로 쌓아 올린 구두약 뒤에 니나의 얼굴이 있었다. 나는 비에 젖은 유리창 앞에 오래 서 있을 수는 없었다. 니나와 이야기도 않고 그냥 떠나기가 몹시 힘들었다. 그러나 나는 지체하지 않고 떠났다. 그리고 길을 잃고 헤매다가, 마침내 국도를 찾아냈고, 지나가는 트럭을 타고 집으로 돌아왔다. 나의 상태는 모든 점에서 헬레네의 의아심을 불러일으키기에 충분했다. 젖은 데다 신발에는 밭의 흙이 묻어 있었으며, 흙탕물을 뒤집어썼고, 지쳐 있었으며, 그리고 명랑했다. 헬레네의 시선이 말하고 있는 것처럼 매우 점잖치 못한 모습이었다. 그러나 니나가 살아 있다. 니나는 아직 거기에 있고 사탕과 담배를 판다. 나는 위험이 지나가기를 간절히 소원한다.

1933년 10월 12일.

불안이 다시 찾아온다. 아마도 이 불안은 당면한 위험, 정치적 위험과 관계없는지도 모른다. 어쩌면 그 불안은 시대 속에 있는지 모른다. 가스 냄새가 소년 시절의 내 친구 방의 일부였듯이 불안은 이 시대의 일부인지 모른다. 새 학기를 준비하려고 한다. 나는 아무 의욕 없이 멍하니 일하고 있다. 그리고 하루에도 몇 백 번씩 심한 우울감이 엄습해서 일을 방해한다.

1933년 10월 16일.

니나가 내일 올 것이다. 노인은 죽었고 집은 팔렸다. 벤하임은 마치 악몽처럼 그녀에게 남아 있게 될 것이다. 아니면, 낯선 땅에서의 1년 동안의 봉사, 좋지 않은 시절, 니나가 전화에서 말했던 것처럼 하나의 통과의례 같은 것으로 기억될 것이다. 니나는 이리로 와서 다시 대학에 등록할 것이다. 그리고 여기 시내에서 살게 될 것이다. 나는 그녀를 대학에서 보게 될 것이며, 그녀를 만나게 될 것이다. 위험은 다시 한 번 지나간 것처럼 보인다.

니나가 전화를 했다. 나는 그녀의 음성을 들었다. 그 평온하고 그윽한 음성을. 나는 역까지 마중을 나가고 그녀는 여기서 차를 마시게 될 것이다. 내가 이 얘기를 헬레네에게 하자 그녀는 무표정하게 말했다. 모든 걸 준비해 놓죠. 어떤 과자를 굽죠? 그녀가 무엇을 제일 좋아하나요? 니나를 맞이하는 일, 그리고 이런 질문을 하는 것 자체가 그녀에게는 엄청난 극기를

요하는 일이었다. 그러나 나는 그녀에게 어떻게 해줄 수가 없다. 그리고 헬레네에게 니나가 과거에 어떤 일을 했든 모든 것을 잘 해냈다는 말을 해주고 싶었으나 이 역시 입안을 맴돌 뿐이었다. 니나가 어떤 여자인지는 본인이 아는 게 좋다. 설사 그녀가 그것을 알아보지 못한다 해도 상관없는 일.

1933년 10월 18일.

니나가 차를 마시러 왔다. 저녁까지 머물러 있었다. 그녀의 안색은 좋지 않았다. 창백했고 약간 여위었고 지친 기색이었다. 헬레네는 완벽하게 자기를 억제한 채 니나를 맞이했다. 그녀는 우리와 커피를 같이 마셨으며 소도시에서의 삶에 대해 야무진 대화를 이끌었다. 그리고 그럴듯한 핑계를 대고 우리 둘만 남겨놓고 나갔다. 니나는 처음에는 거의 말을 하지 않았다. 그녀는 지쳐 있었으며 여느 때와 달리 부드러웠다. 조금 후 니나는 벤하임에서의 마지막 몇 주에 대해 이야기해 주었다. 니나는 다른 뜻 없이 오직 나의 재촉하는 듯한 질문에 대답하려는 의도로 아주 담담하게 얘기했는데, 그 내용은 나에게 큰 감동을 주었다. 노파는 10월 6일에 죽었다고 했다. 나는 니나에게 그녀가 한 번은 누군가가 죽는 것을 보고 싶다고 한 말을 상기시켜 주었다. 그래요. 니나는 말했다. 나는 누군가가 죽는 것을 보았어요. 그것은 아름답지도 추하지도 않았어요. 다만 하나의 종결점일 뿐이었어요. 고모할머니에게는 분명 끝을 의미했어요. 그러나 내가 죽는다면 그것은 끝이 아닐 거예요. 왜냐하면 나는 아직 일을 끝내지 않았고, 또 너무 불안정하니까요. 그건 기껏해야 말줄임표 같은 걸 거예요. 하지만 고모할머니는 정말 끝났어요. 그녀는 죽는 데 2년이나 걸린 거예요. 처음에 그녀는 오래된 나무처럼 말라서 죽을 것처럼 보이더니, 나중에는 갑자기 몸이 붓기 시작했어요. 수종증은 그녀를 마치 술통처럼 뚱뚱하게 만들었어요. 아무리 물을 빼내고 주사를 놓아도 그때뿐이지 소용없었어요. 당신도 그때 8월에 보았지요. 그러나 그 후 점점 훨씬 심해졌어요. 몸의 한쪽은 쓰지 못했고 의식도 대개는 오락가락했어요. 내가 아무리 주의해도 그녀는 자꾸만 똥오줌 위에 누워 있거나 앉아 있었어요. 내가 밤에 그 이웃집 여자에게 도움을 청하지 못하면 할머니는 계속 그냥 있어야만 했어요. 그 냄새, 그 광경은 참을 수가 없을 지경이었지요. 그러나 어느 날 그녀를 병원에 보내려고 하자 그녀는 그걸 알고 소리를 질러댔어요. 어린애처럼 그냥 소리를 질렀어요. 무슨 수가 있겠어요. 나는 그녀를 집에 있게 했어요. 그리고, 한번은 간병인을 두려고 시도한 적이 있었어요. 그러나 할머니는 식사를 거부했어요. 그리고 어느 날 혼수상태에서 큰 소리로 분명하게 소리를 치는 거예요. "네가 나를 돌보지 않으면 나는 유언장을 고칠 수밖에 없다." 그녀의 이런 말이 마지막 몇 주를 힘들게 했죠. 나는 할머니한테 돈 때문에 갔어요. 그것은 사실이죠. 그러나 내가 그렇게 오랫동안 마지막까지 있었던 것은 더 이상 돈 때문만은 아니었어요.

나는 얘기를 재촉하듯 궁금한 시선으로 니나를 쳐다보았다. 니나는 망설이면서 말했다. 이해하실지 모르겠어요. 커다란 저항감을 갖고 시작한 일에 마침내 적응해 버리는 것 말이에요. 아니죠. 적응한 것은 아니죠. 받아들인 거죠. 제 말뜻을 이해하시죠? 인간이 순응만 하면 참을 수 없는 상황이라는 것은 존재하지 않는다고 봐요. 예를 들어 이 가게도 처음에는 싸구려 냄새 때문에 끔찍하게 싫었어요. 고형 비누는 내 평생 다시는 쓸 수 없을 거예요. 그 냄새는 정말 너무나 역겨웠어요. 그러나 나는 이 가게도 어두컴컴함, 서늘함 그리고 나름대로 갖춘 질서들로 해서 매력이 있다고 생각하게 되었어요. 고모할머니조차도 나를 끌어당기는 매력을 갖고 계세요. 서서히 찾아오는 죽음, 누런 살이 부어오르는 모습, 그 끔찍한 붕괴의 과정, 그녀의 고집, 거의 죽은 거나 다름없는 육체의 자기주장. 그래요. 이 육체는 다른 사람에게는 중요하지 않을지 모르지만 자기에게는 중요한 거죠. 그리고 이 작은 도시. 처음에는 싫었지만 나중에는 재미있다고 생각하게 되었어요. 그 수많은 변덕스럽고 음험한 사람들, 별것 아닌 것들을 중요하게 여기는 습관, 아무 생각도 없이 인생을 살아가는 모습들을 가진 이 도시가 종국에는 지금 존재하는 현실이 아니라 우스우면서도 불길한, 꿈속에서 보는 도시 같았어요. 나는 이에 대해서 소설 한 편을 써보았어요. 그러나 좋지 않아요. 여전히 아무것도 할 수 없어요.

나는 그 소설을 보여 달라고 청했다. 그러나 니나는 찢어버렸다고 말했다. 나중에 다시 한번 쓸 거예요. 그리고 죽음이 갑자기 찾아왔어요. 니나는 계속했다. 나는 부엌에 앉아 있었어요. 저녁때쯤이었어요. 책을 읽고 있었죠. 할머니는 안락의자에 앉아 있었고. 나는 그녀를 보며 인생은 얼마나 끔찍한가하고 생각했어요. 나는 아주 오래된 사진들을 찾아냈어요. 거기에서 고모는 예쁘고 젊은 처녀였어요. 아름다운 신부였어요. 그런데 지금 저기에 늙고 추악한 여자가 있는 거예요. 구역질이 날 정도로 악취를 풍기면서. 그녀는 더 이상 사는 게 아니었어요. 아주 고독했으며, 나 말고는 아무도 없어요. 나도 그녀의 돈을 물려받아야 하고, 또 여기서 참아보겠다는 생각으로 있는 거죠. 그게 마지막이었어요. 나는 할머니를 오랫동안 바라보았어요. 그리고 생전 처음으로 인간이 정신적으로 자신을 구원하지 못하면 삶은 끔찍할 수밖에 없다는 것을 깨달았어요. 그도 그럴 것이 여기 있는 이 늙은 여자만 그러는 게 아니니까요. 할머니의 파멸은 할머니의 파멸만은 아니죠.

니나는 이런 말을 하면서 나를 재빨리 그리고 불안정하게 쳐다보았다. 자기를 이해해 달라고 간청하는 것 같았다. 그녀는 계속했다. 앉아서 이 노인을 보고 있자니 갑자기 내가 그 자리에 앉아 있는 듯한 착각을 느꼈어요. 늙고, 몸은 부어 있었으며, 반송장과 같았어요. 이것은 유쾌한 상상은 아니었어요. 나는 불안을 느끼고 빨리 밖으로 나갔어요. 집 뒤에는 정원이었어요. 거기에 나는 달리아와 과꽃을 심은 적이 있었죠. 그들은 꽃을 피우고 있었어요. 그때 나는 생각했어요. 봐라. 너는 중요한 인식의 순간에, 적나라한 진실 앞에서, 도망치고 있다. 다시 들어가라. 노인을 보고 너 자신을 보라. 비록 두렵기는 하겠지만 전혀 해는 안 되는 법. 이것도 삶의 일부일 뿐. 모든 것을 경험해야 한다. 추악한 것을 보려고 하지 않는 것은 중요한 것을 보지 않으려고 하는 것과 같다. 나는 다시 안으로 들어갔어요. 그리고 바로 그 순간, 할머니가 막 운명하시고 있는 것을 보았어요. 보았다고 하기보다는 느꼈다고 하는 편이 나을 거예요. 할머니가 갑자기 앉은 채로 몸을 꼿꼿이 세우셨어요. 손은 팔걸이에 놓으신 채로. 마치 일어나시려고 하는 것 같았어요. 머리는 쳐들고 눈은 커다랗게 뜨고 계셨어요. 그녀는 무엇인가를 보았어요. 틀림없이 무언가를 보았어요. 그녀가 본 것이 무엇인지 안다면 얼마나 좋을까요. 할머니의 눈은 진지했으며, 집중하고 있었어요. 그리고 미소를 지었어요. 어쩌면 얼굴을 일그러뜨린 건지도 모르지요. 그래요. 찌푸림이었어요. 미소는 아니었어요. 그러나 그녀를 기쁘게 하는 무언가를 본 것 같은 표정이었어요. 그러고 나서 그녀는 천식이 발작할 때 그러는 것처럼 헐떡이기 시작했어요. 그리고 갑자기 끝이 왔어요. 마치 종을 치다가 갑자기 중단한 시계처럼 기침이 딱 멈추고 그녀는 축 늘어졌어요. 죽음이 찾아온 거예요.

삼일장이 아니라 이틀 안에 장례를 치러야 했어요. 그녀의 몸이 일찍 부패하기 시작했기 때문이었어요. 어쨌든 죽기 몇 분 전이 중요한 거죠. 그녀는 무언가를 보았어요. 그리고 그녀가 본 것이 그녀의 인생이 끝날 때 의미를 준 거예요. 사람이 죽는 순간에도 기만한다든가, 혹은 기만당한다고 볼 수는 없어요. 무엇인가 그녀를 만족하게 하는 것을 그녀는 보았어요. 그런데 왜 우리는 이것을 이렇게 늦게서야 체험하게 되는지, 그걸 모르겠어요.

화제를 돌려 그녀가 덧붙였다. 당신이 마지막으로 국경에 데려다준 두 명 중 한 사람은 총에 맞아 죽었어요. 살아남은 한 사람이 우리에게 소식을 전해 주었어요.

그리고 니나는 갑자기 일어나더니 두 팔로 나를 안았다. 그리고 말했다. 당신이 해주신 모든 일에 대해서 감사하고 있어요. 니나는 머리를 내 어깨에 대고 울기 시작했다. 처음에는 니나가 총에 맞은 사람 때문에 운다고 생각했다. 그러나 나는 곧 그녀가 우는 것이 너무 지쳤기 때문이라는 것을 알았다. 2년 동안 그녀는 망명과 같은 생활을 보냈다. 그녀는 엄청난 의지력으로 견디어냈다. 그러나 이것은 그녀가 비록 의식하지는 않았더라도 그녀 힘에 부치는 일이었다. 그녀는 계속 나의 어깨에 기대서 울었다. 잠시 망설이다가 나는(수백 가지의 생각이 나를 마비시키려고 하였다.) 니나를 내 무릎 위에 앉혔다. 그녀는 가만히 있었다. 거기 앉아서도 니나는 오랫동안 오랫동안 하염없이 울었다. 그러나 갑자기 그녀는 눈물을 뚝 그치더니 어린아이처럼 얼굴을 소매로 닦고 손으로 꾹꾹 누르고는 부끄러운 미소를 지었다. 바보 같은 모습을 보였군요. 니나는 말했다. 여기 앉아서 당신 앞에서 크게 울었어요. ……니나, 당신이 내 옆에 있어 나는 행복해요, 나는 말했다. ……아, 아무 이유 없이 그냥 히스테리로 우는 여자는 특히 추해 보여요. 니나의 말이었다. 곧바로 니나는 덧붙였다. 당신은 우리를 위해 많은 일을 하셨어요. 전에는 당신이 이런 일을 하게 되리라고 생각하지 못했어요. 니나는 나의 눈을 똑바로 바라보고 있었다. 맑은 눈이었다. 나를 위해 많은 일을 해주시리라 믿어요. ……그래요. 나는 말했다. 당신을 위해 많은 일을 할 거요. 니나, 모든 일을 할 거요. 이 순간 그녀에 대한 사랑의 감정이 세차게 엄습해 왔다. 어지러웠다. 생각해 보지도 않고 나는 물었다. 나와 함께, 나의 부인으로 사는 것이 당신에게는 여전히 불가능한 일인가요? 니나는 짤막하게 대답했다. 바로 이 짧은 대답 때문에 나는 이렇게 상세하게 기록하고 있는 것이다. 다시 한 번 저 달콤하고 흥분되고 고통스러운 긴장의 순간을 음미하기 위해서. 대답하기 전 마치 몇 시간 동안 계속된 듯한 그 긴장의 순간을 말이다. 니나는 말했다. 이제는 불가능할 것 같지 않은데요.

내 생애 처음으로 나는 숙고하지 않고 행동을 했다. 무작정이었다. 나는 이런 순간이면 어느 남자라도 했을 일을 했다. 나는 니나에게 키스를 했다. 내가 원하는 만큼 오랫동안이었다. 나는 니나에게서, 그리고 나에게서 어떤 저항도 느끼지 못했다. 그러고 나서 헬레네가 왔으며 저녁 식사를 차렸다. 그녀는 우리가 아주 기분이 좋다는 것을 알았다. 그리고 순간적으로 강력한 의심을 품는 것 같았으나 재빨리 그것을 숨기는 기색이 보였다. 그러나 저녁 식사 후 그녀는 자기의 한계를 알고 곧 물러갔다. 이날 저녁 나는 니나에게 학기가 시작되기 전, 아네트 아주머니 집에서 함께 일주일을 보내자고 말했다. 니나는 두말없이 승낙했다. 그녀의 즉각적인 승락은 나를 감동시켰다. 그녀로서는 아주 드문 경우였다. 나는 니나를 집에 바래다주었다. 그녀는 우선은 어머니 집에서 살 것이다. 그러나 세를 놓아 돈을 벌 필요가 없었으므로 집을 내놓을 것이다. 어머니는 양로원에 들어가려고 한다. 니나는 학교 근처에 방하나를 얻고 그러면 그녀는 결국 자유가 되는 것이다. 더 이상 기다리는 것이 말도 안 되는 것처럼 보일지 몰라도 나는 니나에게 재촉하지 않을 것이다. 그녀는 완전한 자유를 가져야 한다. 그리고 대학에 다녀야 한다. 그녀는 원하면 나에게 올 수 있다. 원하면 나와 여행도 할 수 있다. 내가 그녀에게 줄 수 있는 것을 그녀는 가질 수 있고, 그녀가 때가 되었다고 생각하면 나와 결혼할 수 있다. 헬레네에게는 아직은 아무것도 얘기하지 않을 것이다. 모레 니나와 나는 아네트 아주머니에게 가려고 한다.

자정이다. 부드럽고 커다란 피곤함이 엄습하는 것을 느낀다. 여태까지 경험하지 못했던, 긴장에서 풀리는 데서 오는 것이었다. 사지가 달콤하게 이완되고, 감각도 따라서 이완되고 있었다. 그러니까 인간이 '행복하다'는 것은 가능하다는 말인가? 내가 바로 그렇다. 니나와 나는 항상 행복할 것이다. 나는 태어나지 말았어야 했다, 라는 말을 나는 더 이상 하지 않을 것이다. 나는 니나로부터 생명을 얻었다.

1933년 10월 28일.

우리의 짧은 여정의 마지막 날이다. 나는 너무도 아름다운 날들을, 너무도 깨끗한 날들을, 너무도 완전한 날들을 경험했으며 숨도 마음대로 쉴 수 없었다. 이런 날이 또 되풀이되거나, 아니, 앞으로 계속된다면 모든 경험, 모든 자연법칙에 위배되리라는 생각이 나를 전율하게 했다. 나는 감히 미래를 생각하지 않으련다. 그러나 어떤 일이 일어나더라도 이날들이 있었던 것은 분명하다. 그 어떤 것도 이날들을 내 기억에서 지울 수는 없으리라.

나는 새로운 니나를 알게 되었다. 성숙해진 니나였다. 그녀의 거동은 더 조용해졌고 더 부드러워졌다. 그녀는 침묵할 줄 알았으며 남의 말을 경청할 줄 알았다. 내가 이야기할 때, 혹은 내가 아네트 아주머니와 이야기할 때, 그녀는 경험 많은 나이든 여자에게서나 볼 수 있는 표정을 지으며 귀를 기울이곤 했다. 그 표정은 말하고 있었다. 나는 듣고 있어요, 그래요, 듣고 있어요, 틀림없이 참여하고 있어요, 그렇지만 이 모든 것은 중요하지 않아요. 나는 그동안 당신들이 들어가지 못하는, 훨씬 중요한 것이 운행되는 세계를 돌아다니고 있어요, 라고 말하고 있었다.

니나는 건강을 많이 회복했다. 날씨도 우리의 동맹군이었다. 높은 산 위에는 이미 눈이 쌓여 있었지만 골짜기는 아직 따뜻했다. 낮에 우리는 정원에서 식사할 수 있었다. 우리는 가끔 산허리를 산책하면서 농익은 마지막 산딸기를 따곤 했다. 얼마나 오랜만에 이런 일을 해보는가. 유년 시절의 아득한 기억들이 떠올랐다. 전나무 밑에 있던 축축한 이끼 냄새, 진한 버섯 냄새, 좁은 길 위에서 나는 진흙 냄새, 맑은 대기 높이 울려퍼지는 새들의 울음소리, 수평으로 걸려 있는 거미줄, 그 위에 일렬로 서 있는 이슬 방울, 늪 위로 피어오르는 푸른 안개와 거기서 나는 축축한 냄새, 한낮에 조용히 떨어지는 낙엽들, 그 바스락거리는 소리, 우리를 꼼짝도 않고 바라보던 다람쥐의 빛나는 눈, 오솔길을 급하게 뒤뚱뒤뚱 뛰어가는 고슴도치……. 나의 감각은 완전히 분해되었다. 덮였던 봉인은 떨어

져나갔다. 나는 살고 있다. 백배나 진정으로 살고 있다. 나는
고향에 돌아왔다. 대지는 나를 다시 받아들였다. 니나는 얼음
같이 차가운 냇물 속에 손을 담그고 물을 떠 마시기를 좋아
했다. 나는 니나를 따라 했다. 이 물은 무슨 맛이던가? 아, 생
의 냄새다. 오랫동안 맛보지 못했던 생의 냄새다. 나는 니나가
좁을 길을 나보다 앞장서서 가는 것을 즐겁게 바라보았다. 나
는 니나의 가벼운 걸음걸이를 사랑했으며, 나에게 버섯을 보
여주려고, 그리고 잽싸게 도망가는 들쥐를 손으로 가리키려고
재빨리 고개를 돌리는 모습을 사랑했으며, 니나의 검은 머리
에 얹힌 바늘 같은 전나무 잎들과 니나의 치마에 감긴 거미줄
을 사랑했다.

　아네트는 오래전부터 간장병을 앓고 있었다. 대부분 누워
있었으며 대개는 저녁때만 볼 수 있었다. 니나는 기쁨에 충
만해 있었다. 가끔 그녀는 내 팔에 그녀의 팔을 감고 말했다.
더 이상 빚도 없고, 더구나 적은 자본이나마 은행에 넣고 있
다는 것을 생각하면 얼마나 기쁜지 아마 당신은 모르실 거예
요. 3000마르크나 있어요. 이것으로 나는 몇 년을 살 수 있어
요. 정말 신나요. 또 한번은 말했다. 3년 안으로 마칠 수 있어
요. 3년. 너무 길까요? 니나가 묻는 듯한 표정으로 물어보았다.
그래요, 말했으니까 대답하지요. 니나, 3년은 무섭게 깁니다. 생
각해 낼 수 없을 만치 길어요. 니나는 아무 대답도 하지 않았
다. 나도 더 말하지 않았다. 오늘 밤에야 나는 내 아내가 되어
주겠느냐고 묻지 않은 것을 상기했다. 내가 믿고 있는 이유는
대체 무엇일까? 니나의 막연한 말과 나의 절박한 소망이 있을

214

뿐인데. 그 밖에는 아무것도 없는데. 그러나 유령들도 이때만큼은 나에게 힘을 미치지 못했다. 오직 니나의 힘만 널리 미쳤다. 그 힘은 나의 밤 시간까지 밀고 들어왔다. 니나와 벽 하나를 사이에 둔 나는 그녀를 생각하며 밤을 새웠다. 날이 밝아올 때의 황홀한 시간이라니! 나의 침대는 창가 맞은편에 놓여 있었다. 나는 정원 너머 멀리 눈 덮인 산을 보았다. 차가워 보였다. 정원의 관목들이 여명을 받고 일어서는 모습을 보았으며, 가을 색깔이 깨어나는 모습을 보았다. 우유가 배달될 때 정원 문이 여닫히는 소리를 들었다. 이 집에서 일하는 사람들이 조심스럽고도 열심히 하루를 시작하면서 내는 수백 가지 작은 소리들을 들었다. 레인지 스위치가 돌아가는 소리, 물주전자를 올려놓는 소리, 층계를 가볍게 스쳐 가는 소리, 살롱 창문을 여는 소리, 그리고 옆의 욕실에서 물 받는 소리. 니나가 깬 것이다.

니나는 곧 목욕을 할 것이다. 나도 일어날 시간이다. 씻고 면도하고 옷 입는 것이 즐겁다. 하루가 시작될 때마다 고통을 겪었던 일을 이제는 이해할 길이 없다. 항상 다람쥐 쳇바퀴 돌듯 슬픔과 권태에 젖은 나날들이었다. 이제는 얼마나 먼 옛날 일이 되고 말았는가! 나는 언젠가 내 생에 무슨 의미가 있을까, 하고 물어본 적이 있다. 지금은 묻지 않는다. 내게 만약 기도하는 것이 허락된다면 지금 그것을 하고 싶다. 나는 신에게, 모든 신들과 성자들에게 간청한다. 지상에 완전한 것은 아무것도 없으며, 무상한 눈물이 인간의 양식이라는 그들의 잔인한 법칙을 버려 달라고 간청한다. 행복이 나를 떨게 하고 있다.

아직 몇 시간이 더 남았다. 그리고 시내로 돌아가야 하리라. 이슬과 안개로 물방울들이 돋은 정원을 한 번 더 돌고, 몇 분은 아네트의 침대 옆에 있다가, 테라스에서 니나와 점심 식사를 한 다음, 회양목 울타리와 국화 사이에 있는 마지막 장미들 앞에서 몇 번 깊은 숨을 쉬고 돌아가는 것이다. 올해의 장미에는 아직 서리가 내리지 않고 있었다.

1933년 11월 30일.

학기 초에는 정말 바쁘다. 나는 즐겁게 일을 한다. 손에 잡은 일들이 모두 잘돼서 떠난다. 순조롭다. 열대지방에서의 작업에 대한 내 책은 얼마 전 이탈리아어, 영어, 스웨덴어로 번역되었다. 나는 스톡홀름 의학협회로부터 매우 영예로운 초대를 받았다. 니나와 함께 갈 것이다. 그녀는 나의 성공에 대해 기뻐하고 있다. 나는 그녀를 거의 매일 만난다. 니나는 일주일 전부터 영국식 정원이 보이는 만틀슈트라세의 한 작은 방에서 거주하고 있다. 우리는 대개 늦은 오후, 강의 시간을 피해 카페 레오폴트에서 만나 1시간 정도 얘기한다. 그녀는 열정으로 꽉 차 있다. 일에 대한 그녀의 옛 열정은 그대로 살아 있었다. 그러나 오늘 나는 그녀의 얼굴에서 불안한 낌새를 눈치 챘다. 니나는 오늘 몇몇 동료들과 정치적 의견 충돌이 있었다고 말해 주었다. B교수가 한 심리학 강의 시간에 안락사 문제를 끄집어냈는데 곧이어 학생들 간에 열띤 토론이 벌어졌다는 것이다. 니나는 지쳐 보였고 더 이야기하고 싶어 하지 않는 눈치였으나 결국 전말을 털어놓았다. B교수는 조심스러운 표현을 쓰긴 했지만 인간 생명을 합법적으로 죽일 수도 있다고 말했다. 형법은 사형을 허용하고 있고 국제법은 전쟁을 허용하고 있으므로 불치의 병에 걸린 사람들을 죽일 수 있는 법률도 만들어져야 할 것이다. 그러나 아직까지는 이런 법률이 없다. 이 말은 강의 시간에는 조용히 받아들여졌으나 나중에 격렬한 토론을 유발했다. 학생 중 하나가 그런 법률은 이미 독일 민족이 나약한 휴머니즘의 견해에 반대해 강자의 지배를 옹호할 때부터 있었다고 주장했다. 이때 니나가 화를 벌컥 내며 소리쳤다는 것이다. 나도 이 민족의 일원이지만 나는 반대예요. 그리고 많은 사람들이 나와 같이 반대하고 있어요. 어떻게 일부만 받아들이는 법률이 만들어질 수 있죠? 그러나 학생들은 거기에 동의하는 것은 국민들 대부분이라고 주장했다. 니나는 그들은 나쁜 일부분이라고 응수했다. 다행히 아무도 니나의 이 말에 주목하지 않았다. 왜냐하면 이때 다른 여학생 하나가 한 무리의 짐승을 역병에서 구하려면 병든 짐승들은 죽여도 된다고 주장했기 때문이다. 이후 토론은 격렬하게 이어졌다. 인간이 짐승처럼 대상으로 간주될 수 있는지, 불치의 정신병 환자가 아직 인간인지 아닌지, 그들을 격리시킴으로써 사회를 보호할 수 있는데도 사회가 죽음을 요구할 수 있는지 등등.

니나의 편이 되어서 싸운 두세 명의 학생들은 완치될 수 없는 정신병자가 아직 인간인지 이미 인간이 아닌지를 확인하는 것은 불가능하다고 주장했다. 나아가 불치라는 개념이 매우 모호하며, 오진의 가능성도 있고, 치료 방법이 개발될 수도 있으며, 여태까지 불치로 간주되었던 질병도 고치게 될 수 있다고 말했다. 그들은 또 니나가 정신병과 비정상을 구별할 수 없으며, 불치의 병자이면서도 사회에 가치 있는 일을 하는 경우도 있으나, 반면에 건강하지만 반사회적인 사람도 있다는 것을 상기시켰다고 말했다. 이에 누군가가 나서서 그렇다면 건강하지만 반사회적인 인간도 제거시켜야 한다, 국민은 이들과 정신병자를 희생시켜야 한다고 말했다. 이때 니나는 소리쳤다. 그럼 당신들은 휠덜린[1]도 죽였겠군요, 그렇지요? 그리고 니나는 완전히 자제력을 상실하여 복도까지 울릴 정도로 크게 소리질렀다. 생과 사를 결정하는 재판관은 누가 됩니까? 어떤 경우에도 살인은 살인이라는 것을 이해할 능력이 없는 당신 같은 양심 없는 사람들이 재판관이 되겠죠. 그리고 그들은 법이라는 미명하에 한번 죽이기 시작하면 그다음부터는 옳든 그르든 상관 않고 계속 죽이게 될 것입니다. 결국에는 살인자들만 남겠지요. 나는 이에 반대하는 것을 멈추지 않을 겁니다. 결코 멈추지 않을 겁니다. 그리고 살인을 허가하고 그 살인에 불가피함과 선이라는 딱지까지 부여하는 국가도 결코 인정하지 않을 겁니다.

그때 여러 학생들이 소리를 질러서 말을 못 하게 했다. 그 가운데 하나는, 저 여자 같은 인간이 대학에 있으면 안 된다, 만약 생각을 바꾸지 않으면 어떻게 해야 할지 알고 있다고 말했다.

니나의 보고는 나를 극도로 흥분시켰다. 그러나 나는 니나

---

1) 정신병을 앓았던 19세기 독일의 시인.

가 더 불안해하지 않도록 자신을 억눌렀다. 나는 니나에게 조심하라고 하고 그런 식의 충돌은 피하라고 충고했다. 또한 나는 이 어려운 문제에 대해 어느 날 조용히 토론해 보자고 약속했으며, 이 문제에 대해서는 꼭 침묵을 지킬 것을 당부했다. 니나는 놀라서 나를 쳐다보았다. 그렇지만 나쁜 일이 발생하고 있는데 어떻게 침묵하고 있을 수 있나요? 그러고는 니나 특유의 단호함을 가지고 말했다. 나에게 이 말도 안 되는 정신 의학과 일반 의학의 나쁜 모습을 배우라고 요구한다면, 그리고 그에 따라 행동하라고 요구한다면, 나는 공부를 그만두겠어요. 차라리 벤하임 가게의 계산대에 남아 있을걸 그랬어요.

대학에서의 이 돌발적인 사건은 나를 놀라게 했으나 니나의 용기는 마음에 들었다. 그러나 나는 이런 용기가 광기와 같은 종류의 용기가 아닐까 걱정된다. 그런 식으로 경기장에서 행동한다면 어떻게 보호한다는 말인가. 그녀에 대한 걱정은 나의 행복감을 흐리게 했으나 단맛은 강화시켰다. 니나는 앞으로 벌어질 일들에 대해 결코 침묵을 지키지 않을 것이다. 내가 그녀에게 현명하라고 타일러도 소용없을 것이다. 아, 그녀가 대학을 그만두었으면! 내 아내가 된다면 위험에 빠지게 될 일이 훨씬 줄어들지 않겠는가. 그러나 그녀는 모험을 하기 위해 태어난 여자다. 나는 그 용기 때문에 그녀를 사랑하고.

밤이다. 내가 행복이라고 부르는 것에 슬며시 두려움이 찾아든다. 니나는 나와 사는 것에 만족할 것인가? 그녀의 용기, 정신, 본질은 넓은 무대가 필요하다. 그녀의 눈이 여기저기 찾아 헤매는 것을 보지 못한다는 말인가. 니나는 결혼에 안 어울리는 여자 같다. 그리고 나는, 나는, 그녀와 나를 묶어둘 능력이 있는가. 나는 지금까지 아네트 아주머니의 경고를 흘려들었다. 아주머니는 내가 마지막으로 방문했을 때 물었다. 너희들은 아직 같이 있니? ……그래요. 그러나, 3년이 지난 지금에야 같이 있게 되었어요, 라고 말하는 편이 나을 겁니다. 나는 그렇게 대답했다. 이에 대해 아주머니는 천천히 말했다. 그래, 너희들은 함께 잘 있구나. 나는 아주머니한테 물었다. 그러는 게 이상하세요? 그녀는 덤덤하게 말했다. 그래, 이상하구나. 나는 널 알기 때문이다. …… 나의 행운을 확신하고 있던 나는 그녀에게 으스대며 물었다. 아주머니는 우리가 같이 지내지 못할 것이라고 확신하시는 거죠? 아주머니는 모호하게 웃으셨다. 그리고 말했다. 애써 보려무나. 그녀는 그럴 만한 가치가 있는 사람이니까.

그렇다. 나는 애쓰고 있다. 그러나 나는 할 수 있을 것인가? 그리고 니나는? 그녀는 내가 붙잡는 것을 원할 것인가? 내가 과연 그녀를 붙잡아둘 수 있는가? 우리 사이에 무슨 일이 있었던가. 우리는 서로 키스를 했고, 정치적 동반자가 되었다. 우리는 매일 만난다. 그러나 이 관계는 굳건한 것인가? 나는 행복하다고 믿었다. 그러나 지금 그 행복이라는 것이 1시간짜리 광휘에 불과하다는 것을 알게 되었다. 그러나 나는 얼마나 잊어버리기 잘하는 인간인가. 몇 달 전만 해도 나는 이 순간적인 행복에 모든 것을 걸지 않았는가. 벌써 나는 행복이 계속되기를 바라고 있는 것이다.

그러나 내일 니나를 다시 만난다. 내일 오후, 그녀는 차를 마시자며 그녀의 작은 방으로 나를 초대했다. 처음이다. 밤의 유령들이여, 사라져라. 나는 살려고 한다. 나는 니나를 느낄 것이다. 나는 그녀의 눈을 보고 그녀의 목소리를 들을 것이다. 의심하지 않을 것이다. 두려움을 느끼지 않을 것이다.

1933년 12월 1일.

나는 니나의 집에 갔다. 나는 지금 백 번도 넘게 묻고 있다. 이날은 나의 행복에 확실함을 부여했는가? 깊은 불안감만을 주었는가? 모르겠다. 가자마자 니나는 여러 우회로를 거쳐 브라운으로부터 안부를 받았다는 소식을 전해 주었다. 그는 스위스에 있으니 성공한 셈이라고 니나는 말했다. 이것을 말하면서 그녀가 보여준 몹시 기뻐하는 표정은 그녀가 이 임무와 브라운의 구조에 대해 얼마나 중요하게 생각했는지를 말해주는 것이었다. 내가 예전에 품었던 의심이 다시 고개를 쳐들었다. 지난밤을 뜬눈으로 새웠으므로 나는 매우 예민한 상태였다.

나는 자신을 이기지 못하고, 만약 브라운이 다시 돌아온다면? 하고 물었다.

니나는 놀라서 나를 바라보았다. ……그가 다시 돌아온다면, 이라고 했나요? 이곳의 위험이 상존하는 한 그는 돌아오지 못해요. 그녀는 침울하게 덧붙였다. 아주 오래 걸릴 수 있어요. 안 그럴지도 모르고. 그걸 누가 알겠어요.

맹목적인 이기심에 사로잡혀서 나는 질문을 계속했다. 오래 걸리든 금방이든, 그가 돌아온다면?

니나는 아직 사태를 파악하지 못했다. 그러면? 그러면 그는 다시 개업을 하겠지요. 악몽은 끝난 거죠.

어리석음에 쫓겨 나는 참지 못하고 말했다. 그는 당신을 사랑하고 있소.

니나는 한숨을 쉬었다. 마치 바쁜 엄마가 세 살짜리 아이의 질문에 한숨을 쉬듯. 그리고 화를 삭이고 있었다.

니나. 나는 말했다. 우리는 이에 대해 충분히 얘기를 나누지 못했다고 생각하는데…….

니나는 나를 창가로 데리고 갔다. 창문 앞에는 영국식 정원이 있었다. 조금 눈이 왔고 그 눈은 다시 녹은 상태였다. 나무들은 파란 물 속에서 회색빛을 띠었다. 금속성의 느낌을 주었다. 앙상한 나뭇가지가 그대로 드러나 있었다. 늦은 태양 빛이 정원을 비스듬히 비추면서 피곤하고 차가운 광휘가 감싸고 있었다.

아니요. 나는 화가 나서 말했다. 제정신이 아니었다. 나는 이런 데 관심이 없어요.

맙소사. 니나는 말했다. 당신은 알잖아요. 내가 만약 누구와 결혼하게 된다면 그것은 당신이라는 것을. 이 말은 나를 감동시켜 행복의 눈물을 흘리게 했다. 그러나 지금의 나를 몹시 불안에 빠뜨리고 있는 말이기도 했다.

나는 그 순간 긍정적으로만 생각했다. 황홀한 시간이었다. 나는 무엇에 대해 이야기했는지 잊었다. 아무 얘기도 하지 않았던 것 같았다. 어렴풋이 그 방만이 기억될 뿐이다. 대학생들이 쓰는 보통 크기의 흔한 방이었다. 내 생각으로 나는 우단을 씌운 의자에 앉아 있었다. 커튼도 그런 종류의 무거운 재질로 만들어진 것이었다. 그러나 니나의 생명력이 이 볼품없는 방을 가득 채우고 있었고 그 때문에 이 방을 잊게 하고 있었다.

그러나 지금 나는 여기 앉아서 의심을 키우고 있다. 불안으로 인한 고통이 아직 충분치 못하다는 듯 갑자기 새로운 종류의 혐오감이 엄습한다. 나는 세심한 데까지 신경 써서 꾸민 멋진 내 집이 싫어지기 시작한다. 니나가 여기에 살지 않기 때문이다. 왜 니나는 나의 손님용 방으로 거처를 옮기지 않는가. 그녀와 결혼한다는 것은 얼마나 막연한 일인가. "하게 된다면"이라고 니나는 말했다. 하게 된다면 그것은 당신이라고 했다. 그러면 니나는 나를 사랑하고 있는 것일까. 아니면 나를 단지 존중하는 것일까. 아니, 그녀가 날 사랑하는지 아닌지 그녀는 알고 있기나 한 걸까? 사랑을 우정과 구별할 수 있을까? 어떻게 나는 그녀를 나와 결합시킬 수 있을까. 그녀가 아이를 갖게 한다면? 그러나 이것은 공정하지 못하다. 안 된다. 결코 안 된다. 설령 그렇게 된다 해도 확실치 않다. 참자. 참자. 참아야 한다. 어떻게든 참아야 한다. 다른 방도가 없다. 그녀의 말에 매달려 있을 수밖에 다른 방도가 없다. "그러면 당신이 될 거예요." 이 말은 많은 것일 수도 있고 아무것도 아닐 수도 있다. 그러나 자세히 보면 아무 말도 아닌 것이다.

3장

1934년 새해 아침.

내 생애 중 올해처럼 좋게 시작한 적은 없었다. 지금은 아침
이다. 태양이 비치고 있다. 나는 창가에 서서 맑고 찬 공기를
깊이 들이마신다. 그리고 니나의 방이 있다고 생각하는 쪽을
본다. 니나는 어제 자정 너머까지 나의 집에 있었다. 우리는
새해의 시작을 알리는 성당 종소리를 들었다. 나는 니나의 손
을 잡고 있었다. 나는 말했다. 오늘이 내 생일이오, 니나. 나는
당신이 나에게 오겠다고 말한 오늘 이 순간까지는 살아 있었
던 게 아니오. 니나는 묻지도 않았는데 아주 진지하고 단순하
게 말했다. 나는 니나의 말을 결코 약속으로 받아들이지 않는
다. 나는 이것을 어젯밤 니나에게 말했다. 내게는 당신과 전 생
애를 같이 보내고 싶은 소망 외에 그 어떤 소망도 없다는 것을

당신은 알고 있을 거요. 그러나 니나, 생각은 그렇지 않은데 말이 앞서 나왔는지도, 그래서 당신이 나중에 후회할지도 모르겠소. 그러나 당신이 나에게 묶여 있는 것은 아니라는 걸 잊지 말아줘요. 그러겠어요, 니나는 말했다. 그걸 기억하겠어요. 당신께 감사해요. 그리고 지금은 아침이다. 나는 조용하고 확고한 손이 내 삶에 질서를 가져다주는 것을 느낀다. 여기저기 자리를 찾지 못했던 것들이 힘들이지 않고 자기 자리로 옮겨간다. 여기저기가 밝아오고, 실마리가 풀리고, 나를 고통스럽게 하는 것이 사라진다. 정녕 이 소녀만이 내 생활에 질서를 부여할 수 있다는 말인가? 사람이 누군가와 함께 있다고 생각될 때 이렇게 쉽게, 사는 것이 의미 있고 아름답다고 믿을 수 있는 것일까? 자기를 구속시키는 데 구원이 있는 것인가? 구속은 몰락으로부터의 안전장치인가? 바람이 새를 움직이게 하듯이, 강물이 보트를 움직이게 하듯이, 말할 수 없이 강한 행복감이 나를 몰아가고 나에게 해답을 주고 있다. 스스로 패배했다고 생각한 나, 생을 구멍 뚫린 장화처럼 던져버릴 준비가 되어 있던 내가 이 새해를 생에 대한 찬가로 시작하고 있다.

여기까지 읽었을 때 나는 공책에서 눈길을 거두고 니나 쪽을 보았다. 그리고 니나가 같이 읽고 있지 않다는 것을 알았다. 니나의 얼굴은 눈에 띄게 긴장되어 있었다. 얼마 뒤에야 나는 층계를 올라오는 발소리를 들을 수 있었다. 니나는 아주 예민한 귀를 가지고 있음에 틀림없다. 끝없이 기다리고 귀를 기울이는 것이 그녀의 감각을 날카롭게 만들었다. 니나는 벨

소리가 울리기도 전에 궤짝에서 뛰쳐 일어났다. 우체부야. 미리부터 실망감과 안도감을 동시에 내보이면서 니나는 말했다. 정말 우체부였다. 니나는 한 손 가득히 편지를 들고 들어와서는 어제 온 우편물들 위로 던졌다.

그래도 누구한테서 왔는지 보고 싶지 않니? 나는 물었다. 서두른 나머지 그녀는 대강 훑어볼 수도 없었으리라. 누군가한테서 온 것들이겠지. 독자들이나 아니면 다른 사람들, 안내책자들, 세관, 은행, 뭐 그런 데서 온 것들이겠지. 항상 똑같아. 그보다는 산책이나 나갔으면 좋겠어.

그러나 하늘은 흐렸으며 태양은 보이지 않았다. 우리는 집에 머물러 있기로 했다. 회색 궤짝들 외에 아무것도 없는 빈방이 갑자기 매우 아늑하게 느껴졌다. 니나는 삐걱거리는 의자에 앉아서 커피를 터키제 분쇄기에 갈았다. 물 끓는 소리가 들렸고 커피 향이 났다. 스팀에서는 약하게 톡톡거리는 소리가 났다. 따뜻했다. 동생이 있어서 행복하다고 나는 니나에게 말했다. 그래, 라고 그녀는 말했다. 방이 아늑하다고 하니 기뻐. 니나의 정신은 딴 데 가 있었다.

갈아낸 커피를 주전자에 넣고 끓인 물을 천천히 부으면서 니나는 담담하게 덧붙였다. 나는 지난 10년 동안 한 번도 아늑하다고 느낀 적이 없었어. 물론 그 전에도 잘은 모르겠지만 거의 없었을 거야. 아늑한 기분을 자주 체험해 보고 싶어. 그러나 내 운수에는 그런 게 없을 거야. 언니는 하루 종일 아늑하다고 느낄 수 있어?

나는 며칠 동안, 몇 주일 동안, 아니 언제까지나 그럴 수 있었다. 나는 나의 아름다운 집과 개와 자상한 남편을 떠올렸다. 그러나 남편은 감쪽같이 나를 속였을지도 모른다. 조심스럽게 위장하느라 온갖 종류의 호강으로 나를 보상해 주었을지도 모른다. 나는 지난날들을 아무 일 없이 얼마나 편안하게 지냈는지 생각했다. 나의 매일들은 아무런 방해도 받지 않고 과거로 미끄러져 들어갔다. 과거는 미래와 마찬가지로 평화스럽게 나를 바라보고 있었다. 나는 내가 바라는 것을 가졌고 내가 가질 수 없는 것을 원하지 않았다. 그러니 어찌 편안하다고 느끼지 않았겠는가. 니나가 물었을 때 나는 이런 것들을 떠올렸다. 그러나 또한 나도 모르게, 니나와 함께한 이날 이후부터는 아늑하게 느끼는 일이 어려워지리라 생각했다. 그래서 나는 니나의 질문에 모르겠어, 라고 사실대로 대답했다.

모르겠어? 니나는 묻더니 계속해서 말했다. 나는 벌써 오래전에 단념해 버렸어. 노력은 했어. 그러나 항상 나를 내모는 어떤 것이 있었어. 이를테면 밤중에 꼭 써서 처리해야만 하는 긴급한 원고 같은 것. 항상 일이 앞에 있어서 언제 거기서 놓여날지 알 수 없었어. 그러면서도 어떤 완전한 것은 이룰 수 없으리라는 느낌, 시작만 하고 만다는 느낌뿐이었어. 마치 담벼락을 올라가려다가 계속해서 미끄러지는 개처럼, 발톱 상하고 앞발에 상처를 입으면서도 계속해서 시도하는 개처럼, 그 불쌍한 개처럼 말이야. 그리고 의식에서는 항상 다음과 같은 말이 맴도는 거야. 네가 하는 일은 충분하지 못해, 너는 해야만 하는 일을 이루지 못하고 죽을 거야. 그리고 또 이룬 것에 대한 불만도 있어. 이룬 것을 손안에 쥐고 조금이라도 기뻐하려고 하면 그것은 분해되어서 사라지고 마는 거야. 미심쩍고 헛된 것에 대해 기뻐할 수 없기 때문이며, 그리고 이미 나를 괴롭히는 새로운 착상이 와 있기 때문이야. 수백 가지의 조그마한 불안들. 아이들이 기침을 한다. 아니면 한 아이가 거짓말을 했을 때 이 아이가 나쁜 성격을 갖게 되지는 않을까 하는 조바심. 이 모든 것들이 없을 때면 뒤에서 커다란 악령이 나타날지 모른다는 생각. 가령 너무 많은 책들 때문에 질식해 죽을 것 같은 느낌, 혹은 이 세상에 돌아다니는 너무 많은 사람들에 의해 질식당할 것 같은 느낌. 그리고 모든 아름다운 것이 사라진다는 것, 눈 깜짝할 사이에 사라진다는 것, 그리고 이런 것에 대한 슬픔. 완전한 것은 존재하지 않는다는 절망. 철저하게 순수한 절망도 없으며 값싼 혼합물, 값싼 혼합물만 있을 뿐이라는 생각. 인간은 행복할 수 없으며, 행복을 단념해도 평안에 이르지 못한다는 생각. 그래, 언니. 이 모든 것이 떠나지 않고 항상 내 뒤에 있는 거야. 살면서 완전한 느낌이 올 때도 있겠지. 이때도 이런 생각은 어김없이 떠올라 나에게 속삭이는 거야. 아니야. 이것은 네 것이 아니야. 너는 잊었군. 계속 앞으로 나가야 하는 것이 너의 법이라는 것을. 울어도 소용없고 저항해도 소용없어. 나는 끌려가는 거야.

니나는 한참 전에 커피에 물을 부었는데도 여전히 서서 물 주전자를 든 채 열려 있는 커피포트 안을 들여다보고 있었다. 마치 그 속에 그녀가 말하려는 모든 것이 있는 것처럼. 그리고 그녀는 계속해서 말했다. 나를 이렇게 내모는 것이 무엇인가 하고 자문해 보아도 모르겠는 거야. 그리고 그건 바로 너 자신이야, 하고 대답하면 그것은 말일 뿐 아무것도 아닌 거야. 아무것도 설명해주지 못하는 거야. 그럴 것이, 나 자신은 오로지 행복을 원하며 행복에서 쫓겨나는 것은 원하지 않으니까. 마찬가지로, 이것은 너의 운명이야, 하고 대답하면 역시 말일 뿐 아무것도 아닌 거야. 아무것도 설명해 주지 못하는 거야. 그럴 것이, 이 운명은 누가 만드는데? 나 자신이잖아. 그러면 왜? 이렇게 의문은 다람쥐 쳇바퀴 돌듯 계속되는 거야. 나를 지혜롭게 만들기 위해 신이 이렇게 하는 것이 아닐까, 하고 말하면 또 물어볼 수밖에. 내가 행복 속에 잘 살고 있다면 지혜라는 것은 또 무엇인가요? 지혜는 행복이나 선함보다 나은 건가요?

니나는 나에게 절망적인 시선을 던졌다. 내가 이 질문의 답을 꼭 알고 있어야만 된다는 듯이.

그리고 인간은 왜 고통을 통해서만 지혜에 도달할 수 있는 거야? 니나는 나지막이 말을 계속했다. 소리는 작았지만 완강한 어투였다. 그리고 전혀 원하지 않는데도 왜 현명해져야 하는 거야?

아, 그녀는 말했다, 언니는 아마 내가 미쳤다고 생각할 거야. 실제 그럴지도 모르고. 아마도 내가 더 나은 생각에 반대해서 말하고 있는지도. 그러나 끝에 이를 때가 있어. 그러면 누군가에게 내맡겨져 있다는 느낌이 드는 거야. 누구인지는 모르지만 말이야. 그렇지만 신경 안 써도 돼, 언니.

그런데, 나는 조심스럽게 물었다, 행복해진다면 너는 글을 쓸 수 있겠니? 나를 봐. 나는 비교적 행복한 편이야. 내가 글을 쓸 수 있을 것 같아? 신문 기사. 그래, 그게 전부야. 그리고 내가 어떤 다른 글을 시도해 보면 겉만 맴돌 뿐 아무도 거기서 감동을 느끼지 못해. 너는 글을 쓸 수 있어. 그리고 대신 돈을 현금으로 지불받고 있는 거야. 이건 너도 알고 있잖아. 너는 많은 것을 지불하고 많은 것을 얻고, 나는 거의 아무것도 지불하지 않고 거의 아무것도 얻지 못하고. 공평하지 않아?

그래. 니나는 말했다. 계산은 맞는 것 같아. 그러나 때로는 속기만 하고 너무 많이 지불하는 때도 있거든. 그러나 어쩌겠어. 모든 것을 그만두고 성직자가 되거나 티베트에 가서 수녀가 되든가 할 수밖에. 아니면 계속 살면서 어떻게 바퀴가 돌아가는지를 느껴보는 거야. 언니, 기억나? 우리가 바뎀바일러에서 만났을 때. 그때 내가 얼마나 절망하고 있었는지 알아? 나는 밤에 공원을 이리저리 돌아다녔어. 그러고는 떠났어. 그리고 정오쯤 한 제재소에 이르렀는데…… . 아, 내가 왜 이 얘기를 하는지 언니가 이해해 줄지 모르겠어. 거기에는 물레방아가 있었어. 그리고 위에서 보게 되어 있었어. 물은 나무로 만든 홈통에서 나와 바퀴 위로 흘러들어 갔는데, 물이 많지 않아서 바퀴는 천천히 돌아갔어. 아주 오래된 바퀴였어. 몹시 검고 축축했지. 새벽 여명을 받아서 그런지 금속처럼 검푸른 빛을 내기도 했어. 물도 검어 보였어. 그런데 바퀴는 너무 피곤해서 물을 천천히 담고 있는 것처럼 보였어. 마치 태곳적부터 그렇게 돌아가고 있었다는 듯이 말이야. 이 시대 것이 아닌 것 같았어. 아니 시간 속에 있지 않은 것 같았어. 나지막한 물소리, 삐그덕거리는 소리, 들릴 듯 말 듯 소음과 음악 사이에 있는 소리. 모든 것이 상고시대처럼 고즈넉하고, 어두웠으며, 꿍

장히 자연스럽게 보였어. 이때 나는 많은 것을 깨달았어. 그런데 왜 날 그렇게 쳐다봐?

왜냐하면, 나는 말했다, 아주 멋진 시적 묘사였으니까. 시를 써야 할 것 같은데.

아니야. 니나는 퉁명스럽게 말했다. 나는 시를 쓸 수 없어. 그리고 상황이 시적이라서 내가 언니한테 설명해 주었다고 생각한다면 그건 오산이야. 나는 시적이지 못해. 언니가 나에게서 어떤 것을 읽고 그 안에서 시를 찾아낸다면 그것은 언니의 몫이지 내 몫은 아니야. 내 의도도 아니고. 시적 묘사란 정신이 모자라는 작가들의 피신처야.

니나는 이상할 정도로 흥분하고 있었다. 나도 말했다. 그런 효과를 노리지 않았는데도 네 작품이 시적으로 작용한다면 더 좋은 거 아니니? 그러나 내가 이렇게 말했을 때 니나는 이미 다시 차분해져 있었다. 지쳐 보였다. 아무래도 상관없다는 표정이었다. 그녀는 말했다. 글쎄, 그럼 시적이라고 해두지 뭐.

그러고 나서 니나는 일어섰으며 창문 옆에 있는 작은 책상으로 가서 깡통을 옆으로 밀어놓고 서류 가방에서 종이들을 꺼냈다. 1시간만 시간을 좀 줘. 어젯밤에 쓴 것을 고쳐야겠어.

만년필 뚜껑을 돌려 열면서 니나는 말했다. 더 좋게 만들어질 수 없다는 생각이 들지 않으면 나는 원고를 넘길 수 없어. 그동안 언니는 내 우편물을 좀 봐주거나, 아니면 슈타인의 일기를 계속 읽지 뭐.

나는 일기를 읽기로 했다. 니나는 책상을 향해 몸을 굽혔다. 그러나 내가 몇 분 후 그녀 쪽을 보았을 때, 그리고 그 후에도 몇 번씩 그녀를 보았지만, 그녀는 그냥 멀뚱하게 앉아서 창문 밖을 보고 있었다. 추운 듯 잔뜩 움츠리고 있는 니나의 어깨를 보았을 때 나는 그녀가 무엇을 생각하는지, 왜 그녀가 작업을 할 수 없는지 알 수 있었다.

슈타인의 일기장을 펼치자마자 나는 곧 슈타인이 어떤 안 좋은 일을 보고할 것이라는 예감에 사로잡혔다. 나의 예감은 적중하였다. 아마 필체에서 그런 느낌을 가졌는지 모른다. 그러나 슈타인의 일기는 다른 때와 마찬가지로 매우 깨끗했고 단정했다. 지나치다 싶을 정도로 의식적으로 공들인 필체였다. 니나는 이 글씨체를 싫어했다. 아주 기교적이고, 꼼꼼하고, 신중한 특성이 지나치게 강조되어서 과장된 느낌, 부자연스러운 느낌을 주었다. 생명력이 없었으며, 단지 틀만 있을 뿐이었다. 점차 나도 이 글씨체에서, 그리고 이 남자에 대해서 저항감을 느끼게 되었다. 그러나 내가 읽은 것은 나의 마음을 아프게 했다. 그는 내 마음을 아프게 했다.

1934년 2월 20일.

날씨는 거의 두 달 동안 쾌청했으나 오늘 처음으로 흐렸다. 니나와 다툼이 있었다. 그녀가 나를 찾아왔고 우리는 저 불쾌한 테마에 대해 이야기하게 되었다. 이것은 내가 언젠가 약속했던 것이었다. 그녀는 생각을 굽힐 줄 몰랐다. 나는 니나가 어떤 것을 주장했다가 그것을 다시 거두어들였다가 얼마 후 다시 꺼내는 것을 여러 번 보았다. 니나는 다른 얘기를 하는 중에도 그 테마에 계속 몰두하고 있음이 분명했다. 니나는 특유의 직설적인 화법으로 내가 환자들에게 동정을 느끼는지 물었다. 감정이 있는 인간으로서의 나는 매우 아프고 심한 고통을 겪고 있는 환자들에게 동정을 느끼며, 생각하는 인간으로서의 나는 고뇌하는 인류에 대해 동정을 느낀다고 대답했다. 그러나 의사로서의 동정은 아무 도움이 못 된다고 덧붙였다. 나는 환자에게 연민을 내보이는 것을 경계하고 있었다. 의사의 동정은 자주 의사의 임무와 상치된다. 왜냐하면 이 동정은 환자 자신이나 의사로 하여금 진정한 상황을 호도하게 하는 기분 좋은 감정을 불러일으키기 때문이다. 내가 매우 관심을 가지고 있는 테마였으므로 나는 더 오랫동안 이에 대해 이야기하고 싶었다. 그러나 니나는 다른 생각을 갖고 있었다. 당신은 동정 때문에 환자를 죽일 수 있다고 생각하나요?

나는 이것은 간단히 대답할 수 있는 문제가 아니라고 답했다. 만약 본인이 불치의 병에 걸렸고 사는 것 자체가 그 자신이나 다른 사람에게 별 의미가 없다는 확신을 갖는다면, 그리고 결정적으로, 죽음을 통해 주어질 영원한 삶이 한시적인 생물적 삶보다 더 고귀한 가치가 있다는 확신이 든다면, 안락사는 고려해 볼 만하오. 혹은, 나는 계속했다, 그 희생을 통해 더 큰 공동체가 구원 받을 수 있는 무가치한 삶, 예를 들어 정말 치료될 수 없는 정신병 환자가 있다고 가정하면…….

내가 말을 다 끝내기도 전에 니나가 성급하게 화를 내며 말했다. 당신은 지금 희생이니 공동체니 하는 개념들을 사용했어요. 언뜻 보면 그럴듯한 말이죠. 전체 민족을 위해 병든 사람들을 박멸한다는 것. 다른 사람들을 위해 사람을 죽인다는 것. 사람들은 말하죠. 이 사람은 가치가 없고, 저 사람은 가치가 있다고. 그렇다면 여기에서 기준이 되는 것은 뭐죠? 집단 전체에 대한 이익 여부? 이것은 기준이 될 수 없어요. 결코요. 모든 인간은 자기 나름대로 가치를 가지고 있어요. 그리고 희생자들을 밟고 선 자들은 가치가 있는 자들인가요? 그들은 생물학적으로 건강할지 몰라요. 그러나 그렇다고 그들이 가치가 있는 사람이란 말인가요? 건강한 육체에……. 그래요, 나도 알아요. 그러나 나는 다르게 생각해요. 절대적 확신을 갖고 가치와 무가치를 판별하려고 하는 자들은 대체 누구죠? 그들은 미쳤어요. 그들은 마치 병을 박멸할 수 있는 것처럼 생각해요. 병은 항상 존재하게 마련인데. 건강과 병은 항상 서로 균형을 유지하고 있는데. 의학의 생물학적 관점은 틀렸어요. 근본적으로 틀렸어요.

니나의 분노는 걷잡을 수 없었다. 나는 그녀의 분노를 멈추게 하려고 여러 번 시도했다. 의학도 다른 학문과 마찬가지로 변화한다는 것을. 과거에도 의사가 생명을 죽일 수 있는 권한은 있었으며, 가령 산모를 구하기 위해 태어나지 않은 아기를 죽일 수 있다는 것을. 그리고 이런 것을 허용하는 법률은 수정이나 개혁, 혹은 혁명을 필요로 할지 모른다는 것도. 물론 객관적이어야만 한다는 것도. 그러나 니나는 소리쳤다. 아니에요. 없어져서는 안 되는 주관적 판단도 있어요. 그리고 이런 경우에는 객관적이라는 말을 쓰면 안 돼요. 당신은 나보다 똑똑하고 지식도 많으니까 겉으로는 정당한 태도를 유지할 수 있어요. 그 방식이 옳을 수도 있죠. 당신은 객관을 중시하는 학자니까요. 그러나 나는 느껴요. 그런데도 이 모든 것이 틀렸다는 것을, 그럼으로써 엄청난 잘못을 저지르게 될 것이고, 그리고…….

니나는 갑자기 말을 중단하고 침울하게 낮은 소리로 말했다. 흥분해서 미안해요. 그렇지만 이 모든 것에 질렸어요. 나는 이런 것을 강의 시간에 계속해서 듣고 있어요. 더 이상 참을 수 없어요. 학교를 그만두겠어요.

아니, 니나, 그것은 너무 지나친 결론이오. 이런 시절도 지나갈 거요.

아, 그녀는 말했다, 모든 사람들이 그렇게 말하죠. 지나갈 것이라고. 그러나 정말 지나갈까요? 그리고 지나갈 때까지 무슨 일이 있을까요? 당신 같은 분도 이렇게…….

니나는 더 이상 이야기하지 않았다. 비통한 모습으로 창문 바깥쪽을 바라보았다.

니나. 나는 말했다. 당신은 나를 오해하고 있소. 나는 당신의 인도주의적 견해에 동감해요. 알 텐데요.

아, 그녀는 중얼거리듯이 말했다, 그러면 당신은 어떻게 윤리적 관점과는 다른, 의학적 관점을 찾아내려고 하시죠?

그녀는 나를 의심스러운 눈으로 쳐다보았다. 당신은 그렇게 생각하고 있잖아요? 그렇지 않나요? 니나는 물었다. 목소리에 배어 있는 반항적인 태도가 나를 놀라게 했다.

불현듯 나는 니나가 싸움을 걸고 있다는 생각이 들었다. 그러니까 어떤 논쟁을 벌이더라도 그 내용이 어떻든 싸움으로 끝날 수밖에 없다는 생각을 했다. 그녀는 어떤 알지 못하는 이유로 해서 내부적으로 나와 소원해졌다. 나는 이것을 몰랐다. 물론 니나 역시 느끼지 못했을 수도 있다. 그러나 이러한 돌발적인 사건이 그녀가 자신의 생각을 깨닫게 되는 기회가 되리라. 니나는 나를 쳐다보았다. 그녀의 태도는 어땠는가? 낯설었다. 낯선 얼굴이었다. 그녀가 잠시 후에 팔을 나의 목에 두르고, 신경과민이었어요, 용서하세요, 라고 말했지만 그게 무슨 소용이 있는가. 니나는 계속 말했다. 잘못된 것인 줄 알면서 그것을 공부하는 것은 참을 수 없어요. 나는 아무리 노력해도 객관적일 수 없어요. 나는 어떤 느낌들, 예감, 혹은 어떻게 불러야 좋을지 모르겠는데, 내적 울타리, 법칙 같은 것을 갖고 있어요. 나는 이것을 뛰어넘을 수 없고, 또 그러고 싶지 않은 거예요. 다른 직업을 찾는 것이 좋겠어요.

나는 망설이다가 말했다. 왜 다른 직업을 찾는다는 거요? 당신은 어느 때고 나에게 올 수 있다는 것을 잊었나요?

그녀는 고개를 저었다. 그것은 너무 안이해요. 현상 앞에서 도망치라고요? 모래사장에 얼굴을 처박으라고요? 당신은 내가 그러는 것을 원하지 않으세요. 그러나 난 뭘 해야 하죠. 거짓말 않고, 다른 사람들과 함께하는 일이 아니고, 내가 할 수 있는 일이 있을까요.

나는 니나에게 잘 생각해서 알아봐 주겠다고 약속했다. 시간이 꽤 늦어져 있었다. 니나는 가기 위해 일어섰다. 나는 그녀가 여기서 갈 때는 늘 그랬던 것처럼 바래다주려고 하였다. 우리는 함께 차고로 갔다. 이때 갑자기 그녀가 고집을 부렸다. 걸어가고 싶다는 것이었다. 혼자서 이 모든 것을 끝까지 생각해 보아야만 한다는 것이었다. "이 모든 것"이라고 니나는 말했다. 나는 이 말이 무엇을 뜻하는지 알았다. 나는 니나가 어느새 이미 나에게서 떠났다는 것을 느꼈다. 그녀는 재빨리 나에게 키스했다. 전에 없던, 자연스럽지 못한 열기가 느껴졌다. 그러고는 뛰듯이 떠났다. 그녀는 뛰어갔다. 사람이 다니지 않는 거리에 그녀의 발소리가 울리고 있었다. 그녀는 떠났다. 영원히. 내일 다시 온다 해도 그녀는 떠난 것이다. 그러나 니나는 왜 그랬을까?

밤이다. 나는 환영을 좇고 있는 것이 아닐까? 사소한 의견 차가 아닌가? 왜 그녀는 나를 이리도 혼란시키는 것일까? 니나는 지나치게 흥분해 있다. 학우들 사이에서 위험을 느끼고 있다. 신경이 예민해져 있는 것이다. 그녀에게 시간을 주어야 한다. 그냥 내버려두어야 한다. 자극하지 말아야 한다. 변덕스러움까지도 용인해 주어야 한다. 그녀는 아주 젊다. 자신의 격하고 비타협적인 성격을 가누지 못하고 있다. 부조화가 지배하고 있다. 내일 만나면 나는 오직 그녀의 발전만을 돕고 싶을 뿐이라고 말해야겠다. 그녀는 자유를 느껴야 한다. 아마 그녀는 내 아내가 될 것이라고 한 약속 때문에 고민하고 있을지도 모른다. 그녀는 약속을 철회하고 싶은 것일까? 그녀가 청해 오기 전에 그 약속을 되돌려주겠다. 니나처럼 자유로운 존재를 계속 옆에 두려면 묶어두어서는 안 되는 게 아닌가. 나는 깊은 불안에 사로잡혀 있다. 다시 나의 삶이 의심스러워지기 시작한다. 사방에서 옛 그림자들이 고개를 쳐든다. 손으로 잡을 수도 없는 날카로운 그림자들. 나의 가슴을 후벼파는 의혹과 나를 짓이기는 불안. 나는 니나를 붙잡아둘 수 없을 것이다.

1934년 2월 28일.

나는 니나를 일주일 동안 보지 못했다. 일이 많았어요. 니나는 말했다. 그럴 수도 있었다. 어제 나는 그녀 집에 갔다. 니나가 나를 초대했다. 그녀도 나도 우리가 다퉜던 일에 대해서는 언급하지 않았다. 우리는 의례적인 말만 했을 뿐이었다. 그러다가 느닷없이 니나가 말했다. 일자리를 하나 찾아냈어요. 4월 1일에 시작해요. 멋진 곳이에요. 성가신 일 없이 몇 가지 필요한 일을 할 수 있을 것 같아요. 대학 서점의 판매원 자리예요.

그러나, 니나. 나는 큰소리로 말했다. 거기도 위험해요. 동급생들이 당신을 알고 있어요. 그들은 거기 있는 당신을 관찰할 거예요. 더군다나 당신은 당신이 맞서 싸우려는 내용의 책들을 팔아야만 하오.

니나는 미소지었다. 그렇게 생각하세요? 그녀는 모호하게 말했다. 이때 나에게 불안과 고통이 엄습해 왔다. 나는 나도 모르게 말했다. 당신은 내게 오는 것보다 판매원이 되는 게 더 낫다고 생각하는군요. 당신은 나를 사랑하지 않아요.

그렇지 않아요. 그녀는 나지막한 소리로 말했다. 그렇지 않아요.

그래요. 그렇지 않다면 당신은 나를 이렇게 고통스럽게 만들지 않을 거요.

그렇지 않아요. 그녀는 억양 없이 되풀이해서 말했다. 니나의 눈은 눈물로 가득 차 있었다. 그러나 그녀는 울지 않았다. 나는 당신밖에 없어요. 나는 당신을 사랑해요. 내가 사랑할 수 있는 한 당신을 사랑해요.

아니요. 나는 완고하게 소리쳤다. 나는 이성에서 떠나 있었다. 당신은 오직 위험을 사랑할 뿐이야. 모험을, 그리고 인생을. 나를 사랑하는 것이 아니야.

니나는 나를 쳐다보았다. 인생. 그래요. 그녀는 조용히 말했다. 당신 말이 맞아요. 그러나 나는 당신을 통해서 그 인생을 사랑해요.

그러나 알 수 없는 고통과 열정에 사로잡힌 나머지 나는 계속 큰 소리로 말했다. 나는 당신 안에 있는 인생을 사랑해요. 오직 안에 있는 것 말이오. 당신을 사랑함으로써 나는 그 인생까지 사랑하는 거요. 이것이 차이요. 엄청난 차이죠. 그래서 당신은 다시 나를 떠날 수 있는 거요.

무슨 말씀을 하시는 거죠? 그녀는 물었다. 그녀의 눈에는 놀라움이 서려 있었다. 나는 갑자기 불안해졌다. 내가 잘못 생각한 것이 아닐까? 그러나 나는 충돌한 차와 같았다. 구르고 구르고 계속 구르다가 길을 벗어나 점점 맹렬한 속도로 알 수 없는 곳으로 돌진하고 있었다.

그래요. 나는 방 안을 왔다 갔다 하면서 말했다. 그래요, 당신은 다시 나에게서 떠나려고 하고 있어요. 당신은 지조가 없고, 당신이 그것을 알 리가 없죠, 나의 사랑에는 마치 열매 속에 씨가 담겨 있듯 지조가 담겨 있소. 당신은, 당신은, 사랑하다가, 떠나고, 또 사랑하다가, 또 떠날 수 있는 사람이오. 나를 지나가고, 다른 사람을 지나가고, 모든 이들을 지나갈 수 있는 사람이오.

그녀의 눈이 나를 따라 방 안을 맴돌았다. 눈은 놀라움으로 크게 떠져 있었다. 나는 그녀에게 무슨 말을 했던가? 내가 한 말은 사실인가? 내가 그녀의 앞날을 어떻게 안다는 말인가? 갑작스럽게, 이토록 빨리, 내가 어찌 그녀의 본질을 알 수 있다는 말인가? 내가 잘못하고 있는 것이 아닌지.

니나는 천천히 일어섰다. 그녀는 매우 창백해졌다. 무슨 말을 하는 거죠? 그녀는 나지막이 물었다. 내가 언젠가 결혼하게 된다면 당신과 하겠다고 약속했을 텐데요.

그래요, 그래. 나는 말했다. 나는 파괴적인 충동에 사로잡혀 소리쳤다. 그러나 당신은 이 약속 때문에 괴로워하고 있소. 나는 알고 있소. 당신은 다시 자유를 원하오. 당신에게 당신의 말을 돌려주겠소.

아. 니나는 거의 들릴락 말락 하게 말했다. 그거군요. 당신은 나를 더 이상 원하지 않는 거예요. 좋아요.

나는 형편없는 배우가, 아니 훌륭한 배우라 할지라도 이 순간 무대에서 할 법한 행동을 하지 않았다. 나는 니나의 발치에 몸을 던지지 않았다. 나는 창가로 가서 멍하니 밖을 쳐다보았다. 고통으로 몸은 굳어져 있었다.

나를 지나치게 오해는 마시오. 그녀 쪽으로 몸을 돌리지 않은 채 나는 말했다.

당신은 끔찍해요. 니나가 응수했다.

내가? 나는 큰 소리로 말했다. 인생이 끔찍한 거요.

그래요. 그녀는 나지막하게 말했다. 당신이 그렇게 몰아가면 끔찍하게 마련이죠.

점차 나는 자제력을 회복해 가고 있었다. 니나, 당신은 알 거요. 아니, 당신은 몰라요. 내가 얼마나 당신을 사랑하는지. 나는 당신이 내게 자발적으로 오기를 원하오. 나는 당신이 고민하는 것을 알고 있소. 당신은 그것을 숨기지 못하오. 나는 당신 입으로 말할 때까지 기다리겠소. 지금이 그때요, 당신에게 가겠어요, 라고 당신 입으로 말할 때까지. 나는 당신의 말을 돌려주겠소. 그러나 내 약속은 지킬 거요. 나는 당신을 돕기만을 바랄 뿐이오.

돕는다! 니나가 성마르게 소리쳤다. 돕는다고요? 나는 아무에게도 도움을 원하지 않아요.

지금 나는 이 말을 아주 제한적으로 사용했을 뿐이오. 모두가 도움을 필요로 해요. 그러나 이렇게 말해도 될지 모르겠소. 나는 당신에게 기회를 주고 싶은 거요. 내 옆에서 지낼 기회를 말이오. 내 말뜻을 이해해 주면 좋겠소.

나는 또 실수를 저질렀다는 것을 알았다. 그러나 나는 가만히 있었다.

니나는 나를 쳐다보았다. 이해가 안 된다는 표정이었다. 그러나 적대감은 없었다. 좋아요. 자유를 받겠어요. 아마 나는 당신을 필요로 할 거예요. 그렇지 않을 수도 있고요.

내가 집으로 갈 때는 밤이었다. 나는 늘 다니던 지역에서 길을 잘못 들었다. 나는 그 사실을 넓은 벌판에 이르렀을 때에야 비로소 알았다. 나는 차를 세우고 핸들 위에 엎드렸다. 아무 생각도 아무것도 느낄 수 없었다. 자정까지 그러고 있다가 집으로 돌아왔다.

1934년 4월 2일.

니나가 대학을 떠났다. 나는 오늘 처음으로 그녀가 있는 서점을 찾았다. 니나는 나를 보지 못했다. 나는 그녀를 관찰할 수 있었다.

그녀는 더 나이가 든 것처럼 보였다. 지나치게 조신한 진지함이 보였고 깊은 생각에 잠겨 있는 듯한 모습이었다. 그녀가 나를 알아보았을 때 그녀는 잠깐 미소지었다. 그러나 서먹할 뿐이었다. 나는 니나가 나와 이야기할 시간이 전혀 없다는 것을 알았다. 그래서 나는 니나에게 퇴근 후에 만날 수 있는지를 물었다. 원하신다면, 하며 니나는 친절하게 그러나 성의 없게 대답했다. 나는 근처 어느 골목에 있는 작은 카페로 들어가서 그녀를 기다렸다.

1시간만 기다리면 되었다. 그러나 이 1시간이 매우 길게 느껴졌다. 나는 불안했으며 불분명한 느낌에 시달렸다. 아무것도 아는 것이 없고 아무것도 손에 쥔 것이 없다면 기분 좋은 느낌은 아니다. 나는 이런 느낌을 이미 며칠 전부터 갖고 있었다. 가끔 일어나서 문을 열면 밖에는 아무도 없었다. 우편물을 받아 들면 편지들 틈에도 그것은 없었다. 수화기를 들어도 말을 거는 사람은 아무도 없었다. 길거리에 나가도 아무도 나를 쳐다보지 않았다. 차에서 내리면 이 도시에는 나밖에 없었다. 그러나 무엇인가가 나를 기다리고 있었다. 그리고 나는 그것을 기다리고 있었다.

왜 나는 그것이 '행복'임에 틀림없다고 생각하는가? 그것은 행복이 아닐 것이다. 아무도 행복하지 않은데 왜 나는 행복하려고 하는가? 어떤 권리로 나는 이 세상에서 예외가 되기를 기대하는가. 다른 사람들은 다 아파하는데 그 중간에 비어 있는 장소가 있기를 기대하는가. 어느 누구의 소망도 이루어지지 않는데 왜 나의 소망은 충족되어야 하는가? 내가 그것을 끈질긴 인내로 추구했기 때문에? 아무도 공적에 따라 보답을 받지 못한다. 아무도 한 인간의 노력에 주의하지 않는다.

니나가 왔다. 그녀는 지쳐 있었다. 말이 없었고 낯선 느낌이었다. 한번은 실수로 내게 경어체까지 썼다. 잠시 같이 걸어 주시겠습니까? 나는 이것을 지적하지 않았다. 우리는 영국식 공원을 지나갔다. 우리는 그녀가 예전에 그 어둡고 뚱뚱한 선생과 함께 걸었던 길을 같이 걸었다. 그녀는 틀림없이 그때를 기억하지 못할 것이다. 나만 그 장면을 기억할 뿐이다. 니나는 생명력이 넘쳤고 마치 꿈꾸듯 한 사람에 열중하고 있었다. 그녀는 그것을 잊어버렸다. 2년 후나 3년 후 니나는 다시 이 길을 갈 것이다. 그리고 나와 함께 이 길을 걸었던 것을 그녀는 생각하지 않을 것이다. 그러나 나는 잊을 수 없을 것이다. 이것이 차이다. 니나와 나의 분명한 차이점!

니나의 서먹한 태도가 나를 계속 괴롭혔다는 것을 제외하고는 평범한 산책이었다고밖에 할 수 없었다. 한번은 그녀가 말했다. 말을 안 하시니까 어떤 말을 하기가 몹시 힘드네요. ……나는 내가 하려고 했던 것보다 더 날카롭게 응수했다. '어떤 말'을 한다는 것은 필요치 않죠.

그녀는 나를 옆쪽으로 흘끗 보더니 작은 소리로 말했다. 미안해요. 의외였다. 니나는 덧붙였다. 아, 10분 내로 집에 가야 해요. 가끔 함께 공부하는 학생이 오기로 했어요.

나는 그와 무슨 공부를 하느냐고 묻지 않았다. 한 마디도 묻지 않았다. 이야기할 것이 없었을 것이다. 그녀가 나를 '배반'한 것은 아니니까. 아마 니나는 정치적인 활동을 재개한 것 같았다. 가능한 일이었다. 나는 옆에 가는 니나를 관찰했다. 항상 반걸음 앞에서, 항상 나보다 빠른 걸음으로, 그리고 얼굴은 정면을 보고 있었다. 이리저리 둘러보는 눈, 중심을 잃은 눈, 부드러우면서도 가라앉힐 수 없는 불안이 도사린 눈, 그렇다고 신경과민은 아닌 눈, 육체적이 아니라 정신적인 눈. 그녀가 좇는 것은 무엇인가. 보이지 않는, 그녀가 어렴풋이 목표로 하는 것은 무엇인가. 그녀를 붙들어둘 수 있는 남자가 있을까. 있다면 어떤 남자일까. 니나는 한 남자에게 붙들리기 전에 얼마나 많은 경험을 해야만 할까?

그녀는 나의 니나다. 나의 것이다. 어느 누구의 것도 아니다. 그녀 자신이 그것을 말했다. 그렇지만 나는 그녀가 나를 떠나기 전에 이미 그녀를 단념해 버렸다. 그녀를 붙잡지 않겠다고 함으로써 운명을 속이거나, 아니면 운명에 순순히 순응할 수 있다고 믿는 것일까. 내가 내 생명을 붙잡아 두듯, 그녀를 붙잡아 두고 싶다. 그러나 나는 그렇게 할 수 없을 것이다.

1934년 4월 22일.

오랫동안 예감해 오던 날이 왔다. 이별이었다. 어제 니나가 왔다. 그녀가 오고 그녀와 얘기한 것까지는 좋았다. 그녀는 툭 털어놓는 불편한 방법을 택했다. 아니 이런 방식이 그녀에게는 편안한 것인지도 모른다. 나는 니나가 침묵을 지키며 천천히 진전을 기다리기보다 말을 해서 생경하고 어쩌면 성급하게 보이는 결론을 이끌어내는 편을 더 쉽게 생각할지 모른다는 의심이 들었다. 어쨌거나 니나는 왔다. 나는 그녀가 왔을 때 어떤 일이 일어나리라는 것을, 아니 어떤 일이 일어났다는 것을 알았다. 그러나 나는 그것을 알려고 하지 않았다. 우리는 차를 마셨다. 나는 나 스스로도 놀랄 만큼 그 어느 때보다도 다정스러웠고 말이 많았다. 내가 여태까지 살아오는 동안 위트를 던지고 스스로 재미있어 한 적이 있었던가. 바로 어제 오후에 그랬다. 그리고 나는 내가 왜 그랬는지 알고 있었다. 그러나 그것은 무의미한 주술이었다. 이것 또한 나는 알고 있었다. 모든 게 자연스럽게 흘러갔다.(자연스럽다고? 내가 왜 자연스럽다는 말을 쓰나? 오히려 자연에 거스르는 것이 아닌가. 이성에도 위반되는 게 아닌가.) 니나는 내가 말하도록 내버려두었다. 그녀는 나의 말을 공손하게, 그리고 주의 깊게 들었다. 그러나 참견하지는 않았다. 냉담한 것은 아니었다. 그녀가 냉담할 리는 없다. 그녀에게는 따뜻함이, 천성적인 따뜻함이 있기 때문이다. 그런데도 그녀는 냉기에 싸여 있었다. 그녀의 동물적 온기는 정신적 냉기에 의해 가려져 있었다. 내가 지금 니나의 말을 정확히 기억할 수 있을까. 니나는 대화 도중 갑자기 말을 중단했다.

그녀는 나를 쳐다보았다. 한순간 그녀의 시선에는 슬픔이 깃들었다. 나는 지금 당신과 얘기해야만 해요. 그녀는 말했다.

말해 봐요. 나는 조용히 대답했다.

당신은 내 말을 한 번도 제대로 수용한 적이 없어요. 맞지 않나요? 당신은 내 말을 다시 돌려주었어요. 나는 지금 그 자유를 받아들이려고 해요.

당신은 자유를 잃은 적이 없었소.

그렇지 않아요. 그녀는 말했다. 나는 나 자신을 당신과 묶어 두려고 했어요. 나는 그걸 원했어요. 다시금 그녀의 시선에는 슬픔이 가득했다. 나는 그걸 원했어요, 이 말을 니나는 되풀이했다.

그러나 당신은 그럴 수 없다는 거군요.

그럴 수 없어요. 그녀는 대답했다. 그리고 굉장히 길게 느껴지는 간격을 두고 다시 말했다. 원하지 않은 쪽이 나라고 말하면 그건 틀린 걸 거예요.

당신 말은 원하지 않은 쪽이 나라는 뜻이군.

나를 의도적으로 오해하지 말아 주셨으면 해요. 니나는 조용히 대답했다. 그러나 나는 그녀의 입술이 떨리는 것을 만족스럽게 지켜보았다.

어떻게 내가 당신을 이해한다는 말이오? 나는 고집스럽게 물었다.

나를 떠나보내는 사람이 다른 남자가 아니라는 것을 당신이 알길 바라요.

떠나보낸다고? 나는 생각했다. 자의적 결단으로 나를 떠나면서 어떻게 이런 표현을 할 수 있을까. 나는 화가 나서 어깨를 들어올렸다. 그리고 그러는 나를 경멸했다. 니나는 눈치를 못 챈 듯 이야기를 계속했다. 아마 어느 누구도 당신만큼 나를 사랑하지는 못할 거예요.

그러나, 나는 그녀의 말을 잡아챘다, 당신은 나를 사랑하지 않아요. 왜 그건 말하지 않는 거죠?

당신은 참아내기 힘든 사람이에요. 니나가 대답했다. 하지만 그건 나도 마찬가지죠. 니나는 자신의 나이에 맞지 않는 자조적 웃음을 띠며 덧붙였다. 나는 사랑이 무엇인지 몰라요. 내가 아는 건 단 한 가지, 구속받지 않고 싶다는 거죠. 나는 자유로워야 해요. 나에게는 나의 의지에 반해서 나를 내모는 어떤 것이 있어요. 내가 이것을 좀더 일찍 알았다면 좋았을 텐데, 어쨌든 나는 알아버렸어요. 내가 이것을 처음부터 당신에게 말하지 않은 것이 잘못이었어요. 후회스러워요. 그러나 나는 당신과 함께 지낼 수 있기를 기대했어요.

함께 지낼 수 있기를, 이라고 그녀는 말했다. 이 말이 나를 감동시켰다. 나의 완강한 마음을 움직였다. 그러나 나는 표현하지 않았다.

그런데 당신을 내모는 게 뭐요? 나는 일부러 비꼬는 목소리로 물었다.

몰라요. 아니 알고 있는지도 모르죠. 뭐라고 꼬집어 말할 수는 없어요.

자유에 대한 갈망인가. 나는 쌀쌀하게 물었다.

그럴지도 모르죠. 니나는 말했다. 그러나 그것은 의미가 없는 말이에요. 인간은 결코 자유로울 수 없죠. 인간으로부터의 자유라고 하는 게 옳을지 몰라요. 나는 아주 날카로운 감정을 가지고 있어요. 뭐라고 불러야 할지. 확 뚫고 지나가는 감정인데. 내 말이 무슨 뜻인지 아시겠어요? 남자라는 것, 인간이라는 것이 나에게는 별 의미가 없어요.

당신이 하는 일은 어떻죠? 나는 짐짓 이렇게 물었다.

일은 중요해요. 그러나 그것도 실체는 아니고 부분일 뿐이에요.

갑자기 그녀는 일어나서 나에게로 왔다. 그리고 내 어깨를 붙잡았다. 마치 나를 흔들려는 듯이. 왜죠? 니나는 화가 나서 외쳤다. 왜 당신은 모르는 척하는 거죠? 나보다 더 잘 알고 있지 않은가요.

아니요. 나는 말했다.

그녀는 나의 어깨를 놓고 내 앞에 섰다. 왜 내가 말하고 싶지 않은 것을 말하라고 강요하는 거죠? 몇 주일 전에 꿈을 꾸었어요.

꿈을 꾸었다고? 어떤 꿈? 나와 상관이 있나요?

내가 어떤 살갗 속에 갇혀 있는 꿈이었어요. 매우 투명한 살갗이었어요. 유리나 베일로 만든 것 같은, 후 불면 날아가 버릴 듯 아주 얇았어요. 나는 몸을 구부린 채 서 있고, 그래서 빠져나오려고 했어요. 맹렬히 원했던 것은 아니고 그저 빠져나갔으면 좋겠구나 하는 정도였어요. 그때 누군가가 말했어요. 이 얇은 살갗이 너를 갈라놓고 있는 거야. 그 목소리는 내가 어떤 것과 갈라져 있는지는 말해 주지 않았어요. 그러나 나는 알았어요. 저 밖에 어떤 것이 있었어요. 자유, 평화, 예지 그리고…… 아, 그다음은 모르겠어요. 어쨌거나 내가 찾아다 녔던 것, 필요로 했던 것, 거기에 도달해야만 했던 것들이었어 요. 이 꿈을 꾼 이래 나에겐 많은 것이 분명해졌어요. 당신은 생각하시겠지요. 과연 분명해졌을까. 자기 자신을 정당화하기 위한 궤변이나 요설이 아닐까. 아니에요. 그러나 당신이 믿지 못한다면 저에겐 당신을 납득시킬 수단이 하나도 없어요. 저 는 당신의 경멸을 받으며 떠날 수밖에 없어요.

아니야. 나는 말했다. 말하기가 힘들었다. 나는 나에게 다가 올 고통을 막기 위해 내 마음이 다져지는 것을 느꼈다. 나는 당신을 경멸하지 않을 거요. 경멸이라니 당치 않소! 당신은 당 신이 옳다고 여기는 것을 해야만 해요. 당신은 자유요. 당신이 발전해야만 한다는 것을 나는 이해해요. 그러나 그렇게 하기 위해 우리의 관계가 청산되어야 한다는 것은 도저히 이해할 수가 없소.

아, 나는 말했다. 기분이 상하셨군요. 그러나 어쩔 수 없 는걸요.

좋아요, 더 이상 그 얘긴 하지 맙시다.

그렇지 않아요. 그녀는 나지막이 말했다. 그러나 갑자기 굳 은 결심을 한 듯 일어섰다. 그리고 말했다. 그런 것에 대해 많 이 얘기한다는 건 분명 잘못일 거예요. 당신은 저를 알고 있어 요. 그렇지만 당신은 그걸 시인하려고 하지 않아요. 당신은 정 신이 무엇인지, 정신도 배고픔이나 비 또는 더위와 마찬가지 로 현실적인 것이라는 점을 알고 있어요. 또 정신에 쫓기는 일이 매우 불쾌한 것이라는 것도 알고 계세요. 당신은 그런 경험을 틀림없이 하셨을 거예요. 그런데 왜 귀 먹고 눈먼 시늉을 하시는 거죠?

그래요. 나는 말했다. 나는 당신을 알고 있어요. 이런 일을 오래전부터 예상하고 있었소. 그러나 한 가지 부탁이 있소. 당신도 알아주시오. 당신이 나를 떠난다면 당신은 내 목숨도 함께 가지고 가는 것이라는 것을.

니나는 고개를 흔들었다. 당신은 당신 스스로 생각하는 것보다 강하세요. 그녀는 조용히 말했다. 그리고 덧붙였다. 그리고 제게서 무얼 얻으실 수 있겠어요? 저는 당신이 상상하고 계신 것의 절반만큼도 값어치가 없어요.

니나는 미소 지었다. 나는 다시 자제심을 발휘했다.

아니요. 나도 따라 미소 지었다. 나는 당신을 과대평가하는 것이 아니오. 다만 나는 살쾡이와 요정은 길들일 수 없다는 것을 알아야만 했소. 내가 바라는 것은 지금 그 요정이 인간의 혼을 가졌으면 하는 것이오.

그녀는 놀라서 나를 쳐다보았다. 그러나 그녀는 아무 말도 하지 않았다. 나는 아무렇지도 않게 우월한 내색을 하고 있는 나 자신에 화가 났다.

당신은 나를 더 이상 만나지 않으려는 거죠? 그녀는 물었다.

오든지 안 오든지 그것은 당신에게 맡기겠소. 나는 어리석은 희망이 가슴속에서 분출하는 것을 느꼈다.

고마워요. 니나는 작은 소리로 말했다. 그럼, 안녕히 계세요.

잘 가요. 나는 말했다. 집에까지 바래다주는 것은 괜찮겠지요?

　그녀는 이때 나를 보았는데 이 눈길은 내가 사는 동안 평생 잊지 못할 것이다. 이 눈길은 그가 내리기로 되어 있던 섬을 그냥 지나쳐버린 사람의 눈이었다. 그 배는 계속 가고 있고, 그는 슬픔을 가득 담은 채 지나쳐버린 섬을 바라본다. 그러나 그는 선장에게 종을 쳐서 배를 섬이 있는 쪽으로 가게 해달라고 하지 않는다. 보이지 않는 팔이 그를 잡고 있고 그는 순종한다. 그에게는 그것이 옳은 것이다. 배는 계속 가고 있고 섬은 대양 한가운데 있다. 그 섬으로 다시는 배가 접근하지 않을 것이다.

　니나는 갔다. 나는 그녀를 길까지 바래다주지도 않았다.

　이제 나는 혼자다. 무슨 말을 더 하겠는가. 나는 처음부터 이렇게 될 것을 예감하고 있었다. 절망을 느낄 어떤 이유도 없었다. 매끄럽고 깨끗한 종말이었다. 끝이었다.

　나는 니나가 가는 모습을 창문을 통해 바라보았다. 그녀는 고개를 바싹 쳐들고 빠르게 걸어갔다. 그녀도 끝낸 것이다. 즐겁지 않은 의무를 해결한 것이리라. 모든 것을 숨김없이 말했고 정리했고 해명했다. 그녀는 해야 할 일을 했다. 그녀는 앞으로 가볍고 홀가분한 기분으로 살아가게 될 것이다. 그런데 나는? 나는?

　이 글 다음은 빈 페이지였고, 이런 공백이 몇 장 계속되었다. 나는 눈을 들었다. 나는 니나가 나를 보고 있음을 알았다.

　어찌나 빠져 있던지, 한참 쳐다보고 있었어. 니나가 말했다.

소설을 끝냈니?

아! 그녀는 외치더니 자리에서 일어났다. 작업이 안 돼. 도대체 더 일할 수가 없을 것 같아. 더 이상 쓸 수가 없어. 그녀는 쓰던 종이들을 구겨서는 쓰레기통에 던졌다. 나중에 나는 그것을 다시 꺼냈다. 보관하기 위해서였다.

나는 곧 여길 떠나야만 해. 니나는 말했다. 왜 아직 여기 있는지 모르겠어. 여권도 비자도 다 있고 모든 게 다 정돈됐는데. 내일 떠날까?

내게 묻는다면 가지 말라고 하겠어. 너를 찾아내자마자 잃어버린다면 내가 기분 좋겠어?

아, 그녀는 중얼거렸다, 언니한테 내가 뭐겠어. 그러면서 니나는 내 팔을 잠시 힘껏 붙잡았다 놓았다. 그런데 언니는? 언제 출발하려고 해?

원래는 오늘 밤차로 가려고 했어.

안 돼, 그러지 마. 니나가 말했다.

남편이 내일 돌아오는걸. 나를 기다릴 거야.

남편, 남편, 그녀는 큰 소리로 말했다, 남편은 항상 있어. 한 번쯤 혼자 있다고 해서 죽지는 않을 거야. 그에게 전보를 쳐.

좋아. 그런데 뭐라고 전보를 치지? 내일 간다고?

아니야. 정하지 말고 며칠 내로 간다고 해놔.

그런데 너는 내일 떠난다고 하지 않았니?

몰라, 정말 모르겠어. 그녀는 중얼거리듯 말했다.

나는 전화로 전보를 주문했다. 내가 다시 돌아왔을 때 니나는 다시 술을 마시고 있었다. 이것은 나를 화나게 했다. 그녀에게 어울리지 않았다. 그러나 나는 그녀의 얼굴을 보고는 아무 말도 하지 않았다. 그녀는 마개가 열린 술병을 들고 꼼짝 않고 서서 멍하니 앞을 바라보고 있었다. 얼굴은 흡사 가면처럼 완전히 굳어 있었고 희망이라고는 전혀 보이지 않았다. 그녀는 코르크 마개를 닫고는 옆으로 밀어놓았다. 일기를 계속 읽었지? 뭐라고 써 있어?

이별하는 장면이야.

아, 감동적이었겠군. 우리는 우아한 장면을 만들어냈을 거야.

니나, 냉소주의는 너에게 안 어울려.

나도 알고 있어. 니나는 말했다. 절망도 안 어울리고, 비탄도, 술 마시는 것도 안 어울리고.

그녀는 쓸쓸하게 덧붙였다. 나에게 사람들은 항상 조용함과 강인함 그리고 다른 사람들을 위로해 줄 것을 기대하지. 나는 무슨 견디기 힘든 불안 같은 것을 가지고 있으면 안 되는 사람이야. 그녀는 말을 멈추고 얼굴을 찡그렸다. 언니는 지금 용감한 여자와 마주하고 있어. 그건 그렇고 우편물이나 같이 뒤져볼까.

니나는 이틀 동안 모인 우편물 더미를 뒤적거리면서 뭔가 중얼거렸다. 갑자기 그녀의 눈에 광채가 비쳤다. 아이들한테서 온 거야. 그리고 엄지손가락으로 봉투를 찢었다. 페이퍼나이프가 바로 옆에 있었는데도. 두 통이야. 니나는 말했다. 그녀의 목소리는 여느 때와 달리 따뜻했고 정감이 넘쳤다. 행복해 보였다. 그녀가 이렇게도 보일 수 있다니, 이렇게 환하고 부드러운 표정을 지을 수 있다니.

루트야. 니나는 말했다. 이 아가씨는 이제 열네 살이지. 뭐라고 썼을까?

"사랑하는 엄마, 나는 엄마가 영국으로 가는 게 몹시 슬퍼. 그러나 마틴이 말했어. 그렇게 하는 것이 엄마에게는 좋은 일이라고. 엄마는 엄마에게 무엇이 좋은지 알 거야. 그러나 일요일마다 엄마를 만날 수 없다니 몹시 섭섭해. 우리끼리만 오페라에 가야 하고. 그렇지만 엄마, 다시 올 거지? 우리는 잘 지내고 있어. 나 음악에서 수를 맞았어. 노래, 피아노, 이론 세 부문 모두에서야. 나는 지금 바스티엔 역을 배우는데 선생님이 그렇게 좋아하실 수가 없어. 5월 1일이 공연야. 엄마가 여기 올 수 없다니 마음이 안 좋아. 어쨌든 나는 피아니스트보다는 가수가 되고 싶어. 그런데 나는 너무 어리고 또 너무 말랐어. 내가 열일곱 살이 되면 꼭 음악학교에 보내주는 거지? 새 음악 선생님은 너무 멋있는 분이야. 그 선생님한테 푹 빠져 있어. 선생님은 모르고 계셔. 선생님이 눈치 안 채도록 조심하고 있거든. 선생님도 나를 예뻐하셔. 선생님이 가끔 나를 쳐다보실 때마다 내 가슴은 막 뛰고 목소리가 안 나와. 엄마, 나는 엄마에게 모든 걸 얘기할 수 있어. 이것은 매우 신나는 일이야. 엄마도 내가 아는 한 가장 근사한 엄마야. 엄마, 언제 떠나? 영국에서 모든 일이 잘되길 바라며, 안녕. 엄마의 루트가."

애 좀 봐. 니나는 행복한 듯 말했다. 이 애는 따뜻한 마음씨를 가지고 있어. 알렉산더의 다감함과 재능을 타고났지. 이건 마틴의 편지야. 열세 살. 이 애는 전혀 달라. 퍼시의 아이야.

"사랑하는 엄마에게. 내년에 보이스카우트 친구들과 영국에 가려고 돈을 모으고 있어. 그러면 엄마를 방문할 거야. 루트가 그러는데 엄마는 분명 어떤 영국인과 결혼할 거고 우리에게는 알리지 않을 거래. 그러나 나는 이 말을 안 믿어. 엄마는 항상 우리에게 모든 것을 말해 주었잖아. 엄마, 우리 걱정은 하지 않아도 돼. 그리고 엄마, 나는 수학과 물리에서 최고야. 아무도 따라오는 사람이 없어. 아, 건방지다고 엄마한테 야단맞겠다. 엄마 화났어? 아니지? 이만 안녕. 엄마의 마틴이(그리고 엄마, 새 스웨터가 필요해. 루트가 그러는데 갈색 바탕에 노란색이 섞인 게 좋겠대)."

니나는 이 편지들을 그녀의 서류 가방에 넣었다. 아주 천천히.

나도 애들이 있었으면 좋겠어. 나는 말했다.

모든 걸 가질 수는 없는 법이야. 니나는 조용히 말했다.

그렇지 않아. 나는 큰 소리로 말했다. 가질 수 있어. 너도 모든 걸 가지고 있잖아.

맙소사. 니나는 말했다. 그렇게 과장을 하다니. 나는 남편도 없잖아.

너는 그 이상의 것을 갖고 있어.

니나는 이에 대해서는 대답하지 않고 손을 내 팔 위에 얹고 말했다. 그러나 언니, 자식이 있다고 쳐봐. 가령 아들이 말이야. 그리고 군대에 갈 나이가 되었다고 생각해 봐. 혹시 전쟁터에 나가서 쓰러질지도 몰라. 그렇다면 자식이 없는 것이 더 낫지 않았겠어?

아니지. 나는 말했다. 틀렸어. 너도 알 거야.

니나는 놀란 눈으로 나를 쳐다보았다. 나 자신도 말을 해놓고 놀랐다. 그럴 것이 전에는 이런 수상한 시대에는 자식이 없는 것이 좋다고 생각했기 때문이었다. 그리고 지금은 전혀 없는 것보다는 그것을 잃고 슬퍼하는 편이 낫다고 생각하고 있었다. 처음으로 나는 슬픔도 재산이라는 것을 깨달았다. 그러나 지금 내 나이는 마흔여덟이다.

니나는 나에게 우편물의 반을 주었다. 좀 살펴보겠어? 중요한 것이 있으면 나에게 말해 주고. 다는 읽을 수 없을 것 같아.

처음의 편지는 출판사에서 온 계산서였다. 니나는 그것을 읽지도 않고 가방에 넣었다. 두 번째 편지는 니나가 100마르크를 준 데 대해 감사에 겨워하는 한 대학생의 편지였다. 그다음 봉투에는 한 장의 그림이 들어 있었다. 몇 개의 선으로 이루어진 것이었다. 돛이 늘어져 있는 배 한 척, 배 안에는 남자 하나와 여자 하나가 서로 등을 대고 있고 남자는 날아가는 새를 바라보고 있었다. 그림의 스타일이 낯익었다. 사인을 보았다. 남편과 내가 자주 만난 적이 있는 화가 N씨였다. 나는 그와 그의 젊고 예쁜 부인도 잘 알고 있었으나 니나에게 얘기하지는 않았다. 그림 뒤에 편지 한 장이 있었다. 나는 니나에게 이것을 말해 주었다. 니나는 신문에서 오려낸 기사를 읽고 있다가 중얼거리듯 말했다. 읽어 봐. ……내가 그걸 읽지 말걸 그랬다.

"내 상황은 이렇소. 나는 당신 없이는 작업할 수 없소. 나는 밤낮으로 당신을 생각하오. 당신이 이것을 알아주었으면 좋겠소. 당신의 다음 책에 들어갈 삽화를 맡고 싶어요."

사인은 알아보기 힘들었지만 의심할 나위가 없었다. 나는 그를 알고 있었다.

아. 니나는 말했다. 그녀는 흘려듣고 있었다. 매주 그로부터 이런 편지를 받고 있어. 그러나 나는 그를 도와줄 수 없어.

나는 대꾸하지 않았다. 혼란스러웠다. 속았다는 것을 알면 사람은 혼란스러워지게 마련이다. 이 화가와 그 부인은 매우 행복해 보였다. 그들이 행복한 부부라고 모두들 말했다. 그러나 사실은 어떤가? 그는 니나를 사랑하고 있으며 그 결혼을 비참하다고 느끼고 있다. 자기 부인을 계속 속이고 있다. 비록 생각뿐이긴 하지만. 그리고 누가 알랴? 그 부인도 그를 속이고 있을지도. 나도 오래전부터 남녀간에는 정절이란 없으며 다만 습관적으로 함께 사는 것뿐이라고 생각하고 있었다. 그렇다 해도, 어떤 난간도 안전하지 않으며, 어떤 계단도 견고하지 못하고, 어떤 다리도 어떤 도로도 항구적이지 못하며, 모든 것이 안개나 썩은 나무로 만들어져서 어디로 가든 추락할 뿐이라고 생각하니까 기분이 좋지 않았다. 내 남편은 잘츠부르크에서 무엇을 하고 있을지. 그는 거기에 자주 간다. 그가 거기서 할 일이 있다는 것을 나는 알고 있다. 나는 그것을 아주 잘 안다. 그러나 일이 끝난 후에 그는 뭘 할까. 그리고 이런 생각이 나를 아프게 하지 않는다. 나는 어깨를 으쓱했다. 나는 그에게 충실한가? 나는 그렇다. 틀림없다. 그런데 그래서 더 좋은가. 나는 이미 오래전에 남편과 멀어졌다. 나는 나 혼자만의 생활을 하고 있다. 그는 이 부분에 대해 어떤 간섭도 하지 않는다. 그를 사랑하느냐고 니나가 물은 적이 있었지. 나는 그를 사랑한다. 나의 집을 사랑하는 것처럼, 나의 달콤한 습관들을 사랑하는 것처럼. 그는 나의 습관이다. 그렇다 해도 이런 인식이 전혀 나를 아프게 하지 않는다. 나는 늙은 것 같다. 그러나 니나와 이 남자는 어떻게 될 것인가? 두 개의 불타는 별이 서로 부딪치면 어떻게 될 것인가? 그들은 자신들의 불길을 가라앉히고 식혀야만 할 것이다. 그러지 않으면 그들은 서로를 파괴할 것이다. 그렇다. 내가 요 며칠 니나를 만나고 니나를 알지 못했다면 나는 이렇게 말했을 것이다. 그들은 서로를 파괴하고 몰락할 거라고. 그러나 니나는 불굴의 힘으로 그 남자와 자기 자신을 구제할 것이다.

아직 읽지 않은 몇 통의 편지가 더 있었다. 그러나 니나가 갑자기 소리쳤다. 저걸 봐! 저 빛을!

비가 오고 있었고 우리는 그것을 모르고 있었다. 그러나 이 순간 햇빛이 다시 구름을 뚫고 나왔다. 모든 지붕과 홈통이 반짝였다. 공중의 전깃줄이 반짝였다. 나무의 새싹들이, 쓰레기통들이 빛났다. 모든 사물들이 빛과 광휘에 녹아든 듯했다. 니나가 창문을 열어젖혔다. 향기가 한꺼번에 몰려왔다. 니나는 자신의 결심을 금방 실행하려는 다급한 성질을 가지고 있었다. 내가 외투를 입을 때까지 그녀는 초조하게 문에서 기다렸다. 빨리 해. 니나는 마치 우리가 아주 중요한 어떤 일을 놓치고 있다는 듯이 말했다. 내가 장갑을 찾을 때는 답답한 나머지 한숨까지 내쉬었다.

우리는 아무 거리나 걸었다. 강렬한 봄의 향기를 거의 말없이 들이마셨다. 어디론가 급하게 들어가서는 저녁을 먹었다. 니나는 여전히 조금밖에 먹지 않았다. 그러고 나서 우리는 영국식 공원에 가기로 했다. 갑자기 니나가 한 광고탑 앞에 멈춰 섰다. 정확히 말하면 마치 일격을 당하고 마비된 것처럼 걸음을 멈췄다.

오르페우스, 라고 그녀는 중얼거렸다.

그런데?

오늘 저녁에 글루크의 「오르페우스」 공연이 있어. 「오르페우스와 에우리디케」야.

나는 그것이 이런 큰 흥분의 원인이라고는 생각할 수 없었다. 가려고? 벌써 너무 늦었는걸.

니나는 머리를 저었고 계속 걸어갔다. 한동안 말이 없었다. 물웅덩이에 빠지는 것도, 길가의 빗방울 맺힌 젖은 나무에 부딪히는 것도 몰랐다. 나는 생각할 시간이 필요했다. 나는 생각했다. 아마 '그 남자'가 가수이고 오르페우스를 부를지도 모른다고. 그러나 아니었다. 그건 남자가 하는 역할이 아니었다. 그 남자가 지휘자일까, 아니면 감독? 혹은 그가 공연을 보러 뮌헨으로 온 것을 니나가 아는 것일까? 맙소사, 니나는 모든 흥분되는 일들을 그 남자와 연결시켜 생각하게끔 나에게도 전염시켰다.

우리는 영국식 공원의 북쪽 끝까지 갈 예정이었으나 클라인헤셀로 호숫가에 이르렀을 때 니나는 벌써 돌아가고 싶다고 말했다. 돌아가야만 해, 라고 말하는 니나의 시선에는 우울함과 답답함이 가득해서 나는 하려던 말을 삼켰다. 우리는 돌아갔다. 돌아가는 길은 산책이라기보다는 무엇에 쫓겨 가는 것 같았다. 무엇이 그녀를 집으로 모는 것일까? 손님이 있는 것도 아니고 우편물도 이미 읽지 않았는가. '그 남자'의 전화도 니나는 사절하고 있지 않은가. 니나와 함께 걸으면서 나는 그녀가 말하는 것을 들으려고 애썼다. 그렇게 빨리 걸으면서도 니나는 용케 말을 했다. 너무 서둘렀기 때문에 나는 많을 것을 이해하지 못했다. 급정거하는 자동차 소리와 바람 소리 때문에 많은 부분을 놓쳤고 끊어졌다. 그러나 마침내 나는 이야기를 종합할 수 있었다. 니나는 언젠가 '그 남자'와 함께 오페라에 갔다고 했다. 처음으로 함께 음악을 들었는데 그것이 「오르페우스」였다. 그들은 많은 일 때문에 둘 다 지쳐 있었다. 그들은 전날 밤 거의 눈을 붙이지 못했다. 껍질이 없는 상태에 이른 듯했다. 신경은 거미줄보다 얇아져서 찢어질 듯 팽팽했다. 위험했다. 그들은 나란히 앉아 있었다. 둘 다 음악에 재능이 있었다. 그들은 아주 멋진 음악을 들었으며 넋을 잃었다. 요컨대 그들은 음악과 사랑에 붕 뜬 황홀경을 체험했다. 그러나 연주는 끝이 났다. 밖에는 비가 내리고 있었다. 택시가 오지 않았다. 그들은 사람들이 줄 서 있는 한구석에 비를 맞으며 있었다. 그때 그가, 그 남자가 그녀에게 싸움을 걸어왔다. 정말 어리석은 싸움이었다. 이것은 니나를 불행하게 했다. 그녀는 행복이 2시간밖에 지속되지 않았다는 것을 믿을 수 없었다. 니나는 비를 맞으며 울었다. 그가 눈치채지 못하게 얼굴을 돌리고서. 그러나 그는 눈치를 챘다. 그리고 사람들 앞에서 큰 소리로 화를 내며 다음과 같이 말했다. 결코 다시는 함께 음악회에 오지 않겠어. 훨씬 나중에야 그녀는 알았다. 이것이 그녀에게 사랑을 표시한 데 대한 후회와 부끄러움에서 비롯된 행동이었다는 것을.

이 남자와 헤어진다는 것은 어려운 일임에 틀림없었다. 아마 그는 니나에게 계속해서 수수께끼 같은 존재였을 것이다. 그녀를 그에게 계속 붙들어둔 것이 이런 불가해성이 아니었을까. 니나는 이런 불가해성을 풀어보려는 **시도조차** 하지 않았을지도 모른다. 니나는 그의 불가해성을 지켰다. 이것이 그들의 사랑이었고 그녀의 사랑이었으므로.

이런 점을 인식한 후에 나는 크게 한숨을 쉰 것 같았다. 니나가 몸을 돌려 나를 보고 말했다. 무슨 말을 했어? 나는 내가 생각한 것을 그녀에게 말하지 않으려고 했다.

니나는 현관문을 열자마자 중얼거렸다. 벌써 들어오다니 유감이야.

그녀는 길가로 안쓰러운 표정을 던졌다. 길에는 녹색과 분홍색의 축축한 마지막 여명의 빛들이 떠다니고 있었다. 그러나 그녀는 재빨리 문을 닫고는 층계 위를 뛰어 올라갔다. 마치 시간에 맞춰 집에 돌아왔다는 듯이. 우리가 없을 때 누군가 올 것이라는 기대를 하지 않았는데도 아무도 없는 것을 보자 니나는 실망한 듯했다. 수줍지만 재빠른 눈길로 몇 번이나 주변을 둘러보고 나서 단념했다. 자신을 억제하고 있었다. 경직된 동작으로 우리 둘의 외투를 걸고 창문을 닫았다. 여기저기를 정돈했다. 그러더니 느닷없이, 나는 지옥을 뚜렷이 상상할 수 있어. 언니도 그래? 하고 물었다.

나는 한 번도 그런 생각을 해본 적도 없고 그에 관한 어떤 상상도 해보지 않았다고 고백하지 않을 수 없었다.

그렇지만 나는, 하고 니나는 낮은 목소리로 말했다. 나는 지옥을 알고 있어. 사람이 완전히 비참해져서 결코 다시는 사랑할 수 없다는 것을 느끼고, 그리고 어떤 한 사람과 영원히 더 이상 만날 수 없으리라는 것을 아는 것, 그것이 지옥일 거야.

그리고 더 이상 사랑받지 못하는 것도. 나는 덧붙였다.

니나는 고개를 저었다. 그건 중요하지 않아. 다시는 사랑할 수 없다는 것, 그것이 중요해.

나는 갑자기 이런 종류의 대화에 거부감을 느꼈으며 니나를 농담 속으로 끌어들이려고 해보았다. 그래, 나는 말했다, 천국은 걸음을 걸을 때마다 사랑하는 사람을, 그러나 깊이는 아니고 약간만 사랑하는 사람을 만나는 곳이야. 즉, 달콤하고 편리한 만큼만 사랑하고 그 이상은 사랑하지 않는 거야. 그러지 않으면 우리는 돌연 연옥에 빠지게 되니까. 여기는 한 사람만 열렬히 사랑하는 곳이지.

아니야. 니나는 나의 비아냥거림에 개의치 않고 말했다. 천국은 반은 행복한 상태야······.

왜 반만이지? 나는 니나의 말을 가로막았다.

니나는 나를 거의 연민에 가까운 눈길로 바라보고는 애써 조금 웃어 보였다.

조금 전까지만 해도 그토록 비웃어주고 싶었는데 지금 니나의 체념은 나를 슬프게 했다. 이것은 니나의 본질을 흐리게 하는 것이기 때문이었다. 니나는 정열적으로 절망에 빠지거나 초조와 고통으로 가득 차 있어야 했다. 결코 체념해서는 안 되었다. 나는 니나가 술을 마시거나 이야기를 하거나 아무튼 무엇이든 했으면 싶었다. 이렇게 팔을 축 늘어뜨린 채 희망 없고 지치고 창백한 얼굴로 앉아 있지만 말고. 니나는 내가 슈타인의 일기장을 다시 펴서 1934년 4월 22일자의 마지막 기록에 이은 비어 있는 페이지들을 찾는 것을 무관심하게 바라보았다.

니나는 이 빈 페이지들을 보며 생각에 잠기는 듯했다. 1934년, 대체 그때 무슨 일이 있었을까? 전혀 기억이 나질 않아. 아니, 기다려봐. 생각해 봐야겠어. 아냐, 그때는 아무 일도 없었어. 아무 일도 일어나지 않은 때였어. 나는 서점에서 일하고 있었어. 정치적인 활동도 거의 하지 않고 슈타인도 만나지 않고 혼자 지내고 있었어. 그런데, 아 그렇지, 그때 퍼시를 알게 되었지. 내가 어떻게 그걸 잊고 있었을까? 어느 날 슈타른베르크에서 돌아오는 길이었어. 기차를 타고 있었는데 그때 나는 유리창에 비친 한 얼굴을 보았어. 그게 퍼시였어.

니나가 한동안 말을 하지 않고 언짢은 듯, 아니 긴장된 표정으로 무엇을 애써 생각해 내려는 듯 앞만 보고 있었으므로 내가 물었다.

그 얼굴이 어땠는데?

무슨 얼굴? 니나는 물었다.

퍼시의 얼굴 말이야. 네가 방금 이야기하려고 한 거잖아.

아, 그래. 니나는 건성으로 대답했다. 어땠냐고? 그게 무슨 뜻이야?

니나는 퍼시와 전혀 상관이 없는 생각과 상상에 온 신경을 집중하고 있었다. 니나의 얼굴은 맞아떨어지지 않는 계산을 하며 앉아 있는 사람의 괴롭고 귀찮은 표정을 하고 있었다.

유리창에 비친 얼굴이 어떻게 보였느냐는 거야.

남자다웠어. 니나는 흥미 없다는 듯이 말했다. 그리고 성난 소리로 덧붙였다. 처음에는 몰랐는데 나중에 보니 그는 정말 참을 수 없는 생김새였어. 키가 크고 금발이고 파란 눈이었어. 건강하고 스포츠맨처럼 보였지. 그런데, 왜 웃어?

내 남편이 꼭 그렇게 생겼거든.

우리는 살짝 서로 곁눈질하고는 웃음을 터뜨렸으나 곧 황망히 웃음을 거두어들였다. 우리는 둘 다 우리의 웃음 속에 약간의 비애가 깃들어 있음을 느꼈다.

그러나, 하고 니나가 재빨리 말했다. 그는 여러 가지 면에서 완벽했고 죽는 것도 멋있었어.

내가 모르겠다는 듯이 쳐다보자 니나는 작은 소리로 말했다. 내가 그에게 독을 주었어. 아니, 그렇게 놀란 눈으로 보지 말아. 독살한 게 아니야. 다만 교수형에서 구해 준 거야.

그가 투옥됐니?

응, 니나는 말했다. 그렇지만 나는 모르고 있었어. 우리는 이미 오래전에 헤어진 상태였으니까. 그는 다른 여자와 살고 있었어. 1942년 어느 날 밤, 그의 아내가, 이름이 클레레야, 나를 찾아왔어. 우리가 4년 동안 만나지 않았다는 걸 언니는 알아야 해. 그 여자는 내가 자기를 싫어한다는 걸 알고 있었어.

그래. 나는 부지불식간에 대답했다.

그렇다는 게 뭐야? 무얼 안다는 거야?

네 목소리로 알았어. 너는 그 여자를 증오하는 것 같아. 네가 그 여자의 이름을 입에 올리기 힘들어 하는 걸 보니 말이야.

그래, 니나는 말했다. 그건 사실이야. 나도 놀라고 있어. 그렇게 오래된 일인데. 하지만 언니 말이 맞아. 아직도 끔찍한 감정의 웅어리가 남아 있는 게 틀림없어. 나는 그 여자가 싫어. 그 여자의 눈은 마치 굶주린 개의 눈과 같았거든. 그 여자의 어디가 퍼시의 마음에 들었는지 모르겠어. 언니는 웃는군. 아마 언니는 여자들이란 딴 여자의 어디가 자기 남편의 마음을 끄는지 모를 거라고 생각하겠지? 그렇지만 틀렸어. 퍼시에게는 전에 아주 귀엽고 예쁜 애인이 있었어. 나는 그때 퍼시가 그녀와 자러 가는 것을 이해할 수 있었어. 하지만 이 클레레란 여자는 전혀 예쁘지 않아. 그녀의 이는 무척 컸는데, 항상 그 이들이 보였거든. 그 이로 산 양도 물어뜯을 수 있을 거라는 느낌이 들었어. 그 여자는 화가였는데 그림은 엉터리였어. 이것이 그녀의 최악으로 나쁜 점이었지. 내가 퍼시를 용서하지 못하는 가장 큰 이유이기도 해. 내가 이런 식으로 그 여자 얘기를 하는 게 마음에 안 들어. 그 여자도 슬픈 일을 많이 당했거든.

퍼시는 그 여자와 결혼했니?

아니야. 그는 원한 것 같았는데 거기까지 이르진 못했어. 잘 모르겠어. 어쨌든 그녀가 나를 찾아왔을 때는 임신 중이었어. 일곱 달째였어. 그 여자는 밤늦게 찾아왔어. 헐렁한 외투를 입고 거기에 달린 모자를 쓰고 있어서 난 누군지 알아보지 못했어. 층계를 올라온 데다 겁에 질려 숨을 헐떡거리고 있었어.

그리고 이미 배가 꽤 불렀는데도 뱀장어처럼 미끄러져 들어오더니 재빨리 뒤로 문을 닫는 거야. 그녀가 임신 중인 걸 보고 나는 퍼시가 그녀를 버렸다고 생각했어. 그래서 나를 찾아온 거라고 말이야. 나는 속으로 그런 일에 전혀 관심이 없으니 빨리 가라고, 나에게 어떤 도움도 기대하지 말라고 말했어. 그 여자는 얼굴이 아주 창백하고 움푹 패어서 마치 노파처럼 보였어. 이것은 물론 나에게 큰 만족감을 주었어. 나도 다른 여자와 다르지 않아. 경쟁 관계에 있는 여자가 못되는 걸 보면 기쁘거든.

니나는 이 말을 특별히 강조해서 말했다. 그러나 나는 그녀의 본심이 아니라고 느꼈다.

나는 그날 밤 마침 차 마시는 데 초대받아 갔다 오는 길이었기 때문에 옷을 잘 입고 있었어. 나는 그 여자 맞은편에 앉아 담배를 피워 물었지. 그리고 그 여자가 담배를 피워서는 안되는 상황인 줄 알면서도 나는 그녀에게 담배를 내밀었어. 그러자 그 여자는 아주 조그만 소리로, 고마워요, 하지만 커피를 한잔 주시면 정말 좋겠어요, 하는 거야. 나를 찾아오고 더구나 무얼 달라고 청하기까지 하는 게 정말 쉬운 일은 아니었을 텐데. 나는 커피를 끓여 주었어. 난 원두를 갖고 있었어. 전쟁 중에는 아주 귀한 거였지. 그 여자는 말하더군. 어머, 진짜 커피군요. 그래, 나는 속으로 말했어, 보시다시피 난 이렇게 잘 지내고 있다. 사실 나는 잘 지내지 못했어. 커피도 마지막 남은 거였어. 하지만 나는 그 여자에게, 그런데도 불구하고 내가 잘 지내고 있다는 것, 그리고 퍼시가 없어도 전혀 아쉬워하지 않는다는 걸 보여주고 싶었어. 그 여자는 여전히 날 찾아온 이유에 대해 말하지 않았고 나도 묻지 않았어. 그녀가 말을 꺼내기 어려우리라고 일부러 묻지 않았지. 그래, 너희가 나를 내쫓던 날 밤을 기억해 봐라 하고 나는 생각했어. 밤 10시였는데도 너희는 나보고 어디로 가느냐고 묻지 않았어. 그리고 그날 밤 너희는 같이 잤고 나는 어디 있었는지 알아? 선술집의 한 의자 위에 있었어. 너무 지쳐서 집에 돌아가지 못한다고 사람들이 날 동정해서 아침까지 있게 해준 거야. 그리고 너는 나에게 물었지. 당신은 여기서 무얼 원하는 거죠? 당신은 내가 이미 오래전부터 퍼시의 아내라는 걸 모르셨나요? 나는 이런 것을 생각하고 있었어. 이런 일은 잊지 못하는 법이지. 나는 일어서서 라디오를 틀었어. 무도곡이 흘러나왔는데 이것이 그 여자의 마음을 아프게 했나봐. 나는 그걸 분명히 느꼈어. 나는 몹시 기분이 좋았지. 악마적 쾌감 같은 거였어. 그런데 갑자기 그 여자가 낮은 소리로 말했어. 퍼시가 죽게 돼요. 그러나 나는 그 말뜻을 알아듣지 못했어. 그가 아프다고요? 아, 아뇨. 그녀는 말했어. 그가 잡혔어요. 비밀경찰한테. 그는 사형 선고를 받을 거예요. 확실해요. 통보를 받았다고 해요. 다음 주에 교수형 아니면 참수형에 처해질 겁니다.

무슨 말을 했는지 모르겠어. 나는 쾌감을 느꼈던 것을 부끄러워할 시간도 없었어. 맙소사, 어떻게 하면 그를 구해 낼 수 있을까요, 나는 말했어. 전혀 없어요, 전혀. 끝난 거예요. 그녀는 대답했어. 그러나 나는 믿지 않았어. 나는 항상 어떤 방법으로든 구원은 있다고 생각해 왔거든. 그는 어디 있지요? 나는 물었어. 트라운슈타인에요. 그러나 그는 이송돼요. 슈타델하임으로요. 거기서 그는 처형될 거예요. 그녀는 또 말했다. 자기는 친척이 아니기 때문에 그를 볼 수 없고 부인만이 그를 면회할 수 있다고. 그래요? 그러나 나는 그와 이혼했는걸요. 상관없어요. 그녀는 말했다. 이에 대해 그녀는 벌써 조회해 보았고 그 결과 나는 면회할 수 있다는 것이었다. 내가 그의 자식들을 데리고 있기 때문이라고 했다. 참, 아이가 하나죠. 그녀는 정정했다. 매우 흥분해 있으면서도 우리는 그걸 알아차리고 한동안 서로를 바라보았다. 다정한 눈길일 수는 없었다. 그런데 내가 그한테 가서 뭘 하죠? 나는 물었다. 그는 나를 보고 싶지 않을 텐데. 그는 내가 아니라 당신을 보고 싶어 할 텐데요. 아, 지금은 그게 문제가 아니에요. 그녀는 말했다. 그가 누구라도 면회할 수만 있으면 돼요. 그는 틀림없이 몇 가지 해결할 일이 있을 거예요. 우리는 그를 두려움 속에 혼자 내버려둘 수는 없어요. 좋아요. 내가 가겠어요. 내일 첫 기차를 타고 갈게요. 그러나 내가 금방 면회 허가를 받을 수 있을지 그걸 모르겠어요. 가장 좋은 것은 당신이 함께 가는 거예요. 아마 서로 볼 수 있을 거예요. 아는 변호사가 한 사람 있어요. 나는 거기서 신문받고 석방된 적이 있어요.

다음 날 나는 클레레와 함께 떠났다. 그녀는 마치 얻어맞은 짐승처럼 보였다. 이 일 전체를 통틀어 내가 힘들었던 유일한 부분은 그녀가 나를 볼 때였다. 그 눈이라니! 그리고 나는 내 의사를 반해서 관대한 자의 역할을 해야 했다. 관대가 아니었다. 나는 이런 상황에 빠져 있으면 누구라도 도왔을 것이다.

나는 내가 도와주어야 할 사람이 퍼시라는 사실을 저주했다. 그러나 무슨 소용인가. 나는 해야만 했다. 2월이었다. 습기가 있었고 추웠으며 하늘은 잿빛이었다. 도처에 웅덩이가 있었고 자동차들은 물을 튀겼다. 도시 전체가 회색빛이었고 세상 끝처럼 보였다. 호텔에는 2인용 침실 말고는 빈방이 없었다. 그래서 나는 클레레와 함께 자야만 했다. 추웠다. 스팀이 고장났거나 석탄이 떨어졌거나 둘 중의 하나였다. 내가 나가 있는 동안 클레레가 침대에 누워 있었다. 첫날 나는 면회증을 받을 수 있었다. 간단한 일이었다. 다음 날 오전에 나는 감옥으로 갔다. 감옥에 가본 적이 있어, 언니는?

아니, 다행히도 아니야. 나는 말했다.

다행이라고 말하지 마. 그런 경험이 사소한 것이라고 할 수는 없으니까. 나는 사람이 갇혀 있는 것 자체를 얘기하는 게 아니야. 갇혀 있다는 것은 어떤 점에서는 나쁜 것이긴 하지만 다른 점에서 보면 좋은 면도 있는 거야. 자신은 자유로운 밖으로 나가면서 누군가를 철창 속에 남겨둔다는 것은 끔찍한 일이야. 아, 얘기를 계속해야지.

내가 면회증을 보이자 간수장은 이름을 읽었어. 퍼시 할이라고 큰 소리로 읽었지. 그다음에는 낮은 소리로 한 번 더 읽어. 그리고 간수 쪽을 보더니 세 번째로 읽었어. 퍼시 할. 간수는 듣지 못한 것처럼 보였다. 나는 생각했다. 퍼시는 이미 죽은 것이라고. 그런데 그때 그가 말했다. 앉으시오. 데려올 테니까. 이 목소리에서 나는 퍼시가 이미 죽은 사람 취급을 받고 있다는 것을 눈치챘어. 나는 간수장에게 물었어. 남편이 사형선고를 받았나요? 그는 모른다고 했어. 그러나 그는 나의 얼굴을 보지 않았어. 나는 또 물었어. 남편이 여기서 언제 떠나나요? 그는 어깨를 으쓱하면서 말했어. 아마 월요일일 거요, 그러나 아직은 몰라요. 그런 다음 그는 창가로 가더니 밖을 내다보는 시늉을 했어. 그러면서 낮은 소리로 그때까지는 매일 면회할 수 있다는 거야. 그날이 벌써 수요일이었는데 말이야. 이때 퍼시가 왔어. 나는 그를 못 알아볼 뻔했어. 머리를 박박 민데다 수염이 덥수룩하게 자라서 전혀 다른 사람처럼 보였어. 게다가 바싹 말라 있었어. 간수가 그를 기다리고 있는 사람이 누군지 말해 주지 않은 것 같았어. 아마 그는 클레레가 왔다고 생각했겠지. 나를 보자 그는 몹시 당황했어. 물론 처음에 우리는 한 마디도 할 수 없었어. 사람들은 갇혀 있는 자에게 어떤 말을 해야 하는지 모르는 법이니까. 그가 전혀 다른 세계에서 살고 있다고 느끼지. 그는 우리와 전혀 관계가 없는 거야. 어리석은 질문만을 던질 뿐이야. 가령, 어떻게 지내고 있어? 혹은, 도와줄 일이 없어? 그러면 갇힌 자는 대답하는 거야. 고마워, 보다시피. 혹은 빙그레 웃기도 하지. 나는 말해 주었어. 클레레가 와 있어요. 그녀는 들어올 수 없어요. 그러니 그녀에게 전할 말을 나에게 해줘요. 클레레, 그는 말했어. 마치 그 이름이 누구인지 기억을 더듬는 것처럼. 그녀는 일곱 달째예요. 잘 지내고 있어요. 내가 말했어. 그녀는 당신에게 안부 전해 달라는 말을 셀 수 없이 했어요. 고맙군요, 그녀에게도 안부를 전해 줘요. 그는 말했어. 그리고 나서 그는 나를 쳐다보았어. 부탁해요. 몇 달 동안은 그녀를 떠나지 말아줘요.

무슨 일이 있어도. 이때 나는 그를 위해서라면 무슨 일이든 약속할 수가 있었어. 그는 말했어. 내가 어떤 상황에 있는지 당신은 알지요? 이때 우리 옆에 있던 간수가 우리에게 말했다. 감옥에서 면회할 때는 항상 간수가 입회하게 되어 있거든. 그는 큰 소리로 말했어. 형벌에 관해 말하는 것은 금지되어 있습니다. 우리는 이것에 관해 계속 이야기할 필요가 없었어. 우리는 서로를 잘 알고 있었어. 잠시 후 간수가 전화를 받으러 갔고 나는 퍼시와 단둘이 있게 되었어.

　나에게 독약을 가져다줄 수 있어요? 그는 나지막이 물었어. 나는 이 사람들 손에 죽고 싶지 않아요. 내일 꼭 좀 갖다줘요. 나는 대답할 수 없었어. 간수가 돌아온 데다 5분간의 면회시간도 끝나고 있었기 때문이야. 나는 클레레에게 말할 것을 생각해 보았어. 그녀의 몸을 배려해야 하겠지만 지금 그녀가 내 곁에 있을 때 모든 사실을 알려주는 것이 낫지 않을까. 나라면 진실을 아는 편을 택할 테니까. 그러나 방법이 있을지 알 수 없었어. 이 방법을 나는 오후가 다 지난 뒤에야 찾아냈어. 아, 도시 동쪽 너머에 있는 방법……. 사람이 그런 시간을 겪고도 살아 있다니! 마르그레트, 나는 그에게 독약을 가져다주어야 했어. 내가 혼자, 전적으로 혼자 거기에 대해 책임을 져야 해. 나는 속으로 말했어. 퍼시는 이제 끝났다. 그러나 나는 그가 처형당하는 것을 원치 않는다. 그가 이 최악의 마지막 며칠간을 견디게 할 수는 없다. 그 끝없이 긴 날들을. 그러나 나는 또 생각했어. 누가 알랴. 요 며칠간 무슨 일이 일어날지를. 갑자기 전쟁이 끝날지도 모른다. 사면받을 수도, 혹은 탈

출할 수도 있지 않은가. 누가 알 것인가. 우연이라는 것이 있는 것이다. 이 모든 것을 나는 곰곰이 따져보았어. 그리고 나는 생각했어. 퍼시는 더 이상 구원의 가망이 없다는 확신이 섰을 때 비로소 이 독약을 들게 될 것이라고. 나는 변호사와 이야기할 수 없었어. 어느 누구와도 이에 대해 이야기를 나눌 수 없었어. 그때 나는 슈타인을 떠올렸어. 나는 호텔로 돌아가서 클레레에게 퍼시가 잘 지내고 있다고 이야기해 주었다. 다만 가슴에 약간의 통증이 있을 뿐이고 변호사가 항소를 했다더라고 말했어. 우리가 생각한 것보다 상황이 나쁜 것은 아니라고 말해 주었다. 아, 그녀는 말했어. 이야기해 주어야 해요. 사실을 얘기해 줘요. 나는 사실이라고 말했어. 오늘 빨리 뮌헨으로 가서 그에게 줄 물건 몇 개를 챙겨와야만 한다고. 내의, 비누, 뭐 그런 것들을. 정말인가요? 그녀는 물었지. 정말인가요? 그녀는 믿고 싶기 때문에 내가 한 말을 믿었어. 그러나 갑자기 그녀는 말했어. 그는 항상 독약을 가지고 있었어요, 청산가리를요. 만약의 경우에 대비해서죠. 그들이 그것을 빼앗았을까요? 그래요, 그렇게 생각해요. 나는 말했어. 그런데 왜 이런 말을 하는 거죠? 그가 독약을 가지고 있는 게 좋을 거예요. 그래요? 그렇게 생각해요? 잠깐 후에 그녀는 다시 말했어. 어디서든 그를 위해 독약을 구할 수 없을까요? 그러나 왜요? 틀림없이 모든 일이 잘될 텐데요. 불필요하게 흥분하지 마세요. 아기를 생각해요. 나는 이런 상황에서 할 수 있는 말들을 했지.

밤에 뮌헨에 도착했다. 나는 곧장 슈타인에게로 갔지. 벌써 자정이 지나고 있었어. 그러나 그는 아직 자지 않고 있었어. 그는 항상 늦게까지 자지 않았으니까. 그는 누구냐고 묻지도 않고 문을 열어주었어. 그는 마치 나를 기다렸던 것처럼 보였어. 그러나 지금은 알아. 그가 기다리고 준비하고 있었던 것은 다른 것이었어. 그는 자신이 체포될 것이라고 생각하고 있었던 거야. 무슨 일이 일어났는지를 나는 알지 못했어. 나는 그도 걱정을 한다거나 흥분할 수 있는 줄은 몰랐어. 그만큼 이기적이었다고나 할까. 나는 그의 얼굴이 하얗게 질려 있는 것도 의식하지 못했어. 나는 처음으로 수염을 깎지 않은 그의 얼굴을 보았어. 회색빛 수염이 웃자라 있었지. 그는 황폐해 보였어. 그러나 나는 그런 데는 주의할 여유가 없었어. 나는 즉시 그에게 내가 왜 왔는지를 설명했어. 물론 나는 알고 있었어. 그가 퍼시를 싫어한다는 것, 그리고 내가 요구하는 것이 쉬운 일이 아니라는 것을. 그러나 이런 일을 그 말고 누구한테 부탁할 수 있었겠어. 그는 오랫동안 한 마디도 하지 않았어. 전혀, 한 마디도. 그는 방 안을 이리저리 왔다 갔다 했다. 그러고 나서 그는 말했지. 운명을 앞질러서는 안 됩니다. 그러나 나는 그냥 선 채로 그를 쳐다보았어. 나는 돌아서지 않았다. 기다렸어. 그는 세 번 더 안 된다고 말했지. 그는 그런 일을 할 수도 없으며 해서도 안 된다고 말했어. 나보고는 여러 가지를 신중하게 생각해야 한다고 말했다. 퍼시가 누구로부터 독약을 얻었는지 알게 되면 내가 체포될 수 있으며, 또한 퍼시가 그 전에 구조될 가능성도 있다는 것이었어. 사형선고를 받은 사람이 죽기 전 마지막 며칠 동안 무슨 생각에 이르게 될지, 그로부터 이 마지막 날들을 빼앗을 권리는 아무에게도 없다고도 말했어.

그러나 나는 계속 기다렸다. 마침내 날이 밝았고 그는 나에게 카페인을 주었다. 그리고 이것을 어떻게 쓰는지 말해주었다. 카페인을 버터에 섞어 빵에 바르면 돼요. 그러면 끝이오. 카페인은 치사량이었고 신속하게 작용한다고 했어. 길에 나서서야 나는 문 앞에서 작별할 때 그가 나를 쳐다보던 눈길이 생각났어. 나는 다시 돌아섰지. 무슨 일이 있어요? 당신한테 무슨 일이 있군요. 아, 그는 아주 조용하게 말했어, 별일 아니오. 정치적으로 다시 의심받고 있을 뿐이오. 나는 어떻게 할 것이냐고 물었어. 전혀 아무것도. 이렇게 앉아서 일할 뿐, 그 밖에 내가 뭘 더 할 수 있겠소. 나는 그가 차라리 베를린으로 가서 나타나지 않는 게 어떠냐고 했어. 그러나 그는 고개를 흔들었어. 나는 이런 일을 오래전부터 예견하고 있었소. 나는 괜찮소. 그러나 이 말은 사실이 아니었어. 그는 동요하고 있었어. 그는 그의 일과 그의 학생들을 사랑했어. 그는 이것들을 잃을까봐 두려워했던 거야. 이때 나는 그에게 탄복하고 있었어. 만약 내가 그를 사랑할 수 있었다면 이날 아침부터였을 거야. 내가 뒤를 돌아보았을 때 그는 여전히 그 자리에 서 있었어. 마치 바위처럼, 회색으로, 강건하게, 말없이. 무섭도록 고독하게, 그리고 다른 사람의 마음에 고통을 줄 정도의 위대함으로. 만약 그때 그가 결혼하자고 했으면 나는 그렇게 했을 거야, 언니.

동정심에서? 나는 물었다.

아니야. 오히려 존경심일 거야. 혹은 혹시…… 혹시 우정 때문인지도. 그러나 그는 다행히도 그런 말을 하지 않았어. 나는 서둘러 집으로 갔어. 루트와 마틴을 보기 위해서. 아이들은 깊이 잠들어 있었어. 나는 그때 마음씨 좋은 가정부를 두고 있었기 때문에 걱정 없이 다시 트라운슈타인으로 돌아갈 수 있었어. 그런데 도중에 오, 마르그레트, 이날 아침이라니! 차창에는 빗물이 흐르고 난방장치는 작동하지 않았어. 칸막이 방엔 나 혼자뿐이었어. 완행열차라서 역마다 섰고 무슨 일인지 역이 아닌 데서도 서 있곤 했어. 비는 열차의 지붕을 계속 같은 소리로 두드리고. 그때 떠오른 생각들. 유령처럼 슬며시 다가온 생각들. 그래, 나는 가방에 독약을 가지고 있다. 나는 이것을 퍼시에게 주어야 한다. 그는 죽을 것이다. 틀림없이 죽을 것이다. 다시 살아나지 못하고. 나는 생각하기 시작했어. 사람들이란 그런 경우에 엉뚱한 생각을 필요로 하는 모양이야. 완전히 일관된 생각이 계속 끊임없이 이어졌어. 틀린 것은 단 하나. 시작이 틀렸지. 계산의 맨 첫 부분, 그것 때문에 모든 것이 틀린 거야. 나는 생각했어. 카페인의 반만 바른 빵을 주는 거야. 그는 심장에 큰 충격을 받게 될 거고 병원으로 이송되겠지. 거기서 나는 그의 사망진단서를 써 줄 의사를 찾아보고, 그러면 우리는 그를 빼돌릴 수 있는 거야. 퍼시는 살아나는 거야 뭐 그런 생각이었지. 단지 내가 염려해야 할 것은 단두대나 교수대를 눈앞에 둔 이 시점에서 과연 퍼시를 병원으로 이송시키겠느냐는 것이었어. 그리고 우리를 도와줄 의사를 찾는 것도 문제였지. 나는 즉시 변호사한테 가서 그를 우리 편으로 끌어놓아야 한다고 생각했어. 그러나 과연 그가 입을 다물고 있을까. 그를 믿을 수 있을까. 아무도 믿을 수는 없었어. 이때 나는 갑자기 내가 퍼시에게 독약을 준 것을 사람들이 알면 어쩌지 하는 두려운 생각이 들었어. 나는 체포될 것이고 사형선고를 받게 되겠지. 그럴 가능성은 충분히 있었어. 내가 천사인가. 나는 그와는 거리가 멀다. 나의 생각은 계속 이어졌지. 왜 나는 이런 위험한 짓을 사서 하려고 하는가. 퍼시가 나와 무슨 상관이라는 말인가. 클레레에게 독약을 가져다주라고 하자. 그녀가 버터빵에 독약이 발라져 있다는 것을 알 필요는 없다. 그녀에게 면회 허가를 받아주기만 하면 된다. 그러면 그녀가 그것을 퍼시에게 전달할 것이고 나는 혐의에서 제외된다. 그러나 이것도 물론 안전할 수는 없었어. 밤을 새운 데다 몸은 완전히 얼었고, 이런 여러 상념들에 기진맥진해 트라운슈타인에 도착했을 때 나는 내가 무엇을 해야 할지를 분명히 알았어. 나는 먼저 변호사에게 구원의 가능성을 타진해 보려고 했어. 그리고 그가 만약 퍼시를 포기하면 이곳에 선고일까지 머물러 있기로 하자. 감옥의 간수장이 소식을 주겠지. 그는 나에게 동정인지 호감인지 아무튼 그런 걸 갖고 있었으니까. 그때 퍼시에게 독약을 전하면 되는 거야.

변호사는 마침 아침 식사를 하는 중이었어. 그가 거기 앉아서 아침 식사를 할 수 있다는 것이 나에게는 의아하게 생각되었다. 자신의 의뢰인이 사형선고를 받았는데도 말이야. 그는 나의 생각을 어리석게 여겼어. 퍼시는 결코 병원으로 옮겨지지 않을 거라는 말이었어. 감옥에서 그냥 뻗을 거라고 말했지. 그래, 그는 뻗을 거라고 말했어. 그는 매우 침통한 듯하면서도 치즈빵을 매우 맛있게 먹었어. 그는 사형선고가 내려졌다는 소식을 들었다고 했어. 교수형이었지. 이 말을 듣자 나는 욕지기가 났어. 나는 빨리 거기서 나와 토했어. 호텔로 돌아가자 클레레는 매우 흥분해 있었어. 내가 달랠 수 있는 정도가 아니었어. 퍼시에게 보낼까도 생각해 보았다. 내가 면허증을 그녀에게 주면 간수장이 눈감아 줄지도 모를 일이었으니까. 그러나 머리를 빡빡 깎이고 비참한 몰골을 한 그의 모습을 보게 해도 되는 걸까. 그녀에게 그리고 아이한테 안 좋을 것이었다. 그의 내복이 어디 있지요? 클레레는 물었다. 벌써 감옥에 갖다주었다고 나는 말했다. 거짓말하기란 내게는 몹시 쉬운 일이었다. 그리고 독약은 어디 있죠? 여기요. 나는 그녀에게 아스피린이 든 작은 통을 보여주었다. 알아보지 못하게 한 거죠. 나는 말했다. 그녀는 아무 말도 하지 않았다. 그렇지만 믿지 못하는 눈치였다. 마치 동물처럼. 왜 얼굴이 그렇게 창백해요? 그녀는 물었다. 아침 4시 반부터 저녁 8시 반까지 난방이 안 된 기차에 앉아 있으면 당신이라도 그렇게 될 거예요. 이렇게 말하고 나는 거기서 나왔다. 식당으로 들어갔으며 빵과 버터를 주문했다. 한 조각은 내가 먹었다. 내가 어떻게 먹을 수 있었는지 지금 생각해도 이해가 안 된다. 실내에는 아무도 없었다. 나는 아무런 방해도 받지 않고 버터와 빵에 카페인을 바를 수 있었다. 그리고 빵을 봉지에 쌌지. 나는 그것을 먹고 싶은 유혹을 느꼈다. 내가 감옥에 들어가자 간수장이 나를 쳐다보았어. 마치 뭔가 알고 있는 듯한 눈치였다. 그러나 그가 알 리는 없었어. 마침내 퍼시가 왔어. 물론 우리 둘만 있지는 않았어. 그러나 나는 이미 내가 말할 것을 곰곰이 생각해 놓았어.

클레레가 안부를 전하더군요. 걱정하지 말래요. 그녀는 잘 지내고 있어요. 그리고 몇 달 동안은 내 집에 있게 될 거예요. 고맙소. 그러고는 그가 아무 말도 안 했어. 그래서 내가 물었어. 배고프지 않나요? 뭘 좀 가져왔는데. 사과 몇 개와 빵이에요. 그리고 버터 바른 빵이 더 있어요. 이것을 좋아하시잖아요. 간수가 이것들을 집어서 일일이 빵 하나하나를 베어보았어. 편지나 날카로운 면도기 같은 게 숨겨져 있는가 보기 위해서지. 그들은 여러 가지 경우를 알고 있거든. 그들은 버터 바른 빵도 펼쳐보았어. 그래, 보라지. 나는 이렇게 생각하며 퍼시에게 눈짓을 했어. 나는 퍼시가 순간적으로 알아차렸다는 것을 알았어. 면회 시간이 끝났을 때 나는 기뻤어. 나는 더 이상 아무 말도 할 수 없었지만 고맙소, 라고 퍼시가 다시 말했어. 그리고 우리는 악수를 했으며 서로 마주 보았어. 우리 아이에게 키스를 전해 주오. 그는 말했어. 나는 당신은 걱정하지 않소. 나는 아무것도 두렵지 않아요. 이 점을 잊지 말아요. 모든 것은 잘될 거요. 당신께 감사하오. 그리고 그는 끌려갔어. 그는 한 번도 뒤를 돌아보지 않았어. 그 후 어느 누구도 그를 본 사람은 없어.

그리고 너는 어떻게 했니? 클레레와 어떻게 되었니? 나는 물었다. 정말 그가 독약을 먹고 죽은 거니?

그래. 니나는 말했다. 그는 독약을 먹고 죽은 거야. 사형선고는 너무 늦게 왔고. 나는 이틀 뒤에 소식을 들었어. 두 명의 경찰관이 와서 나를 신문했거든. 나는 예상하고 있긴 했지만 아무렇지도 않았어. 나는 그를 단지 두 번 만났을 뿐이고, 그때마다 간수가 입회했으며, 그들이 모든 것을 검사했는데 어떻게 그에게 독약을 줄 수 있었겠느냐고 되물었지. 그리고 나의 전남편은 일찍부터 만약의 경우를 대비해 항상 독약을 지니고 있었다는 것도 말했어. 그들은 나에게서 아무것도 찾아낼 수 없었어. 그리고 나는 클레레를 퍼시의 친척 아주머니한테 데려다주었어. 나는 그녀를 매주 방문했지. 그녀는 사내아이를 낳았어.

어떻게, 너의 적이었던 여자를 어떻게 계속 만날 수가 있었니?

처음에는 어려운 일이 아니었어. 나는 퍼시의 죽음 때문에 흥분해 있었거든. 흥분해 있거나 어떤 특별한 상황에 놓이면 자신을 초월하게 되지. 다른 때라면 못 할 일도 이때는 할 수 있는 거야. 좋은 일이든 나쁜 일이든. 그러나 그 후에는 그렇지가 않았어. 애가 태어나고 그녀가 다시 벌이를 시작했을 때 나는 그녀에게 더 이상 신경 쓰지 않았어. 퍼시의 죽음에 대해 나는 반년이 지난 후 그녀에게 설명해 주었어. 그 전까지는 그녀의 안정을 위하여 항상 말을 만들어내야만 했어.

그럴 수가! 나는 말했다.

니나는 나를 어리둥절한 눈으로 쳐다보았다.

그러나 내가 느낀 것을 그녀에게 말해 줄 수는 없었다. 나의 놀라움에는 공포 같은 것이 섞여 있었다. 이런 정도의 책임감, 이러한 확고한 자신감, 객관적으로 필수불가결한 것에 대한 정확한 감각이 약간은 비인간적인 것이 아닐까 하는 의구심이었다. 이런 성격을 니나는 어디에서 획득한 것일까? 대신 그녀에게 부족한 것은 무엇인가? 그러나 나는 그것을 찾을 수 없었다. 니나는 차갑지 않았으며, 메마르지 않았다. 냉혹한 사람이 아니었다. 그녀에게는 열정이 있었으며 예민한 감각을 갖고 있었다. 이런 여러 정신적 자세를 얻기까지 니나는 어떤 대가를 치렀을까? 이제 나는 니나가 다른 사람들에게도 그토록 강력한 힘과 용기를 요구한 것을 이해하게 되었다. 그녀 앞에 있기란 쉬운 일이 아니었다.

니나의 얼굴을 보았을 때 그녀가 얘기했던 것에 대한 나의 심적 동요를 보여줄 수 없을 것 같다는 생각이 들었다. 니나의 얼굴은 무표정했으며 엄하기까지 했다.

내 생각으로는, 나는 무엇이든 얘기하기 위해 말을 꺼냈다, 내 생각으로는 그래도 너는 퍼시를 사랑했어.

모르겠어. 니나는 말했다. 나는 그렇게 생각한 적이 없었어.

너는 그와 결혼했잖아.

내 뜻이었다고 할 수는 없어. 시작부터 내 뜻은 없었으니까. 순식간에 이루어졌어. 마치 그물로 동물을 잡을 때 동물이 전혀 저항하지 못하고 생각할 틈도 없이 놀라서 순순히 따라가는 것처럼.

그런 일이 너에게 일어났어? 니나, 너에게?

그래. 니나는 말했다. 뭔가 아는 사람이면 누구나 나를 기습할 수 있어. 내가 퍼시를 기차에서 보았을 때 나는 그를 외면했어. 그런데 그가 나와 함께 내려서는 함께 개찰구를 나서는 거야. 나와 함께 전찻길에 이르고, 그러면서 줄곧 나를 쳐다보는 거야. 손을 이미 내 몸에 얹어보았다는 듯, 아주 당연스럽게, 거절은 전혀 염두에 안 두고 말이야. 그에게는 모든 일이 확실한 듯했어. 그는 나와 함께 내리더니, 쾨니히슈트라세에서 말을 걸었어. 5분 후에는 팔짱을 꼈고, 1시간 후에는 나에게 키스를 했고, 또 1시간이 지났을 때 나는 그가 건축가라는 것을 알게 되었어. 제3제국의 사람들이 그의 건축물들을 너무 요란하다는 이유로 좋아하지 않는다는 것도. 그리고 그의 재산은 별로지만 자기 부인을 먹여살릴 만큼은 된다는 것도. 결국, 나는 그의 주소를, 그는 나의 주소를 알게 되고, 주말에는 산에 가기로 약속했어. 우리는 정말 그렇게 했어. 정말 아름다운 가을이었어. 숲들은 노란색 일색이었어. 나는 이 멋진 날씨, 이 멋진 날이 모두 퍼시 덕분이라고 생각했어. 도시로 돌아왔을 때 우리는 이미 약혼한 사이나 마찬가지였어.

그가 마음에 들긴 했니? 나는 큰 소리로 물었다.

모르겠어. 니나는 말했다. 그는 폭풍과 같은 성격을 가졌어. 약동적이고, 힘이 있었고, 별 생각 없이 생을 움켜잡는 스타일이었어. 약간의 안정을 갖게 되었다는 것이 나에게는 좋은 일이었어. 진정한 안정은 물론 아니었어. 그러나 당시에 이런 것은 문제가 안 됐어. 멋진 가을이었고 나는 훌륭한 아내가 될 준비가 되어 있었어. 청춘에 종지부를 찍고 퍼시와의 생활에 나를 맞추었어. 우리는 부엌살림을 사기 시작했어. 여기서는 냄비를, 저기서는 커튼 천을 하는 식으로 말이야. 신부역은 매력적이었어. 나는 단정해지고, 스스로 중요해지고, 아주 달라졌다는 느낌을 갖게 되었어. 퍼시는 어렸고, 약간은 부박하고, 흥분하길 잘했어. 그리고 나를 약간 비웃는 것 같았지만 나는 개의치 않기로 했어. 아니, 퍼시의 이런 면을 좋아했고 이런 것이 퍼시의 우월함의 표시인 것처럼 나는 생각했으니까.

그렇게 사는 것이 네 마음에 들었다는 거지? 나는 믿을 수가 없었다.

아, 언니는 모를걸. 내가 순종하는 것, 아주 부드럽게 구는 것, 명령에 따르는 것들을 얼마나 좋아하는지 말이야.

아니야. 나는 부인했다. 그것은 사실이 아니야. 너는 꾸며대고 있을 뿐이야. 너는 고집이 세고 자립심이 강한데…….

그렇게 해야만 하기 때문이야. 단지 그렇게 해야만 하기 때문이라고. 모든 사람들은 말해. 니나 부슈만은 현대 여성이고 해방된 여성의 전형적인 본보기이다. 그녀는 스스로 벌고 아이들을 혼자 키운다. 남자가 필요 없다. 남자처럼 분명히 사고하고 생을 움켜쥐고 마치……. 아, 모르겠어. 그러나 이것은 나의 한 부분일 뿐이야. 나는 불가피한 것에 대해 현저한 감각을 갖고 있지만, 그러나 다른 것은……. 니나는 약간 미소를 지었다. 나를 믿어줘. 그녀는 덧붙였다. 나는 평범한 여자일 뿐이야. 할 수만 있으면 결혼하고 싶어 하는.

너는 열두 번이라도 할 수 있어. 나는 약간 화가 나서 말했다.

그러나 니나는 잠시 침울하게 나를 쳐다보았다.

나는 구닥다리야. 니나는 계속 말했다. 나는 결혼을 믿어. 나는 보통의 여성은 모두 좋은 결혼을 원한다고 생각해. 또 실제로는 폭군 같은 남편을 좋아한다고 생각해. 언니는 안 그래?

안 그래. 나는 말했다. 나는 항상 여성은 자유로워야 한다고 생각하는 쪽이야. 비록 나 자신은 모범적인 가정주부이긴 하지만.

모르겠어, 나는 계속 말했다, 나의 남편이 폭군 같았다면 내가 그를 사랑했을까. 내 남편은 그렇지는 않아. 언제나 자상하고 내가 원하면 항상 내버려두는 편이지.

그래? 그러면서 니나는 창문 밖을 바라보았다. 내가 뭘 얘기하려고 했는데, 그게 뭐였더라.

네가 어떻게 퍼시와 결혼했는지에 대해 말하려고 하지 않았어?

아니야. 거기까지는 안 갔어. 나는 언젠가 11월 말 아니면 12월에 퍼시를 데리고 슈타인에게 갔던 것을 설명하려고 했어. 내가 왜 그랬는지 모르겠어. 어쨌든 그것은 실패였어. 나는 퍼시에게 말했어. 슈타인은 나의 오랜 친구인데 함께 방문하지 않겠느냐고. 그래서 함께 갔어. 나는 물론 슈타인에게 나의 약혼에 대해 편지에 썼고 내가 퍼시를 소개해도 되겠느냐고 물었지. 그는 정중한 답장을 보내왔어. 어쩔 수 없었겠지. 어쨌든 거기에 간 것은 어리석고 쓸데없는 짓이었어. 그 두 남자는 처음부터 적이었어. 그들은 전혀 다른 타입이었어. 잔뜩 반감을 가지고 있으면서도 악수를 하는 모양이란. 공공연한 선전포고와 같았어. 그때 퍼시는 슈타인이 나를 사랑하는 줄은 전혀 몰랐어. 우리는 차를 마시러 갔어. 다행히도 거기에는 헬레네가 있었어. 그녀는 예전과 다르게 매우 공손했고 상냥했어. 그녀는 얼마 동안은 슈타인에 대해 걱정 안 해도 된다는 것에 매우 만족하는 듯했어. 그녀와 내가 모든 대화를 이끌어가야만 했어. 두 남자는 아무 말도 없이 담배만 피웠고 적대감으로 얼굴은 굳어 있었어. 그 광경을 좀 상상해 봐.

우리가 슈타인의 집에서 나왔을 때 퍼시는 말했어. 그는 나를 싫어하고 있더군. 그리고 갑자기 물었는데 둘 사이에 무슨 일이 있었느냐는 거야. 나는 말했어. 우정일 뿐 아무 관계도 아니라고. 슈타인은 사람들이 국경을 넘을 때 나를 도와주었다고. 그는 나를 믿지 못하는 눈으로 보더니 웃었어. 이 어린 양아, 그는 말했어, 그래, 그가 당신을 사랑하는 것을 당신이 몰랐다고 내가 믿어주지. 그렇지만 그는 내가 당신을 빼앗았다고 나를 미워하고 있어. 이 말은 나를 몹시 화나게 했어. 그러나 나는 한 마디도 안했어. 나는 말하고 싶었어. 아니라고, 슈타인은 당신의 정신과 감정의 빈곤함 때문에 당신을 미워한 것이라고. 이때 나는 잠시나마 퍼시와 결혼해서는 안 된다는 것을 퍼뜩 느꼈어. 그러나 나는 더 생각해 보려고 하지 않았어. 나는 어떤 일이 있어도 충실하려고 들었어. 나는 신들의 경고를 흘려들었으며 그래서 그 때문에 벌을 받았어. 그 후 금방, 두 번째 경고가 왔는데 그것도 흘려들었어. 크리스마스 때였어. 퍼시는 내가 크리스마스를 자기와 함께 그의 부모님 집에서 보내기를 원했어. 그래서 우리는 그의 부모님에게로 갔어. 나는 퍼시의 가족에 대해 잘 몰랐어. 그는 가족을 그리 좋아하는 것 같지 않았어. 애착만 있었지. 그의 아버지는 행방불명된 한 영국인의 사생아였대. 그리고 퍼시에게는 누이가 있었는데 원래 이름은 말레린이었지만 키티라고 불렀어. 아버지가 영국식 이름을 좋아했기 때문이야. 이게 내가 아는 전부였어. 우리가 벨을 눌렀을 때 한 뚱뚱한 부인이 앞치마 차림으로 뛰어나왔어. 손에는 반죽을 잔뜩 묻히고. 그녀는 우리들을 아주 힘차게 포옹했어. 그러고 나서 그녀는 계단 너머 2층에 대고 소리를 질렀어. 키티! 나와, 손님이 왔어. 퍼시와 그의 각시야. 그러자 키티가 소릴 질렀어. 나는 없어도…… 그래, 정말이야, 그녀는 이렇게 큰 소리로 분명하게 소리를 질렀어. 그러니까 퍼시의 엄마가 다시 소리를 질렀어. 좋다. 우리는 너 없이도 커피를 즐겁게 마실 테니까. 이렇게 나는 그의 가족과 첫 대면을 했어.

나는 퍼시가 나에게 미리 마음의 준비를 시켰다면 좋았을걸, 하고 생각했어. 마른하늘에 날벼락이지. 나는 너무 놀랐어. 나는 그 당시만 해도 유머 감각이 없었어. 지금이라면 웃어넘길 수 있었을 텐데. 하여튼 나는 상처를 입었어. 나는 입을 꽉 다문 채 안 좋은 기분으로 부엌에 앉아 있었어. 퍼시의 어머니가 옆에서 과자를 굽고 있었어. 벌써 케이크며, 크리스마스 때 먹는 길쭉한 과자들, 납작한 과자들이 몇 소쿠리 놓여 있었어. 나는 생각했어. 저것을 누가 다 먹을까, 하고. 나는 부엌의 수증기와 연기 한가운데 앉아 있었어. 안개 속을 통과해 오듯 아주 멀리서 그의 어머니가 말하는 소리가 들렸어. 그녀는 쉬지 않고 주절거렸어. 퍼시는 없었어. 그는 나를 그냥 곤란한 지경에 놔둔 거야. 한 번 키티가 들어왔어. 대략 열아홉 살쯤 되어 보였어. 꽤 예쁘게 생겼고 어머니처럼 검은 머리였어. 목에는 스카프를 둘렀는데 아주 새빨간 색이었어. 그녀는 담배를 피우면서 재를 아무 데나 털었어. 그녀가 말했어. 당신이 니나군요. 우리 집안에 결혼해 들어올 용기를 낸. 아무튼 축하해요. 놀랄 일이 많을 거예요. 미리 공개는 않겠어요. 그리고 그녀는 담배

꽁초를 부엌 쪽으로 길게 던지며 사라졌어.

　미친 것, 그녀의 어머니가 근심스럽게 말했어. 그러나 신경 쓸 것 없다. 떠들게 내버려둬라. 그리고 그녀는 딸 뒤에 대고 소리쳤어. 선물 교환할 때는 집에 있어라. 그러자 키티가 크게 대꾸했어. 이런 유치한 일에 내가 낄 것 같아? 12시 전엔 돌아오지 않을 거야. 그리고 그녀는 가버렸어. 밖은 어두워졌지. 퍼시는 오지 않았어. 곧 선물 교환 시간이 될 텐데, 나는 생각했어. 나는 이때 불현듯 슈타인 생각이 났어. 그의 집이었다면 이런 일은 있을 수 없을 거라고. 마침내 퍼시가 왔어. 이제 크리스마스트리에 촛불을 켤 차례. 이때서야 퍼시의 어머니는 자기 남편이 없는 것을 의식했어. 벌써 8시였고 밖은 캄캄했어. 우리는 부엌에 앉아서 기다렸지. 기다리면서 카드놀이를 했어. 그리고 빵을 먹었어. 나는 구역질이 날 정도로 많이 먹어야 했어. 퍼시도 마찬가지였어. 어머니의 마음을 상하지 않게 하기 위해서였지. 그녀 자신도 엄청나게 먹었지. 그녀는 사람들에게 묻지도 않고 접시에 먹을 것을 가득 담았어. 마침내 10시가 되었어. 퍼시의 아버지는 아직 오지 않았어. 퍼시는 자기가 가서 이 노인을 찾아보겠다고 했지. 내가 따라가겠다고 했지만 퍼시는 나보고 그냥 여기 있으라고 했어. 이것은 당신이 할 일이 아니야. 그는 말했지. 나는 퍼시의 어머니와 함께 있게 되었어. 그녀는 할 일이 없어지자 안절부절못했어. 그리고 말했지. 이놈의 영감, 또 어디 가 있는 거야. 평생 동안 이 영감 때문에 근심하며 보냈다니까. 그는 빈둥거리고 지내면서도 자기 자신을 아무도 이해해 주지 않는다는 거야. 자기는 큰 사람으로 태어났다고 말이야. 하급 관리를 벗어나 큰사람이 되려는 노력은 조금도 하지 않으면서. 그게 내 책임이라는 거지. 그 영감은 내가 그의 날개를 분질렀다고 생각하지. 내가 그의 발에 납덩이처럼 달려 있다는 거야. 내가 그의 불행이라는 거야. 그렇지만, 내가 없었다면 이놈의 영감은 벌써 망했을 거야. 이 집만 해도, 그러면서 그녀는 두 주먹으로 벽을 치고 그다음에는 자기 가슴을 쳤어, 이 집만 해도 내 돈으로 지은 거야. 이 가구도, 이 냄비들도, 이 옷들도 다 내 돈으로 산 거야. 그러면서 뭐, 나보고 내가 자기의 불행이라고! 이 수다쟁이 늙은이!

퍼시는 어때요? 퍼시는 나를 더 닮았지. 그녀는 말했어. 그러나 조심해야 돼. 걔는 벌써 열다섯 살에 계집을 가진 놈이야. 그리고 그런 일이 계속됐지. 솔직하게 말하는 거야. 그리고 이런 버릇은 제 아비로부터 물려받은 거야. 이 영감도 아직 그 버릇을 못 고친다니까. 그러나 이런 점만 빼면 퍼시는 괜찮아. 그는 생을 움켜잡아야 할 때 그렇게 하는 애야. 네가 그를 붙들어둘 수 있다면 모든 일은 잘될 거야. 그래요. 나는 작은 소리로 말했다. 그리고 나는 외투를 걸쳐 입고 거기를 나왔어. 나는 영원히 떠나고 싶다고 생각했어. 나는 퍼시와 퍼시의 가족에게 질렸어. 나는 얼어버린 들판을 가로질러 달려갔어. 안개는 걷히고 하늘엔 별들이 떠 있었어. 그때 나는 누군가가 바닥에 누워 있는 것을 보았어. 어떤 남자였어. 건드리니까 뻣뻣하게 얼어 있었어. 나는 그가 죽었다고 생각했어. 독한 화주 냄새가 코를 찔렀어. 나는 갑자기 이 사람이 퍼시의 아버지라는 생각을 했어. 그는 취해 있었어. 몹시 취해서 거기 누워 있었던 거야. 아마도 그는 이미 얼어 죽었거나 죽어가고 있을 거라는 생각이 들었어. 주변에는 아무도 없고 나 혼자였어. 나는 큰 소리로 퍼시의 이름을 불렀어. 나는 이 노인을 끌어보려고 했어. 그러나 그는 너무 무거웠어. 그때서야 나는 울기 시작했어. 너무 비참하다는 생각이 들었기 때문이야. 그러나 나는 이 노인을 어떻게든 해야만 했어. 나는 집으로 뛰어갔어. 그때 다행히도 퍼시를 만난 거야. 그가 그 노인을 업고 마침내 우리는 집에까지 왔어. 그는 빈사지경에 있었어. 그러면서도 계속해서 말했어. 나를 죽게 내버려 둬. 사는 게 지긋지긋해. 나는 이렇게 살아선 안 돼. 그러자 퍼시의 어머니가 말했어. 바보 같은 소리 그만둬요. 그러고는 그의 몸을 문질러 따뜻하게 하고 뜨거운 차를 마시게 했어. 중얼중얼 계속 넋두리를 하는데 몹시 측은하다는 생각이 들었어. 이때 퍼시가 나보고 거실에 가 있으라고 말했어. 거실에서 크리스마스트리와 선물 보따리들 옆에 앉았을 때에야 나는 비로소 퍼시에게 화가 났어. 그가 옆에 오자마자 나는 그에게 물었어. 왜 당신은 나하고 결혼하려고 하죠? 나는 정확히 그의 대답을 기억해. 이 대답은 나를 만족시키지는 못했지만 묘하게도 위로가 되었어. 왜냐하면 당신하고는 무슨 일이라도 할 수 있으니까, 가령 오늘 있었던 일과 같은 것은 당신에게 아무 부담이 안 될 테니까. 그는 나를 정확히 맞혔어. 나는 겁쟁이가 되고 싶지 않았으니까. 나는 무슨 일이든 견뎌 나가기로 했으니까. 나는 용감하게 그들과 함께 크리스마스를 즐겼어. 모든 것을 경험해야만 한다고 나는 생각했어. 내가 모르는 세계는 너무나 많았어. 나는 여태껏 이런 크리스마스이브, 이런 가족을 본 적이 없어. 내가 모르는 것은 없어야 해. 마음속으로 나는 이 모든 것을 언젠가 글로 써보리라 생각했어.

갑자기 니나가 낮게 웃었다.

이 노인은, 그녀는 말했다, 퍼시의 아버지 말이야, 정말 괴짜였어. 그러나 나는 그가 좋았어. 그는 자기 자신에게 굉장한 연민을 갖고 있었어. 다음 날 아침에 식사하러 나타났을 때 그는 굉장히 부끄러워했어. 그는 나와 급히 악수하고는 자기 자리에 슬며시 앉았어. 그리고 그의 부인이 잔뜩 무시하는 태도로 케이크가 담긴 접시를 밀어주자 투덜거리는 거였어. 그의 외모는 근사했어. 은회색의 머리를 가졌고 홀쭉했어. 한마디로 영국 신사 같았지. 외모로만 본다면 그는 학자로 보였어. 그는 맛없게 먹었어. 마치 이 자잘한 일상을 경멸하듯이. 그러나 부인은 무자비하게도 그의 그릇에 케이크를 계속 놓아주는 거야. 그는 먹어야만 했어. 그는 순종에 길들여진 사람 같았어. 어머니와 퍼시, 키티 모두 엄청난 양을 매우 빠른 속도로 먹어댔어. 아침 식사 후에 내가 부엌에서 어머니를 도와주려고 하자 그 노인이 자기에게 오라고 손짓을 했어. 그리고 나를 자기 방에 데리고 가는 거야. 그는 쇠로 만든 조그만 난로가 있는 작고 초라한 다락방을 쓰고 있었어. 난로는 자기가 관리한다고 했어. 재를 퍼내고, 불을 지피고, 청소하는 것 모두 노인이 한다는 거야. 그는 아무도 이 밀실에 들어오지 못하게 했어. 퍼시는 여태까지 한 번도 들어온 적이 없고, 키티는 열쇠를 훔쳐 딱 한 번 들어온 적이 있다는 거야. 한 번도 부인보고 청소를 하거나 창문을 닦으라고 하지 않았대. 그는 아주 좁은 낡은 소파에서 잠을 잤어. 사무실에서 집으로 돌아오면 삐걱거리는 낡은 책상에서 일했고. 그는 매우 점잖았어. 너무 점잖아서 이런 환경에서는 희극적으로 보였어. 나는 그 방에 있는 단하나의 의자에 앉았고, 그는 난로 옆에 기대 있었어. 잠자리로 쓰는 소파 위에 앉는 것은 예의에 벗어난다고 생각한 것 같아. 그는 술 때문에 분명 속이 좋지 않은 것 같았어. 그런데도 불구하고 그는 엄숙하게 내 앞에서 일장 연설을 했어.

친애하는 며느리여, 미래의 며느리여, 그는 두 손의 손가락 끝을 한데 모은 채 말을 시작했어. 나는 네가 이 집에 온 것을 진심으로 환영한다. 아주 이질적인 사람들이 함께 있는 이 가족의 구성원으로 받아들인다. 그는 이 말을 문간을 바라보면서 아주 조그맣게 말했어. 그 이후의 말은 속삭였다고 해야 옳을 거야. 이 가족의 구성원들은 서로서로에게 불행을 주기 위해 태어났다. 각각은 다 나름대로 소중한 존재긴 하지만다른 사람에게는 방해물이고 쇠사슬처럼 무거운 짐이 될 뿐이다. 나의 매우 유능한 생의 반려자는 훌륭한 주부긴 하지만좀더 높은 노력에 대해서는 이해가 전혀 없다. 정신적인 활동을 무시하고 나를 아주 무시한다. 그 이유는 단 하나! 내가 돈을 못 벌어 오기 때문이다. 돈이란 얼마나 하찮은 것인가! 그리고 나의 딸 키티. 생활력은 나무랄 데 없고, 거침이 없으며재능도 있지만 감정이 메말랐다. 마찬가지로 나를 업신여기고 있다. 그리고 그대가 남편으로 선택한 나의 아들 퍼시. 어머니의 유능함을 물려받았고 영국 할아버지의 예술적 재능을 물려받았는데, 그리고 그의 고집을 물려받았는데……. 그러고 나서 그는 간단히 말했다. 나는 네가 그와 함께 행복하기를 바란다. 그는 이 말을 매우 빨리 말해서 나를 놀라게 했어. 퍼시에 대해 더 말할 것이 없으세요? 나는 물었어. 아무것도, 아무것도 없다. 그는 속삭이듯 말했어. 인생은 힘든 거다. 함정과 위험이 가득 도사리고 있고 아무도 행복하지 못해. 그 어느 누구도. 모든 것은 기만이고 다른 사람을 알 수 없다. 그는 나에게 슬픔이 가득 찬 눈길을 던졌어. 의식을 마비시키는 것 이외 무엇이 남아 있겠니? 나는 너도 알다시피 술을 마신다. 너는 이미 나의 비참한 모습을 보았다. 그러나 나는 네가 나를 이해하고 있다고 느낀다. 너는 이 괴물들 중에 가슴이 있는 단 한 사람이다. 내가 얼마나 고통을 겪는지 너도 알 거다. 너는 이 세 사람과는 바탕이 틀려. ……그러고 나서 그는 여전히 귀는 문께로 향한 채 발가락 끝으로 소리 안 나게 나에게 왔어. 그리고 속삭이는 거야. 그와 결혼하지 말아라. 한동안 나는 정신이 멍해 있었어. 나는 그가 옳다는 것을 알았지만 마음속 깊이 생각하지는 않았어. 그리고 벌떡 일어나서는 말했어. 이것은 전적으로 내 문제예요. 제삼자가 왈가왈부할 수 없어요. 나의 이 말이 매우 단정적으로 단호하게 들렸던 것 같아. 그는 매우 당황하고 낙담하는 눈치였으니까. 그러냐? 그러면서 그는 말했어. 내 인생은 맨날 이 모양이다. 최선을 다하려고 하는데 아무도 들어주지 않아. 어떤 것을 말하든, 어떤 일을 하든 업신여김을 당하고 욕을 먹어. 모든 것이 잘못됐고 거꾸로라는 거야. 나는 경멸받기 위해 태어난 자야. 그러면서 그는 정말 눈물을 흘렸어. 나는 매우 마음이 아팠어. 나는 그를 어떻게 위로해야 할지 몰랐어. 나는 그가 좋았어. 그가 비통해 하는데도 나는 그가 좋았어. 나를 잡아당기는 무언가가 그에게는 있었어. 퍼시보다 그가 더 친하게 느껴졌어. 그렇지만 나의 공감에는 경멸이 함께 있었을 거야. 그의 말이 맞아. 모두가 그를 경멸했어. 나도 모르게 나도 그랬으니까. 아마 이 남자는 다른 환경을 필요로 했는지도 몰라. 그러면 자기 외모대로 됐을 거야. 그러나 지금의 그는 연약했으며, 좌절한 모습이었어. 그의 자기 연민은 신경에 거슬리기만 할 뿐이었어. 그래서 퍼시가 나를 불렀을 때 나는 기분이 좋았어. 그 후 내가 그 집에 있는 동안 이 노인은 술을 마시지 않았어. 8일 동안. 정월 초하루가 지날 때까지, 그믐날에도 그는 마시지 않았어. 그런데도 매일매일이 삭막한 날이었어. 대개 어머니와 키티 사이가 그랬어. 그러나 그 두 노부부 사이도 그랬어. 퍼시와 키티도 자주 다투었어. 갑자기 문이 꽝 닫혔고 항상 저주하는 소리가 들렸어. 그리고 아무도 이것을 이상하게 생각하지 않았어. 모두 면역이 되어 있었어. 그런데도 불구하고 이들에게는 응집력이 있었어. 나는 정말 언젠가 이들을 글로 꼭 표현하고 싶어. 이제 이들은 모두 죽었어. 두 노인네는 폭격을 맞아 죽었고, 키티는 실수로 독약을 마셨대. 그녀는 나중에 전쟁이 한창일 때 연구소에서 일한다고 했어. 어쩌면 그건 실수가 아니었는지도 몰라, 나로선 알 수 없지. 그리고 퍼시는 언니가 알 테고. 그들에게는 친척이 없어. 마틴이 유일한 혈육이지. 가끔 나는 불안해. 마틴이 이 가족과 너무 많이 닮은 게 아닌가 하고. 그러나 이런 건 너무 걱정 않는 게 좋겠지? 항상 이런 식이라면, 맙소사, 언니와 나는 어떻게 되었겠어. 잘난 체하는 어머니, 소심하고 의심 많은 아버지 사이에서 말이야. 그렇지만 우리가 부모님을 전혀 몰랐을 수도 있지. 진짜 모습은 아니었을 거야. 나는 가끔 나이가 든 내 모습을 상상하곤 해. 고독하고, 우울하고, 퉁명스럽고, 의심 많고, 귀는 멀어 있는 노파, 가난하고 양로원에 살고 있는 노파를.

아니야. 나는 소리쳤다. 너는 결코 찌들어 있지 않을 거야. 아니야. 너는 너무 생기에 넘쳐 고독할 수가 없어.

아니. 니나는 딱딱하게 말했다. 언니는 한 가지를 잊고 있어. 이 세상엔 사람을 변화시키는 것들이 많다는 것을.

니나는 갑자기 마치 깊고 어두운 함정 속으로 들어가듯 고통스러운 표정을 지었다.

저녁이 되었다. 오랫동안 우리는 어둠 속에 말없이 앉아 있었다. 요 며칠이 내가 여태까지 경험한 날 중에서 가장 이상한 날들이라는 생각이 들었다. 나는 동생을 보기 위해 왔다. 하루 예정으로, 혹시 동생을 도울 일이 있을지도 모른다고 생각하고. 그런데 지금 나는 그녀가 한 남자 때문에 번민하는 것을 앉아서 보고 있어야만 한다. 니나는 그 남자에게 어려운 결심을 면하게 해주려 하고 있다. 사랑하기 때문이었다. 나는 발밑에 있는 땅이 꺼져 들어가는 느낌을 받았다. 모든 것이 상관 있었다. 나는 어느새 연극의 한가운데 서 있었다. 즐거운 연극이 아니었다. 나는 갑자기 나 자신의 모습을 보았다. 막이 열렸고 무대로부터 찬바람이 불었다.

니나, 나는 불렀다. 비록 어떤 말을 해도 그녀에게 소용이 없을 거라는 것을 알면서도 이런 절망적인 기분이 나에게 말을 시켰다. 니나, 너는 너에게 너무 가혹한 거 아니니? 너는 삶과 행복을 너로부터 억지로 쫓아내려고 하는 것 같아. 아마 언젠가 후회하게 될지도 몰라. 지금 너는 너무 큰 일을 저지르고 있어. 나는 네가 행복하게 되는 것을 보았으면 싶다.

그녀는 잠시 지친 듯한 손동작을 해 보였다. 나는 말을 계속할 수가 없었다.

행복이라, 니나는 말했다, 행복하다는 것, 그게 도대체 뭘 의미하는 건데?

그러고 나서 그녀는 내 쪽으로 몸을 돌리고, 마치 나와 그 밖의 많은 것에 대해 자기 자신을 변호하려는 듯 재빠르게 말했다. 언니는 생각하지? 내가 절망하고 있다고. 그래 맞아. 그러나 그러면서 나는 행복해. 언니는 이것을 이해할 수 있어? 못 하지? 이해할 수 없지?

너는 일이 극단까지 치우쳤을 때, 극단까지 가서 네 힘이 부칠 때 행복을 느끼는 것 같구나, 하고 나는 생각했다.

그러나 나는 이것을 입 밖에 내지는 않았다. 지독한 슬픔이 나를 엄습해 왔다. 위로를 필요로 하는 것은 바로 나라는 생각이 들었다. 다시 집으로 돌아가서 예전같이 산다는 것이 갑자기 불가능한 일처럼 생각되었다.

돌연 니나가 벌떡 일어섰다.

나는 바람 좀 쐬어야겠어. 언니도 같이 갈래?

나는 그녀의 목소리에서 혼자 있고 싶어 한다는 느낌을 읽었다. 아마 다른 사람과 이렇게 계속 함께 있는 것이 그녀에게는 힘든 일이었을 것이다. 그녀는 이런 일이 별로 없었으리라.

그래, 가봐. 나는 너무 피곤해서 함께 갈 수 없을 것 같아.

나는 창문을 통해 그녀를 보았다. 그녀는 매우 빨리, 거의 뛰다시피 가고 있었다. 그러나 길모퉁이에서 그녀는 걸음을 멈추고 뒤를 돌아보았다. 그리고 뒤를 돌아서는 가만히 서 있었다. 밤거리에는 그녀밖에 없었다. 그 전에도 그 후에도 니나가 철저하게 혼자라는 사실을 이때만큼 뼈저리게 느낀 적은 없었다. 그녀는 어둡고 축축한 거리 한가운데 서 있었다. 거기서 무엇을 하려다가 잊어버린 사람처럼 한동안 서 있었다. 그러다가 그녀는 천천히 걸어서 공원 쪽으로 사라졌다.

텅 빈 방 안에서 나는 마음이 편치 않았다. 아주 불안한 기분에 휩싸였다. 나는 결국 니나의 위스키 병을 찾았다. 한 잔 가득 따라서는 단숨에 들이켰다. 그리고 나는 갑자기 배고픔을 느꼈다. 배고픔과 흥분으로 속이 텅 빈 것 같았다. 니나가 마음이 아파 밤거리를 헤매고 있는 동안 식욕을 느낀다는 것이 부끄러운 생각이 들었지만 나는 많은 양을 먹었다. 일종의 반항심에서 나는 먹었다. 왜 내가 계속 마음 한구석이 무너진 상태로 있어야 하는가. 나는 집에 가야 한다는 생각이 들었다. 나는 이 며칠 동안에 있었던 일들을 잊어버려야 하리라. 나는 이렇게 많은 결단, 체념, 죽음과 같은 느낌들을 참아낼 수 없다. 나는 니나가 아닌 것이다. 나에게는 나의 인생이 있다.

다 먹은 후에 나는 창문 밖을 내다보았다. 니나가 돌아왔으면 싶었다. 혼자 밤중에 돌아다니면 안 되는데. 나를 이렇게 아무도 없는 텅 빈 방에 내버려두면 안 되는데. 그러나 그녀는 오지 않았다. 나는 기분이 더 좋아질 것 같지는 않았지만 슈타인의 일기장을 꺼냈다. 페이지를 넘겨 1934년 4월 22일, 슈타인이 마지막으로 적어놓은 부분, 즉 니나와의 이별에 대해 기록한 부분 다음에 있는 빈 페이지들을 찾아냈다. 슈타인은 니나와의 이별에 대해 다음과 같이 썼더랬다. '그녀는 앞으로 가볍고 홀가분한 기분으로 살아가게 될 것이다. 그런데 나는? 나는?'

빈 페이지들은 마치 일기와 일기 사이에 한숨 돌리기 위한 시간처럼 보였다. 말 못 할 내적인 고뇌들과 긴장으로 가득 찬 휴식 시간인 듯했다. 다음은 바로 이어진 같은 해 12월의 기록이다.

1934년 12월 2일.

오늘 아침에 니나의 약혼 통지문이 배달되었다. 몇 달째 나를 피해 온 니나가 나에게 돌아오리라고 여태 믿고 있었다는 말인가? 내 인생의 한 장은 마감되지 않았던가? 왜 나는 흥분하는가? 밤이 이슥한 시간. 하루 종일 나는 다카우의 늪지대를 돌아다녔다. 내가 어디 있었는지 나는 몰랐다. 비가 왔다. 나는 그것을 나의 외투가 물에 푹 젖었을 때에야 비로소 알아차렸다. 밤에 나는 내가 모르는 어떤 기차역에 있는 것을 발견했다.(억지로나마 마음을 안정시키고 생각의 갈피를 잡기 위해 나는 상세하게 적는다. 무척이나 힘든 일이다.)

나나는, 그러니까 결혼했다, 결혼할 것이다. 그녀는 사랑하고 있다. 그녀는 최종적인 결정을 내렸다.

몇 시간이 지났다. 나는 이해하지 못한다. 나는 결코 이해하지 못할 것이다. 지금까지 나의 삶을 에워싸고 있던 벽이 이상하게도 비켜선 느낌, 마지막 희망조차 물거품이 된 것, 절망한 자들의 대열에 합류케 하는 이 무서운 절망감. 더 이상 밝아질 수 없고, 물릴 수 없고, 일상사가 되어버린 이 잿빛 절망감. 끝났다. 끝났다. 내 인생은 끝났다. 무엇을 잡겠는가. 내 손에 무엇이 더 남아 있는가. 먼지처럼 사라지지 않을 것이 있는가. 나는 먼지 냄새를 맡는다. 도처에서 먼지 냄새가 난다. 내 위에 있는 먼지. 두껍다. 숨이 막힌다. 입안까지 먼지가 침범하고 있다.

나는 나나에게 축하를 해야 한다. 그래야 하는 것이다. 그녀는 기다릴 것이다. 답장을 하지 않는 것은 예의에 벗어난다.

이 페이지 뒤에 세 장의 편지 초안이 놓여 있었다. 그중 두 장은 가운데가 찢겨 구겨진 것을 다시 펴서 풀로 붙여둔 것이었다.

친애하는 부슈만 양, 약혼을 진심으로 축하하오. 새로운 과제를 이루면서 행복해지시기를. B. 슈타인.

다음은 두 번째 편지였다.

나나, 당신은 나를 결국, 결국, 떠났군요. 당신은 행복하겠소. 아니면, 그렇다고 믿겠지요. 그러나 나에게 무슨 짓을 했는지 당신은 모를 것이오. 그게 좋을 것이오. 당신은 이런 종류의 절망은 아직 알지 못하오. 당신의 모든 고통은 희망으로 바뀌었지만 나에게는 파멸만 있을 뿐이오. 지금부터 나는 정처 없이 방황할 것이오. 목적도 없이 기계적으로 한 걸음 한 걸음 내딛을 것이오. 점차 생에 대해 무감각해질 것이고, 마비는 차츰차츰 골수까지 뻗쳐서 내 몸은 금방 빳빳해질 것이오. 당신을 탓한다면 그것은 어리석은 짓이겠지요. 당신은 해야 할 일을, 아니 당신이 믿는 일을 했소. 당신은 가고 있소. 손 닿을 수 없는 아주 먼 곳으로 가 있게 되겠지요. 이것이 벙어리가 되기 전의 마지막 말이오.

이 편지에는 대각선으로 줄이 그어져 있었다. 잉크 자국을 지우려고 애쓴 흔적도 보였다. 슈타인은 왜 그랬을까. 왜 슈타인은 이 편지들을 보관하였을까? 니나에게 보낼 생각이었을까? 그가 미래를 생각하였다면 그의 고통이 강력한 것일 수 있는가.

추측건대 세 번째 편지가 최종인 것 같았다.

며칠 지난 뒤의 날짜가 적혀 있었다.

친애하는 부슈만 양,

당신의 인생에 일어난 변화를 알려 주어 감사하오. 당신은 그 변화를 틀림없이 깊은 숙고 끝에 만들어냈을 것이오. (슈타인은 이 문장의 후반부를 지우고 대신 다음과 같이 적었다.) 당신은 틀림없이 깊이 숙고한 끝에 당신 인생의 새로운 단계로 입장하고 있겠지요. 그리고 당신 특유의 용기와 단호함으로 그것을 고수해 나가겠지요. 만족을 찾으시기를. 그리고 당신의 새로운 발전 상황이 유익하기를 기원하오.

B. 슈타인

다음 페이지에는 일기가 있었다.

1935년 12월 8일.

어떤 생각으로 니나는 할 씨를 나에게 소개할 생각을 했을까. 니나는 그 할이란 남자와 같이 나를 방문해도 좋겠느냐는 짧은 편지를 보내왔다. 그리고, 그들은 왔다. 이 할이란 친구는 금발 머리와 파란 눈만으로도 빛나는 주인공이 되기에 충분한 그런 부류의 젊은이였다. 자아에 대한 회의로 전혀 시달리지 않는 단순한 자, 저돌적이며 건강한, 성공하는 데 도움이 될 어느 정도의 지성을 갖춘 자. 그리고 사람들이 '좋은 녀석'이라고 부를 때 그 말이 의미하는 것을 갖춘 자. 틀림없이 그의 또래들한테는 좋은 동료인 자. 감출 것이 없기 때문에 개방적인 자. 어려운 문제가 없으니 쾌활한 자. 우리 시대의 여자들이 좋아할 뚜렷한 남성미를 갖춘 자. 요컨대, 예감과 비밀이 없는, 생각이 없는, 평균적인 남자였다.

니나가 찾던 남자가 바로 이런 남자다. 나는 니나를 이해해 보려고 노력하겠다. 혹시 이러한 불합리해 보이는 선택은 그녀의 위태한 본질이 걱정 없는 파트너를 간절히 요구한 결과가 아닌지. 그녀와 나의 결합을 불가능하게 한 것은 나 자신의 무거운 성격이 아니었을까? 혹시 니나는 그녀를 부지불식간에 이끌어온 반항심으로 나와 반대되는 남자를 선택한 것은 아닐까? 그는 어떤 식으로든 그녀를 기습했는지도 모른다. 어쩌면 니나는 그런 사내들이 갖고 있는 저돌적이고 막돼먹은 관능이 내게 없음을 아쉬워했는지도 모른다. 나는 니나를 가질 수 있었던 모든 기회를 흘려보내지 않았는가. 여자들은, 심지어 니나 같은 여자들도 내가 생각하는 것보다 더 원시적이라는 말인가? 어쩌면 여자들은 숨이 막힐 정도로 안아주면 정신적 이해 같은 것은 전혀 상관하지 않을지 모른다. 나는 여자에게는 침대가 정신보다 훨씬 더 중요하다는 생각을 해본다.

그래서 니나는 이 할이라는 사내와 함께 가서, 함께 자고, 함께 아이를 낳고, 행복해질지 모른다. 이날 오후가 나에게 이별의 아픔을 얼마간 삭여주었다. 내 혀에 남아 있는 쌉쌀한 맛은 얼마간 머물다가 사라지게 될 것이다.

1936년 새해 아침.

나는 크리스마스를 예전의 몇 년처럼 헬레네와 함께 아네트 아주머니 집에서 보냈다. 나는 니나가 마지막으로 썼던 방에 기거하고 있다. 벌써 2년이 넘은 일이다. 그때는 가을이었다. 무어라 형용할 수 없는 완전한 나날들이었다. 너무 아름다운 것 앞에서 파멸의 운명에 대한 어렴풋한 불안이 흘렀다.

나는 일기장을 펼치고 떨리는 마음으로 다음 문장을 읽는다. 내가 이전에 물었던 것. 내 인생은 어떤 의미를 가지는가?

나는 이제 더 묻지 않는다.

오늘도 나는 더 묻지 않는다. 나에게 무슨 일이 일어났는 가? 나는 잠을 자고 있었다. 죽음과도 같은 잠을. 니나가 떠난 후 나는 얼음과 같은 상태에 있었다. 이 상태에서 나는 2년을 보냈다. 자신을 의식하지 못했다. 그런데 이제 나는 깨어났다. 나는 눈을 뜨고 내 주위를 돌아본다. 그리고 느낀다. 나는 살아 있다, 나는 살아 있다고. 무슨 일이 일어났던가. 나는 그것을 알아볼 것이다.

헬레네의 제안으로 아네트 아주머니의 집에 오게 되었다. 나는 그저 따르기만 했을 뿐이다. 낮 동안 나는 아네트의 서재에서 보냈다. 밖으로 나갈 엄두를 내지 못했다. 나는 날씨가 너무 나빠서야, 라고 스스로에게 말했지만 나를 붙든 것은 공포였다. 기억에 대한 공포, 깨어남에 대한 공포, 고통에 대한 공포였다. 어제는 아네트가 나를 불렀다. 그녀는 매우 늙었으며 쇠약해졌기 때문에 침대에서 살다시피 하고 있었다. 그러나 그녀의 눈매는 아직 새와 같은 날카로움을 가지고 있었다. 그녀의 정신은 이전처럼 명료했다. 눈에 보일 정도로 가까이 와 있는 죽음이(몇 달은 더 살 수 있을 것이다). 그녀에게 통찰력과 지혜를 주었다. 이것은 그 이전까지 평생 동안 그녀의 거만함 내지 심술로 인해 발휘되지 못하던 것들이었다.

너 고집불통이 됐구나. 아네트 아주머니가 뜬금없이 말했다. 무슨 일이냐? 그 애 때문이지?

나는 순간적으로 마음의 문이 닫혔다. 대답을 기다리지 않고 아주머니는 계속 말했다. 무슨 일인지 설명할 필요도 없다.

내가 이미 예견했지 않니? 너는 그걸 믿지 않았지. 아니 좋다. 이 모든 것은 네게 생각하는 것처럼 중요한 일이 아니다. 중요한 것은 지금 네가 잘못 처신하고 있다는 것이다. 너는 왜 고집으로 뭉쳐서 구석에 앉아 있는 거니? 원하는 것이 이루어지지 않아서? 그것이 가장 중요한 일이기라도 한 것처럼? 네가 그 애와 결혼했더라면 불행했을 거다. 너도 이건 알 거다.

나는 분노가 치밀어오르는 것을 느꼈다. 이것은 인생에서 오랜만에 나타난 충동이었다. 그러나 약했다. 너무 약해서 거역의 언어로 표현될 수 없었다.

아주머니의 말은 무자비했다. 너는 언제까지 모욕당하고 있을 거냐? 변명하지는 마라. 딴 남자를 선택했기 때문에 너는 상처를 입은 거야. 너는 그걸 받아들이지 못한다. 어떤 남자도 받아들이지 못하지.

이번에는 말을 중단시켰다. 꼭 그런 것만은 아니라는 걸 아시잖아요.

그래, 알고 있다. 아네트 아주머니는 말했다. 그러면서 그녀는 손을 나의 팔 위에 얹었다. 알고 있지, 그것이 인생에 대한 마지막 희망이었다는 것을. 너는 나를 감동시키는구나.

아네트 아주머니는 비아냥거리지 않고 말했다. 예전에 없이 부드러웠다. 이제 가거라. 그녀는 피곤하다고 덧붙였다.

나는 나왔다. 그리고 나도 모르게 정원으로 나왔으며 예전에 니나와 걸었던 길 위에 서 있는 자신을 발견하였다. 갑자기 격심한 통증을 느꼈다. 그것이 지나가자 나는 거의 마취 상태에 빠졌다. 눈을 들어 위를 쳐다보았다. 파란 하늘이 나를 보고 있었다. 주변을 돌아보았다. 정원이 있었다. 눈이 없는 벌거숭이 겨울 정원, 그렇다고 죽은 것은 아니며 부드러운 색깔에 싸여 있었다. 옅은 서리가 내려 있었다. 잎새 없는 수풀, 꽁꽁 얼어붙은 회양목 울타리, 나무들, 이 모든 것이 나를 보고 있었다. 대지가 나를 보고 있다, 라고 할밖에 나는 그것을 달리 표현할 길이 없다. 이때 나는 내가 수영장 앞에 서 있는 것을 알아차렸다. 니나가 그 주위의 돌로 만든 가장자리에 즐겨 앉아 있었던. 이 순간 얼어붙었던 마음이 녹았다. 부드럽게 녹은 것이 아니라 순식간에 녹았다. 나는 정원을 질러 뛰어갔다. 들판으로 나가는 작은 문을 무심히 찾아냈다. 나는 내가 무슨 일을 하는지도 모르고 계속 달려갔다. 어둠이 내리기 시작했을 때 나는 내가 숲속 높은 곳에 있는 것을 발견했다. 길도 없이 숲과 덤불로 둘러싸인 공터에 나는 서 있었다. 낯선 곳이었다. 무서운 생각은 들지 않았다. 나는 서서 크게 숨을 들이쉬면서 주위를 둘러보았다. 평생 한 번도 숨을 쉬지 않았던 것처럼 숨을 쉬었다. 대기는 차고 청명했다. 내 뒤에 무슨 일이 있었는가? 나는 더 이상 알 수가 없었다. 나는 숨을 쉬었다. 나는 고통과 기쁨을 느꼈다.

내려가는 길은 힘들었다. 나는 길을 잃었으나 마침내 마을로 향하는 오솔길을 찾아냈다. 그리고 나는 생각하기 시작했다. 아네트 아주머니가 무슨 말을 했는가? 니나가 내 인생의 마지막 희망이라고 했다. 이것은 니나와 전혀 관계가 없지 않은가? 니나가 비유에 불과했다는 말인가? 그녀와 결혼하고자 하는 욕구가 정해진 것으로부터 도피하려는 충동에 다름 아니었다는 말인가?

아직은 그것을 곰곰 생각해 볼 시간이 아니었다. 나는 아직 완전히 깨닫지 못했다. 밤이 되어서야 깨달음이 왔다. 나는 무엇을 욕구했는가? 나는 오로지 단념이라는 처절한 고통에 나 자신을 맡겨야 했다. 그것은 사랑이 아니었으며 아네트 아주머니가 말한 것처럼 '인생에 대한 희망'이었다고 고백해야만 했다. 니나를 잃은 고통은 장난감을 잃은 고통과 다름없었다.

나는 나 자신을 위로하지 않았다. 시간이 계속 흘러갔다. 나는 깬 채로 누워 있었다. 나는 진정제를 먹지 않았다. 아침이 오고 있었다. 이때 나는 고통이 생명의 샘이 있는 저 심층까지 파고들어간 것을 느꼈다. 고통이 생명의 샘을 뚫어, 새로운 물, 새로운 생명이 용솟음치는 것을 느꼈다.

아침이었다. 새해 아침이었다. 새로운 밝은 기분이 다가오는 것을 느낀다. 수년 전부터 알지 못하고 지냈던 생의 위기가 극복되었다고 느낀다. 이제 나는 알았으니 더 이상 그것으로 미망에 빠지지 않을 것이다. 나는 니나를 사랑한다. 나는 절대 잃을 수 없는 새로운 순화된 방식으로 니나를 사랑한다. 나를 구원한 그 고통에 대해서 니나에게 감사한다. 지난밤의 눈물은 내 인생의 경직된 궁핍함을 씻겨 내려가게 했다. 남아 있는 것은 이 새로운 밝은 기분의 어두운 밑바닥인 체념의 슬픔이다. 니나는 내가 가지려 했고 되기를 원했던 모든 것에 대한 비유일지 모른다. 그렇게라도 항상 있어주면 좋겠다. 니나는 생 자체에 대한 비유다.

나는 니나에게 편지를 쓸 수 있게 되기를, 그래서 그녀를 통해 내가 경험한 것에 대해서 감사할 수 있게 되기를 원한다. 그러나 나는 지난 2년 동안의 그녀에 대해 아는 것이 전혀 없다. 나의 편지가, 오랜 침묵 이후의 사적인 내용을 담은 나의 편지가 그녀를 흐트러뜨릴 수 있다. 나는 니나를 방해하고 싶지 않다. 그러나 나는 그녀가 살고 있는 쪽을 본다. 그리고 그녀에게 감사한다.

1936년 1월 30일.

이 놀랄 만치 밝은 기분이 계속되고 있다. 내 인생은 마침내 더 밝은 단계로 접어든 것으로 보인다. 행운이 나를 향해 미소 짓고 있다. 순진무구하다. 나도 답례로 미소를 보낸다. 알면서 그리고 무서워하지 않고. 어떤 상황에, 혹은 누구의 변호에 감사해야 하는지도 모르고, '정치적으로 신뢰할 수 없다'는 이유로 빼앗겼던 교수직을 돌려받았다. 학생들 앞에 다시 설 수 있게 되었다. 일부는 진정시키기가 힘들 정도로 열렬히 환영하며 기쁘게 맞아주었고, 일부는 나의 복권을 경계와 불신을 갖고 바라보았다. 나는 달걀 위에서 춤을 추어야만 한다. 성공하리라는 확신이 들지 않는다. 그러나 우선은 다시 가르칠 수 있다는 것이 몹시 기뻤다. 나의 개인적인 일도 잘되고 있다. 나의 오랜 유일한 친구 알렉산더가 새해 첫날 바로 후에 온 것도 매우 기쁜 일이었다. 알렉산더는 소극장에서 에그몬트 역을 맡고 잠시 공연하게 되었다. 그가 오랫동안 취리히와 빈에 있었기 때문에 우리는 만나지 못했다. 1시간도 지나지 않아 우리는 우리의 조용하고 자명한 관계를 확인하고 즐거운 신뢰감을 회복하였다. 이런 신뢰감은 니나를 포함해 어떤 다른 사람에게도 느낄 수 없는 것이었다. 이러한 우정은 알렉산더가 나의 성격과 반대기 때문에 더욱더 놀라운 것이다. 그는 탁월한 능력을 가진 배우이며, 내가 아는 한 가장 재치 있는 정신을 가졌다. 모든 인상에 자유자재로 자기 자신을 맡길 수 있고 어떤 어려움에서도 빠져나가며 변신에 능했다. 그의 할아버지는 함부르크 사람으로서 남양군도의 영사였다. 할머니는 그곳으로 이주한 백인의 후손이었다. 그래서 비유럽적인 식물성 성격을 가졌으며 이것이 종종 이해할 수 없고 제어할 수 없는 행동을 하게 한다. 나는 그를 바라보는 것을 좋아한다. 알렉산더는 비지성적인 인간이 갖고 있는 분방한 조화로움에서 발원하는 우아함이 있다. 탄력적이고 벨벳 같은, 마치 음악과 같은 어두움이 있다. 이것은 그를 부드러운 인간인 것처럼 보이게 한다. 기질은 불과 같은 데가 있으며 과단성 있게 일했다. 여성 편력은 매우 다양했다. 내가 곁에서 겪은 것만도 두 다스는 넘을 것이다. 지조는 알렉산더의 것이 아니다. 그런데도 나는 그가 어떤 변명도 없이 떠났지만 수년 동안 그를 계속적으로 뜨겁게 사랑하는 여성들을 여럿 알고 있다. 알렉산더는 오직 나에게만 지속적 우정과 호감을 표한다.

이 페이지의 말미에 1937년 5월에 적은 다음과 같은 메모가 있었다. '니나가 나중에 이 부분을 읽게 될 경우, 알렉산더와 나는 니나가 언젠가 표현한 "죄악의 화신"이라는 동성애 관계를 한 번도 떠올린 적이 없다는 사실을 알아주었으면 좋겠다.

비록 알렉산더에 대한 나의 사랑이 때로는 우정의 일반적 기준을 넘어섰음을 인정한다 해도.'

내가 여기까지 읽었을 때 니나에 대한 불안감이 엄습했다. 이 밤에 그녀는 어디를 헤매고 다니는 것일까. 나는 창가로 가서 어두운 도로를 훑어보았다. 아무것도 없었다. 마침내 나는 중얼거렸다. 니나는 어린애가 아니지, 금방 돌아올 거야. 다시 읽기 시작했지만 이 불안감은 해소되지 않았다. 그리고 내가 읽은 것은 위안과 즐거움과는 거리가 먼 내용이었다.

1936년 2월 16일.
얼마나 쓰라린 날인가! 니나가 나에게 도움을 구했는데 나는 그녀를 도울 수 없었다. 오후에 전화가 왔다. 나는 니나의 목소리를 듣고 너무 놀라서 어떤 것도 떠올릴 수 없었다. 니나는 나에게 저녁에 시간이 있느냐고 물었다. 나는 그렇다고 대답했다. 가까스로 옛날의 친근한 말투를 재현하며 나한테 오겠어요?라고 물었다. 니나는 한마디로 거절했다. 시내로 와 주시겠어요? 8시에 카페에서 기다릴게요. 나는 지금 그 카페 이름을 기억하지 못한다. 나는 쓸데없는 생각을 하지 않으려고 애썼다. 8시에 나는 그 작고 어두운 카페로 갔다. 니나는 이미 기다리고 있었다. 문을 마주하고 앉아 있다가 나를 보았다. 따뜻한 공간에 들어갔기 때문인지 내 안경에 김이 서렸다. 나는 최근에 안경 없이는 아무것도 볼 수 없게 되었다. 나는 더듬거리면서 그녀 쪽으로 다가갔다. 니나는 일어서서 나를 맞아

주었다. 나는 마치 안개 속에 있는 것 같은 그녀를 알아보았다. 그러나 즉시 나는 니나의 얼굴이 극도로 창백했으며 홀쭉해졌다는 것을 알았다. 손은 차가웠다. 나는 몇 마디 의례적인 인사말을 준비했지만 나오지 않았다.

니나는 미소를 지으려고 했다. 당신은 놀랐을 거예요. 그녀는 말했다. 목소리는 쉬었으며 낯설게 들렸다. 내가 아주 오랜만에 전화해서 당신은 놀랐을 거예요.

그렇지 않아요. 나도 미소를 지었다. 마스크를 쓴 두 사람이 미소 짓는 형국이었다. 더 이상 어떤 것에도 쉽게 놀라지 않아요.

니나는 반쯤 먹다 남은 빵 조각을 초초한 듯 만지작거리고 있었다. 얘기할 수 있는 사람이 당신 말고 아무도 없었어요.

무슨 일이죠? 나는 태연을 가장하고 물었다. 나와 무슨 얘기를 나누고 싶은 거지요?

나를 쳐다보지 않고 니나는 말했다. 당신이 와서 다행이에요.

나는 그건 당연한 일이라고 서둘러 말했다.

그렇지 않아요, 당연한 것은 아니죠. 당신에게 전화하다니 염치없는 짓이었어요. 이때 니나의 목소리가 매우 딱딱하고 컸으므로 웨이트리스가 우리 쪽을 돌아다보았다. 그러나 당신 말고 정말 아무도 없었어요.

나는 놀란 나머지 니나의 팔에 손을 얹었다. 니나는 가만히 있었다. 이런 신체적인 접촉이 어느 정도 위로가 되는 것 같았다. 인간적 만남이 필요한 듯했다.

무슨 일이오, 니나. 이야기해 봐요. 이에 대한 대답으로 보이는 그녀의 시선은 혼돈의 심연에서 나온 듯했다. 당신은 도 와줄 수 없어요, 아무도 도와줄 수 없어요, 라고 이 시선은 말 하고 있었다.

말하는 게 무척 어려운 듯했다. 나도 그녀의 마음을 진정시 킬 말을 찾지 못했다.

어떻게 지내세요? 니나는 물었다. 그리고 대답도 기다리지 않고 계속 말했다. 교수직을 다시 찾아서 기뻐요.

그런데 당신은? 결혼은 했나요? 나는 가볍게 물었으나 돌 연 기억과 공포, 희망 같은 것이 서로 얽혀 밀려오는 것을 느 꼈다.

아니요, 니나는 대답했다. 결혼하지 않았어요. 아직 서점에 있어요. 슈바빙에 있는 한 대리점을 관리하고 있어요. 좋은 손 님들이 사러 와요. 어떤 출판사는 우리 때문에 별 이득을 못 보죠.

니나는 웃었다. 이 짧은 순간 다정하고 당차고 어떤 것도 파괴시킬 수 없었던 이전의 니나를 보는 듯했다.

다른 손님들을 재빨리 그리고 주의 깊게 일별하면서 니나 는 입을 다시 다물었다.

당신 자신의 일은 어떻게 하고 있나요? 여전히 글을 쓰고 있나요? 보여주고 싶은 것이 있나요? 나는 그녀에게 말을 시 킬 요량으로 물었다.

그래요, 나는 가끔 써요. 니나는 말했다. 그러나 나는 시간 이 없어요. 쓰는 게 모두 형편없어요.

갑자기 그녀가 나를 쳐다보았다. 분명 얘기할 결심을 한 듯했다. 나는 여름에 결혼했으면 해요, 라고 말했다. 퍼시가 한 건축 사무소에 일자리를 얻을 거예요.

그리고 목소리를 누그러뜨리지 않은 채, 마치 모든 일에 무관심하다는 듯, 계속 말했다. 곧 아이를 갖게 돼요.

내가 놀라서 정신을 차리지 못하고 바라보는 사이 그녀는 재빨리 덧붙였다. 퍼시의 아이가 아녜요.

나는 너무 놀라 대답할 말을 찾지 못했다.

당신 말고는 아무도 아직 이 사실을 몰라요, 니나는 말했다.

니나, 나는 말했다, 우리 나갑시다. 여기서 그걸 얘기할 수는 없어요.

니나는 고개를 저었다. 나는 너무 피곤해요. 몸이 안 좋아요. 두 달째예요.

그래요, 우리 집에 갑시다. 내 차가 밖에 있어요.

아녜요. 니나는 거의 애원하는 투로 말했다. 여기 있어요.

그곳의 벽은 더러운 갈색이었고 대리석 탁자는 지저분했으며 손님들도 수상해 보였다. 나는 니나가 왜 이 식당에 계속 앉아 있으려고 하는지 몰랐다. 하지만 니나가 원하는 대로 그대로 앉아 있었다.

확실한 건가요? 나는 물었다.

아주 확실해요.

그리고 아무도 모르고요?

그녀는 내 질문의 어조 때문에 놀라서 나를 쳐다보았다. 아무도 몰라요. 그녀는 주저하는 투로 말했다. 그러나 확실한 어투로 덧붙였다. 난 물론 이 사실을 퍼시에게 말할 거예요.

'물론'이라고 니나는 말했다. 그렇다. 그녀가 그렇게 하는 것은 당연한 일일 것이다.

그러고 나서 어떻게 할 건데요? 나는 물었다.

니나는 어깨를 움찔했다. 그건 지금의 나와는 상관없는 일이죠.

그리고 그 남자는? 나는 주저하며 물었다. 그 애 아버지도 모르고?

아직은요. 니나는 말했다. 이때 그녀의 눈에서는 광채가 났다. 이것은 나로 하여금 뭔가를 생각하게 했다. 냉정해 보자. 니나가 할 씨가 아닌 뭔가를 생각할 때마다 그녀의 눈에 광채를 띠게 하는 다른 남자를 얻었다면 그게 불행한 일일까? 그녀는 다른 남자를 만났다. 또 그 고독이었을까. 나는 내가 다음과 같이 생각했다고 고백한다. 그러면 니나는 아이와 함께 나에게 오면 될 것이라고. 그러나 이 소망은 너무 이른 것이었다. 나는 이 생각이 완전히 의식되기 전에 털어버렸다. 나는 자문했다. 그런데 니나는 왜 나를 불렀는가? 왜 나의 조언을 필요로 했는가? 그녀는 명백하고 확고해 보이지 않는가? 나는 더 알고 싶어졌다. 당신은 그 애의 아버지와 결혼할 수 있는가, 하고 나는 물었다.

모르겠어요. 이것이 니나가 말한 전부였다.

니나, 나는 조심스럽게 탐색하면서 물었다, 이 아이를 낳는 것이 즐거움을 주리라고 생각해요?

모르겠어요.

다시 저 침울한 시선. 그녀는 아직 그녀가 파악하지 못하는 육체적 변화 때문에 매우 압박을 받고 있고 혼란스러운 상태였다.

이 부분에서 페이지는 끝나 있었다. 그 대신에 1946년 5월에 쓴 페이지 여러 장이 삽입되었다.

1938년, 내가 유대인과 친밀하게 교제했다는 이유로 체포당할 위험에 직면했을 때, 이 일기장을 감추고 더구나 몇 부분은 없애 버리는 것이 좋을 것이라 생각했다. 나의 이런 조심성 때문에 염증 없이 절대적 확신을 갖고 할 수 있는 새로운 방식의 위험 없는 임신중절에 대한 부분도 삭제되었다.

이것을 니나에게 권하는 것 말고 또 뭐가 있었겠는가?

나는 그날 저녁에는 이것에 대해 언급하지 않았다. 그러나 다음 날 우리 집에 와줄 것을 청했다. 니나가 내심 원하지 않았는데도 불구하고. 그러나 그녀는 주저하면서도 승낙을 했다. 나중에는 찾을 길 없었던 이 어두컴컴한 주점 문 앞에서의 이별을 나는 기억한다. 우리는 가로등 밑에 세워 두었던 내 차 옆 도로에 서 있었다. 진눈깨비가 내렸다.

니나는 나를 빤히 쳐다보고 있었다. 계속해서 이야기하기가 나로서는 쉽지 않았다.

당신이 꼭 이 애를 낳을 필요는 없다고 생각하오.

니나는 처음엔 이 얘기를 이해하지 못했다. 나는 이것을 그녀의 눈을 보고 알았다. 그러고 나서 니나는 천천히 입을 열었다. 아마 대꾸를 하려고 했던 모양이었다. 그러나 그녀는 그러질 못했다. 이 움직임은 정말 절박한 당혹감의 제스처로 보였다.

나는 한 번도 그것을 생각해 본 적 없어요. 니나는 나지막이 대답했다.

희미한 한 줄기 희망의 빛이 그녀의 눈에서 비쳤다.

내일 오후 나에게 와요. 나는 말했고 니나는 고개를 끄덕였다. 니나는 천천히 그 자리를 떠났다.

밤이 되자 비로소 불안이 엄습했다. 내 방법은 절대적으로 안전하며 위험이란 없다. 수년 동안 나는 임신중절을 이 방법으로 했다. 물론 의학적으로 허용된 범위 내에서였다. 그러나 이것이 니나에게도 적용되는 것인가? 니나는 건강했다. 절망하지도 않는다. 그러므로 자살할까봐 걱정할 필요도 없다. 그녀의 운명에 개입할 권리가 내게 있는가?

니나가 고통을 겪고 있었다. 더 중요한 것은 장래가 촉망되던 발전이 중단되고 그릇된 방향으로 쏠려 가고 있다는 점이었다. 니나의 정신적 대담함, 꺾이지 않는 생에 대한 용기 그리고 경험, 고통, 죽음에 대한 호기심은 어디로 갔는가? 니나는 어떻게 변했는가? 불안으로 가득 차 있고 혼란스러운 니나만 있었다.(그녀는 내가 생각했던 것보다 훨씬 나빴지만 나는 다음 날이 되어서야 그것을 확신할 수 있었다.) 나는 니나의 인생이 앞으로 어떻게 흘러갈 것인지 생각해 보았다. 할 씨가 니나를 버리거나 니나가 할 씨를 버릴 것이다. 니나가 할 씨와 애아버지 중 어느 누구와도 결혼하지 않을 수도 있다.(누가 알랴, 누가 되든 어떠랴, 하고 나는 생각했다. 내 마음은 질투로 가득 찼다. 아이

아버지가 알렉산더라는 것을 그 당시 알았더라면 어떤 일이 벌어졌을까?) 니나는 아이를 낳을 수도 있다. 그러면 그녀는 직업은 포기할 수 없기 때문에 아이를 탁아소 비슷한 곳에 맡겨야 할 것이다. 더 많이 일해야 할 것이다. 일요일이나 되어야 니나는 아이를 하룻동안 집에 데리고 있을 수 있는 애매한 즐거움을 누리게 될 것이다. 이 얼마나 쓸쓸한 전망인가. 나에게 니나를 도울 권리가 있는 것이 아닐까? 그러는 것이 이 세상에 정신적 질서를 준 자의 의도에 부합하는 것이 아닐까. 이런 여러 상념에도 불구하고 나는 확신이 서지 않았다. 그러다가 아침이 왔고 나는 결국 니나의 의견에 따르자고 마음을 먹었다.

니나가 왔다. 나는 첫눈에 그녀가 좋아진 것을 알았다. 그녀에게 어떤 일이 있었으며, 그녀가 답답한 상황에서 벗어났다는 것을 즉시 눈치챌 수 있었다. 물론 10년이 지난 지금 우리가 나눈 대화를 정확히 기억하진 못한다. 그렇더라도 니나에 관한 한 나의 기억력은 더없이 충실한 것이다. 나는 그때 일을 재구성하려고 하지는 않겠다. 중요한 것은 모두 생각난다. 니나는 말했다. 그날 밤새 숙고한 끝에 아침에 약혼자에게 갔으며 그에게 모든 것을 고백했노라고. 약혼자는, 이게 무슨 코미디야, 그 애가 내 애가 아니라는 것을 어떻게 알아? 하고 대응했는데, 그녀는 이 순간 매우 당혹스러웠고 갑자기 이 상황이 그녀에게 아주 의심스럽게 여겨졌다고 했다. 그러나 이런 상황은 잠깐뿐. 약혼자는 고개를 숙이고, 말없이, 그녀 쪽은 보지 않고, 대략 1시간 동안 방 안을 이리저리 왔다 갔다 했고, 그녀는 한구석에 웅크리고 있었는데, 이때 비로소 그녀는 어떤 끔찍한 일이 벌어졌다는 것을 파악했다는 것이다. 그녀는 약속을 깼으며, 사람들은 더 이상 그녀를 믿지 않을 것이라는 것을. 그녀는 자기 자신이 의심쩍게 생각되었다. 그녀가 그렇고 그런 여자였다는 것이다. 나는 니나를 이해할 수 있었다. 상처받은 적이 없고 상처받을 수도 없는 존재의 순결함은 이 새로운 경험을 극복할 수 없었던 것이다. 그녀는 엄격한 재판관이었으며 어떤 변명도 용납하지 않았다. 방이 갑자기 점점 좁아지기 시작하더니 마침내 그녀를 향해 무너져버렸다고 니나는 말했다. 그녀가 정신을 차렸을 때 그녀는 소파 위에 누워 있었다. 약혼자는 그녀 곁에 앉아 있었으며 다음과 같이 말했다고 했다. 그 사람도 이 사실을 알아? 모른다고? 그러면 아무도 모르게 될 거야. 나는 너를 놓아줄 수 없어. 우리는 곧 결혼하잖아. 아무도 아이가 일찍 생긴 것에 대해 이상하게 생각하지 않아. 이 애는 우리 애야. 사실 우리 애일지도 몰라. 눈을 붙여요.

매우 이성적인 처사였다. 니나는 받아들여야만 했다. 나도 혼란의 정도와 원인을 무시함으로써 갈등을 풀어보려고 하는 이런 단호한 태도에 놀랄 만한 경탄을 느끼지 않을 수 없었다. 니나는 이후 마음이 매우 가벼워진 걸 느꼈다고 했다. 보호받고 있다는 느낌, 편안함을 느꼈다고 했다. 가슴 깊이 감사를 느끼며 좋은 아내가 되겠다고 맹세했다고 했다.

니나와의 이런 대화 이후 나는 니나로부터 그녀가 결혼했으며, 마침내 이른 가을, 딸 루트가 태어났다는 소식밖에 들은 것이 없다. 10년 된 기억이긴 하지만 덧붙이고 싶은 것이 있다. 니나가 그 당시 대단한 결심을 한 듯하고 아주 홀가분한 인상을 주긴 했어도, 또한 외적 혼란이 그녀에게 유리하게 해결되었을지라도, 결코 행복하게 보이지는 않았다는 사실이다.

1936년 3월 3일.

니나의 방문이 나의 평화를 위협했다. 인위적인 평화가 존재한다. 속이 텅 비고 부서질 것 같고 모든 이음새가 삐그덕거리는 평화다. 그렇게 그녀는 갔고 저 별것 아닌 할 씨와 결혼한다. 니나는 그를 사랑하지 않지만 약속했기 때문에 다만 충실하려고 할 것이다. 그리고 그녀가 사랑한 남자, 그 아이의 아버지는 아무것도 모른다. 그는 어떤 일이 일어났는지 신경 쓰지 않는다. 그는 니나를 가졌으며 그리고 떠났다. 얼마나 무책임한 악한인가? 나는 니나에게 물어보지 않았다. 그녀 또한 대답하지 않았을 것이다. 나는 어리석게도 많은 시간을 이 남자를 상상하며 보낸다. 니나를 유혹하는 데 성공한 남자, 그것도 그녀의 결혼식 바로 전에! 그는 매우 세련되거나 매우 노회하거나, 혹은 니나가 진정으로 원하는 상에 놀랄 만치 그리고 아주 정확하게 부응했음에 틀림없을 것이다. 그러나 니나는 혹시 이런 방법으로 약혼이라는 억압에서 빠져나오려 한 것이 아니었을까? 나는 여자에 대해 너무 모르며 따라서 여자를 이해하지 못한다. 내가 아는 것은 단지 내가 또다시 고통, 슬픔, 불쾌, 분노, 질투 등, 내가 극복했다고 믿었던 저열한 감정의 소용돌이에 휩싸였다는 것이다. 그리고 나는 몸서리쳐지는 황홀감으로 니나가 나의 운명임을 확인하는 것이다. 나는 이 운명을 축복하고 그리고 저주한다.

이 부분을 되새기며 창문 밖 도로를 응시하다가 나는 잠이 들었던 것 같다. 어쨌거나 갑자기 아주 크게 울리는 벨 소리가 나를 놀라게 했다. 나는 니나를 들어오게 하기 위해 황급히 문 쪽으로 갔다. 그러나 밖에는 아무도 없었다. 벨은 전화에서 나는 소리였다. 아직 잠이 덜 깬 상태에서 나는 수화기를 들었다. 교환수가 장거리 전화라고 알렸다. 제네바에서 부슈만에게 온 겁니다. 부슈만 씨 계신가요?

나는 무엇이 나로 하여금 예, 접니다, 하고 대답하게 했는지 모르겠다. 즉시 나는 스스로를 나무랐다. 왜 나를 남의 일에 끌어들이려고 하는가. 니나는 틀림없이 나를 나무라거나 이상하게 생각할 것이다. 나는 교환원에게 말하려고 했다. 아니, 아니, 이 전화는 내 동생에게 온 것입니다. 동생은 여기 없어요. 1시간 후에 다시 걸어 주실래요? 그러나 나는 그렇게 하지 못했다. 왜 나는 그렇게 하지 못한 걸까? 나는 호기심이 많거나 분별없는 사람이 아니다. 평소에 예감에 끌려다닌 적도 없었다. 그러나 나는 전화기를 떠나고 싶지 않았다. 무언가가 나를 결정했다. 나는 맑은 생각을 갖기에는 너무 지치고 잠이 덜 깬 상태였다.

그러나 갑자기 이런 생각이 들었다. 만약 '그 남자'라면? 아니야, 그가 외국에 있을 리 없어. 니나가 말하지 않았나. 그 남자 때문에 독일을 떠나는 거라고. 니나는 대륙을 독일로 잘못 말했을 수도 있다. 그 남자가 여행을 갔을 수도 있지 않은가.

그러나 나는 그에게 니나는 이미 영국에 있다고 말했다. 그러면 그는 니나의 영국 전화번호를 알려고 전화했을 수도 있다.

이 모든 것을 나는 위에 쓴 대로 결코 침착하고 분명한 상태에서 생각한 것이 아니다. 생각의 단편들이 그림자처럼 떠올랐을 뿐이다. 흥분된 나머지 몸이 차가워졌고 정신은 완전히 돌아왔다. 만약 그라면 뭐라고 말해야 하지? 그것은 그가 무엇을 원하느냐에 달려 있다. 나는 생각했다. 아니, 아니야. 나는 계속 생각했다. 아니야, 나는 지금 내가 그에게 말할 것을 생각해야만 해. 니나를 위해 해줄 수 있는 내게 주어진 마지막 기회야. 니나의 운명과 어쩌면 그의 운명까지 내 손에 쥐고 있다고 생각하니 속이 마구 울렁거렸다. 나는 내 처지를 저주했다. 그러나 이런 상황에 빠진 것을 결코 후회하지는 않을 것이다.

연결은 쉽게 되지 않았다. 그래서 무슨 말을 할 것인가 하고 생각할 시간은 많이 있었다. 교환양이 이따금 "좀 기다려 주십시오."라고 말하는 소리를 들으면서 나는 그에게 말했다. 여보세요, 나는 당신에 대해 많이 몰라요. 아니 전혀 모르죠. 그러나 나는 니나와 당신이 맺어진다는 것이 어렵다는 것은 알고 있어요. 아니다. '맺어진다'는 표현은 전화 통화에서는 어쩐지 의도적인 말장난으로 들린다. 나는 재주를 부릴 생각은 전혀 없다. 그러니까 달리 말해야 한다. 나는 알아요. 당신이 받기에는 과분할 정도로, 아니 한 인간이 받기에는 과분할 정도로, 니나가 당신을 사랑하고 있다는 것을. 당신을 위해, 더 정확히 말하면 당신의 안위를 위해 니나는 이곳에서의 훌륭한 직장도 포기하고 망명 가는 겁니다. 물론이지요. 그녀에게 이것은 망명입니다. 그럴 것이 니나가 거기 가서 무얼 하게 되죠? 한 노부부의 가정부가 될 거래요. 그래요, 당신은 바로 들었어요. 그녀의 아이들은 여기 남겨두고 가지요. 당신은 이런 게 여성에게 무얼 의미하는지 알고 있나요? 아니야, 나는 생각했다. 이렇게는 말 못 하겠어. 마치 내가 그에게 감동을 주려는 것처럼 들려. 나는 감동 주기를 원치 않아. 그러면 나는 그에게 도대체 무엇을 주려는 거지? "좀 기다려 주십시오." 그래요, 나는 기다릴 거예요. 물론 기다릴 거예요. 나는 그와 통화를 해야만 하니까. 나는 무엇을 원할까? 나는 그가 오도록 하기를 원한다. 그래, 이게 좋겠다. 모든 일은 저절로 어떻게 되겠지. 그런데 그들은 이미 자주 함께 있었지 않은가, '모든 일'이 저절로 어떻게 됨이 없이. 나는 더 강력한 무기를 사용해야 한다. 나는 원한다. 솔직하게 말하면, 그가 니나와 결혼하기를 원한다. 그러나 니나가 이걸 원할까? 도대체 나는 이 사랑에 딸린 이해할 수 없는 형식들에 대해 무엇을 안다는 말인가

갑자기 나에게는 이 모든 생각들이 마치 고장 나고 썩고 오래된 구멍난 그물처럼 보였다. 이것으론 아무것도 잡을 수 없었다. 아무것도. "좀 기다려 주십시오." 맙소사, 아니다, 나는 감당할 수가 없다. 니나가 나에게 신신당부한 그 말밖에는 하지 못할 것이다. 그녀는 여기 없습니다. 이미 떠났어요. 아니, 그러면 여태까지 한 말은 아무 소용이 없다는 말인가. 나는 어떤 것을 말해야만 한다. 어떤 결정적인 것을.

수화기가 내 손에서 떨리는 것을 보자 병이 나는 것 같았

다. 나는 지금 모든 것을 망칠 수 있다. 맙소사, 전화는 도대체 언제 연결되는 건가. 항상 파리와 런던의 통신 지국과 통화하지만 이렇게 오래 기다리진 않았는데.

이때 수화기에서 찰칵 소리가 났다. 나는 마치 운명의 수레바퀴가 찰칵 소리를 내는 것을 들었을 때처럼 소스라치게 놀랐다. 그리고 목소리가 들렸다. 깊게 가라앉아 있고, 물어보는 듯한 소리가 또렷하고 길게 끌면서, 니나? 하는 것이었다. 마치 먼 나라에서 부르는 것처럼 들렸다. 아닙니다, 니나는 여기 없어요. 나는 갑자기 차분해졌다. 극도의 긴장은 사라졌다.

목소리가 변했다. 사무적이 되었고 약간 더 밝고 날카로워졌다. 부슈만 부인이 어디에 있는지 말씀해 주실 수 있나요.

그런데 내 대답도 기다리지 않고 그는 성급하게 물었다. 전화 받는 분은 누구시죠?

니나의 언니예요. 당신은 이미 나와 한 번 통화하셨죠. 그저께요.

아닙니다, 그는 말했다, 그리고 즉시 정정했다. 내가 아니라고 한 것은 부슈만 부인이 떠나지 않았다는 것입니다. 그런데 당신은 그녀가 떠났다고 말하고 있는 거죠.

갑자기 그의 목소리에서 껍질이 떨어져 나갔다. 다시 어두운 음색이 되었다. 그렇지 않아요. 그녀는 떠나지 않았어요. 왜 당신은 나에게 그렇게 말하죠? 부슈만 부인은 틀림없이 아직 있어요. 사실대로 말해 주십시오, 사실을요. 몹시 중요합니다.

좋아요, 당신이 그렇게 주장한다면. 그녀는 아직 여기 있어요. 이 순간은 바깥의 어둠 속을 이리저리 헤매며 다니고 있지만.

어둠 속을요? 그녀가 뭘 한다고요? 어디를 돌아다녀요? 뭐라고 말한 겁니까?

시내의 어둠 속을요.

그리고 나는 생각했다. 그래, 계속 물어봐라, 이것도 좋다. 그러나 그는 아무것도 묻지 않았다. 잠깐 침묵이 흘렀다. 그러고 나서 그는 아까 한 말을 되풀이했다. 어둠 속이라고요. 혼자서 말이죠? 당신은 혼자서라고 말했나요?

나는 웃지 않을 수 없었다. 그래요, 혼자서만요, 물론이죠.

왜 물론이죠? 그는 천천히 물었다.

갑자기 마음에 쿡 찔리는 게 있었다. 나는 생각했다. 이제 얘길 하자, 만약 지금 얘기를 하지 않으면…….

그래요, 혼자 그러고 있어요. 그녀는 상태가 좋지 않아요. 그녀에겐 큰 근심이 있어요. 그러나 말을 하지 않아요. 그것을 보이지 않으려고 끔찍이 노력해요.

잠깐 뜸을 들인 후 질문이 왔다. 애들 때문인가요, 아니면 직장에 무슨 일이 있는 건가요?

하마터면 나는 이렇게 외칠 뻔했다. 맙소사, 당신은 정말 그렇게 눈치가 없나요, 아니면 능숙한 배우인가요? 그러나 나는 그냥, 그건 절대 아니다라고만 말했을 뿐이다.

이것만으로도 그를 흥분시키기에 충분했던 것일까?

그녀가 아픈가요? 그의 목소리는 점점 불안해지고 있었다. 반대로 나는 만족감을 느끼고 있었다.

아프냐고요? 전혀 아니에요. 그러나 완전히 지쳐 있어요.

그녀가, 아니 당신은, 당신 동생에 대해 뭔가 아는 것이 있나요? 말하자면…….

아닙니다, 나는 재빨리 말했다. 나는 내가 본 것만 알 뿐이죠. 그녀는 이제 영국으로 갑니다.

그녀가 정말 영국으로 간다고요? 언제죠?

내일요. 나는 딱 잘라 말했다.

내일이라고요? 그의 목소리는 당황함을 감추지 않고 있었다. 내일 말인가요? 갑자기 그는 모든 조심성을 던져버렸다. 잘 들으세요, 그는 소리를 질렀다, 내가 갈게요. 그녀에게 말해…… 아니, 아무것도 말하지 말아요. 내가 갈 겁니다. 그러나 내일은 안 돼요. 모레 오후에 비행기로 출발하겠습니다. 뮌헨에는 저녁에 도착할 겁니다.

나는 몸이 떨렸다. 그러나 내색하지 않고 말했다. 그건 너무 늦어요.(마음이 괴롭겠지, 흥분될 거야.)

그러나 나는 어떻게 할 수 없어…….

나는 그의 절망하는 목소리를 들었다.

그렇지만 나는 더 일찍 갈 수 없어요. 회의가 있어요. 거기에는 많은 것이 걸려 있어요. 그러니 부탁해요. 니나를 붙들어 두세요. 내가 도착할 때까지 어떤 일이 있어도 니나를 붙잡아 주세요. 그렇게 해 주십시오. 내가 갈 겁니다.

대화가 끝났다고 생각한 순간 나는 그가 계속 중얼거리는 소리를 들었다. 내가 갈 겁니다. 내가 갈 겁니다.

마치 맹세하는 소리 같았다. 그리고 나서 그는 곧 전화를 끊었다.

10시 반이었다. 니나는 아직 돌아오지 않았다. 그녀가 여기 없었던 게 얼마나 다행인가. 그런데 니나는 왜 여태껏 안 오는 건지. 나는 슈타인의 일기장을 다시 읽으려고 했으나 곧 포기했다. 글자가 눈에 들어오지 않았다. 계속 그 목소리, 아주 불안한 그의 목소리가 귀에 들렸다. 어쩌자고 내가 이 일에 휩쓸렸을까. 갑자기 뒤에서 기습을 받고 거미줄처럼 얇은 실에 묶여, 빠져나올 수 없게 된 형국이었다. 나는 떠나고 싶다. 나의 안온함이 있는 집에 가고 싶다. 이런 식의 거창하고 한 번도 가본 적 없는 위험한 세계로 들어가는 것보단 질서가 잡힌 집에서 사는 게 더 낫지 않은가? 모르겠다. 더 이상은 모르겠다. 갑자기 하나 이상의 질서가 존재했다. 많은 종류의 질서가 있었다. 모든 것이 맞든가 아니면 모든 것이 틀렸다. 매우 혼란스러웠다.

나는 창문을 열었다. 서늘하고 매콤한 3월의 공기가 기분을 쾌적하게 했다. 하늘에는 별들이 떠 있었다. 초봄에 흔히 볼 수 있는 불안정한 녹색 빛이었다. 하늘과 분명한 선을 그은 어두운 지붕들, 반짝이는 전깃줄, 뚜렷하게 보이는 나무들의 뼈대, 역에서 들려오는 소음, 이것들이야말로 정말 존재하는 것들이 아닌가. 나는 불확실한 것, 정열과는 거리가 먼 사람이다. 니나의 생에 비하면 내 생이 얼마만큼 왜소한지를 알았다 한들 그게 무슨 소용이란 말인가. 그것이 어쨌다는 말인가.

거리는 비어 있었다. 발소리는 들리지 않았다. 다시 창문을 닫았다. 내가 기껏 할 수 있었던 것은 이 방 저 방을 왔다 갔다 하는 것뿐이었다. 그리고 10분 후에 니나가 왔다.

맙소사, 니나는 숨도 쉬지 않고 말했다, 벌써 시간이 이렇게 늦었네. 강을 따라 계속 계속 걸었어, 그래서 갔던 길을 다시 돌아와야만 했지. 그동안 언니는 뭘 했어?

나? 물론 읽고 있었지.

편집부에서 전화 왔어?

아니, 나는 아무 거리낌 없이 말했다. 그래, 거기서는 안 왔어.

니나는 더 묻지 않았다. 이야기할 기분이 아닌 것 같았다. 자기 자신의 생각에 잠겨 있었다. 자기 자신에게 집요하게 몰두하고 있었다. 그러고는 즉시 잠자리에 들려고 했다. 오늘 밤에는 불편한 안락의자 말고 침대 겸용 소파에서 자라고 권했으나 니나는 원하지 않았다.

오늘 나는 잘 거야. 니나는 단호하게 말했다. 그리고 떠나면서 또 되풀이했다. 나는 잘 거야. 그런데 그 말투가 그 남자가 '내가 갈 겁니다'라고 말할 때와 똑같았다.

우리는 서로 잘 자라는 인사를 했으며 불을 껐다. 그러나 컴컴한 곳에 눕자마자 니나는 속삭이듯 말했다. 언니가 뭔가 숨기고 있다는 느낌이 들어.

나는 잠자는 척 못 들은 척했다. 그러나 니나는 계속 물었다. 누군가 전화를 했지? 그렇지?

나는 하품을 하며 대답했다. 내가 벌써 얘기하지 않았나?

그녀는 아무 말도 하지 않았다. 나는 그녀가 잠들기를 바랐다. 그러나 니나는 갑자기 말했다. 나한테 아무것도 얘기할 필요 없어. 전혀 개의치 않을 거야.

나는 정신이 들었다. 그러나 움직이지 않았다. 나는 그녀가 계속 얘기하기를 기다렸지만 그녀는 침묵했다. 나는 곧 그녀가 깊고도 고른 숨을 쉬는 소리를 들었다. 얼마 후 달이 떴을 때 나는 니나의 얼굴을 보았다. 평안으로 가득 찬 얼굴이었다.

그날 밤을 새운 것은 바로 나였다.

새벽이 돼서야 나는 잠이 들었다. 내가 마지막으로 본 것은 흐린 날을 예고하는 회색빛 여명이었다. 내가 깨어나서 처음 본 것도 회색이었다. 그러나 벌써 8시였다. 밖에는 비가 내리고 있었다. 가까운 곳 어딘가에 양철 지붕이 있는 게 틀림없었다. 빗방울이 그 위를 똑같은 가락으로 끊임없이 두들기고 있었다. 잠에서 완전히 깨어나기 전에 나는 뭔가 불안하고 어딘가 꺼림칙한 느낌이 들었다. 우울했으며 머리는 무거웠다. 원하는 것은 다시 잠드는 것뿐이었다. 그러면 이런 불편한 느낌에서 벗어날 수 있으리라. 그때 나의 시선이 창문 쪽으로 향했다. 창문은 열려 있었다. 그 앞에 니나가 서 있었다. 니나는 잠옷을 입은 채였다. 머리는 헝클어져 있었고 손은 내려뜨린 채였다. 마치 버려져 있다는 느낌을 주었다. 밖에는 보이지는 않았지만 지빠귀가 울고 있었다. 매우 큰 소리로 울고 있었다. 비가 오는 것이 신나는 것 같았다.

니나, 나는 불렀다. 니나!

그녀는 움직이지 않았다. 아마 못 들은 것 같았다. 니나가 그렇게 서 있는 것을 보고만 있을 수 없었다. 슬픔에 자신을 내맡기고 그것을 혼자서 감당하고 있었다. 나는 일어나서 창문가로 갔다. 니나는 나를 못 본 것 같았다. 정말 니나는 내가 옆에 오는 소리를 못 들었는지 모른다.

니나, 감기 들겠어.

니나가 천천히 얼굴을 내게로 돌렸다. 얼굴은 젖어 있었다.

깜짝 놀라 나는 소리쳤다. 너 울고 있구나! 니나는 조금도 눈물을 감추려고 하지 않았다. 그녀는 말없이 계속 울었다. 마치 거기에 내가 없는 것처럼 나를 멍하니 바라보면서.

나는 충격을 받고 당황했다. 뭘 어떻게 해야 할지 몰랐다. 마침내 나는 창가에 기대서서 비가 오는 것을 내다보았다. 니나는 나를 개의치 않았다. 내가 다시 원래 자리로 돌아왔어도 그녀는 알아채지 못했다.

잠시 후 니나는 잠옷 소매로 아무렇게나 얼굴을 닦았다. 그리고 급하게 내 쪽을 향해 몸을 돌리면서 말했다. 마르그레트, 오늘 난 가야만 해.

이 말에는 아무런 억양이 없었지만 나는 그녀를 말릴 수 없다는 사실을 깨달았다. 그녀는 결정을 한 것이다.

그런데도 나는 애써 니나를 붙잡아두려고 하였다. 니나! 원래 목요일에 가려고 했잖아!

맞아, 니나는 말했다. 그러려고 했지. 그러나 지금 결심을 바꿨어. 그녀의 목소리에 조금이라도 거역의 느낌이 있었다면 나는 희망을 가지고 더 있으라고 설득했을 것이다. 그러나 니나의 목소리에는 아무런 감정이 없었다. 모든 것은 그녀와 아무 상관이 없는 듯해 보였다.

니나. 나는 말했다. 슬픔에 압도되고 이 순간만은 어떤 저의도 없었다. 니나, 난 며칠 더 너와 함께 있을 거라고 생각해서 몹시 기뻐했는데.

아, 언니도 알다시피 나하고 있어봐야 별것 없잖아. 그러면 서 니나는 빨리 방 바깥으로 나갔다. 나는 그녀가 욕실에서 수도꼭지를 틀고 첨벙거리는 소리를 들었다.

나는 몹시 피곤했다. 머릿속에서 돌들이 끊임없이 덜거덕거리며 억지로 갈리고 있다는 느낌이 들었다. 니나에게 전화 온 것에 대해 말해야 할지 아니면 말하지 말아야 할지 생각할 수 있는 상황이 전혀 아니었다. 아마 니나의 앞으로의 운명은 내가 그녀를 말릴 수 있는지 여부에 달려 있을 것이다. 그러나 나는 나른하고 부박한 기분에 젖어 '그 남자'에게 니나가 정말 소중하다면 그녀를 나중에 영국에서 찾아낼 수도 있을 거라는 생각을 했다. 아마 나는 두 사람의 만남의 의미를 너무 과장하고 있을지도 모른다고 스스로를 위로했다. 니나가 피함으로써 그에게 니나가 더 가치 있는 존재로 부각될지도 몰랐다.

그러나 즉시 다음과 같은 염려가 뒤따랐다. 만약 그가 니나의 이 결심을 최후의 거부로 간주한다면? 만약 그가 실망하고 절망해서 물러선다면?

그러나 그는 니나를 잘 알고 있지 않은가? 니나가 왜 도망가는지를 그는 모른다는 말인가? (나는 니나가 떠난다고 생각한 적이 없다. 나는 니나가 도망간다고 생각했다.) 마침내 나는 모든 경험으로 미루어볼 때 운명은 운명이며 인생의 중요한 일들은 당사자들의 머리 너머에서 결정되는 것이라고 생각했다. 이런 생각은 일시적이나마 나를 편안하게 했다. 그러나 이런 편안한 기분은 니나가 방 안으로 들어오는 순간까지만이었다. 니나는 목욕을 해서 그런지 신선해 보였다. 얼굴에 눈물 자국은 없었다. 니나는 전화기 있는 데로 갔다. 그녀가 다이얼을 돌리기 전에 내가 말했다.(내가 이렇게 행동했다는 사실에 나 스스로 놀랐다.) 수화기를 내려놔, 니나.

니나는 나를 향해 돌아섰다. 크게 놀란 것 같지는 않았다. 궁금한 태도를 보이기보다는 공손하다는 느낌을 주었다.

무슨 일인데? 그녀는 말했다.

내일 저녁까지는 머물러 있어야만 해. 나는 애써 아무렇지도 않게 말했다.

왜? 니나의 표정은 이미 거부의 빛을 띠고 있었다.

알고 있잖아, 나는 재빨리 말했다.

니나는 말없이 나를 바라보았다. 진지하고 침착한 태도였다. 그녀의 이마에 천천히 깊고 어두운 주름이 잡혔다. 마치 육체적 통증이 닥친 듯 잠깐 동안 그녀의 눈이 감겼다. 이 모든 것은 오래 걸리지 않았다. 마치 구름의 그림자가 왔다 간 듯 잠깐 사이에 일어난 일이었다. 니나는 물었다. 이제 언니는 어떻게 할 건데?

나는 몰랐다. 나는 그것에 대해 한 번도 생각해본 적이 없었다.

그것 봐, 그녀는 간단하게 말하고는 수화기를 다시 들었다.

그 남자에게 최소한 전보라도 쳐야 하지 않겠니? 나는 절망해서 소리쳤다.

니나는 말없이 고개를 저었다. 그녀는 벌써 다이얼을 돌리고 있는 중이었다. 이 일에 대해서는 마지막 말을 다한 것처럼 보였다. 좋아, 내가 이제 무엇을 바꿀 수 있겠는가? 그러나 나는 한 가지 일을 할 수 있다. 나는 그 일을 해야만 한다. 나는 '그 남자'를 기다릴 것이다. 그의 여행을 헛된 것으로 만들 수 없다. 그러나 나는 니나에게 이 말을 하지 않았다.

나는 그녀가 여행사와 통화하는 내용을 들었다. 야간열차용 좌석이 아직 한 장 남아 있었다. 니나는 그걸 예약했다. 이제 모든 건 결정됐다. '봉인되었다.' 끝난 것이다. 그런데도 아침에 눈뜰 때 가졌던 끔찍한 느낌은 더 깊어지고 있었다. 나는 비참한 기분에 사로잡혔다.

이날 니나는 굉장히 많은 물건을 샀다. 나는 거기에 이의를 달지 않았다. 나는 니나가 가는 곳 모두를 따라다녔다. 우리를 본 사람이라면 우리가 매우 명랑한 사람들이라고 생각했을 것이다. 우리는 훔펠마이어에서 점심을 먹었으며, 칼튼에서 커피를 마셨다. 우리는 걱정 하나 없고 남편 없이 외출한 것을 기뻐하는 그런 여자들로 보였을 것이다. 그러나 시간이 가면 갈수록 니나는 창백해졌으며 말수가 줄어들었다. 아이들에게 줄 스웨터, 장갑, 초콜릿 들을 사고 그 꾸러미를 우체국에서 부쳤을 때 니나는 지쳐 보였다. 우리는 서둘러 집으로 갔다. 니나는 집에 도착하자마자 곧 짐을 싸기 시작했다. 순서가 없었다. 손에 걸리는 것부터 먼저 쌌다. 니나가 원하지 않았지만 나는 도와줄 수밖에 없었다. 그런데 이 일이 끝나고 나니 아무리 생각해도 또 할 일이 없었다. 7시였다. 니나가 타고 갈 기차는 9시가 넘어서 있었다. 이 마지막 2시간이 생각했던 것보다 어려웠다. 왜 나는, 영화관에 가자! 하고 말하지 못했던 걸까? 어떤 과제 앞에서도 어떤 어려운 상황에서도 피하려 하지 않는 니나의 기질에 벌써 물들었던 말인가?

갑자기 말할 게 없어졌다. 당혹과 말 없는 슬픔이 우리를 사로잡았다. 나는 슈타인의 일기장을 집어듦으로써 이 상황에서 빠져나가려고 하였다. 그러나 니나는 그것을 내 손에서 빼앗았다. 이것을 언니에게 줄게, 그녀는 말했다. 내가 떠나고 나서도 마음에 들면 읽어.

니나는 그러면서 아무 생각 없이 무심하게 몇 페이지를 들췄다. 마치 재미 없는 잡지책이기라도 한 듯. 그러고 나서 소리가 나게 덮고는 마치 결재 끝난 서류처럼 옆으로 치웠다.

읽을 거야? 니나는 물었다. 어떤 것을 말하고 싶어 하는 눈치였다.

물론이지, 나는 대답했다.

니나가 어깨를 올렸다가 내렸다. 그런 것을 재미있다고 생각한다는 게 이상하다는 투였다.

나는 여기 기록된 모든 것들이 그녀에겐 완전히 지나간 일이라는 것을 깨달았다. 그것은 어두운 지구 반대편으로 가서 지금은 없는 것이었다.

언니가 정말 이것을 읽겠다면 미리 말해 두고 싶은 것이 있어, 니나는 말했다. 내가 자살하려고 했을 때 슈타인이 어떤 생각을 했는지 모르겠어. 그가 어떤 식으로 썼든 그는 진짜 이유를 몰랐어. 아무래도 상관없지만. 그래도 싫어…….

말이 막힌 듯했다.

무엇이 싫다는 거니?

지금 언니가 나를 잘못 안다는 것이. 니나는 이 말을 당황한 듯 재빨리 했다. 그러면서 나를 슬쩍 빨리 쳐다보는 시선에는 다정함이 넘쳤다. 그러나 니나는 이 시선을 금방 거두어들였다.

이런 옛날이야기를 다시 꺼내다니 멍청해, 니나는 중얼거렸다. 그러나 다음 순간 그녀는 이미 이야기에 몰입하고 있었다. 마치 아주 차가운 물속에 들어가듯 눈을 감은 채. 나는 그녀가 하는 이야기를 전부 들으면서, 이런 것을 얘기한다는 것이 그녀에게는 몹시 고통스러운 일일 것이라고 느꼈다.

내가 퍼시와 살았을 때, 그러니까 내가 마침내 그와 결혼한 후…….

니나의 말이 다시 막혔다. 불분명한, 부지불식간에 나온 소리로 뭔가 중얼거리고 난 후 말을 계속했다. 생각했던 것보다 어려웠어. 우리는 엄청나게 노력했지. 특히 퍼시가 그랬어. 그는 참기가 너무 힘들었을 거야. 아기가 태어났을 때 퍼시는 그쪽으로 눈길을 주지 못했어. 한 번도 주지 않았어. 아기가 울면 그는 나갔어. 아무 말도 하지 않고, 모자를 들고 말이야. 그가 밤에 집에 있은 적은 거의 없었어. 루트의 침대도 부엌에 놓아야 했지. 칸막이 뒤쪽으로 말이야. 퍼시가 그곳으론 오지 않으니까 루트를 보지 않아도 되는 거야. 발코니에 기저귀를 말릴 수가 없었어. 내가 아는 사람의 정원으로 멀리 가지고 가서 널었어.

나는 소리치지 않을 수가 없었다. 그냥 참았다는 거야?

그래, 그것은 약속이었어, 지켜야만 하는 약속이었어.

그런데 왜 루트의 아버지에겐 가지 않았어? 아까부터 묻고 싶은 것이었다.

니나가 어깨를 으쓱했다.

아까도 말했지만 그건 약속이었어. 약속을 깰 수는 없었으니까. 아무 일도 없이 말이야. 나중에 상황이 달라졌지만. 퍼시가 클레레에게 갔어. 그러나 그땐 알렉산더도, 루트의 아버지 이름이야, 이미 결혼한 뒤였어.

니나는 자기 무릎을 깊은 생각에 잠겨 쳐다보았다. 마치 퍼시를 떠나지 못한 이유를 밝혀내고야 말겠다는 듯이.

언니는 알 거야, 니나가 갑자기 말했다. 알렉산더와의 일은 오래 지속될 수 있는 성질의 것이 아니었어. 나는 그와 단 하룻밤만을 보냈어. 그 이상은 좋지 않다고 생각했지. 나는 이날을 생각할 때마다 그때 내가 라일락 한 그루로 변했다는 느낌이 들어. 우습지? 아니야? 우스울 거라고 생각했는데. 내가 시적이 되다니 우스워. 아니, 시적이란 말은 적당하지 않아, 내 감정을 정확히 표현한 것일 뿐이야.

니나가 다시 어깨를 으쓱했다. 내가 자기를 미쳤다고 생각할 거라고 확신하는 듯했다.

그러나 이걸 얘기하려고 했던 게 아냐. 니나가 다시 말했다. 퍼시에 대해 말하려고 했어. 루트를 낳은 지 일곱 주가 지난 어느 날이었어. 나는 퍼시가 루트의 침대 옆에 서 있는 것을 보았어. 처음 있는 일이었지. 나는 생각했어. 이제 그가 루트에게 신경 쓰기 시작한다고. 그러나 그때 그는 루트의 침대 쪽으로 몸을 굽혔고, 나는 그의 얼굴을 보았어.

그래서? 니나가 더 말을 못 하자 이렇게 물었다. 그래서? 그러나 이때 나는 니나의 눈에서 공포를 보았다. 오랜 세월이 지 났는데도 그때의 장면이 그녀의 눈앞에서 그대로 재현되고 있 었다. 나는 그것이 무엇이었는지 모른다. 니나는 얘기해 주지 않았다. 끔찍한 것임엔 틀림없었지만.

그리고, 니나는 급하게 서두르듯 말을 이었다, 그리고 퍼시 는 나에게 와서 말했어. 지금 나는 너와 아이를 갖고 싶어. 점 심때였지. 레인지 위에는 음식이 데워지고 있었어, 그리고 곧 바로 덤벼드는 거야. 그는 힘이 세었지. 저항하는 것도 우스운 것 같아서 말로 했어. 너무 일러요, 루트를 낳은 지 얼마 안 되 잖아요. 나에게 좋지 않다는 걸 알잖아요. 그러나 그가 물었 어. 그게 내 탓이야? 내가 무슨 말을 했겠어. 그가 옳은걸. 그 러나 그때 나는 내내 생각했어. 이것은 벌이야, 어떤 일에든 대 가는 있는 법이야. 일을 끝내고 나서 그가 말했어. 이제 계산 이 끝났어, 네가 누군지 보여줘 봐. ……만약 그가 그 후 몇 주 동안 그렇게 부드럽게, 비굴할 정도로 부드럽게 대하지만 않았 더라면 모든 것이 그렇게 나빠지지는 않았을 거야. 그는 나에 게 자신이 잔인하지만 관대한 승리자라는 것을 느끼도록 해 주려고 했어. 그리고 어느 날, 나는 복수할 수 있는 방법을 알 아냈어. 그가 아이를 갖지 못하게 하는 거야. 그의 아이를 말 이야, 나로부터 말이야. 나는 결코 줄 수 없었어. 그때 슈타인 에게 갔던 거야. 그러나 그는 말을 듣지 않았어. 다른 의사에 게 갈 돈은 없었어. 민간 처방도 소용이 없었어. 내가 무슨 일 을 해야 했겠어. 슈타인의 집에서 돌아오는 길에 분명한 생각 이 떠올랐어. 나는 이 일을 '분명하게' 처리해야만 했어. 먼저 몇 통의 편지를 쓰고 방을 정돈했어. 그리고 루트를 보모에게 데리고 가서 편지와 함께 슈타인에게 보내고. 그리고⋯⋯ 언니는 알 거야, 인간은 그런 때일수록 아주 치밀하게 생각하고 정확하게 행동할 수 있다는 것을. 언니도 그런 경험을 했는지 모르겠어.

니나는 나를 빤히 쳐다보았다.

아니, 못 했어, 나는 말했다, 나는 절망해 본 적이 없어. 이런 식으로는 없었어.

없었다고? 니나는 생각에 잠기면서 물었다. 희한해라, 절망해본 적이 없다니. 정말 대단한 거야.

그럴까, 나는 말했다. 그리고, 그러고 나서 실행했니?

그래. 마지막에 나는 집 안을 돌아보았어. 집에서는 축축한 석회 냄새가 났어. 새 집이기 때문이었지. 채 마르기도 전에 입주를 했거든. 수년이 지난 지금도 석회 냄새를 맡으면 속이 울렁거려. 어쨌건, 가스레인지 스위치를 돌려놓았는데 이런 생각이 드는 거야. 가스중독이 되면 토해야만 한다고. 그건 끔찍한 일이야. 나는 그걸 원하지 않았어. 나는 스위치를 다시 잠갔지. 안 그래도 나는 임신한 몸이라 자주 욕지기가 났어. 나는 손가락 두 개를 목구멍 속에 집어넣었어. 가스는 끔찍해. 다시는 가스를 선택하지 않을 거야.

니나! 나는 소리쳤다.

나는 니나를 놀라서 바라보았다.

처음에는 멋있었어. 니나는 말했다. 쏴아 하는 소리가 바람이 윙윙대는 소리 같았으니까. 생각해 봐, 깊은 숲속에 있는데 음악 소리가 들려, 큰 오케스트라였어. 그런데 상황이 바뀌는 거야. 가슴이 미친 듯이 뛰고, 토할 것 같고 숨 쉬기가 곤란하고……

니나는 혼자 생각에 잠겨 있었다. 그러고는, 아니야, 결코 가스는 안 돼, 라고 중얼거렸다.

그러고 나서? 나는 재빨리 물었다. 그 후 어떻게 됐어?

슈타인이 너무 일찍 왔어. 나는 그가 내 편지를 받았을 때면 죽어 있을 거라고 생각했어. 그런데 깨어나니까 그가 있는 거야, 그의 집이었어. 그는 간호하고 있었어. 이게 전부야.

맙소사, 나는 소리쳤다. 모든 걸 나는 통 모르고 지냈어.

어떻게 알 수 있었겠어. 니나의 목소리는 건조했다.

그런데, 나는 질문했다, 다시 깨어났을 때, 그러니까 죽지 않았을 때 느낌이 어땠어?

별 큰 차이가 없었어. 니나는 중얼거렸다. 생각에 잠겨 있는 듯했다.

그러다 갑자기 큰 소리로 말했다. 아마 슈타인은 자기가 나를 구했다고 생각하고 있을걸. 그러나 누군가의 죽음을 막은 것이 곧 그를 살린 것이라고 볼 수는 없잖아.

슈타인에 대한 기억이 니나를 흥분시키는 것을 보고 나는 놀랐다. 슈타인이라는 존재는 니나가 인정하고 있는 것보다 니나에게 더 크게 작용하고 있음에 틀림없었다.

니나 스스로도 자기의 격정에 놀라워하는 것 같았다. 그녀는 재빨리 말을 이어갔다. 슈타인이 당시 나에게 많은 일을 해준 것은 사실이야. 그러나……. 여기에서 다시 옛날의 분노가 치밀어오르는 듯했다. 그녀는 그걸 숨기지 못했다. ……그는 해야 할 일을 하지 못했어. 내가 그때 퍼시와 헤어지지 못한 것은 그에게 책임이 있어. 그의 우유부단함이 그걸 못 하게 했어. 이제 그의 얘기는 그만해. 나를 도와준 것은 그가 아니었어.

그럼 누구였어?

나 자신이야. 그녀는 아무렇지도 않게 대답했다. 모두들 내가 이 사건을 극복하지 못할 거라고 생각하고 있었지만 요양원에 있던 어느 날 나는 살기로 결심했지. 그리고 즉시 나는 그것을 실행에 옮겼어.

나는 웃지 않을 수 없었다. 희한한 말이었다.

정말이었어. 그녀는 완고했다. 나는 책상에 앉아 소설을 쓰기 시작했어.

밑도 끝도 없이 어떻게 그럴 수가 있어? 나는 소리쳤다.

'밑도 끝도 없이'라는 말은 분명 니나의 상황에 맞는 표현이 아니었다. 그러나 니나는 이 말을 흘려들었다.

물론 마음먹은 대로 되지는 않았어. 니나는 침착하게 말했다. 첫날엔 한 문장도 못 쓰고 둘째 날에 한 문장, 셋째 날에 다시 지우고 넷째 날에 두 문장 혹은 세 문장, 그렇게 써 나갔어. 결국 한 편을 완성했지.

니나는 갑자기 일어나서 창가로 갔다. 그녀는 무언가를 중얼거리고 있었다.

뭐라고 말했어? 나는 물었다.

아무것도 아니야. 별일 아니야. '역겹다'고 말했을 뿐이야.

무엇이 역겨운데?

내가 이야기한 전부가. 왜 내가 이런 짓을 했지?

내가 너에게 부탁한 일이 아니니? 나는 당황해서 말했다. 그러나 꼭 그런 것만은 아니었다.

얘기하지 말아야 했어. 니나는 말했다. 지금 나는 심사가 뒤틀려.

하지만 니나, 나는 놀라서 큰 소리로 말했다. 그러나 니나가 나의 말을 막았다. 그런 일을 장황하게 늘어놓는 것은 좋은 취미가 아냐. 특별히 필요하지도 않았잖아.

갑자기 니나는 웃었다. 이것이 바로 그 증거야. 심각할 때면 그 좋은 취미가 나를 버린다는 것. 좋은 취미란 항상 절도와 관계가 있는데 나는 한쪽으로 기울어져 있는 것 같아. 나는 좋은 취미가 우리에게 가져다주는 긴장을 없애기 위해 우리 같은 사람들에게 어느 정도는 잔인한 원시성이 필요하다고 믿고 싶지 않아. 자기 자신에게 완전한 용기를 갖는다는 것은 어려운 일이야, 그렇지 않아?

나는 생각했다. 그래, 그런 것을 가질 수는 없어. 나는 없어. 너도 없어. 만약 네가 가지고 있다면 너는 떠나지 않을걸.

니나는 나를 보았다. 마치 내 생각을 읽었다는 듯이. 그러곤 갑자기 나지막하게 물었다. 언니가 내 입장이라면 어떻게 할 건데?

니나, 그렇게 묻지 마, 나는 놀라서 말했다. 모든 것은 이미 오래전에 결정되지 않았어?

맞아, 맞아, 모든 것은 결정됐지.

훨씬 더 작은 소리로, 그리고 나를 쳐다보지 않은 채 니나는 또 말했다. 그러나 그 결정은 잘못되었어. 언니가 지금 나 보고 있으라고 하면 나는 있을 거야.

이런, 니나, 나는 말했다, 그런 것을 나에게 요구하지 마.

좋아, 그러면 난 지금 택시를 부를 거야.

그녀가 전화기 있는 데로 가는 시간은 내 생애 가운데 가장 끔찍했던 순간에 속한다.

나는 우리가 역으로 가는 도중에 평범한 말밖에 하지 않은 걸로 기억한다. 비가 당분간 계속될 거라느니, 뱃길이 안 좋을 거라느니, 떠나기 전에 열쇠를 관리인에게 주어야 한다는 등.

내가 하루 혹은 며칠 더 머무르는 것을 니나가 암묵적으로 인정했는지, 혹은 우리가 그 부분에 대해 이야기했는지는 모르겠다. 분명 우리는 모든 것에 대해 얘기했을 것이다. 내가 잊어먹었을 뿐이다. 내 기억력이 미치는 곳은 니나가 차에서 내려 재빨리 그리고 힘껏 나를 포옹하고는 이내 승강구에 올라서서 외치는 순간까지다. 니나는 말했다. 내가 부탁한 일을 해주겠지? 그가 오더라도 아무것도 알려주지 마, 내 주소도 알려주지 마.

기관차가 증기를 내뿜었다. 희고 축축한 연기가 차량 밑에서 꾸역꾸역 올라왔다. 기관차가 칙칙 소리를 냈으므로 나는 대답할 필요가 없었다. 그러고 나서 다시 한번 적요가 찾아왔다. 니나는 몸을 아래고 숙이더니 속삭였다. 내가 결혼한다고 그에게 말해 줘, 꼭 말해 줘.

그게 정말이야? 나는 외쳤다

그녀는 슬픈 듯이 고개를 저었다. 이것이 내가 본 니나의 마지막 모습이었다. 문은 닫히고 기차는 출발했다. 비 때문에 유리창이 보이지 않았다. 그 뒤에 니나가 서 있었다. 나는 천천히 걸어갔다. 니나가 없는 집으로. 거기에는 내가 스웨덴으로 가져가야 할 궤짝들이 있었다. 그 외에 이웃집 여자가 가져갈 침대용 소파, 테이블보 없는 작은 탁자, 그리고 낡은 정원용 의자들이 있었다. 탁자 위에는 알코올램프, 니나의 그릇 중 마지막으로 남은 것들, 그리고 약간의 먹을 것이 있었다. 니나는 나에게 말하지도 않고 과일 봉지와 샌드위치들을 준비해 놓고 갔다. 그러나 나는 먹을 수 없었다. 나는 몹시 피곤했다. 마치 중병에 걸리기 직전의 납덩이 같은 피곤이었다. 나는 즉시 침대로 갔다. 이런 하루를 보내고, 그리고 걸을 때마다 텅 빈 지하실에서처럼 발소리가 울리는 이런 집에서 내가 할 것이란 이것밖에 없었다. 나는 비가 오는 것이 좋았다. 규칙적으로 내리고 때려대는 빗소리가 잠들 때까지 내가 들을 수 있었던 유일한 살아 있는 소리였다. 아침에 나를 깨운 것도 이 빗소리였다.

밤새 비가 왔다. 창문과 탁자 사이의 바닥은 젖어서 어두웠다. 창문에 덧댄 문이 소리 없이 흔들리고 있었다.

나는 이렇게 시작되는 날이 무서웠다. 다음 기차로 떠나고 싶은 생각이 간절했다. 이 생각은 그 후 1시간 동안이나 나를 집요하게 따라다녔다. 그러나 나는 결국 자기가 만든 수프는 자기가 떠먹어야 한다는 생각을 했다. 내가 '그 남자'를 이리로 오게 한 것이다. 나는 그에게 설명할 의무가 있다. 나는 있어야만 한다. 물론 내 동생이 사랑하는 남자를 보고 싶은 호기심도 있었다. 이것을 부인할 수는 없다. 그러나 무엇보다도 나를 붙잡아 둔 것은 그가 문 앞에 서서, 망연자실, 닫힌 문밖에 서서, 한없이 헛되이 초인종을 누르게 될 것이라는 생각 때문일 것이다. 나는 그가 서 있는 모습을 상상했다. 눈에는 초점이 없고 초초하고 안절부절못하는 모습. 그는 이웃집 여자를 부르거나 관리인에게 물을 것이다. 그리고 그는 듣게 될 것이다. 부슈만 부인은 떠났으며, 그의 언니도 떠났다는 것을. 그도 떠날 것이다. 아주 천천히, 어쩔 줄 모르는 채, 상처를 안고.

다시 자려고 했지만 잠이 오지 않았다. 나는 슈타인의 일기장을 가지고 왔다. 그러나 앞으로 읽을 부분이 많이 남아 있지 않았다. 나는 이것을 오후를 위해 아껴두기로 했다. 집 밖으로 나갈 생각은 못 했다. 비는 여전히 많이 오고 있었다. 나는 쓰레기통에서 반은 찢어져 나간 옛날 탐정소설을 한 권 찾아냈다. 그러나 지겨운 책이었다. 이 책을 읽으면서 나는 지금 심심풀이에 빠질 기분이 아니라는 것을 깨달았다. 이런 날에는, 즉 내가 니나를 생각하거나 혹은 '그 남자'를 생각할 때마다 우울함과 초초함에 번갈아 시달리는 이런 날에는 슈타인의 수기가 적합한 읽을거리였다.

내가 읽은 마지막 부분과 거기서 이어지는 부분을 나는 힘들게 찾아냈다. 그때는 전화가 오기 전이었다. 전화를 받고부터 고통스러운 하루가 시작된 것이다.

1936년 2월 16일의 긴 보고 뒤에 같은 해 3월 3일에 쓴 짤막한 글이 뒤따랐다. 여기에서 슈타인은 자기가 니나의 "유혹자"로 설정한 인물을 상상해 보려 애썼다. 그다음 일기는 반년이 지난 뒤에야 쓰였다.

1936년 10월 16일.

어떻게 내가 나와 니나를 묶어놓고 있는 사슬이 끊어지길 바랄 수 있었는지. 내가 밀라노에서의 초청 강연이 끝난 후 남이탈리아와 시칠리아를 거쳐 북아프리카로 여행을 가려고 했을 때 나는 자유와 구원을 느꼈다. 헬레네는 아네트 아주머니의 집을 파는 데 열중해 있었다. 그 집은 나에게 유산으로 떨어진 것인데 나는 계속 갖고 싶지 않았다. 니나가 결혼했기 때문이었다. 니나와 함께라면 이 여행이 완전히 아름다울 수 있었을 텐데 하는 생각이 나를 가끔 방해하기는 했으나 더 이상 고통이나 혼란은 없었다.

그러나 로마에는 추송된 우편물 속에 니나가 딸을 출산했다는 소식이 기다리고 있었다.

내가 어릴 때 다리에 깊고 심각한 상처가 났던 것이 기억난다. 나는 아무 느낌도 없이, 콸콸 쏟아지는 피와 맨살이 찢어져 벌어진 모습을 지켜보고 있었다. 나는 고통을 느끼지 못했다. 한참이 지나서야 나는 큰 소리로 울기 시작했다. 이런 둔함은 이 편지를 읽을 때도 마찬가지였다. 나머지 우편물들은 읽지도 않고 외출했다. 그리고 저녁에 숙소로 돌아왔을 때 나는 내가 몹시 취해 있는 것을 발견했다. 이렇게 취한 건 생전 처음이었다. 다음 날 아침 나는 독일로 돌아갔다. 여행을 3주나 일찍 끝낸 것이 조금도 서운하지 않았다.

지금에 와서 나는 왜 내가 그렇게 했으며 나를 그토록 흥분시킨 것이 무엇이었을까 자문해 본다. 인쇄된 통지문에 니나가 짧막하게 연필로 부기한 "나는 간신히 살아났어요."라는 말 때문이었을까. 그러나 이것이 여행에서 그렇게 황급하게 돌아온 이유가 될 수 있다는 말인가. 아이는 10월 1일에 태어났으며 이 소식이 나에게 전달된 것은 10월 7일이었다. 나는 난산의 기억은 이미 오래전에 흐려져서 분명 나를 필요로 하지 않을 만큼 회복된 니나를 떠올려야 했다. 어쨌든 여행할 기분은 사라지고 없었다. 이탈리아가 갑자기 끔찍하게 여겨졌으며 알제리도 그 매력을 잃었다. 귀향할 도리밖에 없었다.

헬레네는 아직 여행 중이었다. 집이 낯설게 보였다. 나는 유리창 밖의 덧문을 내리고 급히 병원으로 갔다. 나는 기다려야만 했다. 니나의 남편이 와 있었고, 그리고 니나가 아이한테 젖을 먹여야 했기 때문이다. 나는 창문이 바깥으로 움푹 들어간 구석 자리로 갔다. 이쪽을 보이지 않고 니나의 방문을 볼 수 있었다. 얼마 후에 니나의 남편이 간호사에게 미소를 지으며 그 방을 떠났다. 문에서 몇 발짝 못 가서 그의 표정이 바뀌었다. 순식간에 그의 얼굴은 경직되고 그늘이 졌다. 분노로 일그러졌다는 표현이 나으리라. 그는 걸어가면서 다시 한 번 뒤를 돌아보았는데 그 노골적인 잔인한 표정은 나를 소름 끼치게 했다. 그러나 급하게 지나가는 젊은 간호사를 보자 얼굴이 금방 바뀌었다. 아무 일도 없었다는 듯이 얼굴 표정이 환해졌다. 어느 쪽이 진짜 얼굴인지 모를 지경이었다. 젊은이 같은 경박한 얼굴이 진짜일까, 아니면 그 잔인한 얼굴이 진짜인가. 평소에 두 얼굴 중 어느 얼굴을 니나에게 보일까.

왜 니나가 그와 결혼했을까 생각한 것이 몇 번째인지 모른다. 더 알 수 없는 것은 니나가 그의 곁에 있기를 고집했다는 사실이다. 얼마 안 있어 누군가가 그녀의 아기를 안고 방으로 들어갔다. 나는 갑자기 그 애가 내 애일 수도 있었다고 생각했다. 집요하게 계속되는 생각에 나는 마침내 굴복했다. 여자는 아기에게 우유를 먹이고 있고 나는 방 앞에서 기다리고 있다면 이거야말로 얼마나 멋진 일인가. 무한한 조화의 감정을 일깨우리라. 인생이 부여한 책무를 이행한 것이리라. 자연의 질서에 순응하는 것이리라. 감사하는 마음으로 주위를 돌아보리라. 아마도 인간의 무서운 고독감을 극복하는 유일한 가능성이 있다면 이런 것이 아닐까. 적어도 몇 년간은, 아니 적어도 며칠만이라도. 단 1시간만이라도 안온하고 질서 있는 생활이 가져다주는 단순한 행복이 주어졌으면 하고 나는 바랐다.

안일한 꿈을 꾸기에는 내 나이가 너무 많았다. 그런데도 꿈과 현실이 계속 교차했다. 저 아이는 누가 만든 아이든 내 아이였다. 그리고 니나는 내 부인이었다. 그렇지 않았는가. 지금도 그렇지 않은가.

아기가 내 곁을 지나갈 때 나는 보여달라고 부탁했다. 아기가 나를 쳐다보았다. 이것은 아주 우연이었다. 내가 서 있던 창문을 통해 반사된 빛에 아기의 눈이 자극을 받았기 때문이지만 분명 나를 보고 있었다. 생명이 나를 보고 있었다. 그러나 생명은 곧 나에게서 떠났다. 사람들은 그 아이를 데려갔다. 그 아이는 내 아이가 아니었으며 지금도 내 아이가 아니다. 나와는 아무 상관이 없었다. 나는 니나에게 갈 수가 없었다. 나는 그녀를 위해 가져온 꽃을 들여보내고는 그 자리를 떠났다. 1시간 후에 다시 오기로 했다.

나는 니나가 그처럼 비참하게 보일 줄은 생각도 못 했다. 그녀는 베고 있는 베개보다도 더 희어 보였다. 사람들이 나의 방문을 알린 모양이었다. 니나는 조용하고 피곤한 얼굴로 나를 쳐다보았다. 나는 뭐라고 해야 할지 알지 못했고 니나도 얘기할 기분이 아닌 것 같아서 나는 곧 가겠다고 했다. 니나는 나의 손을 놀랄 만치 꼭 쥐었다. 그리고 말했다. 와 주셔서 고마워요. 그러나, 그녀는 덧붙였다, 더는 오지 마세요. 나는 당신이 퍼시와 마주치는 것을 원치 않아요.

니나는 남편의 질투를 두려워하는 것일까. 곱절로 예민해진 상태에서 더 이상 분규가 있을까봐 겁내는 것일까. 남편의 의심스러운 관대함을 보고 그를 화나게 하는 모든 것을 미연에 방지하려는 것일까. 그녀의 자존심은 어디로 갔는가. 아니면 새로운 자존심이 새로운 과제를 불평 없이 정확하게 수행하도록 그녀에게 명령하는 것인가. 나는 여전히 그녀를 모르고 있는 것이 아닐까 하는 생각이 들었다. 이전에도, 그녀가 가끔 나보고 비난조로 말한 '비인간적인 거만함'을 그녀 역시 지니고 있을지도 모른다는 생각을 한 적이 있었다.

바로 다음의 일기는 아주 휘갈긴 글씨체로 쓰여 있었다. 아주 급했거나 아주 흥분했거나 둘 중 하나다.

1937년 1월 12일.
극도로 불길하고 혼란스러운 이틀이었다. 니나가 자살을 기도했다. 하마터면 그녀는 성공할 뻔했다. 나에게도 책임이 있다. 극도의 정확성을 가지고 끝까지 간 이 생각은 나를 미치게 할 지경이었다. 그리고 니나를 다시 회복시켜야겠다는 생각만을 하도록 했다. 나는 사건의 경위를 확인해 볼 것이다. 어쩌면 이 노력은 내가 나 자신을 다시 통제할 수 있도록 도울지 모른다.

1월 10일 오후에 니나가 나에게 왔다. 그녀는 매우 창백했고 찾아온 용건을 단도직입적으로 꺼냈다.

다음 페이지는 덧붙여진 것으로, 1946년에 새로 작성해 추가한 것이었다.

니나는 내가 전에 제안했던 임신중절을 상기시켰고 내가 그것을 해주는 것을 당연한 일로 여기는 듯했다. 나는 그녀에게 그렇게 하려는 이유를 물어보았으나 그 이유가 불충분하다고 생각했다. 니나는 자기가 싫어하는 남자의 아이기 때문에 낳을 수 없다는 것이었다. 니나는 일부는 위험하기도 한 민간처방들을 써보았으나 실패했다는 것도 고백했다. 그리고 입을 다물었다. 그녀는 완강했다. 음울한 단호함이 내비쳤다. 이런 경우에 결정을 내리기란 나로서는 매우 어려운 일이었다. 나는 태어날 아이에 대한 니나의 감정을 이해할 수는 있었으나 한편으로는 다음과 같은 생각을 했다. 그녀가 그 남자와 지내겠다고 결심을 했을 때는 결혼에 따른 모든 의무를 받아들이겠다고 생각한 때문이 아닌가. 첫아기 때는 상황이 내부적으로나 외부적으로나 전혀 달랐다. 그 당시에는 그녀의 자유, 그녀의 성숙이 위협받고 있는 상황이었다. 그러나 이번의 경우 그녀의 성숙은 시련의 극복을 전제로 하는 것이었다. 그렇다, 그녀는 성숙을 필요로 한다. 그러나 한편으로 나는 그녀가 원하는 것이 나의 의도에 부응하는 것임을 알고 소스라치게 놀랐다는 것을 고백하지 않을 수 없다. 수술을 하게 되면 나는 복수의 쾌감을 느끼며 애를 지우게 될 것이다. 마치 그 애가 퍼시 할이기라도 한 것처럼. 나의 판단력은 흐려져 있었다. 니나가 원하는 대로 해주는 것은 내가 원하는 것을 따르는 것 같아서 나는 니나의 소원을 들어줄 수 없었다. 나는 거절했다.

바로 다음 페이지에 1937년의 기록이 이어졌다.

니나가 떠나갔을 때 나는 처음에는 커다란 안도감을 느꼈다. 나는 유혹을 이겨냈다. 그러나 얼마 후에 나에게는 회의가 엄습했다. 나는 자문했다. 내가 재판관이 될 수 있는가. 무엇이 필요하고 무엇이 필요하지 않은지 내가 어떻게 결정할 수 있는가. 게다가 그녀의 다급한 부탁을 거절할 힘이 내게 어디 있는가. 특히 이 마지막 질문이 나를 강하게 사로잡았다. 아마도 그녀가 계속 고집했더라면 나는 굴복했을 것이다. 그러나 나는 그녀가 내 결정에 동의했다고 생각했다. 눈이 멀었더란 말인가. 어떤 제스처, 어떤 말에서 그녀의 절망이 분명히 나타났을 텐데 나는 그것을 보지도 못했고 느끼지도 못했다. 그녀를 사랑한다는 내가 말이다. 나의 유일한 변명은(나는 이에 매달린다.) 내가 스스로 간절히 원하는 일을 저지를지도 모른다는 불안이었다. 엄밀히 말해, 계획적 살인을 저지를지도 모른다는 생각이었다. 나는 니나를 붙들기 위해 밖으로 뛰쳐나갔으나 그녀는 이미 사라지고 없었다. 나는 그녀의 주소를 알지 못했다. 설령 내가 그 주소를 알았다 해도 그 남자의 집에는 가지 않았을 것이다. 내가 몇 시간 후 집에 왔을 때 니나의 편지가 도착해 있었다.

그 편지는 이 페이지에 첨부되어 있었으나 나는 그것을 나중에야 읽었다.

헬레네가 말했다. 어떤 여자가 한 작은 아이와 함께 왔으며 이것을 주고 갔다고. 나는 편지를 뜯었다. 짐작한 대로였다. 내가 차고에서 어떻게 차를 꺼냈는지, 내가 헬레네에게 무슨 말을 했는지, 차를 몰고 가는 동안 내가 무슨 생각을 했는지 모르겠다. 집은(주소가 편지에 있었다.) 찾기가 힘들었다. 새로 지은 단지에 있었다. 물어보는 사람마다 몰랐다. 그 집을 찾아냈을 때 문은 잠겨 있었다. 벨을 누르고 문을 밀어보았으나 허사였다. 이 몇 분 동안이 내 생애에 가장 끔찍한 순간이었다. 마침내 나는 관리인을 불러올 생각을 했다. 그는 열쇠를 가지고 있을 터였다. 그에게 사실을 말하지 않을 수 없었다. 나는 비밀을 지켜야 한다며 내가 수중에 가지고 있는 모든 돈을 그에게 주었다. 그러나 관리인은 화를 내며 돈을 돌려주었다. 그도 나처럼 떨고 있었다. 그러나 그는 나의 협력자라는 것을 보여주었다.

내가 생각한 대로였다. 니나는 이미 죽은 것처럼 보였다. 그때 본 광경은 나중에 아무리 떠올리려 해도 떠올릴 수 없었다. 나는 기계적으로, 그리고 절망적인 기분으로 임했다. 독은 벌써 널리 퍼져 있었다. 관리인이 니나의 호흡이 마침내 정상으로 돌아올 때까지 말없이 힘껏 도왔다. 나는 그녀를 자동차에 태웠다. 그동안 관리인은 집 안을 정돈했다. 내가 출발하기 전에 그는 헐레벌떡 자신이 발견한 편지를 가져왔다. 관리인은 할 씨가 여행에서 돌아올 때까지 니나의 어린 딸을 돌봐주겠다고 약속했다. 마지막으로 고양이 한 마리가 아주 애처로운 모습을 하고 나타났는데 쫓아낼 수가 없어서 데려왔다.

나는 니나를 W의 병원으로 데려가려고 하였다. 그러나 소문날 것이 두려웠다. 나는 그녀를 집으로 데려왔다. 그녀는 다시 의식을 잃었다. 그래서 니나는 내가 들어갈 때 벌어진 일을 보지 않을 수 있었다. 헬레네가 문을 열어주었다. 내가 그녀에게 간단히 설명하자 그녀는 말없이 등을 돌렸다. 그 이후 그녀는 니나가 있는 방에 한 발짝도 들여놓지 않았다. 헬레네는 내가 필요로 하는 우유 같은 것을 가져오기는 했으나 그것을 복도에 있는 작은 탁자 위에 놓아두었다. 나는 그녀의 고집이 우리 관계를 영원히 최악의 상태로 돌려놓을까 두려웠다. 그러나 그때 나는 왜 그녀가 이 시점에서 그런 시위 방법을 선택했는지에 대해 생각해 볼 시간이 없었다.

니나는 오늘 낮까지 전혀 의식이 없거나 반쯤만 의식이 돌아온 상태로 무감각하게 누워 있었다. 갑자기 그녀가 완전히 정신을 차렸다. 그녀는 나를 보고 놀라서 말했다. 내가 살아 있어! 그러고 나서 그녀는 풀죽은 목소리로 말했다. 내가 아직 살아 있어.

그녀는 벽 쪽으로 등을 돌리고 더 이상 아무 말도 하지 않았다. 나는 그녀가 사태를 파악하고 나서 나를 미워하는 것이라고 생각했다. 조금 있다 그녀는 잠이 들었다. 그녀는 계속해서 잠자고 있다. 벌써 5시간째다.

저녁. 니나가 깨어났을 때 그녀는 완전히 제정신으로 돌아온 것 같았다. 그녀는 몸을 일으키고는 물었다. 루트는 어디 있지요? 내가 그녀를 안심시키자 그녀는 말했다. 퍼시가 이 사실을 알면 안 돼요. 그러나 나는 거기로 돌아가지 않을 거예요.

그래요, 그래요. 나는 말했다. 당신은 나와 있도록 해요. 여기 머물러요. 우리가 루트를 데려오겠어요. 아니, 요양소로 가는 게 더 좋을 거요.

니나는 내 말을 흘려듣고 있었다. 그러더니 갑자기 말했다. 나는 살고 싶지 않아요. 왜 당신은 나를 죽도록 내버려두지 않았죠?

나는 굳이 위로의 말을 찾으려 하지 않았다. 니나는 스스로 삶 속으로 가는 길을 찾아내야 한다. 그녀는 해낼 것이다. 나는 확신한다. 비록 시간은 걸리겠지만. 니나는 매우 쇠약한 상태였다. 예기치 않게 열도 높았다. 갑자기 그녀는 다음과 같은 말로 나에게 큰 충격을 주었다. 내가 의식을 잃기 시작한 때만큼 생을 미치도록 강력하게, 정말 지겨우면서도 멋지다고 느껴본 적이 과거에는 없었어요.

그러고 나서 니나는 고양이를 불렀다. 고양이는 벌써 적응했는지 창가에 앉아 있었다. 고양이를 품에 안자 니나는 울기 시작했다. 나는 그러는 그녀를 그냥 내버려두었다. 그녀는 오랫동안 소리 없이 울었다. 흡사 봄비가 내리는 것 같았다. 그녀는 보지 못했다. 아니, 알지 못했다. 내가 창문에 기대어 함께 울었다는 것을. 나는 나의 눈물이 그녀의 눈물보다 더 쓰라린 것이라고 생각했다. 니나는 슬픔뿐 아니라 분노에도 시달리고 있었다. 나는 인생을 저주했다. 이 순간만큼 니나를 내 편으로 끌어들일 더 좋은 기회가 없다는 것도 알고 있었지만.

지금 니나는 다시 자고 있다. 울음 끝에 그녀는 쉽게 잠이 들었다. 나는 오늘 밤도 어젯밤처럼 여기 있는 소파에서 보낼 것이다. 나는 그녀의 숨소리를 들을 것이며 그녀가 깨면 우유를 가져다줄 것이다. 그리고 나는 마음의 평정을 찾으려고 애쓸 것이다. '마음의 평정'을. 얼마나 멋진 표현인가. 이 마음의 평정이라는 말은. 아니다, 나는 결코 마음의 평정에 이르지 못할 것이다. 그러나 너는 해낼 것이다. 니나, 너는 인생을 신뢰한다. 비록 네가 그 사실을 모르고 있다 해도, 또 네가 그것을 인정하려 하지 않는다 해도. 너에게는 생을 끊으려는 이 시도도 삶의 일부인 것이다. 이것은 너의 정신과 생명력이 너에게 부여한 새로운 뉘앙스이며, 하나의 충격이며, 깊고도 흥미로운 경험이며, 일종의 실험인 것이다.

1937년 1월 13일.

조용한 밤이다. 열이 조금 있다. 햇빛이 밝게 비치는 겨울날이었다. 내가 우는 것을 보았다고 하면서 니나는 나를 놀라게 했다. 그러나 니나는 그것이 저녁이었는지 밤이었는지 알지 못했다. 어쩌면 꿈을 꾸었는지도 모르겠다고 그녀는 말했다. 그러나 꿈속이든 실제 일이든 내가 왜 울었는지 자기는 안다고 했다. 당신은 나와 함께 죽지 못하고 나를 살린 것을 마음 아파하는 거예요. 내가 소스라치게 놀라 그녀의 말을 반박하려 했을 때, 그녀는 말을 막았다. 당신은 사는 게 별 의미가 없다는 것을 나만큼 잘 알고 있어요. 우리는 생의 의미를 알려고 했어요. 그래서는 안 되는 거죠. 만약 의미를 묻게 되면 그 의미는 결코 체험할 수 없게 돼요. 의미에 대해 묻지 않는 자만이 그 의미가 뭔지 알아요. 니나는 대수롭지 않게 그러면서도 슬프게 말했다. 그러나 이 짧은 문장이 나를 생으로 다시 돌려보내 주었다. 나는 어째서 그랬는지는 설명할 재간이 없다. 나는 갑자기 엄청나게 힘을 얻어 마음의 평정에 이르렀다. 이 여자에게는 도대체 어떤 힘이 있길래, 지치고 절망에 빠진 상황에서도 다른 사람을 일으켜세울 수 있는 것일까.

나는 오늘 이 힘이 필요하다. 오늘 니나의 남편이 여행에서 돌아올 것이기 때문이다. 그를 역으로 마중 나가 그에게 그럴듯한 말을 둘러대리라. 관리인이 그의 주소로 되어 있는 편지를 발견해서 나에게 준 것은 운이 좋은 탓이었다. 나는 이 편지를 뜯지 않고 이 일기장 사이에 끼워두려고 한다. 니나는 나에게 이것을 물어오지 않았다. 남편에 대해 아무것도 묻고 싶지 않은 것이리라. 남편을 잊었으면 하는 것 같았다. 내가 그에게 이러이러한 식으로 말하겠다고 니나에게 설명하자 니나는

관심 없다는 듯이 말했다. 단지 그가 나를 방문하지 않게만
해 줘요.

그를 만나는 일이 나도 너무나 싫다.

1937년 1월 14일.

오후 기차 시간에 맞추어 나갔으나 할은 오지 않았다. 내가
니나에게 돌아왔을 때 그녀는 열이 올라 있었다. 그녀는 나를
향해 즉각 큰 소리로 말했다. 내가 그에게 다시는 안 갈 것이
라고 말해 주었나요?

나는 아니요, 그는 오지 않았어요, 라고 말하려고 했는데,
니나는 "아니요"라는 말만 듣고 화가 난 동작으로 나의 말을
중단시켰다. 마치 나에게 무엇이든 던질 태세였다.

당신은 그걸 말했어야 하는데. 당신은 옳은 일은 전혀 안
해요.

그러나, 니나, 나는 말했다, 그는 오지 않았소.

아, 그래요. 그녀는 조금도 누그러지지 않은 채 덧붙였다.
그가 오면 당신은 꼭 말해야 돼요.

이것은 하나의 새로운 전기였다. 니나는 나를 어리벙벙하게
만들었다. 나는 그에게 무엇을 말하고 무엇을 말하면 안 되는
지 모르는 극도로 불분명한 상태에 빠져들었다. 기차가 다시
왔을 때 나는 더욱 모르게 되었다. 나에게는 임기응변의 재주
가 없었다. 나는 흥분되어 있었고 이 상태는 할이 어떤 젊은
여자를 동반한 것을 보았을 때 더 심해졌다. 겉으로 보기엔
기차 안에서 알게 된 사이 같았다. 그들의 기분은 최고인 듯했

다. 그들의 기분을 망쳐놓고 싶은 생각이 강렬하게 솟구쳤다. 나는 그들의 앞을 막고 말했다. 할 씨, 말할 게 있는데요. 그는 나를 즉시 알아보았다. 내가 그의 얼굴을 결코 잊지 못하는 것처럼 그도 나의 얼굴을 잊지 않고 있었다. 나의 출현이 그에게는 극도로 불쾌한 모양이었다. 그러나 그는 어떤 중요한 일이 있다고 느끼는 듯했다. 그는 원하지는 않았으나 여자와 작별할 수밖에 없었다. 여자는 당황한 듯했다. 아주 실망한 기색이었다. 그러고는 자존심이 상한 듯 재빨리 그 자리를 떠났다.

모든 이야기는 밤의 플랫폼 위에서 이루어졌다. 행인들, 소음, 그리고 기관차의 수증기가 뒤범벅이 된 곳이었다. 대화는 5분도 더 계속되지 않았다.

당신이 여행을 떠난 후 부인에게 약간의 사고가 생겼습니다. 넘어지셨습니다. 임신 중에 이런 일은 후유증을 낳기 쉽습니다.

그는 나를 말없이 날카롭게 쳐다보았다. 나는 그가 무슨 생각을 하는지 알았다. 그는 당황하고 있었다. 나는 쾌감을 느꼈다.

아이가 자궁에 계속 붙어 있게 하려면 극도로 조심해야 합니다. 나는 계속 말했다.

그의 얼굴에 긴장이 풀렸다. 그러나 여전히 믿지 못하겠다는 눈치였다.

부인은 지금 나의 집에 있습니다. 부인은 나에게 도움을 청하셨습니다. 나는 부인을 당장 우리 집에서 보호하는 게 불가피하다고 생각했습니다. 당신도 그랬으리라 믿습니다. 몇 주 후에는 그녀를 요양원에 보내는 것이 좋을 것 같습니다. 그러지 않으면 부인은 임신을 유지할 수 없습니다.

이렇게 말을 꺼내면서 나는 그를 정확히 관찰했다. 희미한 정거장 불빛이긴 하지만 그의 얼굴은 창백해졌다. 그는 몇 마디를 내뱉었는데 나는 다시 물어서야 겨우 알아들을 수 있었다. 그녀에게 가겠소. 그리고 집에 데리고 가겠소. 내가 돌볼 테요.

아니요. 나는 말했다. 만약 당신이 아이가 세상에 무사히 나오기를 바란다면, 그리고 부인에게 탈이 없기를 바란다면 내 말을 따르는 게 좋습니다. 그리고 딸은 관리인 집에 있습니다.

그는 바닥을 응시하면서 아무 대답도 하지 않았다. 골똘히 생각하는 듯했다. 아니면 생각을 가다듬으려고 했는지도. 마침내 그가 말했다. 좋소, 당신 말을 믿겠소.

그가 나를 믿지 않는 것은 분명했다. 지금이 바로 내가 니나의 부탁을 들어줄 수 있는 상황이었다. 그러나 나는 그렇게 하지 않았다. 그 대신에 나는 말해 주었다. 필요한 일이 생기면 당신에게 연락을 주겠습니다. 그리고 이것은 나의 전화번호요.

그는 무언가를 더 이야기하려고 하다가 어깨를 움찔하더니 그만두었다. 이때 짐을 실은 손수레가 우리를 갈라놓아 우리는 의례적인 인사말도 생략하고 헤어졌다.

그는 지금까지 아직 전화 한 통 없다. 어떻게 생각해야 할지 모르겠다.

어젯밤 내가 집에 돌아왔을 때 니나는 자고 있었다. 나는 그녀가 수면제를 먹었다는 것을 알았다. 수면제는 금물이었다. 그녀가 어떻게 그것을 찾아낼 수 있었는지 모르겠다. 오늘 그녀는 헬레네가 수면제를 주었다고 고백했다. 나는 너무나 놀랐다. 그러니까 헬레네가 이 방에 들어왔었다는 말이오? 그렇다고 니나는 대답했다. 그녀는 나에게 과일을 가져다주었는 걸요. 무슨 얘기들을 했소? 나는 물었다. 아, 라고 하더니 니나는 더 말하지 않았다. 분명히 니나는 나에게 무언가를 숨기고 있었다. 나는 헬레네를 이해하지 못하겠다. 그러나 그녀에게 물어보지는 않겠다.

니나는 오늘 남편에 대해 한 마디도 언급하지 않았다. 그녀는 무심하게 누워 있었다. 그리고 잠을 자거나 반수 상태에 있었다.

밤.

니나의 남편으로부터 전화가 왔다. 몇 마디 질문. 간단한 대답. 1분간의 통화였다.

나는 이것을 니나에게 말해 주었다. 그녀는 조금도 관심을 나타내지 않았다. 지금은 밤이다. 그녀는 깊이 잠들어 있다. 잠자는 모습에서 그녀가 원래 타고난 것이었으나 숱한 역경을 통해 가려져 있었던 사랑스러움이 가슴 찡하게 느껴졌다. 나는 언제까지라도 그녀를 바라볼 수 있을 것 같았다. 그녀를 바라보는 동안 내 마음속에 응고된 것이, 죄의식이, 조심성이 녹아버리는 것을 느꼈다. 잠깐이나마 다르게, 좀더 행복하게 살 수 있다는 생각도 들었다. 나는 니나가 정말 남편에게 돌아가지 않을 때 일어날 수 있는 일에 대해서는 생각하지 않으려고 했다. 그렇지만 니나가 아이들과 여기서 놀고 있는 모습이라든가, 그들이 여기서 지내고, 또 니나가 나와 함께 여행이나 드라이브를 하게 되는 모습을 생각하면 순간적으로 몸이 달아오르는 것이었다. 이제 자러 가야겠다. 아니, 깬 채로 누워서 시시각각 니나의 숨소리를 들을 것이다. 형용할 수 없는 오묘한 행복감에 젖어 있으리라.

1월 15일.

나는 지난밤 '형용할 수 없는 오묘한 행복감에 젖지' 못했다. 어떻게 나는 니나 곁에 계속 있으면서 가장 나쁜 유혹에 빠지지 않으리라고 생각할 수 있었을까. 니나는 피곤하고 지치고 임신 중이었는데도 불구하고 유혹할 수 있는 힘이 있었다. 나는 나의 사랑이 '순수한 곳으로' 가버렸다고 생각했다. 나는 소년적 이상을 품고 있다고 여겼다. 언젠가 "순결의 격정"에 대해 이야기한 사람이 니나였던가. 나는 값싼 사랑을 할 줄 몰랐으므로 순결을 단호히 지키려고 했다. 나는 일상의 정욕으로부터 나 자신을 멀리 격리시키는 데 성공했다. 나는 그런 식의 욕구에서 벗어난, 아침의 분명하고 정돈된 느낌을 사랑했다. 그러나 나는 육체적 근접의 위험성을 과소평가했다. 나는 방을 떠날 수밖에 없었다. 나는 나머지 밤을 옆방에 있는 한 의자 위에서 보냈으며 오늘 밤부터는 내 방에서 보낼 것이다. 계속해서 초연한 척하기란 무척 어려운 일이다. 나는 니나가 곧 떠날 수 있게 되기를 바란다. 나는 볼레와 전화 통화를 했다. 나는 그를 안다. 그는 뛰어난 의사다. 오베르스트도르프 근처에 있는 그의 요양소는 매우 괜찮은 곳이다.

하루 종일 니나의 남편으로부터 전화가 없었다. 니나는 열이 점점 오르고 있다. 늑막염 초기로 보인다. 내일은 마이트를 불러야겠다.

1월 16일.

불필요한 걱정이었다. 열은 다시 내려갔다. 나는 오늘 니나와 요양소 문제에 대해 이야기했다. 그녀는 전혀 내키지 않아 하더니 갑자기 말했다. 우리는 돈이 없어요.

나는 거짓말을 했다. 할이 특허권 하나를 팔았다고 방금 전화 통화에서 말했소. 그러니 돈은 있는 거요. 걱정하지 마시오. 그녀는 더 이상 반대하지 않았다. 저녁에 니나는 자신의 고양이가 어디 있느냐고 물었다. 이때 나는 고양이를 24시간 동안 보지 못했다는 사실을 깨달았다. 니나는 다시 잠이 들었다. 나는 고양이를 찾기 시작했다. 헬레네에게 물어보자 그녀는 어깨를 으쓱하면서 말했다. 독약을 먹지 않았다면 다시 오겠죠.

나는 깜짝 놀랐다. 독약을 먹었을 거라니? 그게 무슨 말이야?

독약을 먹었다고는 안 했어요. 독약을 먹지 않았으면 돌아올 거라고 했죠. 헬레네의 말에는 가시가 들어 있었다.

헬레네와 나 사이의 긴장은 니나에 대한 나의 요구와 정비례한다. 나는 니나가 며칠 후에는 떠날 수 있기를 기대한다.

1월 22일 밤, 새벽녘.

니나가 떠났다. 나는 니나를 딸과 함께 역까지 바래다주었다. 그녀는 혼자 가겠다고 고집했다. 오베르스트도르프에서는 요양소 차가 그녀를 마중 나와 줄 것이다. 나는 볼레와 방금 통화했다. 니나는 비교적 편안하게 도착했다고 한다. 그러나 볼레는 회복 기간이 오래 걸리는 중병을 예측하고 있었다. 그는 무슨 일이 있었는지 알고 있었다. 나는 그가 알고 있는 것이 좋겠다고 생각했기 때문이었다.

내가 역에 나간 동안 헬레네는 청소부를 기다리지도 않고 니나가 비운 방을 치웠다. 내가 돌아왔을 때 나는 그 방이 매우 어질러져 있는 것을 보았다. 매우 추운 날씨였는데도 창문은 활짝 열려 있었고 안으로 눈이 들어오고 있었다. 베갯잇과 이불잇이 벗겨져 있었으며, 공기를 쐴 수 있도록 펼쳐져 있었다. 양탄자는 발코니에 걸려 있었다. 여느 때 같으면 혼자서는 엄두도 못 낼 일이었다. 커튼도 치워져 있었다. 헬레네는 마치 시위라도 하듯이 청소부 차림을 하고 바닥을 닦고 있었다.

나는 한 마디도 하지 않았다. 그리고 나는 그날 오후를 한 카페에서 보냈다. 거기서 나는 마이트를 만났다. 다행히 부인은 없었다. 그는 내가 심란해 보인다며, 과로와 피로 탓이라고 했다. 사실 맞는 말이었다. 나는 너무 지쳐 자제력을 상실하고 그에게 요즘 일을 털어놓기 시작했다. 그러나 나는 니나라고 생각할 수 없도록 일반적인 테두리에서만 얘기했다. 그러나 그는 나에게 단도직입적으로 물었다. 무엇이 이 여자와 결혼하는 것을 막느냐. 나는 대답할 말을 찾지 못했다. 그녀가 원하지 않는다고 말했다. 그녀가 나를 사랑하지 않는다고.

마이트는 놀리는 얼굴을 하면서 나를 쳐다보았다. 그러나 악의는 없었다. 이보게, 젊은이. 그는 말했다. 그는 나보다 10년 위였다. 젊은이는 생각을 너무 많이 하는군. 행동은 너무 조금 하는 대신.

진부한 말이라 도움이 될 리는 없었으나 사실은 내 불행의 핵심을 찌른 말이었다.

마침내 마이트는 내가 결혼에 적합한지 진지하게 생각해 보았느냐고 물었다. 더 중요한 것은 결혼이 과연 할 만한 것인지, 도움이 되는지, 의미가 있는지 생각해 보는 것이라고 마이트는 말했다.

마이트의 결혼은 내가 아는 사람들 중 드물게 모범적인 경우라고 생각해 왔으므로 이런 마이트의 질문은 나를 당황하게 했다.

자네도 알다시피 내가 결혼했을 때는 서른이었네. 처는 열일곱이었지. 그녀는 내 마음에 들었어. 발랄했고, 그리고 아직 젊고 총명했기 때문에 교육을 시키기에 적합하다고 여겼네. 나는 그녀를 교육시켰어. 처음 몇 년 동안 나는 그녀의 빠른 변화에 열광했고. 그러고는 그게 끝이었네. 나는 계발될 수 있는 것만 계발시켰는데 한계가 금방 왔네. 그때부터 그녀는 자기가 원하는 것만을 했네. 자기가 성취한 단계에서 움직이지 않고 거기서만 반경을 넓혔네. 그녀를 좀더 높은 곳으로 이끌려는 나의 시도에 그녀는 저항으로 맞섰고, 결국 나는 그녀에게 우스운 존재가 될 수밖에. 나는 그녀를 그냥 두기로 했네. 그녀는 거기서 만족하고 자신의 세계를 만들었네. 그 밖의 모든 것에는 무관심했네. 처는 지금 생각하지. 자기가 이 세상에서 가장 행복한 결혼 생활을 영위하고 있다고. 물론 그녀가 원하는 것을 할 수 있기 때문이네. 그녀는 내가 혼자서 계속 앞으로 나아가고 있다는 것, 그녀에게 무관심해졌다는 것을 조금도 몰라. 친구여, 여자들은 우리를 항상 실망시킨다네. 그러나 그는 현명하게도(나에게는 그렇게 생각되었다.) 다음과 같이 덧붙이는 것을 잊지 않았다. 그러나 우리도 여자들을 실망시킨다네. 진정한 결혼이란 결코 존재하지 않는다네. 체념만 있을 뿐이지.

나는 아무 말도 하지 않았다. 나는 마이트의 부인을 생각해 보았다. 그녀는 예뻤고 평균적인 지성을 갖췄으며 발랄했고 자기의식이 있었다. 가정을 이끌 줄 알았다. 나는 그녀와 니나를 비교해 보았다. 나는 이 둘 사이에 공통점이 없다고 단정지었다.

아니야. 나는 단정적으로 말했다. 아니야, 자네 말은 옳지 않네. 보조를 맞출 수 있는, 아니 우리를 능가할 수 있는 여자들도 있네.

마이트는 나에게 우울한 시선을 던졌다. 그래? 그는 슬픈 표정으로 물었다. 정말 그래? 그런 여자들하고는 같이 살 수 없는 것 아냐?

우리 둘은 약간은 과장된 웃음을 터뜨렸다. 그러면서 마이트는 내가 사랑하는(마이트는 그렇게 주장했다.) 여자를 만나보고 싶다고 말했다. 그것은 불가능하다고 내가 거절했더니 마이트는 나보고 함께 유곽에 가자고 제안했다. 그는 가끔 그것을 필요로 한다고 솔직하게 고백했다. 나는 그를 차로 그곳까지 데려다주었는데 갑자기 나도 긴장을 풀고 싶다는 아주 강렬한 욕구를 느꼈다. 어떤 자극 같은 것이 없지는 않았지만 실망스러운 것이었다. 흥분이나 역겨움을 느끼는 대신 오히려 지루함을 느꼈다. 이런 일을 다시는 하지 않겠다.

이 페이지에는 니나가 슈타인에게 보낸 편지가 첨부되어 있었다. 가냘펐지만 놀랄 만치 단정한 글씨였다.

1937년 1월 10일.

친애하는 벗에게. 나는 왜 당신이 내가 당신을 정말로 필요로 하는 이 순간에 도와주지 않겠다고 하는지 이해하지 못하겠어요. 그 여자는 강하다, 그러므로 헤쳐나갈 수 있을 것이다, 이렇게 생각하시는 건가요. 아니면, 지난 몇 년 동안에 내가 저지른 일에 대한 대가라고 생각하시는 건가요. 이제 무슨 상관이란 말인가, 그녀는 그녀가 선택한 길을 가고 있지 않은가라고 생각하시나요. 잘 모르겠어요. 그러나 한 가지, 나는 많은 잘못을 저질렀지만 속죄나 참회를 할 생각은 없어요. 잘못이 없는 사람도 있나요? 나는 결코 후회하지 않아요.

그러나 나는 더 이상 살고 싶지 않아요. 나는 자유 없이 살 수 없어요. 나는 자유를 잃어버렸어요. 다시 자유롭게 되려면 단 한 가지 길만 있을 뿐. 당신이 나를 죽게 해주는 것이 매우 좋은 일 같아요. 당신 책임이라고 생각하지는 마세요. 단 한 순간도 이 때문에 괴로워하지 말아 주세요. 죽는 것은 나에게 힘든 일이 아닙니다. 당신이 나에게 해 주신 모든 일에 감사 드려요. 한 가지만 더 해 주셨으면. 어린 딸애를 돌보아 주세요. 그 애를 원래 아버지에게 데려가는 일은 퍼시가 해줄 것입니다. 퍼시가 그 사람 이름을 알고 있어요. 그 사람 주소를 찾아내는 일이 퍼시에게는 어렵지 않을 거예요. 퍼시가 여행에서 돌아올 때까지 딸애는 관리인 집에 있을 것입니다. 돈을 동봉합니다. 내가 가진 전부예요.

이제 지난 일은 생각하지 않겠어요. 다가올 일과 어떻게 될 것인지를 생각하겠어요.

니나.

추신: 나는 3시경에 할 거예요. 약 10분 남았어요. 나는 너무나 피곤해요. 벌써 반은 끝난 것 같아요.

다음 페이지에 편지 한 통이 철해져 있었다. 봉투에 봉해진 채였다. 니나의 글씨로 퍼시의 주소가 쓰여 있었다. 망설이면서 나는 이 편지를 뜯었다.

1937년 1월 9일.

퍼시에게, 당신의 아량을 더 이상 참을 수 없어요. 당신도 그 아량을 더 이상은 참을 수 없겠죠. 당신은 내 아이를 견뎌내지 못하고, 나는 당신의 아이를 사랑할 수 없을 것 같고, 이 점에서 우리는 똑같아요. 그러나 당신은 이혼하는 것을 거절했어요. 너무 지쳐서 나는 싸울 수도 없어요. 내가 떠나는 수밖에 달리 도리가 없군요. 동봉하는 편지를 루트의 아버지에게 전해 주길 부탁드려요. 나는 그의 주소를 몰라요. 아마 취리히에 있을 겁니다. 그가 어디 있는지 수소문하면 찾을 수 있을 겁니다. 나 때문에 슬퍼하지는 마세요. 물론 오래 그러지는 않겠지만. 비난이 아니에요. 당신의 천성이니까. 나하고는 정반대죠. 왜 나는 당신과 결혼했을까요? 왜 당신은 나와의 결혼을 고집했나요. 우리 둘의 불행이었어요. 나는 당신의 좋은 점을 알아요. 그러나 나는 당신이 나의 복잡함이라고 부르는 것을 싫어하는 만큼 당신의 단순함을 싫어해요. 피곤해요. 첫째 아이를 낳은 지 얼마 안 돼서 억지로 가진 이 애가 너무 힘에 부치는군요.

니나.

다음은 두 번째 편지였다.

1937년 1월 9일.

알레산더에게. 내가 죽고 나서 한참 뒤 당신이 이 편지를 받을 것이라고 생각하니 묘한 생각이 드는군요. 아마도 당신은 저를 잘 기억하실 수 없을지 모릅니다. 그러나 이것은 당신 탓이 아니죠. 요 얼마 동안에 일어난 일로 해서 나는 계속 사는 것보다 죽는 것이 더 낫겠다고 생각하게 되었습니다.

루트를 맡아주세요. 루트는 당신의 재능과 성격을 타고났습니다. 루트는 살아야만 합니다. 당신의 아이기 때문입니다. 언젠가 훗날 루트가 나에 대해 물어오면 이렇게 말해 주면 좋겠습니다. 자유를 구속당하고, 굴욕적으로 사는 것을 참을 수 없어서 엄마가 목숨을 끊었다고요. 나는 완전한 자유를 너무나 동경합니다. 이해해 주시리라 믿으며. 안녕히.

니나.

슈타인에게 보낸 편지는 1월 10일자였으나 이 두 통의 편지는 하루 전 날짜로 되어 있었다. 그러니까 니나는 슈타인에게 가기 전에 이미 모든 것을 포기하고 있었던 것이다. 그녀가 슈타인에게 가서 자기 뜻을 이루지 못했던 것은 그녀가 이미 알고 있던 것의 확인이었을 뿐이다. 내가 놀란 것은 죽음을 앞둔 인간이 그렇게 침착하고 분명한 편지를 쓸 수 있느냐 하는 것이다. 나는 정말 놀랐다. 경악했다는 편이 옳으리라. 니나가 혼란스러운 상태에서 비탄조로 썼더라면 더 자연스럽고 마음에 들었을 텐데. 그녀는 끔찍할 정도로 자기를 제어하고 있었다. 나는 그녀가 며칠 전에, 많은 힘을 갖고 있으면 위험하다고 한 말의 뜻을 이해했다. 갑자기 나는 안도를 느꼈다. 그럴 것이 니나는 지금 절망하고 있으며 그것을 표시하고 있으니까. 물론 모든 고통을 드러내지 않고 어떤 경우에도 침착을 유지하려고 하는 것이 위대할 수 있다. 그러나 한 번은 약해질 수 있는 것이 더 인간적이리라. 나는 사람이 너무 많이 억누르면 별로 얻을 게 없다고 확신한다. 나처럼 사는 게 틀린 것은 아닌 것이다. 약간은 게으르고, 무심하게, 자신과 타협하고, 특별히 마음 쏟는 일 없이.

이후의 일기들에서 슈타인은 니나의 쾌유에 대해 계속 쓰고 있었다.

1937년 3월 28일.

나는 지난 두 달 동안 거의 매일 볼레와 통화했다. 몇 주 전까지 그는 니나의 상태를 우려할 만한 것이라고 생각하고 있었다. 그러나 그는 어느 날 상태가 호전되는 것을 확인했다. 믿을 수 없는 일이었다. 결국 볼레는 내가 니나를 방문하는 것을 허락했다. 나는 방학 첫날 여행길에 올랐다.

니나를 만나기 전에 나는 볼레와 이야기를 나누었다. 그는 이번 일에 커다란 관심을 나타냈다. 니나에게 특별하고 강력한 애착을 가지고 있는 것 같았다. 그는 니나가 생명의 위기를 넘겼으나 위험에서 완전히 벗어난 것은 아니라고 말했다. 환경이 바뀌지 않으면 이런 일이 재발할 수 있다고 했다. 나는 그게 무슨 말이냐고 물어볼 필요도 없었다. 그가 즉시 설명해 주었기 때문이었다. 볼레는 니나의 남편을 만나 보았다고 했다. 니나가 계속 그와 사는 것은 그녀의 회복에 커다란 장애가 된다는 것이었다. 그리고 이런 단정이 남편에 대한 어떤 가치 평가는 절대 아니라고 덧붙였다. 다만 니나가 결혼을 하나의 의무로서 간주하고 있으며, 그리고 그 의무를 완수하려는 생각에 그녀의 힘을 남김없이, 그러나 헛되이 쓰고 있다는 점을 지적하고 싶을 뿐이라고 볼레는 말했다.

니나는 지금 또다시 이 희망 없는 싸움을 위해 그녀의 깨어진 의지를 추스르기 위한 준비를 하고 있다고 했다. 볼레는 나에게 말했다. 니나가 이 남자와 갈라서도록 가능한 한 모든 일을 해주십시오.

나는 볼레의 이런 의견에 굉장히 놀랐다. 그도 그럴 것이,

보수적인 데다 어떤 이혼도 반대하는 자가 바로 내가 오래전부터 알고 있는 볼레였기 때문이다. 자신은 성격상 화목하지 못한 결혼 생활을 하고 있었지만, 올바른 노력만 하면, 그리고 파트너보다는 자기 자신에게 더 많은 것을 기대하면 어떤 결혼 생활도 영위할 수 있을 것이라고 볼레는 지금까지 주장해 왔다. 정신과의사의 입에서 이런 말이 나온다는 것이 나에게는 아주 의아스러웠다. 나는 본래 볼레의 견해를 현실과 맞지 않는 것으로 간주해 왔다. 나는 볼레가 니나의 경우에 객관적이지 못하다는 의심이 들었다. 그의 관심은 일반적인 정도를 넘어서는 것처럼 보였다. 그러나 잘못 생각한 것일 수 있다. 나의 예민한 질투심은 많은 것을 왜곡시켜 왔으니까. 어쨌든 볼레는 니나에 대한 나의 영향을 과대평가하고 있다. 나의 존재 자체가 니나의 반박과 반항을 불러일으킨다는 것을 모른다.

나는 볼레에게 그가 가졌던 옛날 생각을 일깨워줌으로써 볼레의 계속적인 진술을 유도했다. 그러나 그는 정열적으로 자신의 새로운 생각을 옹호했다. 그 본질이 좀더 위대한 것을 갈망하는 데 있는 사람을 이러한 발전을 끊는 상대와 결합시킨다는 것은 자연의 활력과 자연의 정신에 위배된다는 것이었다. 그렇다. 나도 볼레의 의견과 같다. 그러나 니나가 이미 할과 계속 살기로 확고하게 결심했는지도 모르는 일. 내가 아는 한 니나는 자신이 한번 받아들인 것을 쉽게 단념할 사람이 아니다. 볼레와 이런 대화를 나눈 지 하루가 지난 지금, 나는 볼레가 니나에 대한 내 관심이 우정인지 아닌지를 탐색해 보았던 것이라고 생각한다. 그러나 내가 그에 대해서 그랬던 것처럼 그도 나에 대해 확실한 것을 얻어내지는 못했다. 우리가 이렇듯 서로 조심스럽게 탐색한 것을 지금 생각하면 우습다. 자신의 사랑을 숨길 수 있다고 믿는 사람은 자기 자신에게 또 얼마나 우스운 짓을 하는 사람인가. 두 사람이 똑같은 일을 하면서, 거기다가 두 사람이 다 (내 생각으로는) 도달할 수 없는 대상에 대해 주사위를 던진 것은 곱절로 우스운 일이다.

니나 자신은 이런 영역과 아주 동떨어진 곳에 살고 있다. 그녀는 매우 변했다. 말이 없고 수줍어하며, 자기 자신에 침잠해 있다. 지금까지 볼 수 없던 본질의 일면을 보여주고 있는 것 같다. 부드럽고 예민하다. 굳이 말하자면 식물적이다. 말이 없고 그저 미소 지을 뿐이다. 다정한 미소였지만 그녀는 거기 없다. 책상 위에는 무언가 쓰인 종이들이 있다. 니나는 지난 몇 주 동안 쓴 소설이라고 하지만 무성의하게 들린다.

작별하기 전에 나는 조심스럽게 앞으로의 계획에 대해 물어보려고 하였다. 그러나 그녀는 어깨를 으쓱해 보일 뿐이었다. 망설이는 듯하면서 좀 묘하게 감동을 주는 태도였다. 볼레는 니나가 할과 계속 살겠다는 결론을 내렸다고 생각한다. 어떻게 이런 생각을 했을까. 나에게는 오히려 그녀의 모든 외면적 삶은 이제 모호한 어스름 속에 놓인 것으로 보인다. 그녀는 매우 먼 곳에서 어떤 요구도 하지 않고 어떤 의무도 이행하려 하지 않는 것 같다.

이번의 병과 생의 위기는 니나에게 커다란 축복이 될 수 있을 것이다. 이것들은 그녀 안에 있는 가장 깊은 층을 생명 쪽으로 향하게 했다. 그러나 그녀가 완쾌되고 나서 어떤 일이 벌어질지는 모른다.

나는 안도감과 불안감을 동시에 느끼고 있다. 니나는 선과 악 두 방향 모두에서 커다란 힘을 펼칠 수 있는 여자다. 그녀는 긴장과 위험 속에서 살게 될 것이다.

1937년 6월 25일.

오늘 저녁에 니나를 보았다. 비록 어두웠지만 나는 니나였다고 확신한다. 나는 차를 타고 교차로에서 신호를 기다리는 중이었다. 행인들이 그림자처럼 내 곁을 지나갔다. 나는 그들을 눈여겨보지 않았으나 갑자기 한 여성이 내 눈에 확 들어왔다. 그녀는 마치 몽유병자처럼 걷고 있었다. 그녀의 눈은 그녀에게서 얼마간 떨어진 곳에 가 있거나, 아니면 거기서 움직이는 무엇인가를 좇고 있었다. 그녀는 마치 끌려가듯이 걸었다. 그녀는 여러 사람들과 부딪혀도 그것을 의식하지 못했다. 사람들이 놀라서 그녀를 돌아보곤 했다. 그녀의 단아한 모습은 임신으로 해서 많이 달라져 있었다. 나는 직진 신호로 바뀌자마자 그녀가 사라진 방향으로 쫓아갔으나 이미 그녀는 자취를 감춘 뒤였다.

이 만남은 내가 8주 전부터 니나에 대해 아무런 소식도 듣지 못했다는(나는 그녀를 방문할 수 없었으며, 편지를 쓸 수도 없었다.) 사실과 함께 내게 큰 걱정을 안겨 주었다. 그러나 니나는 요양소에서 나와 할에게로 돌아간 후 자기의 결혼 생활에 간섭하지 말아 달라고 요청했으므로, 나는 니나와의 간격을 유지하려고 애쓰고 있었다. 나는 새로운 파국이 다가오는 것을 느꼈다. 나는 볼레와 함께 대처하려는 생각에서 그에게 전화할 생각까지 했다. 그러나 그러지는 않았다.

1937년 7월 29일.

병원의 수간호사가 나에게 전화를 해서 니나가 어제 사내아이를 분만했다고 알려 왔다. 조산이었다. 니나가 안부를 전해 달라고 했다는 것이다.

말인즉, 여기 사실이 있다, 그러나 방문하지는 마시오라는 뜻이었다.

나는 꽃을 보낼 용기조차 나지 않는다. 그녀는 마음에 안들어 할 것이고 그녀의 남편은 화를 낼 것이다.

이제 니나의 운명은 결정된 듯이 보인다. 그녀는 그냥 있을 것이다. 그녀의 아이들을 양육할 것이다. 그녀는 체념하고 자기의 꿈을 망각할 것이다. 유감스러운 일이다. 그녀는 장래가 촉망되는 여성이었는데, 특별한 재능을 가진 여성이었는데.

나는 이 도시를 떠나 이탈리아에서 휴가를 보낼 예정이다. 어떤 일이 일어난다 해도 이번에는 니나가 나를 불러낼 수 없을 것이다. 헬레네와 함께 가려고 한다.

1937년 10월 28일.

여행에서 돌아오니 니나의 편지가 기다리고 있었다. 여기에 그 편지를 붙여 놓는다.

1937년 10월 24일.

친애하는 벗에게. 당신이 이탈리아와 알제리에 있는 동안
(나는 당신의 소식을 듣고 있어요.) 몇 가지 일이 발생했어요. 나
는 결국 퍼시 할과 갈라섰어요. 나는 레오폴트슈트라세에서
작은 집을 하나 찾아냈어요. 착한 가정부도요. 그녀가 나의
아이들을 돌봐줄 겁니다. 나는 옛날에 일했던 서점에서 다시
일하게 되었어요. 그리고 한 출판사의 편집자가 될 가능성도
있어요. 나의 결정은 철회될 수 없어요. 결정은 갑자기 하게
되었어요. 더 이상 참을 수 없었어요. 이에 대해서는 나중에
기회가 있으면 말하게 되겠죠. 그러나 이 일은 나에게 곧 잊
힐 겁니다. 우선은 이혼 절차가 남아 있어요. 숨 쉴 틈이 없군
요. 결심, 변화, 변화, 마비될 지경이에요. 그리고 아직은 내가
새 해안에 도착했다는 실감이 안 나요. 큰 병을 앓고 난 기분
이에요. 먼저 걷는 법과 가벼운 공기 안에서 숨 쉬는 법을 배
워야겠어요. 그러나 곧 무언가 할 수 있으리라는 것은 분명해
요. 한번 방문해 주시겠어요? 당신이 그 서점으로 책을 사러
오신다면, 수요일을 제외하고는 언제든지 저를 보실 수 있을
겁니다. N.

이 편지는 나를 불안하게 만들었다. 나는 일정을 늘려 잡은
성공적인 여행으로부터 그 어느 때보다도 평안한 마음으로 돌
아왔다. 나는 니나를 어느 정도까지 잊을 수 있었다. 아니, 적
어도 나는 니나를 잊었다고 나 자신을 믿게 할 수 있었다. 그
러나, 내가 정말 잊는 데 성공했다면, 이 편지가 나를 이토록

깊이 휘저어놓을 수 있을까. 나는 그녀를 잊지 못했다. 나는 그녀를 잊지 못할 것이다. 나는 어떻게 해야 하나? 그녀가 부르고 있다. 왜? 외로움 때문일까. 나를 그녀 인생의 지주로 간주하기 때문일까. 이런 게 그녀에게 어울리기 때문에? 니나는 자기가 요 몇 년 동안 얼마나 내 마음을 아프게 했는지 생각해 보았을까? 그녀는 원하면 나를 부르고 원하지 않으면 나를 쫓아낸다. 그리고 그녀는 내가 그녀가 원하는 것을 하리라는 것을 안다. 아마 그래서 그녀는 나를 경멸하는지도. 내가 만약 때로 그녀의 뻔뻔한 요청을 거절했더라면 나는 수천 배 더 강한 인상을 주었을지도. 나는 그녀를 인간으로 대했다. 그녀가 여자라는 것, 여자는 예측할 수 없다는 것을 나는 잊었다. 나는 그녀를 어떻게 다뤄야 하는지 모른다. 나는 그녀의 이성을 믿었다. 그녀의 높은 지성을 믿었다. 그러나 여성에게 이러한 재능이 무슨 의미가 있다는 말인가. 여자는 늦건 빠르건 그들이 삶이라고 부르는 것을 위해 몸을 내던질 준비가 항상 되어 있는 것이다. 나는 니나를 방문하지 않을 것이다. 그녀는 지금 나의 도움도, 내가 가까이 가는 것도 필요로 하지 않는다. 이 초대는 무엇이라는 말인가.

1937년 10월 29일.

니나의 편지는 나의 잠을 설치게 하고 있다. 나는 어제 일기를 다시 읽어보고 나의 돌발적인 감정의 폭발에 놀랐다. 무엇이 나로 하여금 그녀를 그토록 업신여기게 했을까? 그녀가 결혼 생활을 깨뜨린 것이 내심 불쾌했던 것일까. 다른 여자가 그런 상황에 있었다면 했을 일을 그녀 역시 똑같이 한 것이 나를 실망시켰기 때문일까. 그러니까 니나에게 범상하지 않은 것을 기대했는데 그녀가 범상한 일을 했다? 이것이 내가 분노한 이유란 말인가? 믿을 수 없는 일이다.

이 페이지에는 종이쪽지 하나가 붙어 있었다. 클립으로 끼우고 그 위에 고무 테이프를 붙여 놓았다. 다른 편지들이 느슨하게 끼워져 있었다는 점에 비추어볼 때 결코 분실돼서는 안 될 중요한 내용을 담고 있는 것으로 보였다. 그 내용은 이렇다.

1947년 5월 5일.
10년 후에야 나는 진정한 이유를 알았다. 아니 그것을 자인한다. 그 이유는 우스우리만치 부끄러운 것이었다. 그리고 보이지 않는 곳에 있었다. 니나가 자유를 얻어내려고 했을 때 니나를 내 것으로 만들 수 있는 가능성이 갑자기 나타났다. 유혹적이고도 두려운 가능성이었다. 그녀는 나에게 마지막으로 분명한 결단을 요구했다. 그 전에도 그랬고 그 후에도 그랬듯이 나는 결단을 내릴 수가 없었다. 그토록 자유를 사랑하는 여자를 속박하는 것을 저어하는 분명한 감정이 있었기 때문이라고 변명할 수도 있다. 그러나 이것은 반쯤만 사실일 뿐이다. 속박을 두려워하는 것은 바로 나 자신이었다. 그리움과 두려움이 여러 해 동안 격렬한 투쟁을 거듭해 왔다. 불치의 중병에 걸리고서야, 죽음이 임박했다는 확신을 가지고서야, 이 부끄럽고 괴로운 갈등에서 풀려날 수 있었다.

10년 전에는 나 자신을 지금만큼 알지 못했기 때문에 나의 강렬한 감정의 폭발이 니나를 향한 것이 아니라 나 자신에 대한 것이라는 사실을 알 수가 없었다. 니나를 얻기 위한 투쟁도 한 특별한 여성을 얻겠다는 것이 아니라, 하나의 특수한 방향으로 나 자신의 본질을 인식하고 발전시키려는 노력일 뿐이었다. 가령, 이 여자 혹은 저 여자를 선택하느냐 하는 것이 이 여자 혹은 저 여자가 중요한 것이 아니라 자기 본질의 이런 가능성 저런 가능성에 대한 탐색이듯이. 니나는 나 자신의 본질 속에는 없다고 생각한 이런저런 부분과 가능성을 그대로 가졌던 것이 아닐. 마음이 아프다. 10년 전의 나는 정말 우둔했다. 오늘 마침내 나 자신을 있는 그대로 볼 수 있게 된 것은 비록 기쁨은 아니더라도 아주 커다란 안도감을 준다.

이 쪽지를 들추자 그 밑에는 일기가 계속되고 있었다.

1937년 10월 29일
어쨌건 나는 그녀를 찾지 않을 것이다. 내가 주인이 휘파람을 불면 달려가야 하는 개도 아니고.

1937년 10월 30일.
피할 수 없는 생각들: 나의 깨지지 않은 우정을 기대할 권리가 니나에게는 없다는 말인가. 그녀가 잔인한 지배권을 가지고 나를 다스려 왔다는 것을 니나는 알지 못한다. 니나는 자신에게 자연스러운 일을 하고 있다. 그리고 내가 그녀에게 오랜 세월 바쳤던 우정을 그녀가 믿는 것도 자연스러운 일이 아닌가. 혹은, 막연한 희망이지만, 내가 정말 그녀에게 가장 가까운 사람이(남자는 아니더라도) 아닐까. 아니면, 그럴 리는 없겠지만, 니나는 지금까지의 경험을 하고 나서…… 아니다, 더 이상의 환상은 품지 말자. 내가 지금 그녀에게 간다면 그건 아무 뜻도 없는 우정에서일 뿐이다.

　1937년 11월 12일.
　어제 마침내 니나에게 갔다. 가지 않았더라면 좋았을 것을! 새로운 특성들이 덧붙여지긴 했지만, 옛날 그대로였다. 그녀의 얼굴과 약간은 신경질적인 동작이 아직 그녀에게 남아 있는 괴로움을 설명하고 있었다. 그러나 어떤 오만함, 일종의 불손함 같은 것이 그녀의 우수에 매력적으로 덧보태져 있었다. 이것은 매혹적이기도 했지만 의심쩍은 것이기도 했다. 나는 그녀가 잃었던 것을 만회하려 한다는 생각을 가졌다. 여러 번 니나는 생명감과 기대감으로 몸을 떨었다. 그녀는 두 편의 단편소설을 썼고 얼마 전 장편소설을 시작했다고 했다. 이제 그녀는 그녀의 특성인 무제한의 자유 속에 있는 것처럼 보였다. 결혼 생활에 대해서는 한 마디도 없었다. 그녀는 잊을 수 있다. 그녀는 나를 다만 "옛 친구"로 보고 있다. 나도 얼마나 견뎌낼지는 모르지만 나에게 할당된 역할을 할 것이다.
　그녀는 왜 나를 부른 것일까? 내가 그녀를 사랑하고 있다는 것을 그녀는 알고 있다. 그녀 가까이 있는 것이 나에게는 고통인 것도 알고 있다. 나는 니나가 이미 7년 전부터 그랬던 것처럼 앞으로도 나를 사랑하지 않으리라는 것을 알고 있다. 그런데도 왜 그녀는 나에게 자유를 돌려주지 않는 것일까. 자기가 얼마나 잔인한지 니나는 모르고 있다. 그녀의 대단한 총명에도 불구하고 니나는 다른 여성들보다 나을 것이 없다. 그리고 나는? 나는 다른 남자들보다 똑똑한가? 웃기면서도 끔찍한 유희라고 할 수밖에. 나는 그녀를 계속해서 방문할 것이다. 미친 짓! 어리석은 짓! 그러나 그녀 없는 나의 인생은 무언가?

1938년 3월 1일.

어젯밤에는 N과 함께 '레기나'에 있었다. 그녀는 매우 기분이 좋았다. 거리낌이 없었다. 나도 그런 기분에 휩쓸리기도 또 반발하기도 했다. 그러나 두 가지 다 진심은 아니었다. 우리는 샴페인을 마셨다. 니나는 내가 춤출 줄 모르고 좋아하지도 않는다는 것을 알면서도 함께 춤을 추자고 고집했다. 나는 그녀의 뜻대로 했다. 마침내 그녀는 쾌활해진 이유를 얘기해 주었다. 어제 이혼했다는 것이다. "물론 귀책사유 없이요." 그녀는 환한 얼굴로 말했다. 나는 그녀의 야생적 태도가 마음에 들지 않아서 그녀가 무엇을 숨기고 있는가를 알아내려고 애썼다. 그러나 그녀는 아무것도 숨기고 있지 않았다. 그녀는 그녀의 말대로 벗어던진 사슬 위에서 춤을 추고 있었다. 어젯밤의 니나는 어느 때보다도 더없이 고혹적이라고 생각되긴 했지만 나는 그런 니나가 마음에 들지 않는다. 아마 그녀는 나와 함께 집으로 가거나 어느 호텔로 가서 내 팔에 안겨 밤을 보낼 수도 있었을 것이다. 그러나 나는 그런 값싼 기회를 이용하는 짓을 할 수 없다.

　여기에 타이프로 치고 서명이 없는 익명의 편지가 한 통 있었다.

　1938년 3월 18일.
　슈타인 교수님께!
　우리가 당신에게 편지를 쓰는 것은 당신이 우리 마음을 아프게 했기 때문입니다. 당신은 사람을 식별할 줄 모릅니다. 당신은 당신이 귀히 여기는 사람에게 이용당하고 있습니다. 사실 그녀는 당신이 관심을 가질 만한 사람이 못 됩니다. 관찰한 결과 그녀는 14일 동안 4명의 서로 다른 남자와 만났다는 것이 확인되었습니다. 이것이 뭘 뜻하는지 당신은 알겠죠. 그녀는 또한 이것을 드러내놓고 하고 있습니다. 점잖지 못하게 말이죠. 당신을 좋아하는 우리로서는 그녀와 거리를 두라고 충고합니다. 특히 그녀는 정치적으로 문제가 있습니다. 아울러 유대인과, 그리고 여러 가지 이유에서 우리 마음에 들지 않는 사람과 교제하고 있습니다. 그녀를 계속 그대로 내버려둘 수는 없습니다. 당신도 조사해 보았지만 혐의를 둘 만한 것이 없다는 사실이 확인되었습니다.
　당신이 우리를 믿지 못한다면 저녁에 '사계절'이라는 술집이나 '물랭루주'에 가보십시오. 당신의 눈으로 직접 확인하게 될 것입니다.

1938년 3월 20일.

익명의 편지란 불쾌하다. 나는 충격을 받았다. 다 읽어보기도 전에 이 편지를 찢어버릴까 했다. 그러나 정치적 위협이 나를 기겁하게 했으며 그래서 나는 끝까지 읽었다. 나는 니나에게 경고해야 한다. 그러나 그 전에 먼저 이런 고발이 단순한 날조인지 아닌지를 확인해야 한다. 니나가 통상적인 규범을 벗어나는 행동을 한다는 것은 놀랄 일이 못 된다. 그러한 변화는 일찍부터 예견됐던 일이다. 그녀가 정치적으로 위태롭다는 것이 나를 더 놀라게 했다. 나는 내 기호, 내 습관과 어울리지 않게 그리고 심한 내적 저항에도 불구하고 위에 언급된 식당 중 하나를 찾아가 보려고 한다. 누구와 만나는지 보기 위해서.

나는 이 편지를 다시 한 번 읽었다. 발신자가 누구인지 알게 해 주는 단서는 없었다. 문체는 조야했다. 그러나 미숙함을 위장하느라 공을 들였거나, 혹은 그런 데서 즐거움을 느낀 흔적이 완연했다. 이런 경우에 흔히 그렇듯 그에게도 작은 실수는 있었다. 정말로 언어에 무지한 사람이라면 '혐의를 둘 만한 것'이라고 쓰지 않을 것이다. '것'이라는 단어가 문법적으로는 틀리지 않지만 이런 경우에는 사용하지 않는다. 하물며 배운 계층에서는. 편지 쓴 자가 맞춤법 실수를 하지 않았다는 것은 그의 지식 정도를 짐작하게 해준다. 그는 심각하게 받아들일 것을 촉구하고 있다. 만약 완전히 무식한 듯이 가장했다가는 내가 심각하게 받아들이지 않을지도 모른다고 생각했는지도.

누구일까? 누가 나를 정치적 사건에서부터 보호하고, 그러나 니나를 위험하게 하면서, 게다가 그녀를 나에게서 떼놓는 일에 관심을 갖는 걸까?

나는 한순간, 아주 짧은 순간 헬레네를 떠올렸다. 우리가 함께 멋진 아프리카 여행을 했는데도 불구하고, 니나의 고양이가 사라진 이래 우리의 관계는 예전과 같이 회복되지 않았다. 나는 헬레네가 나를 보호하기 위해서라면 어떤 일도 할 것이라고 생각은 하지만 그녀가 이런 식의 비열한 간교를 쓸 수 있다고는 믿지 않는다. 분명 나는 믿지 않는다. 그러나 확신할 수는 없었다. 나에 대한 헬레네의 사랑은 점점 더 비밀스러운 외양을 띠어가고 있다. 얼마 전부터 그녀가 새로운 모임을 주선하면 예쁜, 특별히 예쁜 처녀들이 왔다. 그리고 내가 적어도 1시간 동안은 모임 석상에 함께 있기를 고집했다.

다시 편지로 돌아가자. 나는 할을 생각해 냈다. 그는 니나와 정치적 견해가 같은 인물이었다. 그러면 이와 같은 방법으로 심각한 경고의 편지를 보낼 수도 있을 것 같았다. 곧장 그녀에게 이런 경고를 보낸다면 그녀는 화가 나서 들은 척도 하지 않았을 것이다. 다른 한편, 니나의 행동거지에 정치적 관심을 갖고 마치 고양이가 쥐를 쫓듯 니나를 추적하는 사람에게서 온 편지일 수도 있다.

어쨌거나 나는 점점 불안을 느끼고 있다. 며칠 저녁들을 니나를 관찰하는 데 쓰겠다. 필요하면 니나에게 경고를 해야겠지.

1938년 4월 1일.

내가 하려는 것은 역겨운 짓이다. 하지만 불가피한 면도 있다. 그러나 결과적으로는 불필요한 것으로, 그리고 니나와 나 사이에 아직 남아 있던 우정을 결정적으로 망가뜨린 것으로 증명되었다. 나는 내키지는 않지만 이 수기의 정확성을 위해 아주 짧게나마 기록하겠다. 이 글을 니나 이외에는 아무도 보지 못하게 될 것이므로 나는 할 수 있다.

3월 24일, 나는 여러 곳을 돌아다니고 난 다음, '레기나'에서 니나를 보았다. 그녀는 나의 오래된 동료 마이트의 팔에 안겨 있었다. 분명 오해를 살 만한 행동이었다. 둘은 서로 아주 즐거워하고 있었다. 나는 그들이 나를 알아보기 전에 바에서 나왔다.

3월 26일에 나는 니나를 '물랭루주'에서 보았다. 여러 청년들이 모인 자리였다. 그들은 취하지도 않았으며, 어떤 식으로든 눈에 띄는 행동이나 거슬리는 행동도 하지 않았다. 그들은 열심히 토론하고 있었으나 그 내용은 알 수 없었다. 니나가 유일한 여성이었다. 청년들은 니나 쪽을 자꾸 보았는데 아마도 그녀가 지도적인 역할을 하고 있는 듯했다. 그녀와 청년들과의 관계는(나의 가장 재능 있는 제자 중 한 명도 거기에 있었다.) 분명히 에로틱한 것은 아니었다. 그들이 열심히 귀담아듣는 것은 니나라는 한 여성의 말이 아니라 공동으로 얽힌 문제라는 것은 분명했다. 나는 니나가 하는 역할이 마음에 들었다. 그녀의 얼굴에서 본 진한 광신주의가 나를 놀라게 했지만 이것을 부인하고 싶지는 않다. 이날 목격한 장면은 지난번 것보다 훨씬 더 강한 족적을 남겼다. 그러나 3월 28일에 목격한 것은 아주 마음에 들지 않았다. 나는 니나를 자정쯤 '사계절'이라는 바에서 보았다. 그녀는 두 남자와 함께 있었다. 그중 하나가 나의 변호사 헬름바흐였다. 그 남자들은 이미 취해 있었다. 니나가 둘 중 누구를 좋아하는지는 분명하지 않았다. 헬름바흐는 내 나이 또래의 매우 진지한 남자다. 물론 내가 그의 외도를 짐작 못 할 만큼 순진하지는 않았다 하더라도, 그가 자기 나이와 평상시 보이던 존엄을 잊고 이런 경박한 놀이에 빠져 있다는 것은 매우 몰지각해 보였다. 니나는 덜 흐트러져 있었다. 그녀는 그들의 취한 행동을 재미있어 하는 것 같았다. 그리고 생각하는 듯한 표정을 보여줌으로써, 또한 (실제로 그랬겠지만) 담담한 태도를 보여줌으로써 이런 바보 같은 짓을 계속 부추기고 있었다.

나는 그 광경을 끝까지 보고 있을 수 없었다. 내가 본 것만으로도 충분했다. 나는 니나와 이것에 대해 말하기로 마음먹었고 어제 그것을 했다. 지금으로서는 그것이 실수였다고 고백할 수밖에 없다. 나는 우스운 꼴이 되어버렸다.

나는 여러 번 그랬던 것처럼 니나의 집으로 찾아갔다.

나는 늘 그랬듯이 어제도 그녀 옆에 있음으로 해서 매우 아늑한 기분에 휩싸여 있었다. 내가 말을 꺼내기 어려워 막 포기하려는 순간에 니나가 갑자기 나를 빤히 쳐다보고 물었다. 무슨 일이세요? 불안해 보여요.

나는 부인하고자 했으나 니나는 설명하라고 고집했다. 그녀는 나를 너무 잘 알고 있었기에 핑계가 통하지 않았다. 그래서 나는 니나와의 우정을 빼앗아간 그 불행한 이야기를 시작했다.

니나, 나는 말했다, 내 생각으로는 당신이 너무 치우치고 있는 것 같소.

그녀는 깜짝 놀라 눈썹을 치켜올리며 다음 말을 기다렸다.

당신은 다시 정치적인 일을 하고 있어요, 나는 말했다.

그녀는 이 말에 대답하지 않고 벌떡 일어나더니 나의 입에 손을 대고 두꺼운 커피포트 뚜껑으로 전화기를 가렸다. 내가 궁금해 하자 니나는 말했다. 사람들이 도청할 수 있어요.

전화기를 가리고 소파로 돌아오면서 니나는 말했다. 이제 얘기해도 돼요.

그녀의 목소리에는 냉소가 가득 섞여 있었다. 나는 더 이야기할 기분이 아니었다.

그래요, 니나는 의기양양하게 말했다. 당신은 나에게 경고하러 오신 거군요. 친절하세요. 그리고 이해할 만해요. 그러나 나는 이 부분에서만은 우리가 서로 통했다고 생각했어요.

그래요. 맞아요. 나는 수긍했다. 그러나, 그래요, 말하겠어요. 그러지 않으면 당신은 나를 바보 같고 비겁하다고 여길 테니까. 나는 익명의 편지 한 통을 받았는데, 거기에서 당신은 감시받는 인물 내지 요주의 인물로 간주되고 있었어요.

그리고요? 니나는 아주 침착하게 말했다.

그리고! 나는 큰 소리로 말했다. 의도했던 것보다 목소리가 더 흥분해서 나오고 있었다. 당신은 위험에 처해 있어요!

맞아요. 니나는 말했다. 6년 전부터 그랬어요. 나는 그것을 알고 있었어요.

그러나 지금은 아이들이 있어요. 나는 공격했다. 알다시피 정부에 대항한다는 것은 그때보다 갑절로 위험해요.

니나는 일어섰다. 이 순간 다정함은 그녀에게서 사라지고 없었다.

그래요. 니나의 음성은 날카로웠다. 그러니까 당신은 정부에 반대는 하지만 그것을 전복시킬 어떤 기도도 하지 않겠다는 거군요.

나는 설명하려고 애썼다. 지금 정부를 무너뜨리려고 하는 것은 전혀 소용없는 일이라고. 이미 정권은 확고하게 자리를 잡았다고.

니나는 경멸에 가득 찬 눈길로 나를 쳐다보았다.

니나. 나는 말했다. 당신은 젊기 때문에 힘을 믿고 있어요. 그러나 굴러가는 바퀴는 당신들의 저항과 희생과 어떤 영웅적인 행위에도 불구하고 멈추지 않아요. 어느 날 저절로 멈추는 거죠.

그럴지도 몰라요. 니나는 짧고 퉁명스럽게 말했다.

나는 내가 말하려고 하는 것의 절반도 못 했다. 나는 계속 얘기했다. 당신은 위험하게 살고 있어요. 나는 큰 소리로 말했다. 그러나 니나는 내 말을 잘랐다. 그건 이미 말했잖아요.

그녀의 맹목적인 저항에 나는 절망감을 느꼈다. 나는 좀더 명확해지기로 마음먹었다. 나는 말했다. 당신은 내 말을 이해했으리라고 생각하는데요.

아, 그러니까 사람들이 당신에게 나의 그 밖의 생활의 변화에 대해서도 이야기했겠군요.

내가 가만히 있자 니나는 웃었다. 당신에게 감사해요. 그녀는 말했다. 당신은 내 영혼을 구하러 오셨어요. 설교하는 것은 당신에게 어울리는 일이지요.

내게 당신의 인생에 끼어들 권리가 없다는 것을 알고 있어요. 니나, 그러나 나는 다른 사람들이 당신을 아는 것보다도 더 잘 당신을 알고 있어요. 당신이 모든 위험에 면역이 되었다고는 생각하지 않아요.

니나는 나를 가만히 쳐다보았다. 당신은 지금 무엇이 그렇게 위험하다고 설명하려는 거예요? 내가 저녁에 여기저기 외출하고, 사랑하고, 그래요, 모든 평범한 여자들이 하는 것을 나도 하는 게 그렇다는 건가요?

당신은 많은 힘을 소유하고 있어요. 나는 말했다. 그러나 여성들은 너무 많은 모험을 하면 그 힘을 잃어버리지요.

니나의 얼굴이 많이 어두워졌다. 그녀는 외쳤다. 그렇다면 나는 살지 말라는 얘긴가요? 지금까지 살았는데요? 나는 살려고 해요. 나는 생명을 가진 모든 것을 사랑해요. 그러나 당신은 이해할 수 없어요. 당신은 한 번도 살아본 적이 없으니까요. 당신은 삶을 비켜갔어요. 한 번도 모험을 하지 않았어요. 그래서 당신은 아무것도 얻지도 못했고 잃지도 않았죠.

니나는 정말 흥분했다. 당신은 행복한가요? 그렇지 않아요. 행복이 무엇인지 당신은 전혀 몰라요. 그러나 나는 행복해요. 나는 당신이 나의 인생을 당신 인생처럼 만들려고 하는 것을 참을 수 없어요. 당신의 인생은 마치 일요일을 망쳐버리는 재미없고 어려운 학교 숙제 같아요. 얼마든지 나를 부박하다고 생각하세요. 아마 삶에 대한 당신의 불안이 삶을 사랑하는 내 방식보다 더 부박할지 몰라요.

나도 이제 화가 났다.

아, 그 인생, 인생. 나는 소리쳤다. 그게 도대체 뭐요?! 모든 인생이 인간적 삶은 아닌 거요. 당신은 오직 인생이라는 이유만으로 열광해서, 선택도 않고 그 앞에 서 있는 거요. 한번은 이 남자 팔에, 한번은 저 남자 팔에 안겨 있는 것이 인생이라는 거요?

그리고 우리는 언쟁의 격렬함에 놀라고 지쳐서 입을 다물었다.

니나는 한 발 물러서는 듯했다. 그녀는 약간 미소를 지었다. 그리고 말했다. 당신이 지금 도덕 재판관처럼 말하고 있다는 것을 아는지요?

맙소사. 나는 절망해서 대꾸했다. 내가 그렇게 말하는 것이 아니라는 것을 당신은 정확히 알고 있어요. 나는 당신에게 도덕을 설교하고 있지 않아요. 당신이 내가 말하려는 것을 이해하고자 한다면 다시 말하겠소. 당신의 힘을 낭비하지 말라는 거요. 진정한 재능은 집중을 필요로 해요.

그래요. 니나는 진지하게 대답했다. 그러나 당신은 인생의 이런 측면도 알아두어야만 한다는 것을 아실 텐데요. 나를 제발 내버려두세요. 이 엄청난 긴장을 해소하게끔 제발 그냥 내버려두세요. 내 즐거움만을 위해 그러는 게 아니에요. 나는 그걸 그래서…… 아, 굳이 말한다면 나는 그렇게 해야만 해요. 당신은 이해 못 해요. 이해 못 해요.

갑자기 그녀는 다시 몹시 화를 냈다. 당신은 무엇이든 쉽게 얘기해요. 당신은 꽉 짜여진 삶을 살고 있어요. 당신은 나보다 스무 살 위예요. 당신은 내가 어떤 종류의 삶을 영위하는지 몰라요. 나는 아침 6시면 일어나요. 아주 일정해요, 내가 언제 잠자리에 들었건. 그리고 원고들을 읽어요. 당신은 내가 출판사의 원고 심사자가 될 것이라는 것을 알고 있죠. 벌써 일감을 주고 있어요. 자리가 날 거예요. 9시부터 오후 5시까지는 서점에 있어요. 그 후 1시간 동안 아이들을 돌보죠. 그리고 영화관에 가요. 돈을 벌려고, 석간신문에 영화평을 쓰기 위해서죠. 그러지 않을 때는 정치적인 일을 해야 해요. 이런 일이 매일 그리고 매주 있어요. 그리고 중간에는 소설을 쓰는 거예요. 장편소설도 하나 시작했어요. 그래요. 당신은 이런 것만이 인생이라고 생각하는 거죠?

니나는 자기 의견을 던지면서 방 안을 빠르게 왔다 갔다 했다. 그리고 당신은요? 당신은 어떻게 살고 있죠? 하루에 기껏해야 강의 4시간. 나머지 시간에는 하고 싶은 일을 할 수 있죠. 돈도 충분히 있어요. 당신은 걱정이 없어요. 애들도 없어요. 당신의 인생은 아주 조용히 흘러가요. 당신은 상당히 안정된 지위에 있으며 쉽게 고상해질 수도 신중해질 수도 있어요. 나 같은 불안정하고 의심쩍은 사람들에 대해 우월감을 느낄 수 있지요. 아, 나를 그냥 내버려둬요.

갑자기 그녀는 웃었다. 내 영혼은 구원을 필요로 하지 않아요. 나의 영혼이 더 이상 구원될 수 없다는 것은 아시죠? 타락한 사람들은 모두 이런 투로 말하니까요. 이렇게 말하는 인간은 이미 악이 우세인 단계에 와 있기 때문에 신의 자비만이 구원할 수 있죠.

어쨌거나, 그녀는 몇 마디를 더 강한 톤으로 덧붙였다. 어쨌거나, 내가 제멋대로 살고 있다고 생각한다면 그건 틀렸어요. 나는 남들을 따라서 사는 게 아니라 내 삶을 살고 있어요. 내 말을 이해해 주길 바라요. 당신도 살기 위해 한 번쯤은 그 고상한 조심성을 방기해도 결코 해가 되지는 않을 거예요.

이제 나에게서 미소가 흘러나왔다. 나도 구원을 필요로 하고 있지 않소. 우리 제각기의 방법으로 몰락해 볼까요?

아니요, 그녀는 도전적으로 단호하게 말했다. 나는 몰락하지 않아요.

우리는 서로를 바라보았다. 주의 깊은 관찰자라면 우리의 눈 속에서 불굴의 자기주장과 우울한 연민이 함께 섞여 있는 것을 보았을 것이다. 그러나 작별할 때 니나는 어느 때보다도 거만하고 냉정해 보였다. 나는 그녀의 얼굴에서 냉소와 우월감을 보았다고 생각했다.

나는 니나가 나에 대해서 분노했다는 것을 확신한다. 그리고 이것은 정당하다. 나에 의해 촉발된 그녀의 비난은 정당하다. 나의 적나라한 질투심을 비난하지 않은 데 대해 나는 그녀에게 감사한다. 질투가 나의 이 우스꽝스럽고 성공하지도 못한 간섭의 진정한 동기였는지 모른다. 이런 지극히 어리석은 대화 때문에 나는 니나의 호감을 잃었고, 또한 인내를 갖고 그녀의 사랑를 얻어보려는 마지막 기회까지 잃었다.

내가 말한 모든 것은 피상적이었고 오해였으며 어리석은 것이었다. 지금 나는 내가 무엇을 말했어야 했는지를 안다. 아니다. 대화가 끝난 그 밤에는 알았지만 지금은 모른다. 이런 종류의 오해라는 것이 얼마나 끔찍한 것인지. 이 오해는 말이나 견해가 아니라 본질에서 비롯된 것으로, 해소될 수 없는 것이었다. 더 이상 좁힐 수 없는 소원함, 아주 커다란 소원함이 가로막고 있다.

나는 니나를 결코 방문하지 않을 것이다.

이 글 뒤에 내가 처음 일기장을 펼쳐보았을 때 읽었던 1938년 11월 9일의 일기가 뒤따랐다. 그다음에 다음과 같은 글이 이어졌다.

1939년 2월 20일.

내가 이 일기장에서 직접적으로 니나와 관계없는 것을 이야기한다면 그것은 나의 의도가 아니었다. 이런 의도에서 벗어난다 해도 그것은 잠시뿐이다. 나는 니나에게 들려줄 얘기가 있으며 그것을 하려고 한다. 언젠가 이것은 그녀의 손에 들어가게 될 것이다. 어쩌면 니나는 내가 한 일에 대해 이해하고 용서하게 될지도 모른다. 그러지 않을지도 모르지만. 나는 여기에 그 사실을 쓴다.

그러나 '사실'이 기록되어야 할 페이지는 없었다. 그것들은 급하게 찢겨 나간 것으로 보였다. 그 대신 새로운 종이 몇 장이 클립으로 묶여 있었다.

1946년 7월 21일.

1942년에 가택수색이 있을지 모른다는 생각에서 나는 여기의 빠진 페이지들을 없애버려야 했다. 나는 이 부분이 없어진 것을 매우 유감으로 생각한다. 왜냐하면 그 당시 1939년에 했던 행위에 대한 어떤 해명도 지금으로서는 비겁한 변명이라는 고통스러운 비난을 받을 것이기 때문이다. 만일 냉정한 니나가 후일 이 부분을 읽게 된다면 내가 그렇게 할 수 있었는데도 불구하고, 그리고 사람들이 내게 그것을 하라고 강요했는데도 불구하고, 내가 어떤 법정에서도 변명하지 않았다는 것을 생각하게 될 것이다. 나의 오랜 친구인 그녀가 나에 대해 정당하게 판단하는 것이 나의 공적인 명예 회복보다 훨씬 중요한 일이다.

나는 내가 그 당시 썼던 것을 미화하거나 가감하지 않고 그대로 쓸 것이다.

나는 이미 여러 번 입당하도록 종용받았으나 매번 그 덫에서 교묘하게 빠져나왔다. 그러나 1939년 초에 또다시, 그리고 마지막으로, 요구가 있었다. 최후통첩이었는바, 나치에 입당을 하든가 공직에서 물러나든가 둘 중 하나를 택해야 했다. 내가 니나가 생각하듯 자유롭고 의무감이 없는 사람이었다면 비록 이 결정이 교수직 상실 이상의 것을 가져온다 해도 결정이 쉬웠을 것이다.(나는 어쨌거나 이미 한 번 쫓겨난 적이 있으며, 아주 힘들게, 그리고 불신을 받으며 재임명되었다.) 그러나 나는 유대인 피가 반이 섞인 부인 때문에 일자리를 잃은 마이트를 돌보는 일을 떠맡고 있었다. 그리고 정치적 불신임 때문에 해고된 후 오로지 나의 도움으로 살아가고 있는, 내 옛 조수였던 빌 부인이 있었다. 나는 또한 몇몇 대학생을 돌보고 있었다. 거기에다 니나가 조만간 분명히 정치적 곤경에 처할 것이며, 그때는 그녀를 돌볼 사람이 아무도 없을 거라는 원려도 있었다.

이러한 속박, 그리고 무엇보다도 니나에 관한 관점이 나의 이후의 운명을 결정했다. 나는 1939년 2월 20일, 비극을 면할 길 없는 아주 불길한 상황에 빠지게 될 거라는 의식을 하면서 입당했다. 몇몇 사람을 구하기 위해 나는 그들과 수천 명의 다른 사람들을 위협하고 있던 대열에 합세한 것이다. 내가 나의 정치적 확신에 충실했더라면 어떤 일이 있었을 것인가. 나는 저 일반적인 파괴도 저지하지 못했을 뿐만 아니라, 나를 믿고 있는 소중한 몇몇 사람들도 희생시켰을 것이다. 나는 전쟁이 끝날 때까지(비록 1942년에는 마이트 가족과 빌 부인과의 친교가 드러나서 다른 사람의 도움을 받아야 할 정도로 나 자신도 위험에 처하긴 했지만) 나의 모든 친구들을 구할 수 있었다. 위험은 지나갔으며 내가 보호해 준 사람들은 다치지 않고 살아남았다. 그들은 지금 이전의 직책을 되찾았으며 나의 명예 회복을 위해 안간힘을 쓴다. 나는 조만간 관청으로부터 '죄 없음'이라는 판결을 받을 것이다. 나는 교수직을 다시 받을 것이며 누락된 월급도 받게 될 것이다. 이 일은 아무런 세간의 관심도 끌지 못하고 잊힐 것이다.

나로서는 그럴 수 없다. 나는 나의 이익을 위해 손가락 하나 까딱하지 않을 것이며 말 한 마디 하지 않을 것이다. 나는 나의 복권을 수용하지 않으려고 한다. 대학에 다시 가지 않겠다. 내 병이 1년도 더 버티지 못할 정도로 심한 것은 아니지만 사람들은 나의 거절을 병 때문이라고 인정하고 나를 가만히 내버려둘 것이다.

나는 내가 저지른 죄에 대해 커다란 죄의식을 갖고 있다. 입당은 작은 일부에 불과하다. 나 같은 인간에게 새로운 시대의 운명이 맡겨져서는 안 된다. 나는 명철한 통찰력은 갖고 있으나 그 통찰에 무조건 따르는 힘을 소지하지 못한 부류에 속한다. 미래는 니나와, 그리고 그녀와 마찬가지로 때로는 지나치고 일방적이긴 하지만 강력한 결단을 내릴 수 있는 사람들이 가지게 될 것이다. 나 같은 사람들은 필요가 없다.

1942년의, 벌써 약간은 바래기 시작한 종이에, 다음 일기가 계속 이어졌다.

1942년 11월 14일.

일기에 큰 공백기가 있었다. 전쟁과 그것이 초래한 모든 것들이 나의 입을 다물게 만들었다. 사적인 모든 것들은 저 전반적 파괴에 직면하여 대수롭지 않은 것으로 보였다. 나는 니나를 지난 몇 년 동안 여러 번 보았다. 우리의 우정은, 굳이 말하자면, 담담하고도 유리처럼 꼼짝 않는 단계에 접어들었다. 니나에게서 개인은 점점 사라져갔다. 마치 이 시대의 거대한 소음 속에서 모든 사람이 자신의 목소리를 상실한 것처럼.

니나는 그동안 두 권의 책을 썼다. 처음 것은 성공했으며 나중 것은 금서 처분을 받았다. 지난해 여름 그녀는 출판사에서의 직책을 잃었으나 옛날에 일했던 서점에서 다시 그녀를 받아들이는 의리를 보여주었다. 니나는 이 두 가지 타격을 과묵과 인종으로 참아냈다. 그녀는 이미 이런 일을 예상하고 있었다. 니나의 아이들은 내가 판단하는 한 잘 자라고 있다. 특히 알렉산더를 빼다박은 루트가 그랬다.(니나는 내가 몇 년 전부터 이 일을 알고 있다는 사실을 모른다.) 니나는 훌륭한 어머니다. 아이들은 어머니의 시름을 전혀 느끼지 않는다. 나는 니나가 일에 지치고 마음에 지치고도 집에 돌아와서는 아이들과 아주 활발하게 노는 것을 여러 번 목격했다. 그녀가 행복하다는 느낌이 들 정도였다. 나는 니나의 집에서 대학생들도 가끔 보았다. 니나가 자살을 시도했을 때 나를 충실하게 도와주었던 노인도 가끔 만났다. 이 노인도 니나가 주관하는 정치 모임의 일원으로 보였다. 그러나 내 앞에서는 그런 것에 대해 한 마디도 하지 않았다. 니나도 마찬가지였다. 니나는 나와 더 이상 정치적인 얘기를 하지 않았다. 나는 사람들이 나의 행동 하나하나를 니나에게 보고하고 있다고 확신하고 있었다. 그러나 그녀는 이것을 무시했다. 무엇 때문일까. 그녀의 그 개방적이고 격렬한 방식으로 나를 혹독하게 비난하는 것이 니나의 본질에 더 맞을 텐데. 나를 보호하려는 것일까. 내 행동의 동기를 알고 있는 걸까. 그 동기를 존중하고 있는 것일까. 내가 생각한 것보다 그녀는 나를 깊이 이해하고 있는 것은 아닐까. 오늘 밤의 방문은 그녀가 나를 전적으로 신뢰하고 있다는 것을 보여준다. 혹은 아직은 10년이 안 되었지만 그때처럼, 언젠가 특별한 일에 나를 이용하려고 하는 것은 아닐까. 나는 니나의 마음을 알지 못한다. 그리고 그녀와 그것에 대해 얘기할 용기도 없다.

나는 이 과장 없는 고백을 엄청난 불안, 동요, 공포를 극복하려는 노력에서 쓰고 있다. 그러나 성공할 것 같지는 않다. 자정 직전에(지금은 아침이다.) 벨이 울렸다. 보통 이른 아침에 잡아가는 것으로 알고 있었지만 나는 올 것이 왔다고 생각했다. 나는 운명에 몸을 맡겼으며, 그리고 문을 열었다. 니나였다. 나는 그녀가 쫓기고 있다고 생각했다. 그러나 니나는 곧바로 얘기를 하기 시작했다. 앉지도 않고 비에 젖어 축축한 외투도 벗지 않고 서두도 없었다. 그녀는 아주 황폐해 보였다. 운 것 같았다. 그녀는 할이 체포되었고 감옥에 수감되었으며 며칠 안에 처형될 것이라고 말했다. 비록 할을 좋아하지는 않았지만 나는 충격을 받았다. 그러나 니나의 충격의 정도가 나에겐 더 충격을 주었다. 나는 그녀가 아직 할을 좋아하고 있다고 생각했다. 사랑의 기묘한 변종 같은 것. 니나는 나에게 독약을 요구하였다. 할에게 독약을 주어 교수대에 가기 전에 죽게 하겠다는 것이었다. 이것은 훌륭한 생각이었다. 나는 자유에 대한 인간의 권리를 자살로까지 확장시키는 것에 전적으로 동의한다. 그러나 이 경우 나는 훨씬 복잡하고 심각한 종류의 문제에 직면했다.

이 계획을 위해 바로 나를 선택했다는 것은 얼마나 구역질 나고 끔찍한 운명의 장난인가. 나는 이전에 여러 번, 할이 죽어 주었으면 하는 갈망을 그것이 바로 의식되기 전에 단호히 억누르곤 했었다. 지금은 상황이 그를 죽여 달라고 나에게, 바로 나에게 요구하고 있었다. 본인이 갈망하고 있고 필요로 하는 죽음이긴 하지만 여전히 나의 억제된 갈망과 일치하는(나의 엄청난 동요가 그것을 뒷받침한다.) 죽음이었다. 나는 이런 것을 니나와 이야기할 수 없었다. 나는 독약을 전해 주는 일이 그녀에게 위험하다는 것을 납득시키려고 했다. 독약을 준 사람이 그녀라는 것은 금방 알려지게 될 것이라고 말했다. 그러나 이런 주장은 니나의 성품으로 보아 아무 소용도 없는 것이었다. 그녀의 아이들 얘기를 해도 효과가 없었는데, 이것은 나를 놀라게 했다. 그도 그럴 것이, 니나는 아이들을 아주 사랑하고 있었고 그녀에게 할이 아이들보다 더 중요하다고 생각할 수 없었기 때문이다. 이것은 그녀가 아무리 강력하고 단호하게 부인해도 할을 아직 사랑하고 있다는 것을 인정하지 않으면 결코 이해할 수 없는 그녀의 본질 중의 한 측면이다. 그녀의 대단한 인내와 참을성의 능력으로 미루어(이러한 특성은 그녀의 발랄한 마녀적 기질과 모순되는 듯이 보이지만, 아마도 실제로는 이 기질과 갈등 관계에 있을 것이다.) 사랑이 사라진 지 오래라 해도 물밑 연대감은 존재한다고 생각될 법하다.(니나의 나에 대한 놀랄 만한 신뢰감도 이러한 고집에서 근거한 것일까.)

나는 니나의 민감한 부분을 공략해 보기로 했다. 나는 니나에게 말했다. 어떤 사람에게서도 비상하고 깊이 있는 체험의 가능성을 빼앗을 수는 없는 일이라고. 만약 할에게 이 마지막 시련의 날을 빼앗았을 때 할이 잃을지 모를 깨달음을 이야기했다. 그러나 니나는 나의 망설임에 화를 내면서 할은 죽기를 결심했을 때와 죽을 때 사이에 놓인 시간에 동일한, 아마도 더 중요한 깨달음을 가질 수 있을 것이라고 말했다. 할이 구제될 수 있는 가능성이 있을 거라는 나의 마지막 항변에 대해 니나는 화난 시선으로 응수했다. 그러고 나서 말했다. 이것이 우리의 오랜 우정이 이어져 오는 동안 내가 당신에게 부탁한 두 번째 청인데 당신은 또 거절하시는군요.

나는 만약의 경우에 대비해 휴대하고 다니던 카페인 분말의 반을 니나에게 주었다. 그녀가 떠날 때는 4시였다. 축축하게 비가 오는 회색빛 새벽이었다. 나는 차가 없었다. 그리고 니나는 내가 바래다주는 것을 원치 않았다. 우리가 이미 작별 인사를 마쳤을 때 니나가 돌아서서 나에게 격렬한 키스를 퍼부었다. 나는 빗줄기가 니나를 완전히 가릴 때까지 니나가 떠나는 모습을 보았다. 이렇게 보고 있는 동안에 나는 내 안에서의 변화를 감지했다. 모든 신경이 마비되었고 오한이 났으며 세포 하나하나가 얼어붙었다. 아무 느낌 없이 나는 돌아섰으며, 그리고 나를 엄습해 오는 불안, 그리고 그 공포까지도 남의 것처럼 느꼈다. 내부에는 생명이 없었다. 앞으로도 계속 그럴 것이다.

1944년 5월 3일.

니나가 구속되었다. 판결은 내란 방조죄로 15년 징역이었다. 그녀는 아이하흐 형무소에 있다. 어제 그녀를 면회 갔다. 니나는 판결을 가볍다고 생각하고 있었다. 사형선고도 아니고 강제수용소 형에 처해진 것도 아니라서 그녀는 기쁘다고 말했다. 그러나 니나! 15년이야. 나는 자제력을 잃고 말했다. 그러나 그녀는 미소를 지을 뿐이었다. 그녀는 전반적으로 이상하리만치 안정되어 보였다. 니나는 이미 반년을 감옥에서 보냈다. 그녀를 보았을 때 나는 그녀를 알아보지 못했다. 교도관이 그녀를 안으로 데리고 왔으며 나는 그녀가 통과한 문 쪽을 응시하고 있었다. 나는 내가 알고 있는 니나를 기다리고 있었다. 니나는 수의를 입고 있었고 머리는 수건으로 동여매고 있었으며 나무로 만든 슬리퍼를 신고 있었다. 이 회색의 야윈 여자가 말을 걸어올 때까지 나는 그녀를 알아보지 못했다. 니나의 목소리는 변하지 않았다. 나는 그 순간 어떤 말도 할 수 없었다. 그러나 니나는 이루 말할 수 없을 정도로 침착하게 나에게 인사를 했다. 마치 이곳이 재회를 위한 가장 자연스러운 장소고 가장 정다운 시간인 양. 나는 대답할 말을 찾지 못했다. 5분 동안 그녀를 만날 수 있었다. 니나는 옛날 가정부와 함께 시골로 간 자기 아이들을 가끔 찾아봐 달라고 부탁했다. 니나의 집은 1943년 12월 폭격을 맞아 반이 파괴되었다. 나는 그녀를 위해 무얼 해줄 수 있는지를 물었다. 그러나 그녀는 단호하게 없다고 대답했다. 그리고 도움은 필요하지 않다고.

여자 교도관이 니나에게 호의를 갖고 있는 듯했고 대충 듣고 있는 것 같았으므로 니나가 말할 엄두를 냈다. 아무것도 하지 마세요. 흘러가는 대로 내버려두세요. 나는 잘 떠나온 셈이에요. 15년까지는 안 갈 거예요. 확실해요.

떠나기 전에 니나는 나에게 미소를 지으며 말했다. 다시 오지 말아요. 흥분만 될 뿐이에요. 그건 나에게 도움이 안 돼요. 아시겠죠?

니나에게 절망의 낌새라고는 없었다. 그녀의 눈은 약간 움푹 파이고 그늘이 지긴 했지만 여전히 광채가 났다. 그녀는 두려워하고 있지 않았다. 사실 니나처럼 이미 여러 번 혹독한 시련을 거친 사람이라면 이런 시련에도 견딜 자신이 있을 것이다. 나는 그럴 수 없을 것이다. 니나가 거기 있는 것을 알고도 그녀를 도울 수 없다는 것이 나에게는 참을 수 없는 일로 여겨졌다. 꿈속에서조차 어디론가 달려가려고 해도 발이 묶여 있고 소리를 지르려고 해도 입에는 재갈이 물려 있었다. 이런 상황 역시 참을 수 없는 것으로 여겨졌다.

내가 1939년 위장 입당한 것도 언젠가 니나를 도울 수 있기를 희망한 때문이 아닌가. 내가 양쪽으로 타협하려 했던 것은 정말 돌이킬 수 없는 실수로 보인다.

나는 니나가 자유의 몸이 될 때까지 살기를 희망한다. 그때까지 나는 그녀의 아이들을 돌보는 일을 맡을 것이다. 내가 마지막으로 베를린에서 보았으며, 지금은 러시아에 있는 알렉산더에게 알려야만 한다는 생각도 계속 하고 있다. 그러나 이런 것을 일선에 있는 그에게 알린다는 것은 위험하다. 그래서 나는 그러기를 그만두고, 헬름바흐에게 내가 죽으면 알렉산더에게 전해 달라고 봉인된 편지를 맡겼다.

이 페이지 하단에 아주 희미하게 다음과 같은 메모가 붙어 있었다.

1947년 9월 3일.

오늘 나는 알렉산더가 러시아 감옥에서 죽었다는 소식을 들었다. 그리고 나는 그를 곧 다시 만날 수 있으리라는 생각에 고집스레 매달려 있다. 나는 사후의 삶에 대해(나는 그런 생각을 자발적으로 억제해 왔다.) 한 번도 천착해 본 적이 없었기 때문에 이런 생각은 나를 놀라게 했다. 나는 전혀 위로를 필요로 하지 않았는데도, 마침내 고통의 최극단에서 나오며, 모든 위로를 충만하게 그 안에 모아 싸안고 있는 저 최후의 신비하고 자유로운 명랑함이 다가오는 것을 느끼고 있다, 이 증명할 길 없는 초정신적 상념이 이승과 이별할 준비를 서두르게 한다.

그다음에 아무것도 쓰여 있지 않은 두 페이지가 있었다. 아마도 어떤 것을 적으려고 남겨두었다가 그렇게 하지 못한 것 같았다. 갑자기 앞에 심연이 놓여 있는 듯, 이 빈 백지들이 나를 불안으로 몰아넣었다. 아마 내 느낌이 맞을지도 모른다. 여기 적혀 있어야 할 많은 것들이 불가항력적으로 그렇게 되지 못한 것인지도 모른다. 그렇지만 여러 날 불면의 밤들을 보낸 후 내가 피곤하고 신경이 예민해져 쓸데없는 망상을 하게 된 것인지도 모른다. 어쨌거나 그다음에 이어지는 보고로는 그사이에 특별히 나쁜 일이나 중요한 일이 일어났는지 알 수 없었다.

1945년 5월 10일.

전쟁은 끝났다. 니나는 감옥에서 방면되었다. 그녀는 맨 먼저 나를 찾아왔다. 니나는 매우 창백했으며 헝클어진 모습이었다. 이 모습은 15년 전 병들고 황폐한 모습으로 나의 진찰실에 찾아왔던 모습과 놀랄 만치 흡사했다. 매우 쇠약한 모습이었지만 여전히 생동감과 신뢰의 분위기를 자아내고 있었다. 아마도 내게 아직 어떤 것을 기대할 만한 능력이 있었다면 나에게도 이것은 감염되었을 것이다. 나는 내가 전선에 갈 것이라고 생각하고 쓴, 그러나 부치지 못했던 작별의 편지를 니나에게 전달하려고 하였다. 그러나 이 편지가 지금의 그녀에게 무슨 의미가 있는가? 나는 병들었으며 급속하게 늙어가고 있다. 나의 고통은 멈추지 않는다. 나는 기껏해야 2년 정도 더 살 수 있을 것이다. 의지와 상관없이, 그러나 나는 니나를 변함없는 강도로 계속 사랑한다. 나는 내 인생의 힘 전부를 이 한 점에 쏟아놓고 있는 것 같다.

니나의 집이 반은 파괴되었고 나머지 반은 못 쓰게 되었으므로 나는 그녀에게 나의 집을 제공하려고 하였다. 그러나 그녀는 얼마 동안 슈타른베르크 호수에 있는 자신의 아이들과 함께 보내기를 원했다. 나는 그것을 이해하지만 섭섭하다. 나에게는 그녀가 가까운 곳에 있는 것이 몹시 필요한 것이다.

나는 내 주위에 있는 사람들의 변신을 보고 전율한다. 나는 이 시대를 감당하지 못하는 것이다. 니나는 내가 현재를 이해하도록 도울 수 있을지 모른다. 그러나 아마 그녀도 내가 시대와 현실에서 도피하고 있다고 비난할지 모른다. 내가 그런가? 정말일까? 도대체 누가 도피하고 있다는 말인가? 쫓겨난 자들과 함께 미지의 해안으로 달려가는 자들인가. 아니면 한때 소중했던 것들을, 아마도 영원히 바래지 않을 것들을 지키기 위해 자기 자리에 머물러 있기를 원하는 자들인가.

1946년 8월 4일.

나를 도와주려는 친구들의 호의가 나를 얼마나 괴롭게 하고 있는지 그들이 알았으면 좋겠다. 그러나 그들을 나무라고 싶지 않다. 내가 그들이 제공하려는 어떤 것도 원하지 않으며 다만 혼자 조용히 있고 싶을 뿐이라는 것을 그들에게 어떻게 설명할 수 있을까. 어렵다. 이것은 너무나 어려운 일이다.

내 죄를 통찰한다는 것이 나의 마음을 가볍게 해주는 것은 아니다. 한번 저질러진 행위는 결코 철회될 수 없으며 지속적인 영향을 끼친다는 것을 이처럼 뼈저리게 느낀 적이 없었다. 나는 어떻게 참회해야 하는가? 나의 과오는 엄밀히 따진다면 사소한 것. 그러나 그 과오가 나의 양심에 깊은 죄의식으로 각인돼 있는데 어떻게 하겠는가.

나는 강력한 욕구를 느낀다. 아니, 이 표현은 너무 약하다. 나는 억제할 길 없는 갈급함을 느낀다. 나는 내 처지에 대해 니나와 이야기하고 싶다. 내가 나 자신에게 그냥 넘어가지 않으려고 한다는 것을 니나는 알아야 한다. 그러나 내가 다른 사람들과 마찬가지로 인간이며, 때로는 매우 유약하다는 것을 니나가 이해할 것인가? 나는 나의 병이 참을 수 없을 만치 진전되고 있는 것을 느낀다. 자주 나는 나를 기다리고 있는 공허, 이미 나를 에워싸고 있는 그 커다란 공허가 무섭다. 나는 이것을 니나에게 말하고 싶다. 나는 가끔 저녁을 함께 보내

달라고 청하고 싶다. 나는 밤에 베로날을 먹고 잠을 잔다. 그러나 저녁에는 친근한 사람이 곁에 있는 게 필요하다. 헬레네와 대화하는 것이 점점 편안하지 않게 느껴진다. 그녀는 내가 고통을 겪고 있기 때문에 따라서 고통을 겪는다. 우리는 말없이 앉아서 시간을 소비한다. 가끔 헬레네는 나에게 말을 시키려고 싸움을 건다.

니나에게 전화해야겠다. 아홉 달 동안 통역사로 일하고 나서 지금 그녀는《새소식》지의 편집자로 있다. 나는 요즘 니나를 거의 보지 못했다. 그녀가 매우 바쁘기 때문이다. 그녀에게 시간을 내 달라고 청하기가 너무 어렵다.

1946년 8월 8일.

내가 니나에게 좋지 않은 말벗이 아니었을까 하는 의구심이 들 때가 있다. 니나는 이제야 넓은 바다에 당도해서 바람을 업고 가는 열두 개의 돛을 가진 배와 같다. 지금의 그녀는 나에게는 낯설다. 이전의 우울, 음침하고 완고한 정열, 변덕스러운 마녀 기질을 전혀 찾을 수 없다. 그녀는 성공했다. 인생의 밝은 부분, 이성, 지성 들을 갖추게 되었다. 내가 니나에게서 가장 경탄했던, 그러나 그녀의 가장 위험한 부분으로 간주했던 힘인 그녀의 의지는 지나치게 몰아붙여져선지, 그러한 모습을 흐트러뜨리는 자기 확신을 그녀의 본질에 부여했다. 그러나 니나는 틀림없는 사실이라고 여겨지는 것에 자기 자신을 맡기기에는 너무 어둡고 의미로 가득한 꿈들을 꾸어왔다. 그녀의 세계는 외면적 성공의 세계가 아니다. 그녀는 그런 성공을 조만간 업신여기게 될 것이다. 물론 나는 니나가 자유롭게 다닐 수 있는 것에 대해, 또 그녀가 필요로 했던 그리고 그녀가 필요로 하지 않았던 자유까지 얻은 것에 대해 얼마나 기뻐하고 있는지 안다. 또한 나는 니나가 자기 자신의 힘을 느끼고 있다는 것을, 최초로 가진 감정의 충일함 속에서도 오로지 그것만을, 그리고 이 힘 속에 내재해 있는 가능성들을 느끼고 있다는 것을 안다. 니나는 지금 자신의 청춘을 만회하려고 한다. 놓쳤다고 생각하는 모든 것들, 이십 대의 무한한 희망과 평판, 세력 그리고 성공을 움켜잡으려는 저돌적인 무분별을 만회하려는 것이다. 행운은 그녀의 편이었으며 무슨 일을 시작하든 그녀는 성공했다. 니나는 아름다운 집을 갖게 되었다. 그녀가 신문사에서 영향력이 있는 만큼 그녀는 돈도 벌었다. 니나의 새 소설은 성공이었다.(나는 그 소설을 읽었다. 매우 탁월한 소설이었다. 비록 사실주의적 특성에 머물러 있고 그녀의 초기작들에 고유함과 의미를 부여했던 다차원과 모호한 예지는 없었지만.) 니나에게는 친구들과 그녀의 마음에 맞게 놀 수 있는 여러 관계들이 있었다. 모두 니나의 말에 귀를 기울였다. 사람들이 그녀에게 정치 활동을 제안했다. 내가 보기에도 그녀는 명예욕과 지나치게 왕성한 행동 욕구 때문에 흔들리는 것 같았다. 그러나 니나는 그 제안을 거절했다.

니나는 매우 명랑하고 확신에 차 있었으므로 나의 힘든 문제를 가지고 그녀를 귀찮게 할 수가 없었다. 그녀가 나의 복권을 위해 안 보이는 데서 누구보다도 많은 노력을 했고 그리고 그것을 내색하지 않았기에 더욱 그랬다.

니나는 나와 이야기하는 중에 지금 혼자 살고 있으며, 그리고 이것이 그녀를 힘들게 하지 않는다고 말했다. 나는 그녀가 새로 결합할 수 있는 많은 가능성들을 갖고 있다는 것을 의심하지 않는다. 니나는 나이 들어 보이지 않으며 세월도 그녀의 매력은 어쩌지 못했다. 그날 저녁 나는 그녀의 외모와 동작이 주는 우아함에 사로잡혀 그녀를 여러 번 황홀하게 쳐다보고 있는 나 자신을 느꼈다. 그 우아함은 지성과 의지에 의해서도 여전히 손상되지 않았고 이미 오래전에 잊었던 약간은 고통스러운 흥분의 물결을 나의 마음속에 불어넣었다. 그러나 이것은 순간적인 감정일 뿐 나를 완전히 혼란시키지는 않았다.

이날 저녁 나는 심한 우울감에 다시 사로잡혔다. 나는 고독을 뼈저리게 느꼈다. 나는 인간들과 너무 멀리 떨어져 있었다. 나는 그들 가운데 있지 않았다. 나는 그들을 찾지 않았다.(니나와 알렉산더를 제외하고 나는 어느 누구도 찾지 않았다.) 나는 나에게 다가오려는 어느 누구도 물리친 적은 없었다. 그렇지만 한 번도 그들과 공동체적 감정을 느낀 적이 없었다. 이제 나는 어느 누구와도 동행할 수 없는 길에 나와 앉은 것이다.

내가 니나에게 와 달라고 청했던 것은 이런 끔찍한 고독감을 이겨내기 위해서 그녀를 나와 묶고 싶었기 때문이다. 지금 나는 알고 있다. 설령 니나가 그러길 원하고 전력을 다해 갈망한다 해도 그것이 불가능하리라는 것을. 더 이상 고통스럽지 않다. 무감각이 슬플 뿐이다.

나는 지금—이 문장과 앞의 문장 사이에 몇 시간이 흘렀다—나 자신에게 물어본다. 그러나 아마도 이러한 무감각은 나의 그렇지 않아도 유약한 천성에 주어진 보호막이 아닐까 하고. 그리고 그 속에는 극도의 참을 수 없는 절망감이 숨어 있는 것이 아닌가?

1947년 9월 4일.

나는 약간 긴, 그러나 아무 효과가 없었던 요양을 마쳤다. 이미 예견했던 것이다. 이제 나는 알고 있다. 내가 몇 달 안에 죽으리라는 것을. 나의 고통은 참을 수 없을 만치 그 정도가 심했다. 어제 알렉산더가 죽었다는 소식이 왔다. 이 소식은 죽음에 대한 나의 동경을 강화시켜 주었다. 나는 9월 8일을 내가 죽는 날로 선택했다. 이날은 내가 니나를 처음 만난 지 꼭 18년 되는 날이다. 그러나 그 전에 나는 니나와 이별의 축제를 벌이려고 한다. 니나는 내가 아프다는 것을 알고 있다. 그러나 그 파괴의 심각함에 대해서는 모른다. 그녀에게 이야기하지 않을 것이다. 나는 죽음의 축제를 벌이고 싶지 않다. 나는 한 번 더 니나와 만나 그 광채를 눈에 담고 저승에 내 몸을 맡기련다.

1947년 9월 7일에서 8일로 넘어가는 밤.

이것이 나의 마지막 기록이 될 것이다. 쓰는 일조차 힘들어졌다. 중간중간 쉬면서 써 가야만 한다. 이미 나는 살아 있다고 할 수 없다. 기억이 희미해져 간다. 니나를 위해, 그 완성을 위해 나는 생각을 추스른다.

니나가 늦은 오후에 왔다. 그녀와 단둘이 있게 해달라고 헬레네에게 청했다. 헬레네는 내 부탁을 들어주었다. 마치, 주로 그녀 마음에 드는 경우에, 내가 원하는 모든 것을 원망스러워하면서도 의연하게 들어주었던 것처럼.

나는 모르핀을 맞았으며 그래서인지 몇 시간 동안 비교적 편안하고 유쾌한 상태로 있었다.

니나가 꽃을 가져왔다. 처음 있는 일이었다. 이것은 나를 깊이 감동시켰다. 나는 그녀를 초대하는 게 약간 불안했다. 그녀의 생동감을 더 이상 감당할 수 없었기 때문이다. 그러나 나는 니나가 변화되었다고 생각했다. 지난해의 저 숨막히는 명예심, 쉽게 끓고 쉽게 끝나는 정열, 분주함, 과도 노출 등을 전혀 볼 수 없었다. 이 모든 것은 하나의 과정에 불과했다는 것을 나는 알았다. 분주함으로 자기를 내몰아 자기에게 부과된 침묵에서 벗어나려는, 필연적으로 실패하게 되는 시도였다.

(아마도 니나 당신은 이 일기를 읽을 때 지금 이 표현을 아직은 이해하지 못할 것이오. 또 받아들이려고 하지도 않을 것이오. 그러나 시간이 지나면 내가 무얼 말하려고 했는지 알게 될 것이오.)

우리는 어떤 대화를 나누었다. 나는 이것을 다시 떠올리기가 부끄럽다. 물론 나는 여느 때처럼 어두운 쪽 강변에 남아 있었고 니나는 더 밝은 반대편에 있었다. 그 사이에는 다리가 없었다. 그러나 한 사람이 부르면 다른 사람은 알아들었다. 니나가 돌아가기 전 우리가 나눈 마지막 말들 뒤에 남은 측량할 길 없는 침묵의 시공에서 우리는 그 어느 때보다도 서로 밀착해 있다고 느꼈다. 나는 말했다. 내가 어둡고 출구가 없어 보이는 낭하를 끝없이 가고 있을 때마다 나에게 문을 열어준 것은 당신이었다고. 당신은 왔으며 당신과 함께 양지바르고 확 트인 대지가 펼쳐져 있었소. 나는 비록 이 대지에 발을 들여놓지는 못했지만 그 대지를 본 것으로 나의 지난 암담함은 구제될 수 있었소.

아! 니나는 부드럽고 슬픈 목소리로 말했다. 왜 당신은 당신의 문을 항상 닫아버린 것도 다름 아닌 나였다고 말하지 않는 거죠?

아니, 나는 말했다, 그렇지 않아요. 당신이 그 문을 열어두었다 하더라도, 이 일을 당신은 당신이 생각하는 것보다 더 자주, 더 오랫동안 했소, 나는 그쪽으로 갈 힘이 없었을 것이오. 내 눈은 색깔과 빛을 위해 만들어지지 못했소. 그래서, 당신도 알 거요, 우리는 서로 만나긴 했지만 어느 누구도 상대방의 문지방을 넘어서지 못한 거요. 문지방 너머 다른 사람의 왕국이 있는 그곳으로 말이오. 당신은 나의 생을 인정할 수 없었소. 당신의 인생과는 너무 달랐던 거요.

그렇지만 당신은 나의 인생을 이해하고 인정할 수 있잖아요? 니나가 당황해서 소리쳤다.

나는 말할 수 있는 것을 말하지 않았다. 너를 사랑하기 때문이야, 라고 말하지 못했다. 다만 미소를 지었을 뿐이다. 니나는 나를 쳐다보았다. 여전히 당황한 눈빛이었으나 점차 깨닫고 있었다. 그리고 나지막이 물었다. 왜 당신은 '할 수 있었다' '이었다' '하려고 했다'라고 말하는 거죠? '할 수 있다' '이다' '하려고 한다'라고 하지 않고?

이 질문에 대해서도 나는 대답하지 않았다. 우리는 침묵했다. 니나가 이 침묵의 의미를 어떻게 해석했는지는 모르지만 나는 이 침묵이 어떤 심연의 끝에 있는지는 파악했다고 느꼈다. 그리고 그녀는 갔다. 더 이상 얘기할 게 없었다. 나는 그녀의 뒷모습을 바라보았다. 니나는 길모퉁이를 돌아가기 바로 직전에 뒤를 돌아보았다. 마지막으로 지상에서의 이별의 고통이 엄습해 왔다.

나는 이런 아름다운 만남을 선사한 인생에 감사한다.

니나의 음성이 내가 들은 마지막 음성이고 니나의 눈이 내가 기억하는 마지막 눈이 되리라.

아침 무렵 내 양심은 나의 인생을 다시 한 번 생각해 볼 것을 강요한다. 나는 많은 죄를 본다. 인생의 죄. 더 이상 바뀔 수 없는 순간에 이런 통찰이 주는 고통은 컸다. 나는 니나에게 마지막 편지를 썼다. 동이 터온다. 이제 시간이 되었다. 고통이 나의 의식을 덮고 있다.

이것으로 이 수기는 끝이 났다. 끝부분이 나를 몹시 슬프게 했기 때문에 나는 울어야만 했다. 니나는 곁에 없었다. 그래서 나는 오랫동안 조용히 있을 수 있었다. 그리고 나는 알게 되었다. 내가 우는 것이 슈타인의 지난 고통과 니나의 엄청난 이별 때문만이 아니라, 나 때문에 그리고 축축하고 촘촘한 회색빛 그물에 얽혀 있듯 자신의 운명에 얽혀 있는 인간들 때문에 우는 것이라는 것을. 대체 누가 그 그물을 찢어버릴 수 있다는 말인가? 설령 그 그물에서 벗어났다 해도 그것은 발치에 걸려 있으며 인간은 그것을 끌고 다닐 수밖에 없다. 그 그물은 아무리 얇아도 감당하기 어려운 것이다.

얼마 동안 앉아 있었는지 모른다. 나는 빗소리와 먼 데서 나는 도시의 소음들을 들었다. 천천히 저녁이 오고 있었다. 나는 기다리는 것이 초초해지기 시작했다. 기다리는 시간이 길어지면 질수록 나에게는 이 남자를 만나는 것이 힘에 벅찬 일로 느껴졌다.

나는 떠나고 싶었다. 시내로, 아니면 친절한 이웃집 여자에게라도. 그러나 나는 이 집을 단 5분간만이라도 떠나는 일을 감행하지 못하고 있었다. 마침내 나는 니나의 위스키 병을 찾아냈다. 빈 병은 아니었다. 나를 반쯤은 생기 있게 만들기에 충분한 양이었다. 하지만 이러한 기운은 오래 지속되지 못했다. 어둑어둑해졌다. 나는 생각했다. 그는 오지 않을 거야. 이젠 더 이상 오지 않을 거야. 바뎀바일러에서의 정경이 떠올랐다. 니나는 거기서 하루 종일 기다렸다. 그런데 그는 오지 않았다. 어떤 종류의 사람일까. 나는 궁금했으며 화가 났으며 우울했으며 초조했다. 어찌할 바를 모르고 있었다.

자동차 한 대가 집 앞에 멈춰 선 것은 아주 어두워졌을 때였다. 바로 초인종 소리가 났다. 어떻게 그 짧은 시간에 사람이 계단을 올라올 수 있었는지, 거의 불가능한 일이었다. 그였다. 그는 숨을 헐떡였다.

그는 잠시 미소를 짓고 멍한 표정이 되었다. 그의 시선은 나를 지나서 텅 빈 방으로 무너지듯 옮겨갔다. 나는 그처럼 이 짧은 순간에 재빨리 사태를 파악한 사람을 본 적이 없다.

언제 떠났습니까? 그는 물었다.

어제저녁, 계획했던 대로 어제저녁이었어요. 나는 말했다.

그는 그것밖에 기대하지 않았다는 듯이 고개를 몇 번 끄덕였다.

들어오세요. 나는 말했다. 그러나 그는 듣지 못했다.

내가 전화한 것을 그녀는 알았나요? 그는 물었다.

짐작은 했죠. 어쨌든 들어오시죠.

그는 천천히 나를 따라 들어왔다. 그는 텅 빈 두 개의 방을 보는 순간 깊은 충격을 받은 사람처럼 숨을 갑자기 멈췄다. 이때 그는 그녀가 떠난 것을 비로소 실감한 듯싶었다.

나는 그에게 정원용 의자 중 하나를 밀어 주었다. 그는 앉았다. 나는 그에게 시간을 주었다. 그는 앉아 있었다. 어둡고, 무겁게, 등을 구부린 채, 손을 무릎 사이에 끼우고. 매우 창백했으며 피로해 보였다. 그는 자신의 낙담을 조금도 감추려고 하지 않았다.

아마, 나는 생각했다, 그에게 말을 시키는 것이 좋을지도 몰라. 그러나 이런 혼란된 상황에서는 어떤 말도 불필요하고 소용없는 것 같았다.

무엇이 나로 하여금 이렇게 말하도록 시켰을까. 나는 말했다. 왜 더 일찍 오지 않았나요? 니나가 떠나리라는 것 알았을 텐데.

그는 나에게 무겁고 수수께끼 같은 표정을 지어 보였다. 아무 말도 하지 않았다. 나는 이 일에 대해 어떤 말도 그에게서 듣지 못하리라는 것을 깨달았다. 그러나 나는 포기하지 않았다. 나는 그에게 몇 가지를 말해야만 했다. 나 말고 누가 하겠는가.

나는 말했다. 이런 일은 내 동생에게 매우 나쁜 것이죠. 나는 당신에 대해 알지 못해요. 나는 당신들 중 한쪽 편을 들 생각도 없어요. 그러나 내 생각으로는 이런 경우에 사람들은 완전히 포기하든가 아니면 조만간 서로 간에 결단을 내려야 해요. 우물쭈물해서는 일이 안 돼요. 혼란밖에 생길 게 없죠. 당신도 알고 있을 겁니다.

이 말을 하는 것이 얼마나 어려웠는지 아무도 모를 것이다. 나는 덧붙였다. 동생이 부탁했어요. 그녀가 영국에서 결혼할 것이라는 것을 당신에게 말해 달라고.

이 말을 하면서 나는 그를 유심히 보았지만 그는 한 번도 고개를 들지 않았다.

나는 마음이 아팠다. 그래서 재빨리 말했다. 그러나 이건 사실이 아니죠.

나도 압니다. 그는 우울하면서도 침착한 목소리로 말했다. 그녀는 나에게 주소를 가르쳐 주지 말라고 당부했죠?

그래요, 나는 말했다, 분명하게 그랬어요. 그렇지만 여기 있어요.

나는 주소를 적어 그에게 주었다. 그는 쪽지를 재빨리 받았다.

고맙습니다. 그는 중얼거리듯 말했다. 대단히 고맙습니다. 당신은 지혜로운 분입니다.

아닙니다. 나는 말했다. 그렇지 않을 거예요. 아마 나는 지금 할 수 있는 가장 어리석은 일을 한 것 같아요.

그는 약간 미소를 지었다. 아마 당신은 우리 셋 중 유일하게 이성적인 사람일 겁니다. 그는 말했다. 그의 미소를 나는 결코 잊지 못할 것이다. 그 미소는 나를 그의 편으로 만들었다, 영원히, 어떤 일이 일어나더라도.

그는 저녁을 거기서 보냈다. 나는 우리가 무엇을 얘기했는지 전혀 모르겠다. 니나에 대해서는 확실히 아니다. 우리는 좋은 친구가 되어 헤어졌다. 설령 나중에는 그가 니나를 쫓아버린 거라고 생각하게 될지언정 그를 원망할 수 없을 것 같다.

그날 저녁 이후 반년이 흘렀다. 니나로부터 어느 여름날 짧은 편지가 왔다.

나는 여기에 잘 적응했어. 카펜터 부인 집에서 이 일 저 일을 하는데도 자유 시간이 많아. 번역 일들을 할 수 있어. 밤에는 새 소설을 쓰고. 독일로부터 상당히 멀리 떠나왔다고 느꼈는데, 기대한 것만큼은 아니야.

동봉한 것은 은행 위임장이야. 루트에게 오후에 입는 옷을 한 벌 사줘. 예쁜 것으로. 비단으로 된 걸로. 사이즈는 38이야. 이곳 지방에서는 적당한 것을 찾지 못하겠어. 그리고 런던에는 당분간 가지 않을 거고.

가을에 독일에 가게 되면 그 전에 소식을 줄게. 언니를 꼭 보고 싶어. 내가 언니를 만났던 것이 얼마나 다행인지.

어쨌건 내 걱정은 하지 마.

이것이 전부였다. 그 후 나는 니나로부터 아무 소식도 듣지 못했다. 그러나 나는 니나를 가을에 다시 만날 수 있길 기대한다. 그녀를 다시 만나는 것이 약간은 두렵기는 하지만.

삶을 거침없이 사랑한 자의 정의와 자유

1

루이제 린저는 20세기 독일의 대표 작가 중 하나일 뿐만 아니라 "현대의 가장 뛰어난 작가 중의 하나"(가브리엘 마르셀)이다. 『삶의 한가운데』는 린저가 1950년, 서른아홉 살 때 발표한 소설로, 1957년에 출간한 『도덕의 모험』과 함께 '니나 소설'로 일컬어진다. 린저의 작품 중 세계적으로 가장 많이 읽히며 스무 개가 넘는 언어로 번역되었다. 린저의 작품들이 여태까지 독일에서만 500만 부 이상 팔렸지만 그중 대표적인 밀리언셀러, 롱셀러가 바로 『삶의 한가운데』다. 『삶의 한가운데』는 표면적으로는 스무 살 연상인 한 남자의 이루지 못한 사랑 이야기지만 그 이상의 여러 의미를 담고 있다.

『삶의 한가운데』는 주인공 니나를 사랑하는 슈타인의 일기 및 편지, 그리고 니나와 그녀의 언니 마르그레트의 짧은 며칠간의 만남과 대화 들로 구성되어 있다. 니나의 가족 분위기, 니나의 패혈증 감염과 입원, 벽지에서 먼 친척 할머니를 간병하면서 구멍가게 판매원으로 일하는 모습, 이때 있었던 병든 신학도와의 사랑 아닌 사랑, 반나치즘 활동과 의대 입학, 안락사 논쟁, 자살 기도, 작가로서의 니나의 교우 관계와 평판, 그리고 무엇보다도 니나를 흠모하는 의사 슈타인의 내적 고백이 그의 일기를 통해 드러난다. 또 다른 작은 줄거리들인 니나와 그녀가 진정으로 사랑한 남자 알렉산더와의 만남, 관능적 인간 퍼시 할과의 결혼, 여기에서 파생된 여러 비극적 상황, 퍼시 할의 감옥에서의 자살 등은 니나와 마르그레트의 대화에서 본모습을 드러낸다. 소설 속의 소설인 '한나 B의 이야기' 또한 니나의 언니의 독서를 통해 독자들에게 전달된다. 그러나 이 모든 이야기들의 중심은 여전히 20년 연하의 한 매력적인 여성을 자신이 죽을 때까지 18년 동안 흠모한 슈타인의 내적 고백임을 부인할 수 없다.

이 소설은 니나의 언니가 일인칭 화자 역할을 하고 있다는 점에서 일인칭소설의 범주에 속한다. 또한 슈타인이 죽은 후에 니나의 집에 배달된 슈타인의 일기 및 편지 들을 니나의 언니가 읽는 형식을 취하고 있다는 점에서 서간체소설의 전통도 따르고 있다. 비록 일기가 대종을 이루고 있지만 이 일기가 니나에게 배달되었다는 점에서 편지의 성격을 띠는 것이다. 일기의 내용 또한 온전히 니나에 관한 것이라는 점도 이것을 뒷받침한다. 이 소설은 18세기 괴테의 서간체소설『젊은 베르테르의 슬픔』과 비교된다. 베르테르가 로테와의 사랑을 이루지 못하고 끝내 권총 자살로 생을 마감하는 것처럼 이 소설의 슈타인 역시 니나와의 사랑을 이루지 못했으며 니나를 만난 지 꼭 18년 되는 날, 역시 자살로 생을 끝낸다. 물론 베르테르는 질풍노도 시대의 '감정'과 '마음'을 중시하고 사회의 인습을 뛰어넘으려 한 격정적 인물의 전형이었다. "제 곡조를 못 이기는 노래"가 그를 인위적으로 생을 마감하게 했다. 이와 달리 슈타인은 제도권 인물로서(그는 의사이면서 대학교수다.) 매우 합리적인 성격의 소유자다. 그는 격정을 예지와 이성으로 다스릴 줄 알았다. 18년 동안 사랑의 감정에 휩싸여 있으면서도 끝내 그것을 달성(?)하지 못하고 니나의 마음 주변을 맴돌 뿐이다. 그는 죽기 전날 니나를 만나 니나에 대한 자기의 사랑을 확인하는 것으로 자신의 사랑의 대미를 장식한다. 괴테가 베르테르라는 전인미답의 새 유형의 인물을 창조한 것처럼 린저 또한 슈타인이라는 매우 독특한 인물을 창조했다고 해야 하리라.

하지만 이 작품에서 새로운 인물 창조를 이야기하자면 슈타인보다는 니나에 더 주목하지 않을 수 없다. 베르테르가 18세기 유럽의 많은 젊은이들을 열광시키고 심지어 자살을 유행시켰던 것처럼『삶의 한가운데』에서는 니나라는 독특하고 매력적인 인물이 창조됨으로써 세계의 젊은이들을 열광시켰다. 많은 여성들이 니나가 사는 삶의 방식을 동경하고 또 동의하였다. 가히 '니나 신드롬'이라고 할 만하였다.『삶의 한가운데』는 니나라는 제목으로 바꾸어도 무방했다.

니나, 그녀는 누구라고 말할 수 있는가.

자신의 절망을, 다른 사람으로 하여금 마치 큰 재산처럼 부러워하게 만드는 여자.

생을 너무나 사랑했기에, 생을 너무나 꽉 껴안았기에, 그 생이 자기를 배반했을 때 그 생을 가차 없이 버릴 줄 아는 여자. 사실 열심히 살지 않는 자, 생을 사랑하지 않는 자가 어찌 노여워할 수 있겠는가, 어찌 자기 목숨을 버릴 수 있겠는가.

가만히 있기보다는 차라리 모험을 택해 전부를 기꺼이 잃으려고 하는 여자.

사랑하는 사람을 위해 자기 자신의 모든 것을 내던질 줄 아는 여자, 심지어 그 사랑까지 버릴 줄 아는 여자.

늙는 것이 두렵지 않다고 말하는 여자.

충동과 격정에 자신을 내맡길 줄 아는 여자.

니나에 대한 이런 나열은 그러나 화려한 수사에 지나지 않을지 모른다. 니나의 경우에 있어서는 간접 경험이 직접 경험을 따라가지 못한다. 직접 만나 느껴야 한다.

3

이 소설은 린저의 다른 소설들과 마찬가지로 자전적 성격이 매우 강하다고 말할 수 있다. 주인공 니나의 직선적 성격, 모험적 성격, 충동적 성격은 작가 루이제 린저의 성격이기도 하다. 린저는 주간지 《슈테른》과의 인터뷰에서 왜 이탈리아에 거주하느냐는 질문에 대해 다음과 같이 답한 바 있다. "내 인생을 나는 이탈리아에서만 살아낼 수 있어요. 여기에는 격정이 공개적으로 표출되기 때문이죠." 독일에서 불법 주차를 하면 독일사람들은 즉각 경찰에 신고하고 이탈리아에서는 경찰이 언제 불법 주차 단속을 하는지 알려준다고 한다. 틈이 있는 나라, 틈이 있는 인생을 린저와 니나는 살고 싶어 한다. 그것은 곧 인간적인 삶이다. 격정적인 것이 현실적인 것이요, 현실적인 것이 격정적인 것이다.

이 소설의 자전적 성격은 또한 주인공 니나의 일관된 반나치즘 투쟁에서도 드러난다. 니나가 나치에 의해 일자리를 뺏기고 감옥에 갇힌 것처럼 작가 린저 역시 히틀러 시절 반나치즘 투쟁을 했으며 그것으로 곤욕을 치루었다. "순수하고 기품 있는 독일어"(헤르만 헤세)라는 찬사를 받은 그녀의 사실적인 첫 소설 『유리의 파문』이 1940년 출판되었으나 그 이후의 소설들은 출판될 수 없었다. "린저는 몰래 영국 BBC 라디오 방송 뉴스를 청취했다. 그녀는 휴가 중인 젊은 군인들과 정치적인 대화를 나누었으며 그들에게 국가사회주의(나치즘)가 무엇인지 알게 했다. 그들 보고 귀대하지 말 것을 종용했다." 린저의 이런 반나치즘 투쟁은 국가사회주의자들의 감시망에 포착되었고, 1944년 국가반역죄 및 군사력 파괴죄로 체포되어 트라운슈타인 여성교도소에 수감되었다.

린저는 종전 이후에도 《노이에 차이퉁》지에서 문예평론가로 일하면서 파시즘 청산을 위한 노력을 계속했다. 그녀는 휴머니티, 정의, 자유를 요구했다. "안녕과 질서를 위험하게 한다"는 이유로 작품 낭송회가 취소되는 일까지 있었다. 린저의 이러한 휴머니즘에 입각한 태도는 니나에게 그대로 투영되었다. 이 소설의 매우 감동적인 장면인 '안락사 문제'에 대한 토론 장면에서 니나는 국가와 사회에 아무런 도움을 주지 못하는 불치의 (정신)병자들을 안락사시킬 수 있다는 대다수 동료 학생들의 견해에 반대하며, "그럼 당신들은 휠덜린도 죽였겠군요?"라고 외친다. 휠덜린은 정신병을 앓았던 19세기의 유명한 시인이었다. 니나(혹은 린저)에 의하면, 불치의 (정신)병자들에 대한 안락사 허용은, 국가 사회의 일반적 이념에 반대하는 자들 역시 국가 및 사회에 해가 되므로 제거될 수 있다는 논리에 정당성을 부여하는 것이다.

니나의 말에서 또한 주목해야 할 것이 있다면, 소설 속의 소설이라고 할 수 있는 '한나 B의 이야기'를 자평하면서, "나는 내 소설을 세 번 네 번 다시 써. 소재가 자기 자신을 알아볼 수 없게 될 때까지 맷돌에 갈고 또 갈아"라고 말하는 부분이다. 이것은 소설 속의 작가 니나가 창작에 임하는 태도, 다름 아닌 소설 밖의 작가 린저의 창작관의 일단을 보여주는 것으로서 매우 흥미롭다. 과거 19세기까지의 문학예술은 보이는 것을 더 잘 보이게 하는 데 기여했으나, 20세기 이후의 문학예술은 보이지 않는 것을 보이지 않는 그대로 표현하려고 한다는 것이 나의 생각이다. 저 유명한 파우스트의 화두 "이 세상의 그 가장 안쪽을 붙들고 있는 것은 무엇인가"라는 질문에 더 이상 대답할 수 없으면서, 즉 현상 너머의 배후를 더 이상 볼 수 없으면서(혹은 현상 너머의 배후를 더 이상 보려고 하지 않으면서), 마치 본 것처럼, 보이는 것처럼(혹은 보려고 했던 것처럼) 표현한다면 억지가 아닐 수 없다. 우리는 보이는 것이 전부가 아니라, 보이지 않는 것이 대부분인(혹은 보지 않는 것이 대부분인) 세상에 살고 있는 것이다. '한나 B의 이야기'와 이 이야기를 포함하는 『삶의 한가운데』가 이 원칙에 따르고 있다고는 볼 수 없지만 이러한 린저의 예술관에 현대의 많은 작가들은 동의한다.

작가 연보

1911년   독일 바이에른주 피츨링에서 출생했다.

1929년   뮌헨 대학에 입학, 심리학과 교육학을 공부했다.

            1935년부터 1939년까지 교편을 잡았다.

1940년   첫 장편소설 『유리의 파문』이 출간되었다.

1944년   반나치즘 활동을 했다는 이유로 체포되어 종전 때까지 수감 생활을 했다. 이때의 체험을 소설 『감옥 일기』와 자서전 『늑대 포옹』에서 기술하고 있다.

1950년   『삶의 한가운데』를 출간했다.

1945년   《노이에 차이퉁》지의 문예비평가로 활동하기 시작했다.

1953년   장편소설 『다니엘라』를 출간했다.

1954년   작곡가 카를 오르프와 세 번째 결혼을 했다.(작곡가이자 합창단 지휘자였던 첫 번째 남편은 2차 세계대전 참

전 중 사망했으며, 공산주의자로 작가였던 두 번째 남편과의 결혼은 동독과 서독의 분단으로 1952년 무효가 되었다.)

1959년　로마로 이주했다.

1960년　오르프와 이혼했다. 이후 다시는 결혼하지 않았다.

1962년　장편소설 『완전한 기쁨』을 출간했다.

1965년　로마 근교의 소도시 로카디파파에 정착하여, 1986년에는 명예시민으로 인정받았다.

1977년　『상처 입은 용: 작곡가 윤이상의 삶과 작품에 대한 대담집』을 출간했다.

1981년　북한을 방문한 후 경험과 인상을 담은 『북한여행일지』를 출간했다.

1983년　장편소설 『미리암』을 출간했다.

1984년　서독 대통령 선거에 녹색당 후보로 출마했다.

1987년　동독문화부장관이 수여하는 하인리히 하이네 상을, 동독예술아카데미가 수여하는 하인리히 만 상을 수상했다.

1988년　장편소설 『아벨라르의 사랑』 출간. 엘리자베트 랑개서 문학상을 수상했다.

1991년　이그나치오 실로네 국제문학상을 수상했다.

2002년　3월 뮌헨의 자택으로 돌아와 아흔 살의 나이로 영면했다.

세계문학전집 **28**

삶의 한가운데

1판 1쇄 펴냄   1999년 6월 25일
1판 65쇄 펴냄   2024년 3월 4일

지은이   루이제 린저
옮긴이   박찬일
발행인   박근섭, 박상준
펴낸곳   (주)민음사

출판등록   1966. 5. 19. (제 16-490호)
서울특별시 강남구 도산대로1길 62(신사동) 강남출판문화센터 5층 (우편번호 06027)
대표전화 02-515-2000   팩시밀리 02-515-2007
www.minumsa.com

ISBN 978-89-374-6028-9 04800
ISBN 978-89-374-6000-5 (세트)

* 잘못 만들어진 책은 구입처에서 교환해 드립니다.

세계문학전집 목록

세계문학전집은 계속 간행됩니다.